FANPRO

Christian Montillons Schriftstellerei begann mit einem Coco Zamis-Roman, der beim Zaubermond-Verlag Ende 2003 veröffentlicht wurde. Danach ging der 1974 geborene Autor konsequent seinen Weg und verpflichtete sich für den Bastei-Verlag. Er schreibt heute nach wie vor Romane für die Heftromanserien „Professor Zamorra", „Jerry Cotton" und „Maddrax". In die Herzen der PERRY RHODAN-Fangemeinde hat er sich mit seinen spannenden ATLAN-Romanen geschrieben. Mit dem im August 2006 erschienenen Doppelband Nr. 2346/2347 feierte Christian Montillon seinen Einstand als PERRY RHODAN-Teamautor.

Christian Montillon

Die acht Namenlosen

Zweiter Band der Lepso-Trilogie

Originalausgabe

FanPro
Band 71004

Titelbild: Arndt Drechsler

Redaktion: Sabine Kropp
Lektorat: Helmut Ehls
Satz und Layout: Sarah Nick
Umschlaggestaltung: Ralf Berszuck
Druck und Bindung: Opolgraf S.A., Opole, Polen

Besuchen Sie unsere Website *http://www.fanpro.com*

http://www.atlan.de

Printed in Poland 2006

ISBN 10: 3-89064-487-2
ISBN 13: 978-389064-487-5

Kleines Who is Who

Atlan – der Lordadmiral, erreicht sein Ziel über große Umwege
Decaree Farou – Atlans Stellvertreterin, erhält ein amouröses Angebot
Ohm Santarin – der Kolonialarkonide stammt von exakt dem richtigen Planeten
Ronald Tekener – dem *Smiler* und Leiter der UHB geht es nicht gut
Acsais – Ohm Santarins Freundin, sorgt für eine Überraschung
Ein namenloser Shanide – weiß viel, aber nicht alles
Flakio Tasamur – der ehemalige Thakan von Lepso, erweist sich als quicklebendig
Aerticos Gando – der aktuelle Thakan
Tipa Riordan – Piratin
Marik – der alte Leibdiener, zieht aus allem seinen Nutzen
Krraligg – der Chef von *Lungk*, verleiht Gleiter
Irhe'vorma – der positronische Robotkommandant, experimentiert gerne
Pas Nakorand – liebt das Leben und den Tod
Kerit – der Springer ist ein alter Bekannter Atlans und nicht gut auf ihn zu sprechen
Hoffnung – ein Mädchen

Halap – die Ara kommt nieder
Ein namenloser Qwerttz – kompakt und neugierig
Ward Wilco – der Besitzer der SEEPERLE hat Lösungen parat
Der Hökerer – ein Hökerer

Das Geschlecht der da Onur in der Gegenwart ...

Penzar da Onur – der Patriarch, erhält nicht gern Besuch
Zimral da Onur – Penzars Sprössling, verhält sich wenig adelig
Aizela da Onur – sorgt schon durch ihr Auftreten für Atlans Aufmerksamkeit

... und Vergangenheit:

Shukkirah da Onur – der Gründervater, begegnet den Gavivis
Barrkin da Onur – ein Patriarch
Witragal da Onur – weiß über die Tyarez Bescheid
Zewayn da Onur – verschwindet und taucht wieder auf, doch nicht alleine
Opryn da Onur – ein düsterer Geselle

Prolog

»Herzlich willkommen! Willkommen in der Schweißöde!«

Die stämmige Epsalerin lächelte breit. Manch einer hätte sie wohl weniger freundlich *fett* genannt, so, wie Ohm Santarin es in diesem Augenblick gedanklich tat. Den Anblick fand Santarin schlicht abscheulich. Das Lächeln wirkte so freundlich wie ein angreifender Okrill, der seinen schwer verwundeten Herrn vor einer Horde Marodeure verteidigte.

»Sie wundern sich, warum Dodo da Sralan«, wieder sah man ihr Lächeln auf dem Holoschirm, gepaart mit einem gönnerhaften Anheben der eigenen Hände, als bete die Epsalerin die eigene Genialität an, »warum *ich selbst* den nun folgenden Beitrag anmoderiere, obwohl ich als Direktorin von LepsoLive doch nun wirklich Besseres zu tun haben müsste?«

Dodo da Sralan war ebenso breit wie hoch und strahlte die Anmut eines wracken Würfelraumers aus. Ihr Bild schrumpfte und wanderte in theatralisch genau bemessener Absicht in das linke hintere Eck von Ohm Santarins Holoschirm. Wie auch ins linke hintere Eck von Millionen anderen Holoschirmen auf ganz Lepso.

Den so gewonnenen Platz füllte eine graue, öde Wüstenlandschaft, über der Hitzeschlieren wogten. Irgendwo am Horizont bewegten sich plumpe Kreaturen, die nur schattenhaft zu sehen waren. Gleichzeitig ertönte ein dumpfer, leise im gerade noch für die meisten Völker hörbaren Bereich vibrierender Akkord. Eine positronisch erzeugte Animation zeichnete die Konturen eines optisch nicht erkennbaren Energieschirms nach.

»Die Schweißöde«, kommentierte Dodo da Sralan mit bebender Stimme. »Der widerwärtigste, gefährlichste, tödlichste, heißeste Platz auf unserem hübschen und zugegebenermaßen überall sehr warmen Planeten.« Sie legte eine kleine Pause ein, wohl um ihren Zuschauern die Zeit für die hier einkalkulierten Lacher zu gönnen.

Ohm Santarin sah allerdings keinen Grund, an dieser Stelle zu lachen. Er empfand Dodos Theatralik schon immer als übertrieben und von jeder seriösen Berichterstattung weit entfernt. Vielleicht war aber genau dieser Umstand das Geheimnis ihres Erfolgs.

Der junge Kolonialarkonide schwamm im Pool, der den größten Teil der Grundfläche seines Schlafzimmers ausmachte, und dachte darüber nach, dass er Dodo da Sralan noch nie hatte leiden können. Sie war sogar für epsalische Verhältnisse ein fettes Weib.

Der Pool war nur eine der Annehmlichkeiten seiner Wohnung, die er von einem exzentrischen Topsider übernommen hatte, der darin Fische und Algen gezüchtet hatte – seine Nahrungsmittel. Der Topsider war Gesundheitsfanatiker gewesen und früh an Vitaminmangel erkrankt, der seine Knochen hatte brüchig werden lassen.

Es hatte Tage gedauert, nach seinem Tod den Pool zu desinfizieren und die Bakterienstämme zu vernichten, die hartnäckig in allen noch so winzigen Ritzen genistet hatten. Santarin war davon überzeugt, dass eben diese Kulturen seinen Vormieter endgültig ins Jenseits befördert hatten.

Ohm Santarin, den ein ungnädiges Schicksal von seiner Heimat Sadik nach Lepso verschlagen hatte, räkelte sich im angenehm temperierten Wasser und gab sich seiner Lieblingsbeschäftigung hin: Er schaute LepsoLive. Wie ständig, hatte er vor wenigen Tagen seiner Freundin gegenüber eingestehen müssen. Eine stupide, sinnlose Handlung. Genau passend zu dem, was der Sensationssender zumeist bot.

»Wer von Ihnen hat die Schweißöde schon einmal besucht?«, dröhnte Dodo da Sralan unterdessen. Sie lachte gekünstelt. »Ich weiß es. Niemand.« Sie hob den Arm und winkte. Die wulstigen Wurstfinger streckten sich.

Eine Geste, die Ohm Santarin an der geistigen Gesundheit der Direktorin seines Lieblingssenders zweifeln ließ.

»An dieser Stelle auch ein *Hallo* an alle, die von außerhalb Lepsos zuschauen. Sie sollten unseren Planeten wirklich einmal besuchen. Hier gibt es für jeden etwas. Und nicht überall ist es so heiß und so widerwärtig wie in der …« Ein Trommelwirbel hämmerte aus den Akustikfeldern, so laut, dass sich die Wasseroberfläche vor Ohms Augen kräuselte. »… Schweißöde! Womit wir beim Thema wären!«

Komm zur Sache, dachte Ohm, holte tief Luft und tauchte unter. Unter Wasser hielt er die Augen offen, genoss die blitzenden Reflexe der Wärmelampen, die mit ihrem ultravioletten Licht die Temperatur im Pool stets genau auf Körpertemperatur hielten.

Ohm Santarin liebte nur warmes Wasser. Auch so etwas, das seine Freundin Acsais überhaupt nicht leiden konnte. *Warmduscher* nannte sie ihn und *Wüstenmolch*.

Acsais … Sie war ein verwöhntes Weib. Vielleicht sollte er sie abservieren. Wenn sie nur nicht so gut gebaut wäre und diesen körperlichen Pluspunkt nicht so perfekt in Szene setzen würde … Vor seinem inneren Auge blitze ihr Bild auf, wie sie die festen, üppigen Brüste aus durchsichtigen Schleiertüchern wickelte, den Stoff keck über die steil aufgerichteten Warzen rieb.

Ohm Santarin erreichte den Poolboden, schlug einen Unterwassersalto in perfekter Körperbeherrschung, stieß sich mit beiden Beinen ab und schoss wie ein Pfeil in die Höhe. Er durchbrach mit Kopf, Schultern und Brustkorb die Wasseroberfläche, saugte tief die Luft ein und kippte nach hinten über. Beim Aufprall schwappte Wasser über die Ränder auf den Marmorboden.

Sofort huschte ein tellerförmiger, nur wenige Zentimeter hoch aufragender Reinigungsrobot herbei und saugte die Nässe auf. Zurück blieb blitzblanker Marmor. Die Maschine surrte ebenso rasch, wie sie aufgetaucht war, wieder in die Klappe unter dem breiten Bett.

Noch während Ohm über Acsais nachdachte und daran, ob er sich eine andere Gespielin zulegen sollte, zog das Programm von LepsoLive ihn wieder in seinen Bann. Mehr noch als das. Es fesselte seine Aufmerksamkeit.

Anscheinend hatte es tatsächlich einen Grund, dass Direktorin da Sralan diesen Nachmittagsbericht persönlich anmoderierte, wie sie in ihrer grenzenlosen Selbstüberschätzung großspurig angekündigt hatte. Es war nicht nur ein Trick, um einer der üblichen Belanglosigkeiten einen falschen Anschein von Bedeutung zu verleihen.

»... unser aller ehemaliges Oberhaupt, das vor unserem geliebten Thakan Aerticos Gando das Sagen auf Lepso hatte!«

Ohm Santarin verfluchte den Umstand, dass er in den letzten Sekunden nicht zugehört hatte.

Dodo da Sralans Abbild machte dem Gesicht Platz, das vor einigen Jahren noch jeder auf Lepso gekannt hatte: Die tief in den Höhlen liegenden Augen, die breite Nase, der gekünstelt blasse Teint über den dezent geschminkten Lippen ... das war Flakio Tasamur, der ehemalige Staatschef von Lepso.

»Hier sehen Sie eine Archivaufnahme, liebe Freunde«, erklärte Dodo da Sralan. »Flakio Tasamur herrschte bis vor fünf Jahren als Thakan und Vorsteher des Staatlichen Wohlfahrtsdienstes über unseren Planeten. Sein Tod ist bis heute nicht geklärt. Ein geheimnisvolles Rätsel umgibt sein Ende. Nach ihm ...«

Geheimnisvolles Rätsel, dachte Ohm Santarin. Das war typisch für Dodo – sie schimpfte sich Journalistin und wusste offenbar nicht, dass Rätsel per se geheimnisvoll waren.

Er hörte nicht länger aufmerksam zu, während die Epsalerin einige Worte über den ehemaligen Thakan verlor. Ohm Santarin kannte Flakio Tasamur nur allzu gut. Sie beide teilten ein dunkles Geheimnis. Besser: Sie *hatten* es *geteilt*. Schließlich war Flakio Tasamur längst tot, gestorben in den Wirren der Machtübernahme durch Aerticos Gando, seinen Nachfolger.

Oder?

Was in aller Welt brachte die fette Dodo dazu, Tasamur zu erwähnen, noch dazu in einem Bericht über die Schweißöde?

»Sie fragen sich wohl, meine lieben Zuschauer in Orbana und anderswo, was in aller Welt mich dazu bringt, Flakio Tasamur zu erwähnen, noch dazu in einem Bericht über die Hölle von Abanfül?«

Fast wäre Ohm ein Schauer über den Rücken gelaufen, aber nur fast. Seine erste Assoziation, dass die Direktorin von LepsoLive anscheinend seine Gedanken gelesen hatte, schob er als völlig abwegig von sich. Es war Zufall gewesen. Nichts als Zufall.

»Nun red schon, Weib«, murmelte er, während er dem Poolrand entgegenschwamm, sich dort abstützte und jene Sensortaste drückte, die den Boden um einen halben Meter anhob, damit er bequem stehen konnte und das Wasser ihm nicht weiter als bis zum Halsansatz reichte. Tausende Liter Flüssigkeit wurden in Sekunden völlig geräuschlos in die Flut-räume unterhalb des Schlafzimmers gesaugt.

»Die Antwort will ich Ihnen geben, noch vor der Werbepause!« Sie ließ ein dröhnendes Lachen folgen, als sei ihre Bemerkung der spitzfindigste Scherz in der Geschichte von LepsoLive gewesen. »Unsere Robotdrohnen erhalten, wie Sie hoffentlich wissen, jede Woche für vier Stunden Einflug in den Hochsicherheitstrakt der Schweißöde. Ja – nur LepsoLive ist es erlaubt, live von den Zuständen im sichersten Gefängnis der Galaxis zu berichten, denn *das Leben ist nicht zu überbieten!*«

»Ich kenne euren Wahlspruch«, murmelte Ohm Santarin und tippte nervös mit der Kuppe des rechten Zeigefingers immer wieder auf die Wasseroberfläche, verfolgte das Ausbreiten der winzigen, kreisförmigen Wellen.

»Verbrecher und Mörder tummeln sich in der Schweißöde unter dem Energieschirm. Vergewaltiger, Kinderschänder, galaktische Syndikatsgründer und Feinde des Staatlichen

Wohlfahrtsdienstes. Die Regierungen vieler Planeten schicken ihren Abschaum dorthin, um ...«

Das war einer der Gründe, warum Ohm Santarin die fette Epsalerin verabscheute. Sie ging ihrem Hang nach Theatralik und ausuferndem, sinnlosem Geschwafel hemmungslos nach und quälte ihre Zuschauer damit.

»Doch kommen wir zur Sache«, unterbrach Dodo da Sralan sich selbst. »Unsere Drohnen zeichneten fantastische, überwältigende Bilder auf!«

Wieder ertönte jener düster-vibrierende Akkord.

Der Holoschirm zeigte eine typische Gasse der Schweißöde – eng, verwinkelt, schmutzig – und ein Bild, dessen Gewalttätigkeit kaum noch zu überbieten war. Eine humanoide weißhäutige Frau umklammerte einen muskulösen Arkoniden ... doch der konnte ihr keinen Schutz mehr bieten. Eine lange Metallstange durchbohrte beide in Brusthöhe. Der Mörder hielt das eine Ende seiner improvisierten Waffe noch in der Hand; das andere ragte blutverschmiert aus dem Rücken des Arkoniden.

Doch auf diese Szene achtete Ohm nicht im Geringsten. Er starrte die Gestalt an, die neben dem Mörder stand.

»Sehen Sie ihn an!« Dodo da Sralans Stimme klang triumphierend und durchdringend wie das Prasseln eines Wasserfalls. Aller Wahrscheinlichkeit nach waren bestimmte Frequenzen positronisch verstärkt. »Es gibt keinen Zweifel! Das ist unser ehemaliger Thakan Flakio Tasamur. LepsoLive hat damit eines der größten Rätsel der neueren Politikgeschichte gelöst. Wir müssen nicht länger darüber rätseln, wie Tasamur starb. Denn er lebt! Und er ist Insasse in der Schweißöde, dem schrecklichsten, tödlichsten, widerwärtigsten Gefängnis der Galaxis!«

Das hatten wir schon, dachte Ohm Santarin und schloss die Augen.

Ein akustischer Befehl dämmte die Lautstärke des Trividsenders und aktivierte gleichzeitig die Unterwasserdüsen, die Schulter- und Rückenbereich sanft massierten.

Ohm genoss die Massage und dachte darüber nach, dass Flakio Tasamur noch am Leben war.

Eine miese Entwicklung.

Eine verdammt miese Entwicklung.

Der Gedanke, dass der ehemalige Thakan im ausbruchsichersten Gefängnis von ganz Lepso eingesperrt war, tröstete ihn nicht.

Tasamur lebte, und das war schlimm genug.

Wenn er sich darüber hinaus entschloss, die falschen Dinge am falschen Ort auszuplaudern, konnte das für Ohm Santarin höchst unangenehme Konsequenzen nach sich ziehen.

Er kletterte aus dem Pool und ging zum Kommunikationsterminal, um Acsais eine Nachricht zukommen zu lassen. Sie mochte eine Nervensäge sein, die ihn beschimpfte und kein Verständnis für ihn aufbrachte, aber sie besaß einen atemberaubenden Körper, der Ablenkung und Entspannung versprach.

Und wenn er zurzeit etwas brauchen konnte, dann Ablenkung. Er musste Tasamur und die düsteren Gedanken an die Vergangenheit aus dem Kopf bekommen. Nichts bot sich dafür besser an als Acsais und ihre Schleiertücher.

Tropfnass und nackt trat er vor das Terminal. Der kleine Reinigungsroboter wischte hinter ihm her, saugte gurgelnd Wasserpfützen auf.

Unvermittelt baute sich direkt vor Ohm ein flackerndes Holo auf.

Die Vorrangschaltung griff, und aufgrund *höchster Priorität* des Gesprächspartners wurde jede Privatsphäre für nichtig erklärt. Das Holo stabilisierte sich ohne Vorwarnung; eine mehrfach codierte, zerhackte und über nicht verfolgbare Relais verlaufende Bild-Sprechverbindung.

Ohm Santarin, Mitglied der UHB, der Unabhängigen Hilfsorganisation für Bedrängte, stand nackt vor den Blicken seines Chefs Ronald Tekener. Neben Tekener saß auf einem eleganten Metallstuhl eine zweite Person, die Ohm sofort erkannte.

Fast jeder hätte sie sofort erkannt.

Atlan, der unsterbliche Arkonide. Lordadmiral der USO. Einer der ältesten und engsten Freunde des berühmten Perry Rhodan.

Zum ersten Mal sehe ich ihn, und er wiederum sieht wesentlich mehr von mir, als zu wünschen wäre. Ohm Santarin schob die Hände vor den Schritt.

Er ahnte, dass nicht nur der ehemalige Thakan Tasamur ihm in den nächsten Tagen und Wochen Probleme bereiten würde.

Erstes Buch

Ohm Santarin

7. – 12. März 3102

Spitzfindigkeiten in Quinto-Center

Das Spiel hat eben erst begonnen.

Ein allzu typischer Kommentar meines Extrasinns. Daran änderte auch die Tatsache nichts, dass es der Wahrheit entsprach.

Das Spiel hat eben erst begonnen.

Der Planet Lepso, der Leiter der Schwarzen Garde, Artemio Hoffins, die Tyarez … all das würde mich noch lange beschäftigen.

»Woran denkst du?«, fragte Decaree Farou, meine persönliche Assistentin und gelegentliche Stellvertreterin.

Wir saßen in der Zentrale von Quinto-Center, dem 62 Kilometer durchmessenden, ausgehöhlten Asteroiden; die gigantische Zentralkugel, die das Schaltzentrum der USO bildete, war eine mit Technik überfrachtete Umgebung, die dem Auge kaum etwas Angenehmes zu bieten hatte. Mit Ausnahme von Decaree.

»Was werde ich schon denken?«, gab ich eine wenig geistreiche Antwort. Ich hatte schon spitzfindigere Formulierungen gefunden, doch im Moment war mir nicht nach einer interlektuelle Unterhaltung zumute.

Ich wandte mich von dem Bildschirm ab, über den unablässig Datenkolonnen liefen, die ich in den letzten Minuten angestarrt hatte, ohne sie wirklich wahrzunehmen. Da Decaree schwieg, fuhr ich fort: »Mein angeblicher Tod auf Lepso ist noch nicht lange her, und seit ich dort die ersten Spuren der …«

»Ja, ja«, unterbrach Decaree und schüttelte sich. »Die Tyarez. Gruslige Gestalten. Lebende Häute, die sich um Opfer schließen, notfalls deren Gestalt mit Gewalt verändern und …«

»Sie schließen sich um *Wirte*«, verbesserte ich.

Sie winkte ab. »Weißt du, Atlan, ich bin wirklich aufgeschlossen für allerhand außerirdisches Leben, teile noch nicht einmal die Abneigung, die viele gegen Arachnoiden hegen. Diesen Ekel kann ich überhaupt nicht nachvollziehen. Spinnen sind doch hübsche und faszinierende Tiere, ganz abgesehen davon, dass sie darüber hinaus auch noch ziemlich nützlich sind.«

Und du machst dir Gedanken darüber, dass du spitzfindiger formulieren könntest?, meldete sich der Logiksektor. *Hast du* das *gehört? Sie sagte »ganz abgesehen davon, dass sie darüber hinaus auch noch ziemlich«. Eine solche Anhäufung von Redundanzen ist wirklich bemerkenswert.*

Ich ignorierte den Sarkasmus und kümmerte mich lieber um Decaree. »Manche hegen auch Abneigung gegen die Elukarianer.«

Meine Assistentin hob fragend die Augenbrauen.

»Ihre Haut ist voll transparent. Man sieht die Adern, die grün oszillierendes Blut transportieren, ebenso das Muskelgewebe und die filigranen Knochen. Besonders interessant wird das im Bereich der Verdauungsorgane, denn die Elukarianer nehmen nur lebendige Nahrungsmittel zu sich, die sie unzerkaut hinunterschlingen. Die Tiere – übrigens spinnenartige Kreaturen, deshalb dachte ich gerade daran – leben noch einige Stunden im Magen-Darm-Trakt. Man kann ihren Todeskampf optisch mitverfolgen. Ein Schauspiel, das ich das Vergnügen hatte, mehrfach zu beobachten.«

Decaree verzog angewidert das Gesicht.

»Viele halten das für barbarisch, aber es hat die Elukarianer nicht davon abgehalten, auf dem Gebiet von schöngeistiger Literatur und Kunst extrem produktiv zu sein. Die Autoren Elukarias sind berühmt dafür, die größte Abenteuerserie ihres gesamten Spiralarms zu verfassen. Die pseudodokumentarische Darstellung der Reisen eines Elukarianers durch die Galaxis. Kriege, Liebe, Politik … Wenn ich mich nicht irre, zurzeit etwa 24.000 Folgen. Die Serie erscheint seit 450

Jahren. Stell dir das vor! 450 Jahre! Ein gewaltiger Aufwand. Und die Elukarianer drucken immer noch auf Papier.«

»Papier?« Sie ging auf meine Witzelei ein. »Das Universum hat wirklich Wunder über Wunder zu bieten.«

Sie bot einen sehr reizenden Anblick. Eigentlich den besten, seit ich vor meinem Aufbruch nach Lepso unsere gemeinsame Bettstatt verlassen hatte.

So etwas dachtest du eben schon. Und ich ahne, wo dieses Gespräch mit deiner Stellvertreterin enden wird.

Dieser dezente Hinweis des Extrasinns wäre nicht nötig gewesen. Das war mir auch ohne seine Hilfe klar.

Denn das Spiel begann gerade erst ...

Wir wechselten in eine etwas angenehmere Umgebung. Allerdings in eine andere, als mir vorschwebte.

»Ich habe meine Kompetenzen ein wenig überschritten«, erklärte Decaree und lächelte. »Oder besser gesagt, ich habe sie aus rein egoistischen Gründen ausgenutzt, um mir einen Vorteil zu verschaffen.«

»Dir?« Ich ahnte bereits, worin dieser *Vorteil* bestand. Ich sah es in ihren blitzenden Augen, die heute grün leuchteten; ein Effekt, den sie durch den Einsatz perfekt geschliffener Kunstlinsen erzielte. Decaree war Terranerin, und zwar die hübscheste, die ich in der langen Zeit gesehen habe, seit ich dieses Volk kenne.

Eine sehr lange Zeit.

Die hübscheste Terranerin aller Zeiten, kommentierte der Extrasinn bissig. *So spricht ein verliebter Narr.*

Verliebt?, wies ich diese ungeheure Anschuldigung spöttisch ab.

Wieso sollte gerade Decaree die Hübscheste sein? Und nicht vielleicht die Mona Lisa? Oder eine der vielen anderen, mit denen du im Lauf der Jahrhunderte auf Terra das Bett geteilt hast? Nur weil sie die Aktuelle ist?

So etwas verstehst du nicht. Logik ist nicht alles.

Und das sagst du gerade zu deinem Logik*sektor.*

Ich war es gewohnt, mit meinem Extrasinn zu diskutieren – was sich meist als fruchtlos erwies – und gleichzeitig eine verbale Unterhaltung zu führen.

»Nun ja«, meinte Decaree, »der Vorteil kommt genauer gesagt uns beiden zugute.«

»Na, da bin ich aber gespannt.«

Wir schwebten in einem Antigravschacht aufwärts. Sehr weit aufwärts. Da wir uns in raschem Tempo bewegten, schätzte ich, dass wir uns bereits mehr als zwei Kilometer von der Zentrale entfernt hatten, dem Rand des ausgehöhlten Asteroiden entgegen.

»Was glaubst du?« Sie kaute auf ihrem Zeigefinger, legte den Kopf leicht schief und sah mich von unten her an. Eine neckische, provozierende Gestik.

»Ist das eine philosophische Frage? Also ich habe jede Menge Glaubensrichtungen kennen gelernt. Alleine auf deinem Heimatplaneten existieren ...«

Sie boxte mir gegen die Schulter. »Was *vermutest* du, wohin ich dich führe?«

Ich dachte nach. Ganz sicher führte dieser Weg weder zu ihrem Privatquartier noch zu meinem. Auch keiner der botanischen Gärten oder eines der sonstigen Erholungszentren kam in Frage. In dieser Richtung lagen technische Zentren, Lagerhallen und ... Natürlich! »In eine Extrem-Trainingshalle.«

Sie schnalzte mit der Zunge. »Bingo!«

»Weißt du überhaupt, was dieses Wort bedeutet?«

»Mir ist nicht nach Sprachforschung zumute, Herr Lehrmeister.«

Ich hob die Schultern und setzte dennoch zu einer Erklärung an. »Es bezeichnete ursprünglich ein altterranisches Spiel, übrigens die Urform des heutigen Djake. Dabei kam es darauf an ...«

Sie schlüpfte aus ihrem bunten T-Shirt und schlang es mir von hinten um den Hals. »Lehre mich lieber andere Dinge«, hauchte sie.

»Wie du meinst.« Ich blickte ihr in die Augen. »Allerdings frage ich mich, ob es deiner Autorität als meiner Stellvertreterin dienlich wäre, wenn dir irgendwelche Untergebenen über den Weg laufen, während du halb nackt deine ganz entzückenden Brüste präsentierst.«

»Entzückend?«, brauste sie auf. »Etwas anderes fällt dir nicht ein, wenn ...« Sie straffte ihren Oberkörper.

Ich zupfte ihr T-Shirt von meinen Schultern, streckte den Arm und schleuderte es in den abwärts gepolten Teil des Antigravschachts. Rasend schnell verschwand es unter uns.

Sie blickte dem Kleidungsstück nach. »Ich sagte dir doch, dass ich meine Kompetenzen in unverschämter Weise ausgenutzt habe. Dieser ohnehin wenig frequentierte Bereich von Quinto-Center ist evakuiert, und den Extrem-Trainingsraum, den du so messerscharf als unser Ziel erkannt hast, habe ich etwas umstrukturiert. Die Holoerzeuger und Schwerkraftprojektoren schaffen eine ... hm ... etwas andere Umgebung als gewohnt.«

»Ich bin gespannt.«

»Das kannst du auch«, versicherte sie mir. »Und jetzt raus hier!«

Sie packte mich an der Hand, und gemeinsam *hüpften* wir aus dem Antigravschacht. Wir hatten die Zielebene erreicht.

Ein menschenleerer Korridor erstreckte sich vor uns. Nüchterne Bauweise herrschte vor. Alle paar Schritte erhellten in die Decke versenkte Lichtquellen den Korridor schattenlos. Hin und wieder zweigten Türen ab.

Es hätten die Meisterwerke terranischer Künstler aus zwölf Jahrhunderten die Wände des Korridors schmücken können, ohne dass ich mich einen Deut darum geschert hätte. Sogar die von meinem Extrasinn so pointiert ins Spiel gebrachte Mona Lisa hätte gegen den Anblick der halb nackten Decaree keine Chance gehabt. Höchstens altarkonidische Kunstwerke aus ...

»Hier«, riss mich Decaree aus den müßigen Gedanken und ergänzte: »Honigkuchenpferd.«

Ich sah sie sprachlos an.

Das Schott zu dem von ihr präparierten Trainingsraum schob sich leise zischend beiseite. »Ich habe in deiner Abwesenheit Terranische Literatur des zwanzigsten Jahrhunderts studiert. Eines der damals populärsten Werke war die Geschichte eines jungen Zauberers …«

»Du hast das Schott mit einem Passwort versiegelt,« fuhr ich dazwischen.

Sie grinste und huschte in den Raum. Ich folgte.

Und staunte nicht schlecht.

Über uns schien ein glutroter Vollmond. Wir standen auf einer von sanftem Gras bewachsenen Hochebene, über die warmer, schmeichelnder Wind wehte. Vor uns fiel ein Tal steil ab, ehe sich das Gelände in Form eines zerklüfteten Hochgebirges schätzungsweise hundert Meter entfernt wieder erhob. Über uns kreiste in der Nacht ein Adler und stieß einen krächzenden Jagdruf aus.

Die Illusion war nahezu perfekt. Der Rasen fühlte sich zu echt an, um holografischer Natur zu sein – offenbar hatte Decaree einen Techniker tatsächlich Kunstrasen auslegen lassen. Die Berglandschaft samt Vollmond und Flugtier hingegen bestand aus raffinierten Projektionen.

Doch das konnte die Stimmung und Atmosphäre nicht vermiesen.

Erst recht nicht, als Decaree sich gekonnt ihrer Hose entledigte.

Noch immer kreiste der Adler, und noch immer wehte der sanfte Wind. Er strich durch das Haar meiner Geliebten, versetzte es in leichte Bewegung, so dass es mich an meiner Nase kitzelte.

Sofern es sich denn tatsächlich um meine Nase handelte.

Der Gedanke riss mich unangenehm in die Wirklichkeit der Tagesgeschäfte zurück. Denn noch immer befand ich mich in der Maske des Prospektors Elias Pattri, einer Scheinidentität, die ihr Leben in einer kleinen Eigentumswohnung in den Außenbezirken von Orbana, der pulsierenden Metropole auf Lepso, verbrachte.

Und diese Nase hatte durch unauffällige Biomolplast-Einsätze einen schiefen Rücken und ständig leicht geblähte Nasenlöcher erhalten. Meine Haare waren abgeschnitten und ausgedünnt, die Haut nachgedunkelt – kurz, ich war ein wettergegerbter, an den Hüften rundlicher, ansonsten drahtiger Prospektor, dessen raues Leben in den Gesichtszügen eingeschrieben stand. Meine Iriden waren dunkler als gewöhnlich, die Brauen borstiger, die Stimme dunkler und sonorer; um letzteren Effekt aufzufrischen, hatte ich nach der Rückkehr nach Quinto-Center eine neue Portion Modulationsmittel gespritzt.

Diese Maskerade war dringend notwendig gewesen, um nach Lepso zu reisen. Sogar zu *normalen* Zeiten wäre sie nötig gewesen, denn als *Atlan, Chef der USO* konnte ich dort kaum antanzen, ohne binnen eines Tages ein ganzes Heer gedungener Killer auf dem Hals zu haben. Auf Lepso herrschten raue Sitten, galt kaum ein Gesetz, sammelte sich der Abschaum des Universums.

Und der Grund meines Engagements auf Lepso hatte die Maskerade noch nötiger erscheinen lassen.

Denn LepsoLive, der Sensationssender des Planeten, hatte eine Dokumentation gezeigt, die meinen Tod darstellte. Lordadmiral Atlan, auf Lepsos Straßen zu Tode gehetzt und zur Strecke gebracht. Ruhe sanft, Arkonide.

Also hatte ich mich dorthin auf den Weg gemacht und mithilfe der beiden USO-Spezialisten Chrekt-Chrym und Olip a Schnittke die Umstände meines angeblichen Todes erforscht.

Natürlich war der Tote nicht ich selbst gewesen ... alles andere hätte mich auch sehr erstaunt. Doch was zu Tage gekommen war, nachdem wir in einer dramatischen Aktion die Leiche an uns gebracht und sie obduziert hatten, hatte mich ebenso verblüfft. Bei dem Toten hatte es sich tatsächlich um einen Arkoniden gehandelt. Allerdings um ein Mitglied meines Volkes, das von einer lebenden Haut umschlossen und gewaltsam in meine Form *gepresst* worden war.

Das eigentliche Rätsel bildete nun genau diese Haut, eine Zentimeter dicke, silbrige Lebensform … ein Tyarez. Angehöriger eines geheimnisvollen Volkes, über das ich in der Vergangenheit nicht minder geheimnisvolle Gerüchte gehört hatte.

Angeblich verfügte es über eine erstaunliche Technik und hielt sich aus dem galaktischen Geschehen und all den zeitgenössischen Kriegen heraus, um in Ruhe ein abgeschiedenes Leben zu führen.

Und nachdem ich am Ende des letzten Einsatzes zum ersten Mal Zeuge dieser erstaunlichen technischen Möglichkeiten geworden war, stand für mich eines fest: Dieses Kapitel meines Lebens war noch nicht abgeschlossen. Vor meinen Augen hatte sich ein Schiff der Tyarez *entfaltet* – von einem kleinen Raumer hin zu einem riesigen Schiffsgiganten. Ich musste mehr darüber wissen, diese Technik möglicherweise für die USO gewinnen.

Außerdem war nach wie vor ungeklärt, *warum* der auf Lepso gestorbene Tyarez ausgerechnet meine Gestalt angenommen beziehungsweise seinen Wirt in meine Gestalt gepresst hatte. Offensichtlich wollte er gerade meine Aufmerksamkeit erwecken. Doch wozu? Handelte es sich um einen Hilferuf?

Und nicht zuletzt fühlte ich mich durch Artemio Hoffins, den Leiter der Schwarzen Garde auf Lepso, herausgefordert. Mit ihm hatte ich noch die eine oder andere Rechnung offen.

Der Staatliche Wohlfahrtsdienst auf Lepso bildete darüber hinaus eine Einrichtung, die eben nur auf diesem Planeten denkbar war, dem *Zentrum interstellarer Schurkerei*, wie Decaree es einmal so schön genannt hatte. Der Name war der reinste Hohn – der SWD diente in Wirklichkeit nur der Unterdrückung und dazu, Geld in rauen Mengen zu erpressen und einzufordern. Und der Thakan, der Staatschef von Lepso, bildete …

»He!« Decaree fuhr mir mit allen Fingernägeln über die Brust und sorgte dafür, dass ich mich mit etwas anderem beschäftigte als mit der Liste ungeklärter Fragen.

»Du ziehst mir noch weiße Striemen in die nachgedunkelte Haut«, schalt ich sie.

»Das ist unmöglich. Das Hautfärbemittel kann meinen Nägeln leicht widerstehen.« Sie trommelte gegen die Haut über meinen Brustplatten. »Aber darum geht es nicht.«

»Worum dann?«

»Du liegst hier neben mir und bist in Wirklichkeit Lichtjahre weit entfernt.«

»So?«

»Gib doch zu, dass du in Gedanken auf Lepso weilst.«

»*Jetzt* schon.«

Sie verstand, schenkte mir ein Lächeln und richtete sich ruckartig auf, was die weiblichen Teile ihrer Anatomie in überaus sehenswerte Schwingungen versetzte. »Ich gebe dir Recht. Es wird Zeit, dass du aufbrichst.«

Ich lag nach wie vor auf dem Rücken, streckte die Arme hoch, verschränkte die Hände hinter ihrem Kopf und zog sie zu mir herunter. »Gleich.«

Sie entwand sich meinem Griff, stützte sich mit beiden Armen rechts und links von meinem Oberkörper ab. Was ihre Brüste in eine wirklich sehenswerte Position brachte. »Nicht dass du denkst, ich hätte die letzten Stunden nur damit verbracht, diesen Trainingsraum in ein Liebesnest zu verwandeln. Ich habe mir auch Gedanken darüber gemacht, wie es weitergehen könnte.«

»Das vordringliche Problem ist, dass ich auf Lepso über keine Agenten mehr verfüge. Ich könnte als Elias Pattri dort auftauchen, aber ich denke nicht, dass ein Einzelkampf Sinn ergibt. Ich benötige Unterstützung, wenn ich dem Rätsel der Tyarez auf den Grund gehen will.«

»Dich quält die Frage, warum der tote Tyarez deine Gestalt annahm und damit deine Aufmerksamkeit auf Lepso und sein Volk locken wollte.«

»Du kennst mich gut.«

Wieder dieses hinreißende Lächeln. »Das ist meine Aufgabe als deine Stellvertreterin und als diejenige, die deine Agenten managt und ihre Einsätze koordiniert.«

»Und was empfiehlst du in deiner Eigenschaft als diejenige, die all das tut, was du eben beschrieben hast?«

»Ab nach Satisfy. Dort erwartet dich Ronald Tekener.« Sie knickte die Arme und stützte sich statt auf die Hände nun auf ihre Ellenbogen. Mit schlängelnden Bewegungen brachte sie ihren Bauchnabel in Höhe meiner Achseln. »Gleich.«

Top-Agenten und andere Kleinigkeiten

Das Holo zeigte die kleine rote Sonne Startek. Sie besaß keine Planeten, wurde aber von 34 großen Planetoiden umkreist.

Unser Ziel war einer dieser Planetoiden, genauer gesagt derjenige, der mit einem Durchmesser von 183 Kilometern der größte war. Satisfy, grob eiförmig, besaß keine eigene Atmosphäre. Drei große Kuppeln auf der Oberfläche beherbergten Vergnügungszentren und die Einrichtungen der UHB, Ronald Tekeners *Unabhängige Hilfsorganisation für Bedrängte*.

Dem *Smiler* gehörte das gesamte System; dort galt nur sein Gesetz. Eine eigenartige Enklave inmitten des akonischen Einflussbereichs im inneren Zentrumsring der Milchstraße.

Die UHB war offiziell die wohl größte Privatdetektei der Galaxis – Tekener, Geschäftspartner Sinclair Marout Kennon und ihre etwa 150 so genannten Kosmischen Bedrängtenhelfer nahmen zu exorbitant hohen Honoraren nahezu jeden Auftrag an. Da ihr Ruf ausgezeichnet war, griffen die Kunden gerne tief in die Tasche. Zumindest, wenn sie es sich leisten konnten.

Niemand außer den beiden Köpfen der UHB wusste, dass dieses offizielle Erscheinungsbild der Organisation nichts als Tarnung darstellte. In Wirklichkeit war die UHB eine Scheinfirma der USO.

Ronald Tekener hatte so manche heikle Mission in meinem Auftrag ausgeführt, auch nachdem er die USO offiziell verlassen hatte.

Wenn man es überhaupt so nennen konnte.

Denn *offiziell* war Ronald Tekener längst tot. Kein Wunder, war er doch vor über 700 Jahren geboren worden. Dass er einen Zellaktivator gefunden und ihn sich mit einem nicht ganz astreinen Trick angeeignet hatte, wussten nur die wenigsten.

Offiziell war der Ronald Tekener, der die Geschicke der UHB auf Satisfy leitete, ein Urenkel jenes Tekener, der einst Leutnant der USO gewesen war.

»Hm«, brummte ich, »wenn ich so nachdenke, entspricht die Realität auf Satisfy in kaum einem Punkt dem, was sie zu sein scheint.«

Decaree Farou kannte sich mit den Verhältnissen im Startek-System selbstverständlich bestens aus. Sie wusste, worauf ich anspielte. »Lug und Trug überall. So etwas würdest du natürlich nie tun.« Sie klopfte mir spielerisch gegen die Wangen, die per Biomolplast-Einspritzungen schlaff hinabhingen; ein Teil meiner Elias-Pattri-Maske.

Wo sie Recht hat ..., spottete mein Extrasinn.

Ich übte mich in Schweigen.

»Ich habe Tek über dein Kommen informiert«, setzte Decaree mich in Kenntnis. »Er erwartet dich in Kuppel III.«

Kuppel III ... dort waren die medizinischen Einrichtungen und Labors untergebracht.

Decaree gab ein herzerweichendes Seufzen von sich. »Ich musste einfach mit dir fliegen. Ich konnte der Gelegenheit nicht widerstehen, endlich wieder einmal einem *richtigen* Mann gegenüberzustehen. Tek ist unwiderstehlich.«

Vor diesem unwiderstehlichen Mann standen wir eine Stunde später. Er maß knapp über 1,90 Meter – nur wenig mehr als ich selbst.

Den einzigen Vorzug, den er momentan mir gegenüber genoss, war, dass er seine *echten* Augen präsentierten durfte. Hellblaue Frauenkiller. Sein von Narben übersätes Gesicht, ein Überbleibsel der Lashat-Pocken, die er als einer der wenigen Befallenen überlebt hatte, konnte ich hingegen kaum als attraktiv bezeichnen.

Dennoch flogen die Frauen auf Tek, der sein Gesicht mittels kosmetischer Operationen hätte glätten können, sich aber dagegen entschieden hatte. Das markante Aussehen passte perfekt zu seinem verwegenen Draufgängertum.

Zurzeit wirkte er allerdings ganz und gar nicht wie ein Abenteurer und Frauenheld. Er lag bis über den Hals zugedeckt in einer Medostation. Schläuche verschwanden unter der Decke, ein Robot werkelte an irgendwelchen Maschinen, in denen diese Schläuche endeten. Seine Haut war leicht grünlich verfärbt und wies einen gräulichen Ausschlag auf.

»Frag nicht«, begrüßte mich Tek. »Ich habe einen Auftrag erledigt.«

»Sieht ganz so aus, als wärst du diesmal nicht erfolgreich gewesen«, unkte ich.

Tek schüttelte entrüstet den Kopf. »Was denkst du bloß? Natürlich war ich erfolgreich! Aber ich habe mir … wie soll ich sagen … etwas eingefangen.«

Ich kam nur dazu, den Mund zu öffnen, bis er erneut rief: »Frag nicht!«

»Dein Zellaktivator?«, fragte ich dennoch.

»Hilft mir in diesem Fall nicht. Was ich mir … eingefangen habe, ist kein Gift im eigentlichen Sinn. Keine Krankheit. Keine wirkliche Bedrohung für meinen Gesundheitszustand. Deswegen geht das Wunder-Ei auch nicht dagegen vor.«

Ich warf Decaree einen schnellen Blick zu, der so viel sagte wie *Leider kann dir Tek heute nicht den Anblick bieten, den du dir erhofft hast, meine Liebe.*

Sie antwortete mit einem stummen *Tja was soll's, Herr Lordadmiral*-Blick. In Wirklichkeit war sie natürlich in ihrer Eigenschaft als meine Stellvertreterin mitgekommen und wohl auch, um während des Flugs noch meine Nähe zu genießen.

Unsere Beziehung war schwer in Worte zu fassen, selbst wenn man das Dienstliche ganz außer Acht ließ. Zweifellos waren wir uns sympathisch, und die sexuellen Begegnungen mit ihr waren schlicht unbeschreiblich – mehr gab es jedoch nicht. Zwar kokettierte sie, spielte hin und wieder die Eifersüchtige, aber uns war beiden klar, dass wir keine ernsthafte Beziehung führten.

»Jedenfalls freue ich mich, dass ihr gekommen seid, um mir an meinem Krankenlager beizustehen.« Er lächelte sein berühmt-berüchtigtes Lächeln, das ihm den Beinamen *Smiler* eingebracht hatte. Da er es nur in gefährlichen Situationen präsentierte, lag für ihn in diesen Momenten zumindest etwas Brisantes. In Wirklichkeit gefiel es ihm wohl gar nicht, dass wir ihn in seinem geschwächten Zustand sahen.

»Ich würde dir ja gerne die Hand halten, um dich zu trösten.« Decaree deutete auf die Decke, die Tekeners Leib bis zum Kinn verbarg.

»Glaub mir, du willst das gar nicht sehen. Ich hänge schon seit ...« Ein rascher Blick auf ein Chronometer neben dem Bett. »... zehn terranischen Standardstunden an diesen Infusionen, und eine Wirkung stellt sich nur langsam ein. Wenn ihr meine Gesichtsfarbe für ungesund haltet, werft besser keinen Blick auf meinen Körper.« Er verdrehte die Augen.

Mein Extrasinn lieferte genau in diesem Moment die passenden Informationen. Ich wandte mich mit verständnisvoller Stimme an den *Smiler*. »Du warst auf Hokkonien?«

Tekener nickte schwach. »Ich habe die Geliebte eines Prinzregenten dort ausfindig gemacht. Glaub mir: Nie wieder!«

Decaree sah deutlich verwirrt aus. »Hokkonien? Wo liegt das?«

Ich imitierte das Lächeln Teks. »Was du nicht weißt, macht dich nicht heiß.«

»Ein Blick in die Datenbänke der USO, und ich erfahre es ohnehin. Also könnt ihr beiden Geheimnistuer ruhig mit der Sprache rausrücken.«

»So einfach wirst du das Rätsel um Hokkonien nicht lösen«, widersprach ich. »Es ist ohnehin besser, du vergisst das gleich wieder.«

»Zur Sache«, mahnte Tek. »Deine geschätzte Stellvertreterin ließ mir nur sehr knappe Informationen zukommen. Es geht um Lepso.«

»Alles begann damit, dass sich Perry bei mir meldete und kondolierte. LepsoLive brachte einen Bericht über meinen Tod.« Ich berichtete ihm knapp von den Ereignissen, ließ dabei kein gutes Haar an Artemio Hoffins, der *offiziell* das Amt eines Wirtschaftskonsuls bekleidete, in Wirklichkeit aber der Leiter der Schwarzen Garde war, des Geheimdiensts des Imperators Dabrifa auf Lepso. »Wenn ich wieder auf Lepso bin, werde ich als Erstes diesem Herrn einen Besuch im Wirtschaftskonsulat abstatten. Es gibt da einige Rechnungen, die ich noch mit ihm offen habe. Er hat mir viele Steine in den Weg gelegt und kooperierte ganz offensichtlich mit demjenigen, in dessen Auftrag mein Doppelgänger ermordet wurde. Der sich übrigens als ein Mitglied des arkonidischen Adels der da Onur entpuppte.«

Decaree lachte. »Entpuppte … ein makabres Wort, wenn man bedenkt, dass der tote Arkonide unter dem Tyarez verborgen war.«

»Womit wir bei einem interessanten Punkt sind«, meinte Tek. »Laut Decarees Nachricht ist dein privater Rachefeldzug nicht der einzige Grund für deine Rückkehr nach Lepso.«

»Es gilt, das Rätsel der Tyarez zu lösen. Warum taucht ein Individuum aus diesem verborgenen Volk plötzlich auf? Und warum presst es einen Arkoniden aus der Familie der da Onur in meine Gestalt, ehe es von Robotdrohnen beobachtet stirbt? Es war ein Hilferuf. Und ich weise keinen Hilferuf ab, schon gar nicht, wenn er derart drastisch hervorgebracht wird.«

»Was wissen wir über die da Onur?«, fragte der *Smiler*.

»Leider nicht allzu viel. Sie waren auf dem Lehnsplaneten Sadik beheimatet, ehe sie nach Lepso übersiedelten. Ihr Familiensitz ist nun auf der Insel Snetcom vor der Nordküste Abanfüls auf Lepso. Ich nahm Kontakt zu ihrem Khasurn auf, genauer gesagt ihrem Patriarchen Penzar da Onur. Ein ebenso alter wie stolzer Arkonide. Er teilte mir nur knapp mit, dass der Tote, dessen eigentliche Physiognomie unter der Atlan-Maske mühsam rekonstruiert werden konnte, einer der so genannten acht Namenlosen war, die seit dem Jahr 18.979 da Ark verschwunden sind – also seit 2003 der terranischen Zeitrechnung.«

»Vor über 1100 Jahren?«, fragte Tekener skeptisch.

»Ein weiteres Rätsel, das es zu lösen gilt. Genau wie das, was es mit diesen acht Namenlosen überhaupt auf sich hat. Penzar da Onur unterbrach den Kontakt, ehe ich nachhaken konnte.«

»Also hast du auf Lepso genug zu tun. Und nun verstehe ich auch, warum deine überaus kluge Stellvertreterin dich zu mir geschickt hat.«

Decarees Augen blitzten. »Es ist meine Aufgabe, die vorhandenen Kapazitäten zu kennen und zu nutzen.«

»Das Büro der UHB auf Lepso hat einen Angestellten, der der USO in dieser Situation wie gerufen kommt«, sagte Tek. »Den jungen Kolonialarkoniden Ohm Santarin. Er stammt vom Planeten Sadik – eben jener Welt, auf der auch die da Onur einst heimisch waren.«

Decaree klatschte gekünstelt. »Brillant kombiniert. Ohm Santarin ist der Mann der Stunde. Er könnte über Hintergrundwissen verfügen, oder weniger enthusiastisch formuliert kann es zumindest nichts schaden, dass er auf Sadik beheimatet war. Außerdem lebt er seit einigen Jahren auf Lepso und dürfte daher über Beziehungen verfügen, die uns hilfreich sind. Nicht zu vergessen, dass du ihn in deiner Detektei als Kosmischen Bedrängtenhelfer eingestellt hast. Er dürfte also über einige Kampferfahrung verfügen.«

»Er ist ein guter Mann«, stimmte der *Smiler* zu. »Wenn er auch nicht die geringste Ahnung davon hat, dass die UHB eine Scheinfirma der USO ist.«

»Du wirst es ihm mitteilen.«

Eine der Apparaturen hinter Teks Krankenlager gab einen Signalton von sich. Sofort machte sich der immer noch anwesende Robot an einem der transparenten Schläuche zu schaffen, die unter Teks Decke herausführten. Eine grünlichschleimige Substanz floss darin.

»Sieh nicht hin«, empfahl ich, »aber dein Andenken aus Hokkonien verabschiedet sich gerade aus dir.«

Tekener verzog angewidert das Gesicht. »Ich würde dich zu gerne nach Lepso begleiten, Atlan ... aber leider werde ich noch mindestens eine Woche auf diesem Bett verbringen. Noch einmal zu diesen Tyarez-Häuten. Was weißt du über dieses Volk? Ich muss zugeben, dass ich nie zuvor von ihnen gehört habe.«

»Kein Wunder.« Ich beobachtete, wie die schleimige Substanz in einen Spezialbehälter gepumpt wurde, der sich daraufhin in leichte Vibration versetzte. Ich kannte derlei Geräte, deren einziger Zweck darin bestand, biologischen Abfall äußerst wirkungsvoll zu entsorgen, indem sie ihn blitzartig auf über tausend Grad erhitzten. In diesem Fall war dies mehr als geboten, da der in eingeweihten Kreisen berüchtigte *Hokkon-Pfropf* sich sonst rasend schnell verbreitet hätte.

»Die Tyarez leben zurückgezogen vom sonstigen galaktischen Geschehen, halten sich aus allen Kriegen und Auseinandersetzungen heraus. Normalerweise. Wenn sich also ein Tyarez an mich wendet, muss das etwas zu bedeuten haben. Und dieser Tyarez auf dem Körper eines da Onur wurde von einem Arkoniden gejagt und mithilfe der Schwarzen Garde auch zur Strecke gebracht. Dieser geheimnisvolle Arkonide scheint ebenfalls von einem Tyarez besetzt zu sein – er wies jenen silbrigen Schimmer auf, der auf eine Tyarez-Haut schließen lässt. Ich verfolgte ihn bis zum Raumhafen Pynko Taebellu. Dort bestieg er ein seit Ewigkeiten geparktes Schiff, scheinbar einen Arkonidenraumer.«

»Scheinbar?«, unterbrach Tek meinen Monolog.

»Das kleine Schiff faltete sich vor meinen Augen auseinander. Es verwandelte sich in ein riesiges, vielhundertflächiges Etwas mit silberner Außenfläche.«

»Eine bemerkenswerte Technik.«

Ich nickte. »So bemerkenswert, dass diese hochrangige Technik der Tyarez wohl nicht nur mir aufgefallen ist. Irgendetwas geht hier vor, und ich werde herausfinden, was!«

Wir gönnten uns den Luxus, einige Minuten lang die Erlebnisse seit unserem letzten Aufeinandertreffen auszutauschen. Tek und ich hatten uns schon seit fast zwei Jahren nicht mehr getroffen; die Zeit verging rasend schnell, vor allem, wenn man sie vom Standpunkt eines relativ Unsterblichen aus betrachtete.

Der *Smiler* drückte einen Rufknopf, und wenig später betrat eine terranische, berückend schöne Medizinerin den Raum. Blondes Haar fiel in sanften Wellen über die Schultern; als sie sich Tek zuwandte und ich zum ersten Mal einen Blick auf ihren Rücken warf, sah ich, dass das Haar bis über den Po reichte. Sie war von zierlicher Gestalt.

Im Stillen dachte ich, dass es Tek hätte schlimmer treffen können, als noch eine Woche ans Bett gefesselt zu sein, wenn er von solchem Personal umsorgt wurde.

Dann fiel mir ein, dass es sich wohl kaum um einen Zufall handelte – schließlich war Tekener nicht nur einer der Chefs der UHB, sondern auch Besitzer des gesamten Systems. Da konnte er sich selbstverständlich aussuchen, wer seinen Gesundheitszustand überwachte.

»Und?«, fragte Decaree leise. »Hat er eine gute Wahl getroffen?«

Sie erstaunte mich immer wieder. »Nicht so gut wie ich, als ich dich zu meiner Stellvertreterin machte.«

Die Antwort gefiel ihr sichtlich.

Tek wechselte mit der Blonden nur wenige Worte, ehe sie sich entfernte. Mir nickte sie nur kurz zu. Für sie war ich ein unbekannter Prospektor.

Ich beglückwünschte mich dazu, die Elias-Pattri-Maske nicht abgelegt zu haben. Es tat gut, auch außerhalb eines Risikoeinsatzes einmal *inkognito* unterwegs zu sein. Das ist eben der Preis der Berühmtheit, dass mir kaum jemand ungezwungen begegnete.

»Ich habe Antoinette gebeten, einige Vorbereitungen zu treffen«, setzte uns Tek in Kenntnis.

»Antoinette?«, fragte ich. »Ein ungewöhnlicher Vorname.«

»Altterranisch. Genauer gesagt, französisch. Ich habe mich kundig gemacht. Sie führt ihre Linie bis ins 18. Jahrhundert zurück. Die Frauen jeder zweiten Generation in ihrer Familie tragen diesen Namen.«

»Ich kenne ihn. Genau wie ich das Frankreich jener Zeit kenne.« Schließlich war ich dort gewesen, in verschiedenen Epochen, als ich auf Terra im Tiefschlaf lag, den ich immer wieder für Erkundungsgänge unterbrach.

»Welche Vorbereitungen?«, fragte Decaree.

»Antoinette ist nicht nur Medizinerin, sondern auch eine hervorragende Technikerin. Ein Multitalent. Sie wird eine abhörsichere Verbindung nach Lepso zu meinem dortigen Kosmischen Bedrängtenhelfer Ohm Santarin aufbauen. Es gibt eine vorinstallierte Vorrangschaltung in seine Wohnung. Eine Bildverbindung. Da es mir allerdings unangenehm wäre, wenn mein Mitarbeiter mich in diesem Zustand zu sehen bekommt, hat Antoinette schon vor Tagen ein Holo erstellt, das mich … nun ja … im Normalzustand zeigt. Es ist nicht das erste Gespräch, das ich auf diese Weise führe. Ohm Santarin wird keinen bettlägerigen Tekener zu Gesicht bekommen, sondern einen, der vor Kraft geradezu strotzt.«

Mir kam eine Idee. »Ruf bitte Antoinette noch einmal herein. Wenn hier schon getrickst wird, dann richtig. Es sollte keine größeren Schwierigkeiten bereiten, ein Atlan-Holo zu erstellen. Es muss schließlich keinen größeren Überprüfungen standhalten. Bei meinem ersten Gespräch mit Ohm Santarin sollte er mich gleich erkennen. Und keinem unbekannten Prospektor gegenüberstehen.«

»Gute Idee.« Tekener drückte erneut den Knopf, und es dauerte nicht lange, bis Antoinette zum zweiten Mal erschien.

Ich trug meine Bitte vor, und ihre Augen weiteten sich verblüfft, als ihr klar wurde, wer ihr gegenüberstand. »Eine perfekte Maske, Lordadmiral.«

»Für Sie schlicht *Atlan*, Antoinette.«

Schwerenöter, kommentierte der Extrasinn.

»Schwerenöter«, zischte Decaree mir kaum hörbar zu.

»Alter Schwerenöter«, sagte Tek, nachdem Antoinette den Raum verlassen hatte.

Tek lag nach wie vor auf dem Krankenbett, Decaree und ich standen rechts und links daneben.

Ohm Santarin würde allerdings zwei auf eleganten Metallstühlen sitzende Männer zu sehen bekommen: Ronald Tekener, den Galaktischen Spieler, genannt der *Smiler*, sein Chef in der UHB – und Atlan, den Arkoniden, Leiter der USO.

Wir hingegen erblickten Ohm Santarin, wie er nackt vor seiner Kommunikationseinrichtung stand.

Santarins Augen begannen zu tränen, das typische Zeichen für innere Erregung bei meinem Volk. Seine Hände fuhren vor seine Blöße. »Ich ... ich ...« Er grinste verlegen. »Ich bin sofort wieder da.«

Er verschwand aus dem Bild, kehrte gleich darauf zurück, diesmal mit einem Handtuch um die Hüfte geschlungen. »Chef, ich weiß nicht, was ich sagen soll«, entschuldigte er sich. »Die Vorrangschaltung baute das Holo sofort auf, ohne Vorwarnung, wissen Sie? Ich komme gerade aus dem Pool und wollte ...«

»Ich weiß«, unterbrach Tek. Die Positronik rechnete die Worte perfekt auf das Hologramm um und synchronisierte die Lippenbewegungen, so dass es für Ohm Santarin viele Lichtjahre entfernt den Eindruck erwecken musste, der Holo-Tekener spräche sie. »Ich habe die Vorrangschaltung errichtet. Vielleicht sollten wir sie für die Zukunft etwas modifizieren. Es wäre Ihnen sicher nicht angenehm gewesen, wenn eine meiner weiblichen Mitarbeiterinnen Sie so gesehen hätte.«

Decaree brach neben mir in prustendes Lachen aus. Ohm konnte sie weder sehen noch hören. Nur Teks und meine Worte wurden übertragen.

»Doch kommen wir zur Sache«, fuhr der *Smiler* fort. »Wie Ihnen sicher nicht entgangen ist, sitzt hier neben mir« – das

Holo führte eine perfekt auf das Atlan-Abbild weisende Bewegung durch – »Lordadmiral Atlan von der USO.«

»Wie könnte mir das entgehen.« Ohm Santarin nickte mir zu. »Lordadmiral, es ehrt mich, Ihre Bekanntschaft zu machen.«

»Ich habe Ihnen einiges zu erklären«, begrüßte ich ihn. »Doch zuvor will ich Ihnen gratulieren, Ohm Santarin. Ab sofort sind Sie nicht nur Angestellter der UHB, sondern auch einer meiner Agenten.« Ich räusperte mich. »Sie sind mit sofortiger Wirkung USO-Spezialist!«

Danach weihte ihn Tek in den *eigentlichen* Existenzgrund der UHB ein. Seine Kosmischen Bedrängtenhelfer konnten überall dort in Aktion treten, wo es sich für einen USO-Spezialisten von vornherein verbot. Wie zum Beispiel auf Lepso.

»Das ist allerdings eine Überraschung«, stellte Ohm Santarin fest.

Er verdaute die Neuigkeiten meiner Einschätzung nach sehr gut. Sein Geist schien flexibel und aufnahmefähig zu sein. Eine wichtige Grundvoraussetzung.

Auch die Mitteilung, dass ich schon sehr bald auf Lepso landen und er mit mir persönlich zusammenarbeiten würde, nahm er gefasst auf.

Ich erklärte ihm die Situation und kündigte meine Ankunft als Elias Pattri auf dem Raumhafen Pynko Taebellu an. Wir vereinbarten einen Treffpunkt.

Das Letzte, was wir von Ohm Santarin zu hören bekamen, war ein erstauntes, nicht für unsere Ohren bestimmtes »USO-Spezialist«.

Auf dem Weg zu unserem Raumschiff knuffte mir Decaree in die Seite. »Wenn ich schon Ronald Tekener nur ermattet in seinem Krankenbett gesehen habe, so hat sich der Ausflug doch gelohnt. Dieser Ohm Santarin ...« Sie pfiff vergnügt durch die Zähne.

Von Informanten und bösen Überraschungen

Eine Holoschrift flackerte unablässig in fünf Metern Höhe und schleuderte kurzlebige, tiefrote Lichtkaskaden in den düsteren Innenhof. Schatten zuckten über den Boden und verschmolzen wieder mit der Dunkelheit, um kurz darauf neu zu entstehen.

Ohm Santarin legte den Kopf in den Nacken und warf einen gelangweilten Blick auf die Schrift. Sie bot die Ware dar, mit der in diesem Teil Orbanas jedes Etablissement, jeder Schuppen und jedes großspurig so genannte Hotel warb: Sex.

Sex mit dem holografisch generierten Wunschpartner *Mehr als eine Million Prominente aus tausend Völkern vorprogrammiert*, Sex mit Fremdartigen *Erlebe den Kick des Unbekannten*, ja sogar Sex mit sich selbst *Eine exakte Kopie – erfahre, wie du wirklich bist!*

Der Schriftzug über ihm war plakativ. Er bestand nur aus dem einen Wort: SEX. Angesichts des pointierten Angebots überall in der Umgebung wunderte es Ohm nicht, dass dem Betreiber dieser Werbung offenbar kein Geld zur Verfügung stand, die Schrift zu reparieren. Das Flackern kam zu unregelmäßig, um absichtlich programmiert zu sein.

Plötzlich fiel die Holografie vollständig aus.

Der Innenhof verdunkelte sich. Der Anblick berührte Ohm eigenartig. Er lebte nun schon einige Jahre in Orbana, und außerhalb der eigenen Wohnung Dunkelheit zu erleben kam praktisch nie vor. Überall brannten Lichter, leuchteten Werbetafeln …

Seine Augen benötigten einige Zeit, um wahrzunehmen, dass doch keine völlige Dunkelheit herrschte. Schemenhaft schälten sich Konturen heraus. Das einzige Schott zu diesem Innenhof stand offen. Der Zugang war nur durch das

Erdgeschoss eben jenes Etablissements möglich, dessen Holowerbung soeben ausgefallen war.

Eine Gestalt kam auf Ohm Santarin zu. Ein drohender Schatten, aus dem sechs Gliedmaßen ragten. Mindestens einen halben Meter größer als er selbst.

Schon dieser Anblick hätte genügt, den anderen zu identifizieren, aber der durchdringende Gestank nach Exkrementen, mit starkem Moschusduft vermengt, lieferte den endgültigen Hinweis. Nicht zum ersten Mal fragte sich Ohm, was unangenehmer war, der Eigengestank oder das penetrante Parfüm.

»Sehr wirkungsvoll«, begrüßte Ohm den Neuankömmling, dessen Namen er nicht kannte. Sein Gegenüber bestand auf völliger Diskretion; Ohm wusste nur, dass er es mit einem Shaniden zu tun hatte.

»Nicht wahr?« Die Stimme klang amüsiert. »Die Dunkelheit über unserem Treffpunkt ist ein netter Nebeneffekt. Nicht einmal eine zufällig über uns fliegende Kameradrohne könnte unser Gespräch aufzeichnen. Eigentlich manipulierte ich die Energieversorgung dieses Ladens, um im Inneren für einige Unruhe zu sorgen. Die da drin haben jetzt Besseres zu tun, als sich um das zu kümmern, was in ihrem Innenhof vorgeht.«

Ohm räusperte sich. Ihn interessierte nicht, was die Kunden dieses Sexshops *zu tun hatten*. »Kommen wir zur Sache.«

Der Shanide schleifte einige seiner Gliedmaßen über den Boden und erzeugte so ein durchdringendes, kratzendes Geräusch. Eine Geste der Empörung bei seinem Volk. »Wir müssen uns nicht beeilen. Keiner hat mich an diesen Platz verfolgt und Sie hoffentlich auch nicht.«

»Selbstverständlich nicht. Ich bin kein Anfänger.«

»Dann verfügen wir über so viel Zeit, wie wir nur wollen. In diesem Sexschuppen bricht genau in diesen Momenten Chaos aus. Wissen Sie, nur zwielichtige Gestalten suchen ihn auf. Kunden, die sich eine ordentliche Hure einfach nicht leisten können.«

Ohm verzog angewidert das Gesicht, als sich der Gestank noch verstärkte. Sein Informant war offensichtlich guter Laune, was sich in einer Verstärkung der Ausdünstung niederschlug.

»Das bedeutet, dass die Kunden dieses Hauses die Dunkelheit nicht lieben oder nur dann, wenn sie sie selbst verursachen. Sie werden misstrauisch sein. Gar nicht gut.« Ein blubberndes Lachen folgte. »Inzwischen gibt es sicher mehr als eine Leiche. Das wiederum zieht Aufruhr nach sich. Man droht damit, den SWD einzuschalten, man wägt ab, man belauert sich gegenseitig. Ach, das Verhalten der Sexsüchtigen ist so berechenbar.«

Ohm musste es nicht sehen, um zu wissen, dass das Lachen eine Ladung bräunlichen Schleims zutage beförderte. *Stinkenden* bräunlichen Schleim. Ihm schnürte sich die Kehle zu, er unterdrückte nur mit Mühe einen Brechreiz. »Ich verabscheue käufliche Triebbefriedigung.«

»Ich auch, mein Freund, ich auch. Deshalb finde ich es höchst amüsant, ein wenig Verwirrung zu stiften.«

Ohm flehte zu allen Sternengöttern, ihn bald von diesem Gespräch zu erlösen. Aber es war wichtig, den anderen bei Laune zu halten. Wenn der Shanide sich in schlechter Stimmung befand, würde er die benötigte Information nicht herausrücken. »Ich würde nie mit einem Partner kopulieren, den ich nicht kenne.«

»Kenne oder liebe?«

Oh, bitte keine Philosophie. Nicht in diesem Gestank. »Eine schwierige Fragestellung.« Er konnte nicht verhindern, dass sich gleichzeitig eine höchst unangenehme Frage immer mehr manifestierte: *Liebe ich Acsais?* Der Gedanke an die Freundin löste bei ihm zwiespältige Gefühle aus.

Er hatte ihr schon vor Stunden eine Nachricht zukommen lassen wollen, aber die Botschaft Ronald Tekeners und Atlans hatte seine diesbezüglichen Pläne über den Haufen geworfen. Nun galt es, vor dem Eintreffen des Lordadmirals noch etwas zu klären.

Deshalb hatte er das Treffen mit seinem stinkenden Informanten arrangiert, der auf seine Nachricht sofort geantwortet und diesen Innenhof als Treffpunkt anberaumt hatte. Der Shanide hatte versprochen, eine Antwort auf die Frage zu liefern, die Ohm Santarin auf der Seele brannte.

Eine Gestalt torkelte durch die noch immer offene Tür in den Innenhof. »Was für ein Mist!« Ein deftiger Fluch folgte, dann zischelnde Laute.

Ohm erkannte einen Insektoiden mit vierfach geschnürtem Leib. Drei Facettenaugen glitzerten, reflektierten die geringen Mengen des Restlichts. Der Insektoide – wenn Ohm sich nicht täuschte, handelte es sich um einen R'hasir – ließ sich auf sein mittleres Beinpaar nieder.

»Verschwinde!«, befahl Ohm knapp.

»Ich verschwinden? Mir gehört die Hälfte dieses Ladens, klar? Was wollt ihr beide übrigens in *meinem* Innenhof? Ich sehe keinen Angestellten, der euch hier die Zeit vertreibt. Klar?« Mit einem Mal blitzten in zwei der Greifklauen klobige Strahler.

Ohm sah die von seinem Informanten ausgehende Bewegung nur, weil er darauf gezielt achtete. Etwas schlängelte sich über den Boden, langsam, aber zielstrebig. Genau auf den Insektoiden zu.

Der Etablissement-Besitzer fuchtelte mit seinen Strahlern. »Verschwindet ganz schnell, klar?«

»Erstens«, sagte Ohms Informant mit absoluter Ruhe, »nervt dein ständiges *Klar*. Zweitens kannst du die Strahler wegstecken. Das Dämpfungsfeld, das ich installiert habe, verhindert, dass du sie benutzt. Und drittens …« Der Shanide sprach nicht weiter. Stattdessen packte er mit seinem ausgefahrenen Tentakel zu und riss den Insektoiden zu Boden.

Ein abgehackter Schrei ertönte.

Ohm beobachtete den kurzen, ungleichen Kampf. Er sah nur wimmelnde Bewegungen. Der fingerdicke Tentakel wickelte sich mehrfach um den Leib seines Opfers. Die verhornte Spitze stieß zu. Ein hässliches Krachen folgte, dann ein

Wimmern. Eins der Facettenaugen des Etablissement-Besitzers zersplitterte.

Die Tentakelspitze hämmerte ein zweites Mal hinab und noch einmal. Absolut treffsicher.

Der Insektoide kreischte schrill. Der Tentakel zog sich ruckartig zusammen und zerquetschte sein Opfer. Der Chitinpanzer krachte.

Stille kehrte ein.

Der Tentakel wickelte sich von der Leiche und zog sich in den Leib des Shaniden zurück.

»Leider bleibt uns nach diesem bedauerlichen Zwischenfall keine Zeit für einen Plausch.« Ohm ließ sich sein Entsetzen nicht anmerken. Obwohl er nicht zimperlich war, vermied er Todesopfer, wo immer es möglich war. Die Brutalität seines Informanten wäre nicht nötig gewesen.

»Das sehe ich genauso«, erwiderte sein bulliges Gegenüber. Die Vorfahren der Shaniden waren einst krakenartige Meeresbewohner gewesen; der Kampftentakel bildete ein nützliches Überbleibsel aus dieser Zeit.

»Kannst du mir die Information liefern, um die ich dich bat?«

Ein kurzes, kaum merkliches Zögern. »Wenn du die Bezahlung …«

»Ich habe dich bislang immer bezahlt, und ich werde heute nicht damit aufhören.«

Der Informant blubberte, und der Gestank intensivierte sich wieder. Vermischt mit dem Geruch des Blutes, der von der Insektoidenleiche aufstieg, ergab sich ein Potpourri, das Ohm dichter als je zuvor an den Rand des Erbrechens brachte.

»LepsoLive hat keine gefälschten Bilder gesendet«, rückte der Shanide schließlich mit der Sprache heraus. »Die Aufzeichnung ist authentisch. Warum sollte es auch anders sein? Es gibt keinen Grund, die Geschichte um den alten Thakan Flakio Tasamur gerade zu diesem Zeitpunkt aufzuwärmen. Die einzige Erklärung dafür ist, dass die Bilder echt sind. Tasamur lebt, und er sitzt als Gefangener in der Schweißöde.«

»Bist du sicher?«

»In Abwandlung deiner schönen Worte von vorhin: Ich hatte bislang immer Recht, und ich werde heute nicht damit aufhören.«

Die Antwort entlockte Ohm Santarin ein leichtes Grinsen. »Meine nächste Frage wird dir gar nicht gefallen. Wie komme ich in die Schweißöde hinein?«

»Es gibt nur einen einzigen Weg. Als Gefangener. Dann kommst du allerdings nie wieder heraus. Der positronische Robotkommandant dieser *Besserungsanstalt* hat noch nie jemanden entlassen.«

»Das ist keine Option.«

»Es gibt keinen anderen Weg.«

»Dann sag mir, wie ich einen Insassen töten kann.«

Mit schmatzendem Geräusch schob sich der Tentakel aus dem Leib des Shaniden. Die Spitze stoppte unmittelbar vor Ohms Kinn. Schleimige Fäden tropften zu Boden. Die Hornspitze strich sacht über Ohms Wange. Ein widerwärtiges Gefühl. »Du bist wahnsinnig. Du willst den ehemaligen Thakan ermorden, der als Gefangener in der Schweißöde sitzt?«

Ohms Hand schoss hoch und umklammerte den Tentakel kurz unterhalb des Endes. »Ich lasse mich nicht gerne wahnsinnig nennen. Denk lieber darüber nach. Ich melde mich wieder bei dir.«

»Wann?«

»Bald.« *Sobald es möglich ist. Sobald mein Auftrag mit Lordadmiral Atlan beendet ist. Falls ich ihn überleben sollte.*

Und wenn nicht, ergänzte er in Gedanken, *spielt es ohnehin keine Rolle mehr.*

In Ohms Ohren gellten die Schreie, die aus den stockdunklen Ober- und Untergeschossen des Etablissements drangen, als er den schmalen Korridor durchquerte, um vom Innenhof auf die freien Straßen zu gelangen.

Schreie des Ärgers und der Wut. Schmerzerfüllte oder ängstliche Schreie. Und der stumme Schrei eines Topsiders, als er mit aufgeschlitzter Brust an der Antigravschachtöffnung im Erdgeschoss vorbeischwebte. Blutstropfen perlten um ihn in der Luft, trieben schwerelos hinunter.

Ohm vergaß den Zwischenfall. Gerade in diesem Viertel Orbanas kam es allzu oft zu Vergleichbarem. Niemand kümmerte sich darum. Denn dies war Lepso.

Auf Ohms Heimatplaneten Sadik hätten die Morde lange und umständliche Untersuchungen nach sich gezogen, doch in Orbana scherte sich niemand darum. Und schon gar nicht, wenn die Opfer im Sexgeschäft tätig waren.

Mitarbeiter des SWD tauchten höchstens auf, um die Hände aufzuhalten und von dem einen oder anderen Schweigegeld zu kassieren. Das sie natürlich nicht Schweigegeld nannten, sondern *Ermittlungsprovision*. Oder schlicht *Honorar für weitere Arbeiten*.

Mit einem öffentlichen Transportgleiter sauste Ohm Santarin wenig später durch die Straßenschluchten der nächtlichen Metropole. Millionen Wesen waren noch auf den Beinen oder worauf immer sie sich fortzubewegen pflegten. Das Leben in Orbana pulsierte zu jeder Zeit.

Bald erreichte er die Nähe seiner Wohnung und verließ den Gleiter. Er sehnte sich nach einem raschen Bad im Pool und nach seinem Bett. Acht Stunden Schlaf würden ihm guttun. Dieser Tag hatte Aufregung genug mit sich gebracht.

Und schon morgen stand Atlans Ankunft auf dem Plan. Da konnte etwas Ruhe nicht schaden, schließlich wollte er dem Lordadmiral nicht mit verquollenen Augen entgegentreten.

Doch als er wenig später seine Wohnung betrat, erkannte er blitzartig die Gefahr.

Er war nicht allein.

In der Hygienezelle fiel etwas zu Boden. Ein leiser Knall, wie ihn der Aufprall einer Pappschachtel auf dem Marmorboden verursachte.

Ohm Santarin spannte sich innerlich an. Ausgerechnet in der Hygienezelle. Das konnte zweierlei bedeuten: Entweder wusste der Eindringling genau, dass Ohm seine wertvollsten Sachen dort in einem Geheimfach aufbewahrte – oder …

Er griff eines der als Zierde an der Wand hängenden altlyronischen Kultschwerter und sprang vor, jederzeit zu einem Angriff bereit, die Klinge auf die offen stehende Tür in die Hygienezelle gerichtet.

Zum Glück traf das *Oder* zu.

Acsais riss erschrocken die Augen auf und gab ein nervöses Kichern von sich. »Ohm …«

Er stieß pfeifend die Luft aus, lächelte entschuldigend und richtete die Klinge auf den Boden. »Ich wusste nicht, dass du es bist.«

»Hat denn sonst noch jemand eine Zugangsberechtigung für deine Wohnung?« Acsais verdrehte die Augen.

Würde ich denjenigen mit einem lyronischen Schwert begrüßen? »Nur du, meines Herzens Stern.«

»Das will ich doch schwer hoffen.«

Ohm legte die Waffe beiseite und genoss den Anblick seiner Freundin. Er hatte eindeutig überreagiert – kein Wunder nach all den Aufregungen. Er führte zwar nicht gerade das Leben eines Verwaltungsbeamten, aber es griffen auch nicht jeden Tag dunkle Geheimnisse aus seiner Vergangenheit nach ihm, und schon gar nicht trat der Leiter der USO häufig mit ihm in Kontakt.

Eine ganz andere Art der Erregung griff nach ihm. Acsais schälte sich aus dem schweren, dunkelgrünen Kleid und ging wiegend an ihm vorbei, streifte ihn wie zufällig mit der Hüfte.

Nackt glitt sie in den großen Pool, drehte sich auf den Rücken und schwamm mit weit ausholenden Armbewegungen.

»So viel zum Thema acht Stunden Schlaf«, murmelte Ohm, zog sich ebenfalls aus und sprang kopfüber zu seiner Freundin in den Pool.

Noch ehe er auftauchte, war sie heran und umschlang ihn mit beiden Armen. Ihre Lippen pressten sich auf die seinen, dass ihm über der Wasseroberfläche die Luft weggeblieben wäre.

Sie machte keine Anstalten aufzutauchen, doch er hatte – wohl im Gegensatz zu ihr – nicht vorbeugend tief eingeatmet. Der Sauerstoff wurde ihm knapp, und einen Moment, einen verrückten Moment lang, schoss ihm die Frage durch den Kopf, ob Acsais für Tasamur arbeitete und dies ein lang geplanter Mordanschlag war.

Ein irrsinniger Verdacht. Zu Acsais' Vorzügen gehörte ganz sicher nicht der nötige Verstand, um als Agentin in Tasamurs Dienste zu treten, der zudem äußerst wirksam außer Gefecht gesetzt war und von der Schweißöde aus unmöglich irgendwelche Rachepläne schmieden konnte.

Er stieß sich mit beiden Füßen am Poolboden ab, zog seine Freundin mit sich und atmete die frische Luft seiner luxuriösen Wohnung.

Frische Luft?

Alles andere als das.

Sie schmeckte bitter. Nach zerstoßenen Nelken. Oder der Essenz des arkonidischen Schlafmooses.

Ein Gedanke blitzte in ihm auf: Arkonidisches Schlafmoos wurde hochkonzentriert und in winzigsten Dosen als sofort wirksames Betäubungsmittel verwendet. So hatte er damals den Thakan Tasamur außer Gefecht gesetzt.

Acsais lächelte. Nicht so, wie sie lächelte, wenn sie ihn sexuell um den Verstand bringen wollte, was ihr in der Vergangenheit in neun von zehn Fällen glänzend gelungen war. Nicht versprechend und anzüglich.

Sondern kalt.

Ohm erschlaffte und fiel in Ohnmacht. Das Wasser schwappte über seinem Kopf zusammen.

Das Erwachen ging mit Übelkeit einher und mit überwältigendem Hustenreiz. Ohm spuckte einen Schwall Wasser aus, würgte und krümmte sich. Zitternd wischte er mit dem Handrücken über den Mund.

»Aber, aber«, erklang die sonst so sanfte Stimme Acsais', von der er geglaubt hatte, sie liebe ihn. Was für ein Narr war er gewesen. Hatte ihn seine raue Kindheit nicht gelehrt, dass es besser war, niemandem zu vertrauen?

Er setzte sich auf. Sie hinderte ihn nicht.

Acsais trug wieder das dunkelgrüne Kleid, das er ihr geschenkt hatte, genau eine Woche nach ihrer ersten gemeinsamen Nacht. Er erinnerte sich noch, wie gerührt sie gewesen war. Und wie sie diese Rührung mit heißen Händen ausgedrückt hatte.

Er hingegen war nach wie vor nackt, und zum ersten Mal schämte er sich dafür. Sein Körper war muskulös, nirgends saß ein Gramm Fett zu viel; aber in dieser Situation war ihm, als huschten Acsais' Blicke nicht nur über seinen Leib, sondern tief in seine Seele, als förderten sie jenen verletzten, geschlagenen Jungen auf Sadik zutage, der sich seit Jahren hinter einem dicken Schutzwall verbarg.

»Was – soll das?«, fragte er.

Eines der Accessoires, das sie zu dem grünen Kleid trug und das er ihr ganz gewiss nicht geschenkt hatte, war ein handlicher Strahler, der genau auf ihn gerichtet war. »Bleib sitzen, Ohm.«

Er blickte an sich hinab. Seine Haut war völlig trocken. Das hieß, dass er schon seit einiger Zeit hier am Rand des Pools liegen musste. »Hast du mich rausgeholt?«

Sie lachte glockenhell. »Ich habe dich gerettet, ja. Ohne mich wärst du ertrunken. Ersoffen im eigenen Pool.« Sie schleuderte mit einer tausendfach geübten Kopfbewegung das lange weiße Haar aus der Stirn. »Dekadent, nicht wahr? *Ohm Santarin ertrank in seinem Schlafzimmer.* Wäre das nicht etwas für deinen Lieblingssender?«

»Warum?« Jedes Wort schmerzte in der Kehle. Eine Nachwirkung des Schlafmooses. Es griff das innere Lungengewebe an. Die Sauerstoffaufnahme würde noch einige Stunden beeinträchtigt bleiben.

»Warum was? Warum ich dich gerettet habe?« Ihre Zungenspitze leckte über die Oberlippe. »Vielleicht wollte ich deinen prächtigen Körper noch einmal genießen. Vielleicht wollte ich aber auch, dass du bei vollem Bewusstsein bist, wenn ich dich mit einem gezielten Schuss zum Eunuchen mache. Such dir aus, was dir besser gefällt.«

Er glaubte, sich verhört zu haben. Solche Worte aus Acsais' Mund? Solcher Zynismus? »Ich entdecke Seiten an dir, die mir bislang verborgen waren.« Er hustete.

»Es muss erschreckend für dich sein. All die Wochen hast du mich für ein Dummchen gehalten. Möglicherweise für sexy, aber für …«

»Für *sehr* sexy«, warf Ohm ein. Es kam ihm darauf an, Acsais abzulenken. Sie sollte sich noch wundern, wenn er den Spieß umdrehte.

Sie spuckte auf den Boden. Eine gänzlich undamenhafte Handlung.

»Meine Frage zielte aber auf etwas ganz anderes ab. Warum hast du mich betäubt? Warum bedrohst du mich?«

»Ich war leider noch nicht ganz fertig mit meinen Vorbereitungen, als du nach Hause kamst. Wärst du zehn Minuten später aufgetaucht, hätten wir uns die ganzen Umstände mit dem Pool sparen können. Du hättest nur die Wohnung betreten müssen, und es hätte dich umgehauen. Mich übrigens nicht, denn ich habe …«

»Du hast Letardin-8-Trilomat geschluckt, was dich gegen die Wirkung des Schlafmooses immunisiert«, warf Ohm ein, um zu zeigen, dass er durchaus in der Lage war mitzudenken.

Sie ging nicht darauf ein. »So musste sich das Gas erst noch in der Wohnung ausbreiten, nachdem ich den Flakon zerbrochen habe. Was dir übrigens nicht auffiel, weil du zu beschäftigt damit warst, zuzusehen, wie ich mich gleichzeitig auszog. Glücklicherweise gelang es mir, dich in den Pool zu locken und ein wenig unter Wasser festzuhalten. Schließlich solltest du gleich die volle Dosis Betäubungsmittel abbekommen.« Sie schüttelte den Kopf. »Dein Verhalten ist ja so berechenbar. Kaum zeige ich dir nackte Haut, setzt dein Verstand aus, und du folgst mir wie ein treues Hündchen.«

Die Worte seines Informanten fielen ihm ein. *Das Verhalten der Sexsüchtigen ist ja so berechenbar.* Kein sehr angenehmer Gedanke. »Ich habe nicht damit gerechnet, dass du mir eine Falle stellen könntest«, gab er zu. Für Schmeicheleien war sie schon immer empfänglich gewesen – falls das nicht Teil ihrer Scharade gewesen war. Sollte sie sich ihm ruhig überlegen fühlen.

»Aber du wolltest wissen, warum ich das alles getan habe. Ich habe dich sowohl betäubt als auch vorm Ertrinken gerettet, weil ich einen Auftrag auszuführen habe. Es gibt jemanden, der dir etwas ausrichten lässt.«

»Flakio Tasamur.«

Sie nickte, erhob sich und streckte den Strahler weg. »Misch dich nicht in seine Pläne ein, und er wird nie ein Wort über dich verlieren.«

Ohm lachte. »Das ist alles? Deshalb diese Demonstration? Deshalb spielst du wochenlang meine Freundin, betäubst mich und bedrohst mich danach mit einem Strahler?«

»Deshalb ... und um gewisse Vorzüge zu genießen. Deine Wohnung ist traumhaft, du neigst zu geradezu verschwenderischen Geschenken, und was den Sex betrifft: Ich habe kein einziges Mal geschauspielert.«

»Aber ...«

»Nichts aber. Tasamur hat mich engagiert und großzügig bezahlt. Genau heute sollte ich dir diese Demonstration seiner Macht bringen.«

»Heute? Wann beauftragte er dich?«

»Am Tag, als wir uns *zufälligerweise* kennen lernten.«

Also hatte Tasamur schon damals geplant, sich genau an diesem Tag von den LepsoLive-Drohnen in der Schweißöde filmen zu lassen. Denn es konnte kein Zufall sein, dass Ohm gerade heute wie Millionen anderer Lepsoter erfahren hatte, dass der ehemalige Thakan noch lebte.

»Tasamur forderte, dass die Demonstration seiner Macht rigoros und nachdrücklich vor sich geht. Du solltest sie nie wieder vergessen. Ich hoffe, das ist mir gelungen.«

»Er zieht von der Schweißöde aus seine Fäden? Wie kontaktierte er dich?«

»Über einen Mittelsmann, der mir einen so dicken Batzen Geld in die Hand drückte, dass ich unserem ehemals geliebten Thakan seine kleine Bitte nicht abschlagen konnte.«

»Warum ließ er mich nicht töten?«

»Er fürchtet, dass du für den Fall eines plötzlichen Todes gewisse Vorkehrungen getroffen hast. Und das hast du doch auch, nicht wahr? Du wärst ein Narr, wenn du es nicht getan hättest.«

Ohm Santarin nickte nachdenklich. Natürlich hatte er das. »Also ist das Kapitel *Flakio Tasamur* für mich beendet. Genau wie die Zeit mit dir.«

Acsais atmete tief ein, streckte den Oberkörper. »Uns beiden bleiben noch zwei Stunden, ehe ich aus deinem Leben verschwinde.« Sie hakte die Träger ihres Kleides auf und hob die Arme. Der Stoff glitt an ihr hinab, und zum Vorschein kamen um den Oberkörper gebundene Schleiertücher. »Du nimmst mir doch nichts übel, Ohm? Es war ein Geschäft, das wir auf angenehme Weise beenden könnten. Nichts Persönliches.«

Er sah zu, wie sie mit kleinen Bewegungen aus dem Kleid stieg. Ihre Fingerspitzen nestelten bereits an den Knoten der Tücher.

»Ich nehme dir nichts übel«, versicherte er. Was hatte sie gesagt? Es blieben ihnen zwei Stunden. Danach musste er eben ein Aufputschmittel nehmen, um Atlan fit gegenüberzutreten.

Schließlich brachte es einige Vorteile mit sich, weder eine Freundin noch eine unerledigte Vergangenheit mit sich zu schleppen, wenn man mit dem Lordadmiral der USO in einen geheimen Einsatz ging.

Halb wehmütig beobachtete er zum letzten Mal, wie sich Acsais aus den Schleiertüchern wand.

Hoffins lässt grüßen

Ich war bereits einige Stunden auf der HAPPY FEW, dem Prospektorenschiff meiner Tarnexistenz Elias Pattri, unterwegs in Richtung Lepso, als mir etwas einfiel.

Ich erinnerte mich an die Begegnung mit dem derzeitigen Thakan auf Lepso, Aerticos Gando. Es war allgemein bekannt, dass der Thakan nur nominell die Herrschaft ausübte, in Wirklichkeit jedoch wie eine Marionette an den Fäden des Staatlichen Wohlfahrtsdienstes hing.

Als ich Aerticos Gando gesprochen hatte, war ich zu einer ganz anderen Einschätzung gelangt, was die derzeitigen Machtverhältnisse betraf. Zumindest *dieser* Thakan war alles andere als eine Schachfigur des SWD.

Aerticos Gando besaß eine starke Persönlichkeit, was sich in seinem ganzen Auftreten niederschlug – und in der Tatsache, dass sein Gesicht die Narben trug, die nur die Lashat-Pocken hinterließen. Gando hatte einst an jener Krankheit gelitten, die in den meisten Fällen zum Tode führte. Wer sie überlebte, bewies allein dadurch, dass er etwas Besonderes war.

Mir waren bis dato nur zwei Personen bekannt, die die Lashat-Pocken überlebten. Aerticos Gando … und Ronald Tekener.

Ich stellte eine Hyperfunkverbindung mit dem *Smiler* her. Zwar nutzte ich eine geschützte Verbindung, aber da man nie wissen konnte, führte ich das Gespräch mit Tek ganz in meiner Rolle als Elias Pattri. Der *Smiler* verstand und spielte, ohne zu zögern, mit.

»Danke, dass Sie sich die Zeit nehmen«, begann ich und schob noch einige weitere Floskeln nach. »Sie gestatten mir eine persönliche Frage?«

Tek gab ein unwilliges Räuspern von sich. »Wenn Sie die UHB um ihre Dienste bitten, weiß ich nicht, warum persönliche Dinge eine Rolle spielen sollten.«

»Wie allseits bekannt ist, überlebten Sie die Lashat-Pocken.«

»Und weiter?« Tekeners Stimme war deutliches Interesse anzuhören. Er fragte sich wohl, warum ich dieses für ihn sensible Thema ansprach.

»Ist Ihnen noch jemand bekannt, der diese Krankheit überlebte? Ein Meter siebzig groß, schmales, ausgezehrtes Gesicht, schwarze Haare und ...«

»Und Pockennarben?«, unterbrach der *Smiler*. »Sparen Sie sich die Mühe einer weiteren Beschreibung, Prospektor. Ich kannte nur eine Person, die die Lashat-Pocken überlebte. Eine junge Frau. Bedauerlicherweise nahm sie sich das Leben, weil sie aufgrund ihrer Entstellungen von allen gemieden wurde.«

»Sonst niemanden?«

»Niemanden, Pattri. Warum sollte ich lügen?«

Ich beendete das Gespräch und konzentrierte mich auf das, was vor mir lag.

Ich wusste selbst nicht, warum ich bei Tek nachgehakt hatte. Ob der Thakan die Pocken überlebt hatte oder nicht – was spielte es für eine Rolle? Wahrscheinlich würde ich ihm nie wieder gegenüberstehen. Zwei andere Männer waren für meine weiteren Pläne wesentlich bedeutender.

Artemio Hoffins, der Leiter der Schwarzen Garde. Mein Feind.

Und der Khasurn der da Onur. Seinem Adelsgeschlecht entstammte der tote Arkonide, dessen Körper der Tyarez benutzt hatte, um mein Aussehen anzunehmen. Er hatte den Toten als einen der acht Namenlosen bezeichnet, die vor über 1100 Jahren verschwunden waren.

Die HAPPY FEW bekam per Funk die Order, am äußersten Randbezirk des Raumhafens Pynko Taebellu auf Lepso zu landen.

»Das gefällt mir nicht«, murmelte Decaree, die in der Maske einer Arkonidin als Pilotin des Schiffes fungierte. Sie sah mit roten Augen und schulterlangem schlohweißem Haar bezaubernd aus.

Sie wäre überall als Arkonidin durchgegangen. Zumindest bis zu einer ernsthaften Überprüfung. Ihre Maske war bei weitem nicht so perfekt und ausgeklügelt wie meine. Der Plan sah vor, dass sie mit der HAPPY FEW Lepso sofort wieder verlassen sollte.

Mir stand für eine eventuell benötigte weitere Passage Tipa Riordans Flaggschiff zur Verfügung. Tante Tipa ... die Anführerin der Piraten, die einen nicht zu unterschätzenden Machtfaktor in unseren bewegten Zeiten bildeten. Ihre Aktionen bewegten sich hart an der Grenze zur Legalität und auch darüber hinaus.

Das wusste ich; aber Tipa war nicht meine Feindin. Mit ihr verband mich eine eigenartige Beziehung, wie sie auch zu Perry Rhodan ein unbestimmtes Verhältnis aufrechterhielt. Die Alte nannte Perry *Söhnchen*, und zumindest vom biologischen Alter her konnte sie diese Anrede mit Fug und Recht verwenden. Das *tatsächliche* Alter Perrys übertraf das ihre natürlich bei weitem, obwohl auch Tante Tipa einen Zellaktivator besaß.

Tipa hielt sich in Orbana zu meiner Verfügung – ein verblüffendes Entgegenkommen ihrerseits.

Was nicht aus Freundlichkeit heraus erwächst, kommentierte der Logiksektor. *Ich wette, dass die Piratin ihr eigenes Süppchen kocht und nur deshalb so entgegenkommend ist, weil sie sich einen Vorteil davon erhofft.*

»Ob man Verdacht geschöpft hat?«, fragte Decaree. »Vielleicht hättest du nicht wieder als Pattri nach Lepso fliegen sollen.«

»Ich glaube nicht, dass man mich in eine Falle locken will.« Zumindest hoffte ich es. »Auf Pynko Taebellu ist eine Menge los. Es dürfte sich schlicht um logistische Probleme handeln, dass man uns einen derart schlechten Platz zuweist.«

Neue Anweisungen von einem Lotsen des Raumhafens kamen herein.

Ein winziges Holo baute sich auf, das Brustbild eines griesgrämig dreinblickenden Humanoiden mit halslos aus den Schultern ragendem kahlen Kopf. Die Sinnesorgane entsprachen denen eines Terraners oder Arkoniden, jedoch waren Nase und Stirn auffallend flach, was unwillkürlich die Assoziation geistiger Beschränktheit weckte. »HAPPY FEW! Landen Sie unverzüglich und schleusen Sie Ihren Passagier aus. Die Landestelle wird schnellstmöglich wieder benötigt.«

»Und was, wenn es nicht so schnell geht?«, schnauzte Decaree mit rauer Stimme und genau so unfreundlich, wie es ihre Rolle verlangte. Die Pilotin eines Prospektorenschiffs würde sich solch einem Befehl keinesfalls beugen, ohne zu widersprechen. »Wir haben unsere Ankunft vorschriftsgemäß angekündigt. Also haben wir das Recht, so lange den Landeplatz zu belegen, wie wir ihn benötigen.«

Ein verärgerter Zuruf ertönte. Die flache Nase des Lotsen blähte sich. »Ihre Ankündigung könnte ganz schnell in meiner Positronik gelöscht werden!«

»Und die Wohlfahrtsgebühr, die wir entrichtet haben, auch? Oder wandert die in Ihre eigene Tasche?«

Ich grinste und reckte, außerhalb der Sichtweite des Lotsen, Decaree den aufgerichteten Daumen entgegen. Sie spielte ihre Rolle perfekt. So gut, dass ich bedauerte, sie in den nächsten Tagen nicht als Kampfpartnerin an meiner Seite zu haben. Doch auf sie warteten Verwaltungs- und Koordinierungsaufgaben. Außerdem verfügte sie über wenig praktische Einsatzerfahrung, und ich hielt es für besser, dass nicht gleich eine ihrer ersten Außenmissionen nach Lepso führte.

»Wenn Sie wüssten.« Der Raumhafenlotse kicherte und zeigte sich merklich besänftigt. Er präsentierte breite Kegelzähne von stumpfgrauer Farbe. »Der SWD steckt den Großteil ...«

»Schon gut«, mischte ich mich in das Funkgespräch ein und trat in den Bildbereich. »Suchen Sie sich jemand anders zum

Flirten. Meine Pilotin ist anderweitig beschäftigt. Wir landen, und ich verlasse die HAPPY FEW augenblicklich, so dass das Schiff wieder starten kann.«

Ich unterbrach die Verbindung.

»So schlecht gelaunt, Prospektor?« Decaree blickte mich aus den rot gefärbten Augen groß an.

»Sieh zu, dass du von hier verschwindest«, empfahl ich. »Ehe die Raumhafenverwaltung sich irgendwelche Schikanen einfallen lässt. Oder der Lotse beschließt, dich mit fadenscheinigen Ausreden aufzuhalten, weil er seinen Flirt fortführen will.«

»Flirt?« Sie lachte. »Ich konnte nichts von einem Flirt feststellen. Eifersüchtig?«

Ich schüttelte demonstrativ den Kopf. »Meine Warnung war durchaus ernst gemeint. Der Lotse war Asukiraner.«

»Und?«

»Du hast noch nie einen Asukiraner getroffen, nehme ich an?«

»Müsste ich das?«

»Asukiraner sind von Natur aus griesgrämig und schlecht gelaunt. Wenn sie lächeln oder auch nur den Funken von Freundlichkeit zeigen, heißt das, dass sie Interesse zeigen, sich mit dem Gesprächspartner zu verbinden.« Ich beugte mich zu Decaree, die auf dem Pilotensessel saß. »Und *Verbinden* meint nichts anderes als kopulieren.«

Decaree wurde mit einem Mal geschäftig. »Die HAPPY FEW landet in maximal fünf Minuten. Du solltest zur Schleuse gehen. Ich will weg von hier! Hast du seine Zähne gesehen?« Sie schüttelte sich.

Der Pilot des winzigen Gleiters war ein Gurrad, ein Löwenmensch aus der Magellanschen Wolke – ein seltener Anblick auf Lepso. Ich zahlte eine horrende Wohlfahrtsgebühr, die dieser mit blitzartiger Geschwindigkeit in einer Tasche seines grüngrauen Anzugs verschwinden ließ.

Er erklärte sich knurrend bereit, mich zum zentralen Verwaltungsgebäude zu bringen. Ich stieg in den Fahrgastbereich und zwängte mich auf einen engen Sessel, der sich hinter dem des Fahrers befand.

Der Geruch im Gleiter war nicht gerade dazu angetan, meine Nase zu erfreuen; der Gurrad muffelte penetrant, als habe er sein Fell und die beeindruckende rotbraune Mähne, die sich vom Kinn bis zum Hinterkopf zog, seit Wochen nicht gewaschen. Im hinteren Bereich des Gleiters sammelte sich der Gestank.

Das Gefährt sauste los, und als ich wenig später über die Schulter zurücksah, stieg die HAPPY FEW bereits auf. In Gedanken verabschiedete ich mich von Decaree Farou und bereitete mich auf das Treffen mit Ohm Santarin vor.

Er erwartete mich, wenn alles nach Plan lief, seit etwa einer Stunde in einem dubiosen Geschäft namens *Vaupeem*, das mit allerlei Speicherkristallen handelte, auf denen abenteuerliche Szenarien darauf warteten, den Benutzer in eine Scheinwelt zu versetzen. Vaupeem-Produkte hatten auf einigen Planeten inzwischen Kultstatus erlangt.

Mein Kontaktmann und neuester USO-Agent wusste, dass ich in der Maske des Prospektors Pattri auftrat. Ich hatte ihn im Vorfeld darum gebeten, einen Plan zu entwickeln, wie wir in das Handelskonsulat eindringen könnten. Er war mit den hiesigen Begebenheiten besser vertraut als ich.

Durch die Seitenscheibe sah ich, dass wir uns immer noch am Rand des Raumhafengebiets befanden. Soeben überflogen wir eine Absperrung und erreichten freies Feld. Vor uns erhoben sich kleine grasbewachsene Hügel, dahinter ragten die ersten im Sonnenlicht glänzenden Gebäude Orbanas auf.

Ich wandte mich an den Piloten des Gleiters. »He, nicht in die Stadt, sondern zum Verwaltungsgebäude!«

Ich hatte das letzte Wort noch nicht ausgesprochen, da baute sich vor mir flirrend ein Energievorhang auf, der den Fahrgastbereich hermetisch abriegelte. Unmöglich, den Löwenmann zu erreichen oder gar den Gleiter zu verlassen.

»Ich weiß, wo du hinwolltest«, antworte der Gleiterpilot und lachte. Er stoppte den Gleiter hinter dem ersten mit kurzem Gras bewachsenen Hügel und landete. Vom Raumhafen aus konnten wir nicht mehr gesehen werden und genauso wenig von Orbana aus.

Der Pilot erhob sich, öffnete das Seitenschott, hob die Pranke wie zum Gruß und sagte: »Schönen Dank für die Wohlfahrtsgebühr. Und beste Grüße von Artemio Hoffins.«.

Ich sah durch die Scheibe, wie er losrannte. Er legte eine erstaunliche Geschwindigkeit an den Tag. Als sitze ihm der Tod im Nacken.

Und du hast auch keine Zeit mehr zu verlieren!, warnte der Logiksektor. *Das alles ergibt nur einen Sinn, wenn …*

Ich weiß, antwortete ich lautlos. *Wenn der Gleiter gleich in die Luft fliegt.*

»Beste Grüße von Artemio Hoffins«, murmelte ich ärgerlich, während ich blitzschnell einen Fluchtplan entwickelte. Ich griff in eine der zahlreichen Innentaschen meiner präparierten Montur. Meine Kleidung entsprach nur äußerlich dem typisch blaugrauen Overall der Prospektoren mit eingebautem Helm.

Innen war er ein Wunderwerk an technischer Ausrüstung.

Es wäre mir ein Leichtes gewesen, den Energieschirm mittels energetischen Störern zum Kollabieren zu bringen – doch das hätte einige Minuten in Anspruch genommen. So viel Zeit blieb mir wohl nicht.

Also wählte ich einen rabiateren Weg und heftete eine winzige Mine an die gegenüberliegende Wand des Gleiters. Sie war nur fingernagelgroß und von nicht besonderer Durchschlagskraft. Doch die Außenwand des Gleiters würde sie zerfetzen.

Und mich übrigens auch, wenn ich ungeschützt geblieben wäre.

Ich schloss den Helm, zog die Hände in die Ärmel der Montur zurück und machte mich auf die Explosion gefasst. Es würde verdammt ungemütlich werden.

Inwendig bestand der Overall aus einer molekular verketteten Mehrfachschichtung von Ultra-Twaron und Kryotex, die außerdem mit nanogroßen Vibrationskügelchen gefüllt war. Der Overall würde der Explosion standhalten, konnte allerdings die Druckwelle nicht vollständig von mir fernhalten.

Ich schloss hinter dem Helm die Augen, spannte mich an. In Gedanken zählte ich die Sekunden bis zur Detonation.

Drei.

Zwei.

Eins.

Der Druck war mörderisch, und die Helligkeit des kurzlebig auflodernden Feuers drang auch durch die geschlossenen Lider. Ich wurde in den Sessel gepresst, dass mir alle Luft aus den Lungen entwich. Hitze leckte über den Anzug, doch sie verging schnell.

Ich quetschte mich aus dem Sessel, zwängte mich durch das gezackte Loch in der Gleiterwand und rannte los. Nur möglichst schnell weg vom Gleiter.

Ich hatte erst wenige Schritte zurückgelegt, als hinter mir der Gleiter detonierte.

Dieser Explosion hätte ich nichts entgegenzusetzen gehabt. Die Druckwelle riss mich von den Füßen. Zum Glück hatte ich den Helm noch voll geschlossen. Ich schrammte meterweit über den Boden. Neben mir schlugen glühende Metallfragmente in den Boden.

Als ich endlich fast zum Stillstand kam, rollte ich über die Schulter zur Seite und sprang auf die Füße.

Vom Gleiter war nichts übrig geblieben außer einem Sprengkrater und diversen Bruchstücken, die in weitem Radius verteilt waren.

An eine Verfolgung des Gurrads war nicht einmal zu denken. Der Scherge Artemio Hoffins' konnte inzwischen sonst wo sein. Zweifellos hatte es sich um einen Agenten der Schwarzen Garde gehandelt, dem ich arglos in die Falle gegangen war.

Decaree hatte Recht behalten. Dass man die HAPPY FEW so weit abseits manövriert hatte, war tatsächlich eine Falle gewesen. Nur dort hatte der Gurrad sicher sein können, dass ich gerade auf seinen Gleiter angewiesen war.

Einen Moment dachte ich darüber nach, den Asukiraner-Lotsen ausfindig zu machen, mit dem wir gesprochen hatten. Doch was hätte es gebracht? Er hatte wohl von einem ihm unbekannten Auftraggeber eine hübsche Belohnung kassiert und dafür ein Schiff umgeleitet. Was mit dessen Passagier passierte, interessierte ihn nicht.

Solche Vorgänge waren Alltag auf Lepso.

Ich machte mich zu Fuß auf den Weg zurück zum Raumhafen. Ich hatte einiges an Zeit verloren. Hoffentlich harrte Ohm Santarin noch aus und stand am Treffpunkt bereit, wenn ich dort auftauchte.

Kaum kletterte ich über die Absperrung auf das Gebiet des Raumhafens Pynko Taebellu, sauste ein ellipsoider Robot heran und wies mich darauf hin, dass ich dabei sei, widerrechtlich einzudringen. »Nutzen Sie die öffentlichen Eingänge, dort …«

»Hör mir mal zu, Eierkopf«, polterte ich. »Richte deinen Herren in der Verwaltungsebene aus, dass sie sich auf eine gesalzene Beschwerde einrichten sollen! Ich fordere Schmerzensgeld! Ich wurde von einem Lotsen in eine Falle geschickt, man trachtete mir nach dem Leben. Sieh dir den Zustand meines Overalls an!«

»Aber bitte beruhigen Sie sich.« Im oberen Teil des Robots flammten einige Dioden auf. Die Forderung nach Schmerzensgeld hatte wohl eine Routine ausgelöst, die ihm höfliches Verhalten gebot. »Ich bin sicher, die Raumhafenverwaltung ist an Ihren Unpässlichkeiten unschuldig. Dennoch werde ich alles mir nur Mögliche veranlassen, Ihren sicher gerechtfertigten Zorn zu besänftigen. Womit kann ich Ihnen dienen?«

Ich verzog verächtlich das Gesicht, freute mich jedoch, eine bequeme Transportmöglichkeit gefunden zu haben. Diesen Vorteil gedachte ich weidlich auszunutzen. »Schaff mir einen Gleiter herbei, der mich zum Verwaltungsgebäude bringt! Und sorg dafür, dass genügend Erfrischungen darin bereitstehen. Dann bin ich möglicherweise bereit, auf ein langwieriges Verfahren zu verzichten. Haben wir uns verstanden?«

»Selbstverständlich, Sir. Der Raumhafenverwaltung ist sehr daran gelegen, dass ihre Gäste zufrieden sind. Ich bitte nochmals um Entschuldigung, falls …«

»Maul halten, Eierkopf! Schaff lieber den Gleiter herbei.«

»Er ist bereits unterwegs«, erwiderte der Robot.

Ohm Santarin staunte nicht schlecht, als ich in einem hochmodernen Zweipersonengleiter das *Vaupeem* von außen ansteuerte und ihn zu mir winkte.

Er stieg ein. »Sie reisen in großem Stil, Prospektor Pattri.«

»In der Tat, mein junger Gehilfe.« Die Raumhafenverwaltung hatte sich nicht lumpen lassen. Ich würde Ohm keine Erklärung abgeben, solange wir uns in diesem Gefährt befanden. Die Gefahr, dass wir abgehört wurden, und sei es auch nur routinemäßig, war zu groß.

Der neue USO-Spezialist erwies sich als klug genug, keine weiteren Fragen zu stellen. Wir redeten über belanglose Dinge, das hieß, *er* redete über belanglose Dinge – in Orbana ereigneten sich stets kleine und kleinste Skandale.

Ohm dirigierte mich vor den Wolkenkratzer, in dem seine Wohnung lag. Wir stiegen aus. Der Gleiter machte sich per Autopiloten auf den Weg zurück zum Raumhafen.

»Die Miete für einen Gleiter mit derart gut ausgestatteter Minibar ist horrend«, meinte Ohm kopfschüttelnd.

»In diesem Fall nicht. Er war eine kleine Aufmerksamkeit der Verwaltung.« Ich berichtete ihm in Stichworten, was geschehen war. »Allerdings sollten wir nicht auf der Straße darüber reden.«

»Gehen wir in meine Wohnung. Dort ist es sicher«, sagte der junge Arkonide. Unter seinen Augen lagen dunkle Ringe, außerdem wirkten sie seltsam verquollen.

»Sie sehen müde aus.«

»Leider gab es einige … private Dinge zu erledigen, ehe ich zum Treffen mit Ihnen aufbrach.«

Er legte die Handfläche auf den Türöffner und sagte in monotonem Tonfall: »Ohm Santarin.«

Seine Hand wurde blitzschnell gescannt, und ein Stimmerkenner trat in Aktion. Es klickte, das Schott schob sich zur Seite. Wir traten in den Hausflur.

»Dinge, die keinen Aufschub duldeten«, ergänzte mein Partner.

Ich las zwischen den Zeilen, dass es sich keineswegs um angenehme Dinge handelte. »Ich hoffe, dass erledigt ist, worauf immer Sie anspielen.«

Wir traten in einen Antigravschacht und schwebten nach unten.

»Diese Dinge sind erledigt«, sagte er überzeugt.

So überzeugt, dass ich unwillkürlich Zweifel daran hegte. »Ich muss mich darauf verlassen können, dass Sie sich voll der Sache widmen werden, ohne eigene Verpflichtungen.« Ich wählte die Worte mit Bedacht; auch hier im Schacht konnten wir nicht sicher sein, ob jemand Ungebetenes mithörte.

»Wir sind da.« Ohm trat aus dem Schacht. »Siebzehntes Untergeschoss.« Auf meine zwar unausgesprochenen, aber deutlich vorgebrachten Befürchtungen ging er nicht ein.

Die Prozedur vom Hauseingang wiederholte sich; wieder traten Handscanner und Stimmerkenner in Aktion.

»Nur ich habe auf diese Weise Zutritt«, fühlte sich Ohm offenbar gedrängt zu erklären. »Bis vor kurzem …« Er schloss die Tür hinter uns. »… genauer gesagt, bis gestern konnte auch meine Freundin ein und aus gehen, wie es ihr beliebte.«

»Aber?«

»Aber ich habe ihre Daten aus der Positronik gelöscht. Wir können sicher sein, in der Wohnung ungestört zu sein. Außer, es hätte sich jemand gewaltsam Zutritt verschafft. Und das würde ich bemerken.«

Ich sah mich in der großzügig geschnittenen Wohnung um. Ein riesiger Wohnbereich, der von wenigen, aber wuchtigen Möbeln dominiert wurde. Eine metallene Sitzgruppe, eine vollautomatische Küche, sogar ein kleiner künstlicher Bachlauf zog sich quer durch das Zimmer, ehe er in einem winzigen Teich auslief.

Mein Blick folgte dem Bachlauf. Er verschwand neben einer geschlossenen Tür.

Ohm war offenbar ein guter Beobachter. »Er führt durch die Wand ins Schlafzimmer. Dort ist ein Schwimmpool.« Er grinste. »Wollen Sie eine Runde drehen, Lordadmiral?«

Ich winkte ab. »Eine sehr luxuriöse Wohnung.«

»Nicht dass Sie denken, die UHB zahlt so gut.« Ohm fuhr sich mit beiden Händen durch die weißen, zentimeterkurz geschnittenen Haare. »Ich bin zu Geld gekommen, ehe ich in Tekeners Dienste trat.«

»Das ist allein Ihre Sache.«

Zumindest, solange es nichts mit den so genannten Privatangelegenheiten zu tun hat, die dein neuer Agent erwähnte, lästerte der Logiksektor.

Und obwohl er damit ein pikantes Thema ansprach, das mir ebenfalls auf der Seele brannte, erwiderte ich lautlos: *Ohm versicherte, dass diese Privatsachen inzwischen erledigt sind.*

Wenn er seine Freundin gerade gestern rausgeworfen hat, klingt mir das nicht danach, als handele es sich um allzu abgeschlossene Details.

Du wirfst verschiedene Dinge durcheinander, tadelte ich. *Gerade du …*

Der Extrasinn schwieg, und ich fragte mich, was das zu bedeuten hatte. Keine Verteidigung? Keine Rechtfertigung?

Der gedankliche Dialog vollzog sich in Sekundenbruchteilen. Ohm Santarin bekam davon nichts mit.

Ich ging zu der Tür, die ins Schlafzimmer führte. Dort hingen an der Wand zwei gekreuzte, elegante Schwerter mit gebogener Klinge. »Darf ich?«

Santarin nickte.

Ich nahm eine der Waffen von der Halterung und führte die Klinge schwungvoll in einem perfekten Halbkreis. Sie durchschnitt zischend die Luft. »Eine wundervolle Waffe.«

»Sie ist alt, und zwar …«

»Lassen Sie mich raten.« Ich hob die Klinge dicht vor mein Gesicht, hauchte auf das Metall. Der Atem kondensierte nicht. Genau wie ich es erwartet hatte. »Sie liegt leicht in der Hand, man spürt das Gewicht kaum. Das Symbol, das dort eingraviert ist, wo die Klinge in den Griff übergeht, stellt zwei sich überlappende Dreiecke dar. Das Schwert ist lyronisch. Eine Kultklinge der achten Dynastie?«

»Der siebten«, korrigierte Ohm. »Dennoch gratuliere ich Ihnen. Ganz ausgezeichnet. Nicht viele hätten es so genau zuordnen können.«

»Eine wahrhaftige Zierde.« Ich hängte das Schwert wieder auf seinen Platz. »Kommen wir zur Sache.« Ich weihte ihn erstmals ein, was nach meiner Landung auf Pynko Taebellu geschehen war.

»Grüße von Artemio Hoffins«, sagte Ohm nachdenklich. »Das heißt nichts anderes, als dass der Löwenartige ein Agent der Schwarzen Garde war.«

»Sie wissen über Hoffins' Doppelfunktion also Bescheid?«

»Der Handelskonsul ist nicht nur in seiner offiziellen Funktion für Imperator Dabrifa tätig.« Ohm setzte sich auf einen der Metallstühle und wies mir ebenfalls einen zu. »Er ist *nebenbei* Leiter der Schwarzen Garde, eines Geheimdienstes.«

»Und er war maßgeblich beteiligt am Tod eines Arkoniden und eines Tyarez.« Ich erklärte nun die letzten Zusammenhänge um den Pseudo-Atlan.

»Daher also Ihre Bitte, einen … inoffiziellen Besuch im Handelsministerium in die Wege zu leiten.«

»Ich will mit Hoffins sprechen. Nach dem Anschlag auf mein Leben erst recht.«

»Als Sie den Namen erwähnten, habe ich ein wenig nachgeforscht.« Er trommelte mit den Fingern auf der Metallplatte des Tisches. Neben dem leisen Plätschern des Teichs das einzige Geräusch in der weitläufigen Wohnung.

»Und?«

»Es heißt, Artemio Hoffins befinde sich auf einer Dienstreise außerhalb Lepsos. Aber gleichzeitig kursieren Gerüchte, dass er sehr wohl noch auf dem Planeten weilt. Allerdings momentan nicht mehr in seiner Eigenschaft als Handelskonsul, sondern lediglich als Leiter der Schwarzen Garde.«

Ich ballte die Hände. »Also ergibt es keinen Sinn, wenn wir ins Handelskonsulat vordringen. Dort werden wir ihn ganz sicher nicht finden.«

Ohm Santarin schüttelte mit schmallippigem Lächeln den Kopf. »Wenn wir ihn irgendwo ausfindig machen, dann im Handelskonsulat und nirgends sonst. Dort hat er abgeschirmte Räume zu seiner Verfügung. Räume, von denen kaum jemand weiß.«

Ich ahnte, worauf er hinauswollte.

Er schnippte mit Daumen und Zeigefinger beider Hände. »Die Zentrale der Schwarzen Garde, um genau zu sein. Das Hauptquartier des Geheimdienstes des Imperators Dabrifa.«

»Mir scheint, Ronald Tekener hat mir genau den richtigen Mann ans Herz gelegt. Sie sind gut informiert, Ohm. Wahrscheinlich stammt diese Information nicht von LepsoLive.«

Sein Blick verdüsterte sich für einen kaum wahrnehmbar kurzen Moment. Dann schloss er die Augen, atmete tief durch und erwiderte: »Ich verfüge über einige Quellen. Sagen wir es so … ich stand in besonderem Verhältnis zum Thakan.«

»Aerticos Gando? Ich habe ihn kennen gelernt.«

»Zu seinem Vorgänger. Flakio Tasamur.«

Dieser Name wiederum sagte mir nichts.

»Tasamur gab mir einige Informationen, die sich als sehr hilfreich für meine weitere Karriere auf Lepso erwiesen. Und nun auch als sehr hilfreich für Sie, Lordadmiral.«

Sieh ihn dir genau an, forderte der Logiksektor. *Die kleine Furche zwischen den Augen. Außerdem umspielt sein Daumen die Tischkante. Er ist nervös. Das Thema bereitet ihm Unbehagen.*

»Erzählen Sie mir mehr über diesen Tasamur«, bat ich.

Ohm stand auf, ging zu dem schmalen Bachlauf, bückte sich und schöpfte mit der hohlen Hand Wasser, das er zwischen den Fingern hindurchrinnen ließ. Wie zufällig wandte er mir dabei den Rücken zu. »Wie gesagt war er der vorige Thakan. Wenn Sie den jetzigen Herrscher schon einmal getroffen haben, wird Ihnen aufgefallen sein, dass er alles andere als eine Marionette des SWD ist, wie es allgemein behauptet wird.«

»Es ist mir in der Tat aufgefallen.«

»Er ist nicht der Erste, der eine starke politische Position einnimmt und sich gegen den SWD und seine Führer behauptet. Sein Vorgänger führte diese Wende der Machtverhältnisse ein.«

»Flakio Tasamur.«

Ohm nickte. »Tasamur sprengte die alten Strukturen, die den Thakan in einen Howalgonium-Käfig sperrten. Sie kennen die Redensart?«

»Wertvolle Umgebung, scheinbar luxuriöses Leben, aber gefangen.«

»Tasamur war nicht damit einverstanden, nach außen Macht zu repräsentieren, die er nicht wirklich besaß. Er leitete Veränderungen in die Wege. Dabei konnte er nicht mit Samthandschuhen vorgehen. Er bediente sich der Hilfe einiger ...« Er drehte sich um. Wasser tropfte von seinen Fingern, sammelte sich in winzigen Pfützen vor seinen Füßen. »... zwielichtiger Gestalten. Und er schuf sich Feinde.«

Ein tellerförmiger Reinigungsrobot sauste herbei und saugte die Wasserlachen auf.

»Es kam zu einigen Wirren, die mit dem Tod des Thakans Tasamur endeten. Damit begann die große Zeit des Aerticos Gando.«

»Was meinen Sie mit ...«

»Bitte lassen Sie mich zuerst ausreden, Lordadmiral.« Jetzt erst richtete er sich auf und wischte die nassen Hände am Stoff seiner Hose ab. »Zumindest hielt man Flakio Tasamur für tot. Seit gestern ist bekannt, dass er noch lebt. Er ist Gefangener in der Schweißöde.«

Ich gab ihm zu verstehen, dass mir dieses Megagefängnis ein Begriff war. »Sonst haben Sie mir nichts zu sagen?«

Er stockte. »Sie sind ein aufmerksamer Beobachter, Lordadmiral. Und Sie kombinieren rasch.«

»Es kommt mir nur auf eins an«, stellte ich klar. »Ich will mich hundertprozentig auf Sie verlassen können. Was immer Sie mit Tasamur zu schaffen haben, warum auch immer Sie eine der *zwielichtigen Gestalten* waren, deren der ehemalige Thakan sich bedient hat, es ist mir gleichgültig.«

Für einen Augenblick stand ihm die Verblüffung auf dem Gesicht geschrieben. »Sie wissen es?«

»Es gab einige Andeutungen, die diesen Schluss nahelegten. Aber gewusst habe ich es bis eben nicht. Es war ein Schuss ins Blaue.«

»Der allerdings genau ins Ziel getroffen hat.«

»Meine Frage an Sie lautet, und das ist mir ernst: Ist diese Angelegenheit abgeschlossen, oder hängen Sie in irgendwelchen Verstrickungen, die verhindern, dass Sie effektiv als Agent und Partner an meiner Seite arbeiten können?«

Er antwortete, ohne zu zögern. »Die Vergangenheit ist abgeschlossen.« Erst sah es so aus, als wolle er nichts mehr zu diesem Thema äußern, doch dann entschied er sich anders. »Seit wenigen Stunden. Tasamur gab mir zu verstehen, dass er schweigen wird, wenn ich schweige. Und ich werde ganz sicher nicht in der Vergangenheit wühlen. Wie Sie sicherlich geschlussfolgert haben, bin ich im Zuge meiner Arbeit für Tasamur zu Geld gekommen. Ich verdanke ihm meinen Wohlstand und diese Wohnung.« Er wies um sich. »Ich habe nicht die geringste Lust, sie wieder zu verlieren. Der Name Flakio Tasamur wird in meinem Leben keine Rolle mehr spielen.«

»Das wollte ich hören.«

Und vielleicht hat er es genau deshalb gesagt, warnte der Extrasinn.

Doch diesem Pessimismus schloss ich mich nicht an. Ohm Santarin war mir sympathisch. Ein Mann, der wusste, was er wollte; der sich von ganz unten nach ganz oben gekämpft hatte. Der in die Konflikte der Mächtigen geraten und nicht dabei zerrieben worden war. In ihm steckte einiges, und sein Wissen und seine Fähigkeiten waren für mich unverzichtbar.

»Hier lang.«

Der Schatten einer weit über die Stirn reichenden Mütze verbarg Ohm Santarins Gesicht ebenso wirksam, wie es ein Deflektorfeld getan hätte.

Wer immer uns in den letzten Minuten passiert haben mochte, würde sich nicht an uns erinnern. Wir waren nur zwei Gestalten, die eine ungewöhnliche Mütze trugen – wenn es so etwas wie *ungewöhnlich* in Orbana, dem Schmelztiegel vieler Kulturen, überhaupt gab.

»Wir sind gleich da«, ergänzte Ohm.

Wir waren unterwegs zu einer der Quellen meines Agenten; einem *mysteriösen Wesen*, wie Ohm es bezeichnete, *das über viele Informationen verfügt*.

Die Gegend kam mir bekannt vor: Wir befanden uns im Bezirk Stratto, hoch im Nordosten der Altstadt von Orbana. Noch konnte es Zufall sein, aber wir bewegten uns zielstrebig auf die *Grube* zu, das unterirdische Etablissement, in dem ich bei meinem ersten Besuch auf Tipa Riordan, die Piratin, getroffen war. Und nicht nur auf sie.

»Wir überqueren gerade den Chylamassa«, sagte Ohm.

Hunderte Fußgänger eilten in beide Richtungen. Bodengleitern war hier die Durchfahrt verboten, etliche Meter über uns sausten Fluggefährte dahin, vom winzigen Einmannschlitten bis zum überfüllten Transporter.

»Wo genau liegt unser Ziel?«

»In Sichtweite von hier. Zumindest könnte man es sehen, wenn es nicht unterirdisch läge.«

»Die *Grube*.«

»Sie kennen das Lokal?«

»Die *Grube* muss man kennen«, sagte ich im Tonfall eines positronischen Reiseführers.

Ohm nahm es kommentarlos hin. »Dort wartet mein Informant hoffentlich schon auf uns. Er machte Andeutungen, dass er uns helfen könnte, in die nicht öffentlichen Bereiche des Handelsministeriums zu gelangen.«

Wir erreichten den Eingang, und ich zahlte der Hohrugk, die dort ihren Türsteherdienst absolvierte, das Eintrittsgeld.

Durch den abschüssigen, düsteren Korridor erreichten wir den Balkon, von dem aus es noch tiefer ging. Wir wählten eine der Rutschen und sausten hundert Meter in die Tiefe. Eine durchaus vergnügliche Rutschpartie.

Die *Grube* selbst, das eigentliche Lokal, bildete eine über dreihundert Meter durchmessende Schale mit Tresen, Bühnen, Tanzflächen.

Hier wurden faszinierende Shows geboten; an diesem Tag gastierte der reisende Weltraumzirkus *Fafarani* mit seinem Kuriositätenkabinett. Dass die drei an den Hinterköpfen zusammengewachsenen Topsider echt waren, bezweifelte ich allerdings. Wahrscheinlich robotische Nachbildungen. Ein allzu billiger Trick.

Ich achtete nicht weiter darauf, ebenso wie ich die Hitze ignorierte.

Das Lokal wurde von Hohrugk betrieben; Wesen, die nicht nur den Aufenthalt in der Tiefe der Erde liebten, sondern auch an geradezu mörderische Temperaturen gewöhnt waren. Sogar die hohe Durchschnittstemperatur Lepsos empfanden sie als kühl.

Während die weiblichen Individuen – die *Kühe* – sich um das Wohl der Gäste kümmerten, gruben die Männer sich immer tiefer in die Kruste Lepsos.

Seltsam, dass Ohm gerade hier seinen Informanten treffen wird, meldete sich der Extrasinn. *Und wie er ihn beschreibt … ein mysteriöses Wesen …*

Ich war es nicht gewohnt, dass der Logiksektor Andeutungen und Spekulationen von sich gab, aber in diesem Fall schien es mir angebracht. Ich wusste worauf er hinauswollte.

Und er behielt Recht.

Ich erkannte den Informanten sofort. Oder die *Informantin*, ganz wie man es nahm. Ich hatte dieses Wesen in beiden

Geschlechtsformen kennen gelernt. In seiner weiblichen Form allerdings etwas genauer als in seiner männlichen …

»Sie erlauben dem Hökerer, Ihnen ein Angebot zu machen, Prospektor?«

Ein alter humanoider Mann stand gebeugt vor uns, die altertümliche Kiepe, die er normalerweise auf dem Rücken trug, neben sich auf einem freien Tisch abgestellt. Die Schattenflecken hinter der lindgrünen, welken Haut pulsierten. In den silbern blitzenden, schmalen Augen zeigte sich nicht die geringste Überraschung. Die Haare waren unter einem Stofftuch verborgen, doch ich wusste, dass sie rubinrot waren.

Der Hökerer … von ihm hatte ich leihweise jenes kleine Tyarez-Artefakt erhalten, das sich während einiger Experimente auf dem Planeten der Wissenschaftler in ein abstruses, hundert Meter aufragendes Etwas *entfaltet* hatte. Und als Leihgebühr hatte er eine sexuelle Begegnung mit mir gefordert. Die allerdings erst stattgefunden hatte, nachdem sich der Hökerer vor meinen Augen in die *Hökerin* verwandelt hatte, eine sehr reizvolle, jüngere Version seiner selbst – weiblichen Geschlechts. In diesem Augenblick war mir, als würde ich ihre weiche Haut wieder unter den Fingerspitzen fühlen.

»Hat es Ihnen die Sprache verschlagen?«, fragte der Alte mit kratzender Stimme.

»Mir schon«, erwiderte Ohm. »Du kennst den Prospektor?«

»Elias Pattri« – der Hökerer betonte meinen falschen Namen auf eigenartige Weise – »ist mir ein Begriff.«

Ich sah mich genötigt einzugreifen. »Der Hökerer kennt offenbar jeden.«

»Jeden, den es lohnt zu kennen.« Der Alte kicherte, und die dunklen Flecken unter seiner grünen Haut wurden blasser. »Ich mache nur mit ausgewählten Personen Geschäfte. Gerne erinnere ich mich an das, was ich mit Ihnen abgeschlossen habe, Prospektor.«

»Ein Geschäft zur beiderseitigen Zufriedenheit«, antwortete ich zweideutig.

»Allerdings.« Der Hökerer bückte sich und griff in seine Kiepe. »Da Ihr junger Freund Ohm Santarin ebenso vertrauenswürdig ist wie Sie, Prospektor Pattri, überreiche ich ihm das, worum er mich bat, schon ehe ich die versprochene Bezahlung erhalte.«

Unwillkürlich fragte ich mich, worin diese Bezahlung wohl bestand. Hatte auch Ohm eine Liebesnacht vor sich?

»Ich werde dich bezahlen, Hökerer, wie immer. Bislang waren deine Preise im Bereich des Machbaren, wenn ich auch so manchen alten Kontakt ausnutzen musste, um deine Wünsche zu erfüllen.«

Der Hökerer nahm die Hand aus der Kiepe, hielt die Faust aber geschlossen. Was immer er uns anzubieten hatte, befand sich offenbar darin. Er ächzte und ließ sich schwerfällig auf einem Stuhl nieder. »Sie erlauben, dass der Hökerer Ihnen das Gewünschte übergibt?«

Er schmetterte die Faust unnötig heftig auf den Tisch, öffnete die Finger. Ein metallener Würfel fiel heraus, klapperte über die eigenen Kanten und blieb liegen. Ein unscheinbares, auf den ersten Blick völlig wertloses Ding.

»Das ist alles?«, fragte Ohm.

Ich hatte gelernt, die Dinge nicht nach ihrem Äußeren zu beurteilen. »Darf ich?« Der Hökerer nickte, und ich nahm den Würfel vorsichtig mit Daumen und Zeigefinger. Er vibrierte leicht. Ich hob ihn ans Ohr. Er summte kaum hörbar.

»Kommen wir zur Bezahlung.« Der Hökerer ließ den Blick seiner silbernen Schlitzaugen von Ohm zu mir wandern. »Jetzt, da ich weiß, dass Sie in das Geschäft verwickelt sind, Prospektor, bin ich fast geneigt, noch einmal … Aber nein, nein!« Er erhob sich mühsam und starrte Ohm an. »Geben Sie mir das Geld für eine Passage durch die Wüste und eine Eintrittskarte für die Schweißöde.«

»Die Schweißöde?« In Ohms knapper Antwort spiegelte sich plötzlich Misstrauen.

»Ich wusste nicht, dass man das Gefängnis *besuchen* kann«, mischte ich mich ein.

»Oh, es ist eine Touristenattraktion«, versicherte der Hökerer, und die Falten in seinem runzligen Gesicht wurden noch tiefer. »Zumindest einmal im Monat. Dann wählt der positronische Robotkommandant zwei Todeskandidaten, die in einem Gladiatorenkampf gegeneinander antreten. Der Sieger darf durch eine Strukturlücke im Energieschirm in die Wüste hinaus. Wenn er es schafft, die Zivilisation zu erreichen, ist er frei.«

»Das klingt ...«

»... nach seltsamer Rechtsprechung?« Der Hökerer lachte. »Im Grunde ist auch der Sieger längst tot. Nicht einmal im körperlich besten Zustand hätte man zu Fuß und ohne Hilfsmittel eine Chance, die Wüste zu durchqueren. Aber der Sieger des Gladiatorenkampfes ist stets schwer verletzt und am Ende seiner Kräfte. Dennoch gibt es immer wieder Verrückte, die glauben, sich ihre Freiheit verdienen zu können. Ihr Tod ist entweder in der Arena sehr blutig und schmerzhaft oder in der Wüste sehr langsam und qualvoll. Keine angenehmen Alternativen in des Hökerers Augen.«

»Wie viel kostet es?«, fragte ich.

Der Hökerer nannte eine astronomisch hohe Summe, die ich, ohne mit der Wimper zu zucken, bezahlte. »Ich hoffe, der Würfel ist das Geld wert.«

»Das ist er«, versicherte der Alte, schnallte sich seine Kiepe über den Rücken und wandte sich ab.

»Wie wenden wir ihn an?«

Der Hökerer drehte sich noch einmal um. »Aktivieren Sie ihn, indem Sie alle sechs Flächen nacheinander berühren. Genauso desaktivieren Sie ihn wieder. Ein Deflektorfeld wird sich aufbauen. Im Grunde eine simple Technik. Der Vorteil ist, dass die Warnsysteme des Handelskonsulats den Schirm nicht orten können. Sie können einfach neben den Wachtposten spazieren gehen. Auch sämtliche von Ihnen mitgeführte Technik wird nicht geortet werden.«

»Bist du sicher?«

»Absolut«, versicherte der Hökerer. »Und wo wir gerade von

Sicherheit sprechen. Ich mag Sie, Prospektor. Sie sollten die *Grube* nicht mehr aufsuchen. Die Hohrugk-Kälber graben sich mit schierer Besessenheit immer weiter in die Planetenkruste. Mit noch größerer Besessenheit als gewöhnlich. Sie sind längst tiefer als je zuvor. Sie haben irgendetwas vor. Irgendetwas macht sie unruhig. Ich denke, die *Grube* ist nicht mehr lange ein sicherer Ort.«

Ohne ein weiteres Wort drehte er sich um, schlurfte zum Nachbartisch und sagte: »Sie erlauben dem Hökerer, Ihnen ein Angebot zu machen?«

Später, in Ohms Wohnung, unterzogen wir den Würfel einem ersten Test. Ohm stand zwei Meter von mir entfernt und tippte mit dem Zeigefinger, genau wie der Hökerer es gesagt hatte, nacheinander auf alle Flächen.

Ohne Übergang verschwand der Agent vor meinen Augen. »Es funktioniert.«

»Fragt sich nur«, meinte er, nachdem das Deflektorfeld wieder erloschen war, »ob die Systeme des Konsulats den Würfel tatsächlich nicht orten können.« .

Ich nahm den Würfel und war kurz darauf für Ohm unsichtbar.

»Wir werden es schon merken.« Einen Moment breitete sich Schweigen aus, dann ergänzte ich grimmig: »Schöne Grüße an Artemio Hoffins.«

Hoffnung auf Hoffins

»Konsul Hoffins' Büroräume liegen im 62. Stockwerk«, setzte mich Ohm Santarin in Kenntnis.

Wir standen in Sichtweite des kelchförmigen Bauwerks, das Imperator Dabrifa im arkonidischen Stil errichtet hatte. Ich fühlte mich unwillkürlich an meine eigentliche Heimat erinnert, mit der mich zwiespältige Gefühle verbanden.

Dabei hieß in Sichtweite in diesem Fall nicht viel; das Gebäude überragte mit seinen exakt 175 Stockwerken alle Bauten im Umkreis. Außerdem stand es inmitten eines Parks, auf allen Seiten fünfhundert Meter weit von Wiesen, Bäumen, künstlichen Seen und Erholungsanlagen umgeben. Aus der Luft gesehen ergaben die drei Kunstseen die Eckpunkte eines gleichseitigen Dreiecks.

Wir hielten uns in den äußeren, öffentlich zugänglichen Bereichen des Parks auf. Die inneren Bezirke durften nur von Gästen oder Besuchern des Handelsministeriums betreten werden. Gelegentlich fanden Kontrollen statt.

Das Handelskonsulat selbst konnte nach einigen Terroranschlägen, die das Zentrum Orbanas vor etwas über einem Jahr erschüttert hatten, erst nach einer eingehenden Überprüfung betreten werden. In eingeweihten Kreisen wurde gemunkelt, die Anschläge seien von der Schwarzen Garde selbst ausgeführt worden, um einen Grund zu liefern, das Handelsministerium besser abzuschotten und damit die Zentrale des Geheimdienstes zu schützen.

Über dieses Gerücht hatte mich Ohm Santarin aufgeklärt und gleichzeitig darauf hingewiesen, dass er diese Meinung nicht teilte, weil es nach wie vor für potentielle Attentäter oder Agenten einfach war, das Kelchgebäude zu betreten. Man musste nur einen Fall von Industriespionage vorbringen, um zu einem der Untersuchungsbeamten geladen zu werden. In die Räumlichkeiten der Schwarzen Garde vorzudringen sei wiederum nahezu unmöglich – deswegen hatte Ohm sein Glück auch bei dem Hökerer versucht.

»Hoffins' Privatgemächer befinden sich in den oberen Stockwerken«, fuhr Ohm fort. »Knapp unterhalb des Kelchrandes. Dort liegen Wohnbereiche samt Terrassengärten im Inneren des Trichters übereinander. Sehr idyllisch. Viele streben eine Anstellung im Konsulat an, nur um in den Genuss einer Dienstwohnung zu gelangen.«

Zwei Terraner in leichter Kleidung joggten an uns vorbei. Wir saßen am Rand eines der Seen im Gras. Die beiden Sportler warfen uns abschätzige Blicke zu; zumindest die Blicke des Mannes waren abfällig. Die Frau musterte meinen Begleiter sichtlich interessiert und drückte die Schultern samt den beeindruckenden Brüsten vor, als Ohm den Blick erwiderte. Als sie schon etliche Meter entfernt waren, sah sie noch einmal über die Schulter zurück und zog ein enttäuschtes Gesicht, weil nur ich ihr hinterherblickte. Ein Prospektor war für sie wohl nicht interessant. Den beiden Sportlern folgte in angemessenem Abstand ein kegelförmiger Robot, ein medizinisches Standardmodell.

Ohm nahm einen flachen Stein zwischen Daumen und Zeigefinger und schleuderte ihn auf den See, wo er mehrfach auf der Oberfläche hüpfte, ehe er versank. »Unser eigentliches Ziel liegt unterirdisch. Der Zugang ist angeblich nur über Artemio Hoffins' Privatgemächer möglich. Ein Transmitter soll seine Wohnung mit der unterirdischen Zentrale der Schwarzen Garde verbinden.«

»Also erst ganz nach oben, um sich dann in die Tiefe abstrahlen zu lassen. Allerdings werden wohl kaum alle Schwarzgardisten den Weg über Hoffins' Gemächer wählen.«

Ohm nickte und wiederholte das Spiel mit dem Stein. »Es ist aber der einzige Weg, der mir bekannt ist.« Diesmal gelang ihm der Wurf nicht; der Stein versank sofort. »Schon in Hoffins' Privatwohnung einzudringen ist nahezu unmöglich.

Sich dann per Transmitter in das Hauptquartier versetzen zu lassen ist praktisch Selbstmord. Aber selbst wenn wir das dank des Würfels überleben, werden wir dort unten auffallen … und der Rückweg ist ausgeschlossen. Der Transmitter bildet den einzigen Ausgang, und es braucht nur jemand an der Gegenstation in Hoffins' Wohnung auf uns zu warten und uns mit einem lang gezielten Strahlerschuss zu empfangen.« Er klatschte in die Hände. »Das war's dann für die Eindringlinge.«

»Mit Pessimismus hat noch niemand einen Agenteneinsatz überstanden«, tadelte ich.

»Pessimismus? Wohl eher Realismus. Man muss die Gefahr kennen, um ihr zu trotzen!«

»Eine hervorragende Antwort.« Ich staunte, als die beiden terranischen Jogger erneut an uns vorbeizogen. Sie hatten den See rasch umrundet. Diesmal beachtete uns die Frau nicht. »Sie haben übrigens den gefährlichsten Moment auf den Punkt gebracht, Ohm. Die Rückkehr aus der Zentrale in die Privatwohnung des Konsuls.«

Wenn wir dann noch am Leben sind, prognostizierte der Extrasinn düster. *Die Chance dafür liegt bei eins zu …*

Das will ich gar nicht wissen!

»Und deshalb«, fuhr ich laut fort, »werden Sie nicht mit in die Zentrale gehen, sondern mir den Rücken decken.«

»Ich bleibe in Hoffins' Privatgemächern?«

»Wenn jemand dorthin vordringt, schalten Sie ihn aus.« Ich erhob mich, fasste in eine der Taschen des Overalls, den ich inzwischen gereinigt hatte und der nur noch geringe Spuren des Attentats auf dem Raumhafen Pynko Taebellu trug. Meine Finger umschlossen den Würfel. »Gehen wir.«

Ohm und ich hielten Körperkontakt, die unabdingbare Voraussetzung dafür, dass das Deflektorfeld uns beide umspannte.

Wir näherten uns dem offiziellen Eingang ins Handelskonsulat. Die erste Bewährungsprobe stand unmittelbar bevor.

Zwei Wachen lauerten vor dem protzigen Eingangsbereich, der sich in Form einer gläsernen Riesenmuschel an das Hochhaus schmiegte. Wir stoppten nur wenige Meter von ihnen entfernt.

Inzwischen hätten die Überwachungssysteme längst Alarm schlagen müssen. Ein herkömmlicher Deflektor wäre geortet worden, ebenso das kleine, aber exquisite Waffenarsenal, das wir mit uns führten.

Doch nichts geschah.

Die Wachen – Kolonialterraner mit beeindruckender Schulterbreite – unterhielten sich. Niemand außer uns befand sich in der Nähe, und für die Wachtposten waren wir unsichtbar.

»Ich kann's kaum erwarten, bis die Schicht endlich vorbei ist«, sagte der, der rechts von uns stand.

Der andere pfiff und grinste schmierig. »Hast du wieder ein Rendezvous mit dieser arkonidischen Wuchtbrumme?«

»Darauf kannst du wetten.« Er hob beide Hände und legte andächtig die Fingerspitzen aneinander. »Und sie ist fällig!«

Wir betraten die Empfangshalle.

Noch immer gellte kein Alarm. Keiner der Sensoren hatte unser Eindringen registriert. So einfach war es also trotz aller Sicherheitsmaßnahmen, Waffen einzuschmuggeln.

Wir gingen zielstrebig in Richtung der Antigravschächte.

Angehörige verschiedener Völker eilten durch die Halle. Es herrschte geschäftiges Treiben. Ein hilfesuchender Topsider debattierte mit einem Arkoniden, der den einzigen Informationsschalter besetzte.

Wir erreichten den Antigravschacht und schwebten in die Höhe. 150 Stockwerke waren frei erreichbar, dann endete der öffentlich zugängliche Bereich. In die obersten Geschosse, die unter anderem der Konsul Artemio Hoffins bewohnte, konnte man nicht so einfach hineinspazieren.

Die dorthin führenden Lifte waren kodegesichert.

Wir gingen noch immer unentdeckt durch den in völliger Stille liegenden Hauptkorridor des 150. Stockwerks.

Ohm besaß einen Plan des Bauwerks. Dieses Dokument war unbezahlbar, und auf die Frage, wieso es sich in seinem Besitz befand, hatte er ausweichend geantwortet. Das Einzige, was ich ihm hatte entlocken können, war die lapidare Bemerkung, der Plan sei ihm im Zuge seiner besonderen Kontakte mit dem ehemaligen Thakan Tasamur in die Hände gefallen.

Der Plan führte uns in einen abgelegenen, kaum erhellten Bereich dieses Stockwerks – und in eine Sackgasse. Der Gang endete ohne ersichtlichen Grund; direkt vor uns ragte eine graue Wand auf.

»Hier müsste es weitergehen«, flüsterte Ohm. »Laut des Plans existiert hier keine Abtrennung.«

»Wo genau befindet sich der Schacht, der weiter nach oben in die Privatgemächer führt?«

»Etwa drei Meter von hier.« Er verzog das Gesicht. »Genau hinter dieser Wand.«

Denk nach, forderte der Logiksektor. *Der Weg führt in die Privatgemächer deines Feindes Hoffins und in die einiger anderer hoher Beamter. Das heißt, der Weg dorthin dürfte nicht allzu schwierig sein. Wer hat schon Lust, sich täglich besonders komplizierten Schutzvorkehrungen zu unterziehen?*

Ich zog einen kleinen Massetaster aus meiner Overalltasche, richtete die Ortung aus und betrachtete staunend das Ergebnis. »Dort vorne ist nichts. Der Gang führt weiter.«

»Also müssen wir nur irgendwie diese Mauer umgehen.«

»Dort ist *nichts*«, wiederholte ich nachdrücklich. Ich ging los, versuchte die optische Wahrnehmung zu ignorieren. Ohm zerrte ich mit mir, denn wir durften den Körperkontakt nicht verlieren, um beide weiterhin durch das Deflektorfeld geschützt zu sein.

Seine Augen weiteten sich verblüfft, und mich durchfuhr ein unangenehmes Gefühl … Dann durchstießen wir die virtuelle Mauer.

Keine sehr effektive Schutzmaßnahme, kommentierte der Extrasinn.

Das sollte es wohl auch gar nicht sein. Man rechnete nicht damit, dass jemand mit feindlicher Absicht bis hierher vordringen könnte; dazu war das Handelskonsulat als Ziel zu unbedeutend. Die holografische Vorgaukelung einer Wand diente lediglich dazu, etwas Verwirrung zu stiften oder zu verhindern, dass irgendjemand, der sich zufällig hierher verirrte, weiterging – immerhin stand dieser Bereich theoretisch jedem Besucher offen, wenn auch in diesem und den drei darunter liegenden Stockwerken keine Büroräumlichkeiten mehr existierten und es somit auch keinen Grund gab, so weit vorzudringen.

Ein wirkliches Hindernis für ungebetene Gäste bildete eher der Antigravschacht, der als einziger Weg weiter nach oben führte.

Denn dieser war, wie eine rot blinkende Warnlampe uns Sekunden später signalisierte, abgeschaltet. Wer, ohne ihn vorher zu aktivieren, in den Schacht trat, würde in die Tiefe stürzen. Selbst mit einem Flugaggregat wäre der Weg nach oben unmöglich, wie mir ein einziger Blick bewies, als ich den Kopf in den Schacht reckte. Ein flirrendes Energiefeld versperrte schon nach einem Meter den Weg.

Ich zückte den Dekoder, ein handliches, kaum faustgroßes Wunderwerk modernster Technik. Ich hielt es vor den Touchscreen, in den der Aktivierungskode eingegeben werden musste.

Der Dekoder trat in Aktion, scannte den Touchscreen und die dahinter liegende Technik. Es dauerte nur wenige Sekunden, bis mir das Gerät den aktuellen Zugangskode lieferte. Er lautete *Bonnard*.

Ein eigenartiges Wort. Der Logiksektor lieferte mir sogleich die Information, dass *Bonnard* zum einen eine altlemurische Bezeichnung für den Beginn einer Weltenschöpfung darstellte, zum anderen den frühlepsotischen Begriff für Karriere bildete.

Ich dachte nicht weiter darüber nach, tippte das Wort in die Tastatur des Touchscreens und hoffte, dass keine zusätzlichen Sicherungen existierten.

Meine Hoffnung erfüllte sich. Das rote Blinken erlosch, aus dem Antigravschacht summte es für einige Augenblicke. Sonst änderte sich nichts.

»Gehen wir«, sagte ich. Bislang verlief unser Vordringen erstaunlich problemlos. Wir schwebten nach oben. Zehn Stockwerke weit. Dann verließen wir den Schacht und befanden uns dort, wo sich normalerweise nur Konsul Hoffins und seine Gäste aufhielten. Falls er überhaupt Gäste empfing.

Der Schacht führte in einen winzigen Raum, hinter dem Schott lagen die Privaträume meines Feindes.

Das weitere Vorgehen war genau abgesprochen. Wir zogen unsere Strahler. Mit etwas Glück war Hoffins anwesend. Dann wäre ein Vordringen in die eigentliche Zentrale der Schwarzen Garde nicht notwendig.

Ich richtete den Dekoder auf das Kodeschloss. Diesmal dauerte es merklich länger, bis das Kodewort *Konaki* geliefert wurde.

Wenig später zischte das Schott zur Seite, und wir betraten Hoffins' Allerheiligstes.

Weiträumig.

Dieses Wort beschrieb meinen ersten Eindruck am besten. Gemächer war für Hoffins' Wohnung keine übertriebene Bezeichnung. Die Architektur war dermaßen verschwenderisch, dass ich glaubte, in einer Repräsentationszwecken dienenden Empfangshalle zu stehen.

Hoffins schien eine Schwäche für die Farbe Blau zu besitzen; wohin ich auch sah, war diese Farbe allgegenwärtig. Ein sinnverwirrendes blaues Muster an den weißgetünchten Wänden. Blaue Akzente auf dem Boden. Blaue Lichteffekte durch die Beleuchtungsanlage.

Und das blau flirrende Abstrahlfeld eines Transmitters am anderen Ende der Halle.

Das roch nach einer Falle. Als wolle man es uns allzu leicht machen. Warum sollte das Feld aktiviert sein, obwohl wir – so das Ergebnis des Individualtasters – in weitem Umfeld allein waren?

Wie wir es abgesprochen hatten, verließ Ohm den Sichtschutz des Deflektorfeldes. Ich würde per Transmittersprung allein in die Zentrale der Schwarzen Garde vordringen. Allerdings beabsichtigte ich nicht, mich dem bereits aktivierten Transmitter ohne weitere Überprüfung anzuvertrauen.

Stattdessen fragte ich mich, ob unsere Gegner nicht längst über unser Eindringen Bescheid wussten und mit uns spielten.

Es blieb keine Zeit, länger darüber nachzudenken. Die Falle schnappte zu.

Konaki. Die Positronik reagierte sofort auf die Eingabe jenes Kodewortes, das die effektivste Sicherung der Zentrale der Schwarzen Garde darstellte. Es wiegte otentielle Eindringlinge in Sicherheit und öffnete die Tür zu Konsul Hoffins' Privaträumen, löste aber gleichzeitig Alarm aus.

Denn *Konaki* war das Ergebnis, das jedem Unbefugten geliefert wurde, der versuchte, mit Decodierungstechnik die Verschlüsselung zu knacken.

Vier Agenten der Schwarzen Garde, die Minimalbesetzung im Handelsministerium, traten in Aktion. Zwar verfluchten sie den Umstand, dass nur sie momentan im Gebäude stationiert waren, aber sie waren zuversichtlich, mit den Eindringlingen fertig zu werden.

Schon die ersten Bilder aus Hoffins' Wohnbereich lieferten ein Ergebnis. Eine Person. Nur eine einzige Person. Ein schlanker, hochgewachsener Arkonide.

Ein Narr, der schon bald tot sein würde.

Zwei bullige Kerle in Uniform materialisierten und traten aus dem Transmitterfeld. Sie richteten ihre klobigen Strahler auf Ohm. Zweifellos handelte es sich um Schwarzgardisten. Alles ging so schnell, dass weder Ohm noch ich zu einer Reaktion fähig waren.

»Hände zur Seite und über den Kopf! Waffe fallen lassen! Eine falsche Bewegung, und wir schießen dir den Kopf von den Schultern!« Die beiden traten einige Schritte auseinander. Die Mündungen richteten sie weiterhin auf Ohm. »Wo sind die anderen?«

Mir tränten vor Erregung die Augen. Hoffentlich reagierte mein Einsatzpartner richtig. Ich war nach wie vor unsichtbar, und die beiden Soldaten konnten nichts von meiner Existenz ahnen. Die Frage musste einen Schuss ins Blaue darstellen.

Ohm gehorchte. Die Waffe polterte auf den Boden. Seine Hände zitterten. »Die ... die anderen? Welche anderen?«

Mir fiel ein Stein vom Herzen. Ich schätzte die Situation ab. Es würde nicht einfach werden, die beiden Schergen Hoffins' zu überwältigen, ohne Ohm zu gefährden.

»Du willst uns doch nicht weismachen, dass du allein gekommen bist?«, fragte einer der Männer, augenscheinlich ein Terraner. Sein Blick war eiskalt; vom rechten Auge ausgehend zog sich eine Narbe quer über die Stirn bis zum Ansatz der schwarzen, vollen Haare.

Sein Begleiter stammte ebenfalls von Terra, allerdings mit merklich größerer Schulterbreite und so vor Muskeln strotzend, dass er in punkto kompakten Körperbaus mit einem Ertruser konkurrieren konnte. Er senkte den Lauf seiner Waffe, zielte auf Ohms rechtes Knie. »Du solltest reden, mein Freund.« Sein Tonfall säuselte in geheuchelt-freundlichem Singsang. »Sonst bleibt dir genau eine Minute, von deinem Knie Abschied zu nehmen.« Er hob den Lauf wieder ein wenig. »Oder von deinen potentiellen Nachkommen. Die Wahl überlasse ich dir. Die Zeit läuft.«

»Ich ... ich bin allein.« Ohm zitterte. Er spielte seine Rolle ausgezeichnet.

Hoffen wir's, meldete sich der Logiksektor zu Wort. *Vielleicht schlottert er tatsächlich vor Angst.*

»Fünfundfünfzig Sekunden«, sagte der Breitschultrige emotionslos. Seine Linke fuhr über die glänzende Glatze. »Willst du wissen, warum ich kein Haarimplantat trage? Ich bin für Ehrlichkeit. Keine Heuchelei. Fünfzig Sekunden.«

Ich bewegte mich unter dem Deflektorfeld lautlos. Schlich an den Glatzkopf heran.

Mein Partner atmete schneller. »Das Spiel ist vorbei, ja? Sagen Sie Ihrem Chef, ich habe bewiesen, dass man eindringen kann, ohne …«

»Willst du uns verarschen?«, schnauzte der Schwarzhaarige. »Wie bist du hier hereingekommen?« Er fackelte nicht lange, sondern schoss einen scharf gebündelten Energiestrahl direkt vor Ohms Füße. Er brannte ein schmorendes Loch in den Boden.

Ohm wankte zurück. »Ho… Hoffins hat … er hat …«

Ich war hinter dem Glatzkopf angelangt, zielte auf die Waffenhand des anderen Terraners und schoss. Dann schlug ich die ausgestreckte Hand gegen den Nacken des Glatzkopfes. Ein Dagor-Angriff, den kein Humanoider überstehen konnte, ohne für Minuten das Bewusstsein zu verlieren. Er sackte in sich zusammen.

Der zweite Gardist hatte seine Waffe schreiend fallen gelassen.

Ohm reagierte ohne den geringsten Zeitverlust, bückte sich, hob die Waffe auf und sprang auf den Schwarzhaarigen zu, presste ihm die Mündung gegen die Schläfe. »Ein Laut, und du stirbst. Die Situation hat sich gewandelt, mein Freund.«

Der Verwundete krümmte sich vor Schmerzen, presste die Hand gegen die Brust. Blut pulste aus der Wunde, rann an seiner Uniform hinab.

Ich löste das Deflektorfeld auf.

Der Gefangene in Ohms Gewalt fluchte.

»Und nun Klartext«, forderte Ohm. »Wie viele von euch sind im Gebäude?«

»Von … uns?«

»Leugnen war mein Spiel. Noch so eine dumme Bemerkung, und mein Partner schießt dir auch durch die andere Hand.«

Ich packte die Linke des Soldaten, riss sie vom Körper weg und presste die Mündung gegen den Handrücken.

Der Terraner wurde noch bleicher, als er es ohnehin schon gewesen war.

»Wir wissen, dass du zur Schwarzen Garde gehörst, ebenso wie er.« Ich wies auf den Bewusstlosen. »Ihr beide interessiert uns nicht und könnt deswegen mit dem Leben davonkommen. Wir wollen mit eurem Chef reden.«

»Hoffins«, krächzte der Verwundete.

»Na also«, sagte Ohm gefährlich leise nahe an seinem Ohr. »Du kannst ja doch denken. Wie viele stehen noch bereit, uns abzufangen, und wo ist Hoffins?«

»Hoffins ist nicht hier.« Er atmete hektisch, der rechte Arm zuckte unkontrolliert. Kleine Schweißtropfen perlten auf seiner Stirn. Die verletzte Hand blutete weiterhin stark. »Das Hauptquartier ist nur ...« Er stöhnte.

»Nur was?«, fragte Ohm kalt.

»Nur minimal besetzt. Wir beide und eine Ertruserin.«

Ich entfernte den Strahler von seiner Hand. »Bring mich in die Zentrale. Sofort!«

»Es ist zwecklos. Hoffins ist nicht hier.«

»Bring mich in die Zentrale!«, wiederholte ich. Von der Abwesenheit meines Feindes wollte ich mich mit eigenen Augen überzeugen. Außerdem konnte ich dort unten möglicherweise eine Spur finden, die mich zu ihm führte.

Der Gefangene nickte.

»Wir gehen nach Plan vor.« Was nichts anderes hieß, als dass mein Partner in Hoffins' Privatgemächern zurückblieb. Ein gesicherter Rückzug war äußerst wichtig. »Sorg dafür, dass der Glatzkopf nicht aufwacht.«

»Mit dem größten Vergnügen.« Er trat einen Schritt zur Seite.

Der Gefangene wandte sich dem Transmitter zu. »Ich muss die Polung ändern.«

»Keine Tricks! Ich bin direkt neben dir. Wir springen gemeinsam. Falls du das Gerät also sabotierst ...« Den Rest ließ ich unausgesprochen.

Der Soldat änderte rasch die Einstellungen. »Wir werden mitten in der Zentrale materialisieren.«

Statt einer Entgegnung holte ich aus und schickte auch den Schwarzhaarigen in eine Ohnmacht.

»Halt mir den Rücken frei.« Ich berührte nacheinander fünf Flächen des Würfels. Mit einer einzigen weiteren Bewegung konnte ich das Deflektorfeld aktivieren. Ich hoffte, es unten in der Zentrale tatsächlich nur mit einer Ertruserin zu tun zu bekommen. Allein die Anwesenheit einer anderen Person würde mich erfreuen. Artemio Hoffins persönlich.

Ich trat in das flirrende Abstrahlfeld.

Ohm Santarin beobachtete Atlans Entmaterialisierung. Der neue USO-Spezialist sorgte mit einem Betäubungsschuss dafür, dass der verletzte Schwarzgardist nicht so schnell wieder erwachen würde. Danach wandte er sich dem anderen Ohnmächtigen zu und stockte.

Jemand trat draußen aus dem Antigravschacht. Und das Schott zu dieser Empfangshalle stand immer noch offen.

Ohm Santarin zögerte keinen Augenblick. Er eilte aus dem Bereich, der von draußen eingesehen werden konnte. Dabei verfluchte er seine Nachlässigkeit. Zuerst das Schott zu schließen, hätte ihm nun wertvolle Sekunden eingebracht.

Doch für Reue war es jetzt zu spät.

Ein Projektil zischte dicht an Ohm vorbei und schlug hinter ihm in die Wand. Es explodierte und hinterließ ein faustgroßes Loch. Der Lärm war ohrenbetäubend. Splitter jagten durch den Raum.

Ohm warf sich mit einem Schrei zur Seite, suchte Deckung hinter einer wuchtigen Couch. Wo er eben noch gelegen hatte, schmetterte eine Kugel in den Boden. Die Druckwelle der folgenden Explosion traf das kantige Möbelstück. Es verschob sich, prallte gegen Ohms Rücken.

Schmerz tobte durch den Nacken. Ohm hörte ein hässliches, knackendes Geräusch. Er glaubte einen entsetzlichen Augenblick lang, seine Wirbelsäule wäre gebrochen. Aber er konnte sich noch bewegen.

Er spähte an der Seite der Couch vorbei.

Zum ersten Mal sah er seinen Gegner: ein Arkonide. Schulterlanges weißes Haar, schwarze Kleidung.

Und das Explosivgeschoss-Gewehr trat in dieser Sekunde erneut in Aktion.

Ohm sprang auf, stieß sich mit beiden Füßen ab.

Das Projektil durchschlug die Rückenlehne der Couch.

Hinter Ohm explodierte die Welt. Die Druckwelle erwischte ihn im Sprung, als schmettere eine Faust in seinen Rücken. Er wurde weitergeschleudert, flog zwei Meter und krachte gegen einen Tisch. Die Platte grub sich schmerzhaft in seinen Magen. Oberkörper und Arme prallten auf die Tischplatte, den Kopf konnte er schützen.

Der Tisch zerbrach splitternd unter seinem Gewicht.

Ohm schlug hart auf.

Sofort zwang er sich auf die Füße, zog währenddessen eine Sprenggranate aus einer Tasche und machte sie scharf.

Ein Blick zurück.

Die Couch stand in lodernden Flammen. Sein Gegner zielte erneut.

Ohm schleuderte die Granate. Sie explodierte noch in der Luft.

Die Druckwelle erreichte ihn. Ein Splitter bohrte sich in seine Schulter.

Ohm verlor das Bewusstsein.

Ich materialisierte und drückte sofort die letzte Schaltfläche. Das Deflektorfeld baute sich auf. Ich hastete zur Seite, noch ehe ich mich orientierte.

Ein Rundumblick ergab, dass der Verletzte, zumindest was diesen Punkt anging, nicht gelogen hatte: Nur eine Ertruserin hielt sich in der Zentrale auf. Eine für ihr Volk geradezu zierliche Person.

Im Schutz der Unsichtbarkeit zielte ich auf sie.

Sie stand waffenlos, starrte auf das Empfangsfeld des Transmitters. »Wo immer Sie inzwischen sein mögen, lassen Sie uns reden.«

Ich verharrte. Diese Töne überraschten mich; ich hatte mit vielem gerechnet, aber damit nicht. Es klang fast wie ein Friedensangebot. Ich ließ den Blick schweifen.

Das Hauptquartier der Schwarzen Garde war mit Technik vollgestopft. Überall standen Bildschirme und Kommunikationsgeräte. Die Wände bestanden aus Metall, an denen Lampen schattenlose Helligkeit schufen. Ein eigentliches Zentrum des Raumes existierte nicht.

Die Ertruserin stand vor einem Arbeitsplatz. »Ich weiß, dass Sie hier sind, und bin auch darüber informiert, warum Sie hier sind. Ich habe jedes Wort gehört, das oben gesprochen worden ist. Ich weiß, dass meine beiden Kollegen gescheitert sind und dass Ihr Begleiter zurückgeblieben ist. Und ich weiß auch, wer Sie sind, Lordadmiral. Artemio Hoffins kennt Ihre Maske, und er hat uns gewarnt, dass Sie möglicherweise einen Angriff auf die Zentrale starten. Wir sollten vernünftig miteinander reden. Es wurde genug gekämpft, ohne dass es einen triftigen Grund dafür gibt.«

Ich wog Für und Wider kurz ab und schaltete das Deflektorfeld ab. Natürlich nicht ohne meine Waffe auf die Ertruserin zu richten. »Wenn das so ist, beantworten Sie mir eine Frage. Wo ist Hoffins?«

»Diese Frage kann ich Ihnen nicht beantworten.«

»Können Sie nicht oder wollen Sie nicht?«

»Ich kann nicht. Ich weiß nur, dass er das Hauptquartier schon vor zwei Tagen verlassen hat und seitdem nicht zurückgekehrt ist. Es gibt keinerlei Hinweise auf seinen aktuellen Aufenthaltsort.«

»Verfolgt er Tyarez-Häute?«, fragte ich, mehr, um ihre Reaktion zu beobachten, als in der Hoffnung, eine Antwort zu erhalten.

»Ich weiß nicht, wovon Sie sprechen.«

»Wieso sollte ich Ihnen glauben?«

»Ich bin keine kampferfahrene Agentin. Nur eine Programmiererin. Ich habe gesehen, was Sie mit meinen Kollegen gemacht haben. Ich hätte im Kampf gegen Sie keine Chance.«

»Sie sind eine vernünftige Frau.« *Oder eine verdammt raffinierte Lügnerin.* Wobei mir Letzteres momentan logischer erschien.

Du kannst nicht ausschließen, dass sie die Wahrheit sagt, stellte der Extrasinn klar. *Nur weil die meisten unvernünftig handeln, muss das nicht notgedrungen auch auf sie zutreffen.*

»Wenn Sie einen Beweis dafür möchten, dass ich nicht Ihre Feindin bin, gebe ich Ihnen eine Information. Ihr Freund hat in diesen Augenblicken gewaltige Probleme. Sie wurden belogen. Es gibt einen vierten Schwarzgardisten im Gebäude. Er ist im öffentlichen Bereich stationiert und mittlerweile ganz sicher in Hoffins' Wohnung eingedrungen, um Ihren Freund zu töten.«

»Warnen Sie ihn!«

Ein Holo baute sich auf. Es zeigte die Empfangshalle vor der Gegenstation des Transmitters. Oder das, was von ihr übrig geblieben war. Ein Trümmerfeld.

Inmitten eines zersplitterten Tischs lag Ohm Santarin, reglos, aus zahlreichen Wunden blutend. Nahe der Eingangstür entdeckte ich die Leiche eines Arkoniden. Eine Explosion hatte ihn in Stücke gerissen.

Meine Finger krallten sich um den Lauf der Waffe.

»Der Kampf hat nur Sekunden gedauert«, sagte die Ertruserin.

Kein Wunder, analysierte der Logiksektor messerscharf, *du hast den Raum schließlich vor weniger als zwei Minuten verlassen.*

»Lebt mein Begleiter?«

»Das kann ich von hier aus nicht feststellen. Ich weiß nicht mehr als Sie.«

»Wie soll es weitergehen?«

»Glauben Sie mir, dass Hoffins nicht hier ist. Und lassen Sie zu, dass ich Ihnen bei der Flucht aus dem Handelskonsulat helfe. Wie gesagt hielt Hoffins ein Eindringen Ihrerseits für möglich. Ich hoffte sogar darauf. Ich habe Vorbereitungen getroffen, Sie von hier wegzubringen.«

»Warum sollten Sie mir diesen Gefallen erweisen?«

»Nehmen Sie mich mit! Ich will von hier verschwinden. Ich habe das Leben auf Lepso satt. Auch meine Schwester arbeitete für Hoffins. Sie geriet in Gefangenschaft, und weil Hoffins die von den Gegnern gestellten Bedingungen nicht erfüllte, tauchte sie nie wieder auf. Sie starb einen unnötigen Tod. Bieten Sie mir ein neues Leben in der USO, Atlan! Sie haben eben gesehen, dass ich eine fähige Programmiererin bin.«

Es ist gefährlich, ihr zu vertrauen. Sie kann sich diese Geschichte ausgedacht haben, um dich in Sicherheit zu wiegen, warnte mich mein Logiksektor.

»In wenigen Minuten wird in Hoffins' Wohnung die Hölle los sein«, fuhr sie fort. »Die Explosionen sind nicht unbemerkt geblieben. Da hilft Ihnen auch Ihr Deflektorfeld nicht weiter. Sie werden nicht entkommen. Nicht ohne meine Hilfe.«

»Ich vertraue Ihnen«, sagte ich und senkte die Waffe. Durch den Gang der Ereignisse blieb mir kaum eine andere Wahl. Ohm benötigte dringend Hilfe.

»Dann springen Sie durch den Transmitter zurück und holen Sie Ihren Begleiter in die Zentrale. Ich bringe uns von hier weg. Die Gegenleistung kennen Sie.«

»Gegenleistung?«, fragte ich und lächelte grimmig. »Ich kann es wohl kaum als Gegenleistung bezeichnen, eine gute Mitarbeiterin zu gewinnen.«

Ohms Verletzungen waren weniger schwer, als es zunächst den Anschein erweckt hatte. Erste medizinische Versorgung konnte ich mit Hilfe eines Medikits noch im Hauptquartier der Schwarzen Garde selbst leisten.

Als wir im Beobachtungsholo sahen, wie Ordnungskräfte Hoffins' Wohnung stürmten, meinte die Ertruserin, es werde Zeit zu verschwinden.

Sie programmierte den Transmitter um und brachte uns in eine Empfangsstation mitten in der Altstadt von Orbana.

»Mein letzter Gruß an dich, Hoffins«, meinte sie und machte sich an den Kontrollen zu schaffen. »Die Station wird in einer Stunde in die Luft fliegen.«

Wenige Minuten später brachen wir zu Ohms Wohnung auf, wo ich Tipa Riordan kontaktierte. Die alte Piratin zeigte sich erst erfreut, doch die Freude verwandelte sich bald in Ärger, als ich sie bat, die Ertruserin von Lepso wegzuschaffen. Dennoch erledigte sie meinen Auftrag.

»Eine unbedeutende Episode«, stellte ich fest, als ich mit Ohm allein war. »Wer weiß, ob ich Hoffins je wiedersehen werde.«

»Und jetzt?«

»Steht uns eine neue Aufgabe bevor. Ich erzählte Ihnen, dass es sich bei dem angeblichen Atlan, der von einem Tyarez besetzt war, um einen Arkoniden aus dem Geschlecht der da Onur handelte. Hier kommen Sie ins Spiel. Die da Onur stammten einst vom Planeten Sadik. Genau wie Sie. Ich bat Sie schon im Vorfeld, mir einen Termin bei dem Patriarchen Penzar da Onur zu verschaffen. Jetzt ist es so weit, diesem Herrn einen Besuch abzustatten.«

Erstens kommt es anders …

Ohm Santarin säuberte seine Fingernägel, schnippte einen winzigen Dreckkrümel genau in Richtung seines Gegenübers. Der verzog angewidert das Gesicht.

Ohm blickte das Hologramm seines Gesprächspartners ungerührt an. »Du schweigst seit genau drei Atemzügen. Ich habe nicht ewig Zeit. Hast du dich endlich entschieden?«

Die dürren, leicht verkrümmten Finger des anderen fuhren hastig über die ausgemergelten Wangen und das Kinn, dann verschränkte er die Arme. »Eine Bedingung stelle ich. Mein Name bleibt außen vor. Weder dein Begleiter hört ihn jemals noch sonst irgendjemand!«

»Dein Name?« Ohm stieß ein fragendes *Hmm* aus. »Nicht, dass ich dich beleidigen will, Leibdiener, aber hast du überhaupt einen Namen? Ich weiß nur, dass du in Diensten des Patriarchen da Onur stehst und … oh …« Er betätigte eine Schaltung, die das Abbild des alten Gesichts verzerrte und somit unkenntlich machte. »Und die Übertragung ist so schlecht, dass ich nicht mal eine optische Beschreibung abgeben könnte, selbst wenn ich es wollte.«

Hinter dem Verzerrerfeld war die Bewegung nur zu erahnen, aber Ohm Santarin war sich sicher, dass der Leibdiener Daten abrief. Natürlich kannte Ohm den Namen des Dieners genau, und selbstverständlich wusste dieser das. Niemand konnte dem anderen etwas vormachen; das Spiel diente lediglich dazu, Diskretion zu versichern.

Ob Ohm diese Diskretion brechen würde, wenn es ihm irgendwann nützlich erscheinen sollte, stand auf einem ganz anderen Blatt.

Was ist das Wort eines Geheimagenten wert?, dachte er sarkastisch. Noch immer war es ein mehr als eigenartiges Gefühl, sich selbst in dieser Rolle zu sehen. Ein USO-Spezialist, der mit Lordadmiral Atlan persönlich zusammenarbeitete. Noch vor kurzem hätte er jeden ausgelacht, der ihm dies prophezeit hätte.

Der Gedanke ließ ihn nicht los. *Was ist das Wort eines Geheimagenten wert?* Was definierte einen Spezialisten der USO? Manche sahen in ihnen wohl Ausgeburten der Tugend, die unter Einsatz ihres Lebens für die Gerechtigkeit in der Galaxis stritten, um das Übel hinwegzufegen wie mythische Helden aus grauer Vorzeit.

Ohm sah das anders. Jedes Mittel war recht, wenn es nur zum Ziel führte. Dabei sah er sich nicht als brutalen Kämpfer, sondern eher als *Schlitzohr*, das immer einen Weg fand. Gewalt durfte nur angewandt werden, wenn es nicht anders möglich war.

Aber ethische Grenzen interessierten ihn nicht. Ohnehin hatte jedes Volk andere moralische Gesetze. Und warum sollten gerade die Wertmaßstäbe der Arkoniden universell gültig sein? In dieser Hinsicht beurteilte Ohm sein Volk absolut nüchtern. War es auf dem legendären Planeten der Lügner nicht sogar anrüchig, Wort zu halten? Gab es nicht Spezies, die Alte und Kranke der Wiederverwertungsanlage zuführten, um Überbevölkerung zu vermeiden und den Lebensstandard der Jungen zu sichern?

Endlich meldete sich der Leibdiener des Patriarchen da Onur wieder, und seiner Stimme war sofort anzuhören, dass er eine Entscheidung getroffen hatte. »Ich erwarte deine Anfrage in Kürze über den offiziellen Kanal. Ich werde sie persönlich entgegennehmen und über sie entscheiden. Dieser Geheimkanal hat seine Schuldigkeit getan. Nur noch eins …«

»Du musst nicht weiterreden. Deine Schulden bei mir sind ab sofort getilgt.« Ohm lächelte grimmig. »Oder genauer gesagt werden sie es ab dem Augenblick sein, in dem du mir offiziell einen Besuchstermin bei deinem Herrn gibst.«

Ohm unterbrach erleichtert die Verbindung, ohne auf eine erneute Erwiderung zu warten. Das war einfacher gewesen, als er zu hoffen gewagt hatte.

Er drehte sich von der Kommunikationseinheit weg und ließ den Blick durch den Wohnraum schweifen. Für einen Augenblick stieg die schmerzliche Erinnerung an Acsais in ihm auf. Acsais, wie sie sich genau an dieser Stelle aus den Schleiertüchern wand und ihren makellosen Körper präsentierte. Eine Göttin. Und eine Teufelin, die ihm die ganze Zeit eine Scharade vorgespielt hatte.

Er meinte, Acsais' Parfüm zu riechen und jenen leicht herben Duft, der ihrer Scham entstieg. Er erschauerte unter der Erinnerung an ihre ebenso fordernden wie schmetterlingshaft zarten Berührungen.

Und er führte seine eigene Scharade zu Ende, indem er eine offizielle Verbindung zum Khasurn des Patriarchen da Onur aufbaute, der Tausende von Kilometern entfernt auf der Insel Snetcom residierte, jenseits der großen Wüste und des Meeres, vor der Küste des Kontinents Abanfül.

»Sie wünschen?«, fragte der faltenreiche Leibdiener, mit dem Ohm bis vor wenigen Augenblicken gesprochen hatte. Der Blick seiner kleinen, dunklen Augen wirkte listig.

»Ich bitte um eine Audienz beim Patriarchen.«

»Eine Audienz?«, fragte der Alte, als habe Ohm verlangt, der Patriarch möge ihm sein komplettes Vermögen überschreiben. Das Gerüchten zufolge übrigens nicht mehr sonderlich groß sein sollte.

»Für mich und meinen Begleiter, den Prospektor Elias Pattri.«

»Eine Audienz.« Der Leibdiener wollte sich schier ausschütten vor Lachen. »Ahnen Sie überhaupt, wie beschäftigt der Patriarch ist? Er kann sich nicht um jeden dahergelaufenen Windhund kümmern, auch wenn er, was ich Ihnen immerhin zugute halten muss, arkonidischer Abstammung ist. Ihr Glück, mein Freund, sonst würde ich Ihnen die Zeit, die Sie mir mit Ihrer Unverschämtheit rauben, in Rechnung stellen.«

»Ich bin nicht nur arkonidischer Abstammung«, erwiderte Ohm mit erzwungener Ruhe und fragte sich, worauf der andere hinauswollte. »Ich stamme sogar von Sadik.«

»Dem ehemaligen Lehnsplaneten meines Herrn.« Der Alte nickte anerkennend und fuhr sich mit einer blassen Zunge über die dürren Lippen, die nur einen farblosen Strich im Gesicht bildeten. »Vielleicht wäre es für den Patriarchen angenehm, in Erinnerungen zu schwelgen.«

Das klang schon viel versöhnlicher. Aber noch war der eigentliche Knackpunkt des Gesprächs nicht erreicht, das fühlte Ohm. Und er glaubte mit einem Mal zu verstehen, worin dieser Knackpunkt bestand. »Und vielleicht wäre es seinem ehrenwerten Leibdiener angenehm, als Zeichen meiner Dankbarkeit eine nicht unbeträchtliche Summe zu erhalten?«

Erstaunt beobachtete Ohm, wie sich die Falten auf der Stirn des Alten nahezu vollständig glätteten, als dieser breit grinste. Offenbar unterschieden sich die Sitten im Khasurn nicht merklich von jenen in Orbana. *Dieser Schuft will mit dem Audienztermin nicht nur seine alte Schuldigkeit tilgen, sondern auch noch abkassieren.*

»Gleich morgen wäre es möglich«, antwortete der Leibdiener geschäftig. »Übermitteln Sie Ihre persönlichen Daten, dann gebe ich Ihnen den genauen Termin. Bedingung: keine Waffen, keine nicht genehmigte Technik. Bitte studieren Sie aufmerksam die Liste. Auch einige Umgangsformen sind dort vermerkt. Vergessen Sie nicht, dass Sie es mit einem …«

»Ich weiß«, unterbrach Ohm. »Der Umgang mit arkonidischem Adel ist mir vertraut.«

Da sich mein neuer USO-Spezialist sehr zuversichtlich gezeigt hatte, binnen einer Stunde einen Termin vereinbaren zu können, hatte ich mich auf den Weg gemacht, einen Gleiter zu organisieren.

Ohm hatte mir die Adresse von *Lungk* genannt, einer dubiosen Firma, die sich auf Gleiterverleih und lepsotische Urartefakte spezialisiert hatte, wie eine Werbetafel über dem Eingang signalisierte. Eine höchst eigenwillige Zusammenstellung.

»Sie fragen sich, was das eine mit dem anderen zu tun hat«, begrüßte mich ein fetter Gnom, der mir kaum bis zur Hüfte reichte. Er streckte mir drei seiner vier kleinen Händchen entgegen, deren jeweils sieben Finger beinahe unter schlaff von den Handflächen hängenden Fettwülsten verschwanden.

Ein sirrender Ton folgte, der nicht aus dem schmallippigen Mund des Zwerges stammte, sondern von einer rasch vibrierenden Membran auf der leuchtend grünen Stirn verursacht wurde. »Und Sie brauchen sich keine Sorgen zu machen. Ich lese nicht Ihre Gedanken. Zwar ist mein Volk theoretisch dazu in der Lage, aber …« Die vierte Hand wies nach oben, wo passgenau eine Schrift aufflackerte: TELEPATHIE VERBOTEN!

»Diesbezüglich sorge ich mich nicht im Geringsten«, versicherte ich. »Kein Telepath vermag ohne weiteres in meinen Kopf einzudringen.«

»Aber …«

»Nichts aber.« Ich blickte mich in den Geschäftsräumlichkeiten um. Dass hier Gleiter verliehen wurden, war nicht zu erahnen, die lepsotischen Urartefakte hingegen waren unübersehbar. Wobei ich bezweifelte, dass es sich um echte Stücke handelte. Wahrscheinlich waren all die Statuen und kleinen Figuren billige Fälschungen.

Sie stellten Gavivis dar, die geheimnisvollen und sagenumwobenen präarkonidischen Ureinwohner Lepsos. Alte Legenden berichteten, dass sie einst als intelligente Rasse Lepso bewohnt hätten, auf dem bis heute unbesiedelten Kontinent Paßal am Südpol.

Die einarmigen, entfernt menschenähnlichen Wesen, deren einziger Arm aus der Brust wuchs und nach unten pendelte, galten als Hüter verborgener Schätze. Es hieß, sie würden noch heute in den Regenwüsten ihrer Heimat zurückgezogen leben – allerdings hatte kein Lebender sie jemals gesehen. Biologen und Altertumsforscher stritten sich darum, ob das Volk überhaupt jemals existiert hatte.

Der Gnom watschelte auf einer Unzahl dürrer, insektoid wirkender Beine auf mich zu. »Du siehst dich mit Kennerblick um. Die hier versammelten Gavivi-Statuen sind …«

»… allesamt Fälschungen«, behauptete ich kurzerhand.

Wieder vibrierte die Stirnmembran, ohne dass allerdings etwas zu hören war. »Aber natürlich handelt es sich nicht um echte Artefakte. Würde ich sie hier aufbewahren, wäre ich meines Lebens nicht mehr sicher. Statuen in dieser Qualität stellen Millionenwerte dar. Jede einzelne von ihnen.« Er schürzte die Lippen und stieß ploppend die Luft aus. Zu meiner Überraschung entfaltete er filigrane Flügel von seinem Rücken und erhob sich in die Luft, schwirrte in Kopfhöhe vor mir.

»Was weißt du über die Gavivis?«, fragte ich aus einer Laune heraus. Zwar hatte ich andere Dinge im Sinn, aber falls sich hier eine Möglichkeit bot, mehr über die geheimnisvollen Ureinwohner herauszufinden, konnte das später durchaus von Nutzen sein.

Der Zwerg fuchtelte mit allen Händen vor seinem Gesichtchen und gab mit knatterndem Geräusch eine nach fauligen Erdbeeren stinkende Duftwolke von sich. »Sie sind Dämonen! Hörst du … Dämonen! Hüter verborgener Schätze, ja, ja, ja! Aber auch Hüter des Todes! Wer sich mit ihnen einlässt, läuft Gefahr, sein Leben zu verlieren.«

Einer der Flügel strich über meine Schulter, eine beinahe sanfte Berührung. »Warum handelst du dann mit ihren Abbildern, wenn du sie fürchtest und jedermann sie fürchten muss?«

»Weil neben der Gefahr auch unermesslicher Reichtum winkt. Kauf eine meiner Statuen, mein Freund. Keine billige Kopie, wie ich sie anderen Touristen andrehe. Du bist ein Kenner. Du kannst eines meiner Originale erwerben und der Todesgefahr widerstehen. Du kannst die verborgenen Schätze Lepsos entdecken!«

Er weiß gar nichts, gab sich der Extrasinn überzeugt. *Er ist nichts weiter als ein raffinierter Geschäftemacher, der mit dubiosen Sprüchen deine Taschen leeren will.*

»Ich suche keine verborgenen Schätze«, stellte ich klar.

»Oh.« Der Gnom sank zu Boden, faltete seine Flügel ein

und trippelte zu einem Tischchen, hinter dem er sich auf einem mit Segeltuch bespannten Stuhl niederließ. »Also willst du einen Gleiter mieten.«

»Was wohl endgültig beweist, dass du nicht meine Gedanken liest. Sonst hättest du dir den Gavivi-Exkurs sparen können.«

Er schnappte sich mit allen Händen Stifte und kritzelte gleichzeitig vier Blätter voll.

Eine erstaunliche Fähigkeit, analysierte der Logiksektor. *Er vermag mit seinen Extremitäten unabhängig voneinander zu schreiben.*

»Dies sind meine Angebote.« Er reichte mir das erste Blatt. »Vom einfachen Gleiter ...« Das zweite Blatt folgte. »... über den etwas besser ausgestatteten ...« Das dritte Papier. »... bis zum Luxusmodell.«

»Und das letzte Angebot?« Ich wies auf seine vierte Hand, die immer noch schrieb.

Der Gnom furzte erneut laut, offenbar eine Geste, die ebenso Abscheu wie Begeisterung ausdrückte. Seine drei anderen Hände zerrissen die bisherigen Papiere. »Das vierte Angebot ist das für kluge Kunden.«

Lass dich von seinem Getue nicht einlullen!

Das habe ich ganz gewiss nicht vor, antwortete ich lautlos, während ich sagte: »Dein heutiger kluger Kunde will ein technisch einwandfreies Modell. Robust. Schnell.«

»Wohin soll die Reise gehen?«

»Nicht, dass es dich etwas angeht, aber über die Wüste und das Meer.«

»Über die Wüste und das Meer«, begann der Gnom überraschenderweise zu singen, »fließt ein Geldstrom zu mir.« Er lachte. »Ein altes Lied meines Volkes.«

Dass die alten Überlieferungen seiner Spezies nicht etwa Liebe und heroische Taten, sondern das Thema Geld behandelten, konnte ich mir nur allzu gut vorstellen.

Die technischen Daten des Gleiters, die er mir daraufhin nannte, überzeugten mich. Nur mit dem Preis war ich ganz und gar nicht einverstanden. »Du beleidigst mich. Treib deine Wuchergeschäfte mit jemand anderem.« Ich wandte mich um und ging demonstrativ einige Schritte in Richtung Ausgang. Dabei hatte ich keinesfalls vor, den Raum zu verlassen.

Hinter mir hörte ich das inzwischen altbekannte Sirren und hastiges Flügelschlagen. Der Gnom huschte an mir vorbei. »Schon gut, schon gut. Du kannst den Gleiter zehn Prozent billiger haben.«

Ich verkniff mir eine Antwort.

»Zwanzig Prozent«, schlug der Inhaber von *Lungk* vor.

»Sechzig Prozent«, antwortete ich kühl.

Der Gestank der Entrüstung war im wahrsten Sinne des Wortes atemberaubend. Ich wähnte mich in einer Wanne aus übergorenem Erdbeerschaumwein. Mein Magen drehte sich um.

»Vierzig«, verlangte der Gnom.

»Fünfzig.« Ich verschränkte die Arme und fand eine gewisse Freude bei diesem Spiel. Es erinnerte mich an die Handelspraxis altterranischer Geschäftemacher in Wüstengebieten.

»Nun gut, fünfzig.«

Der Rest war schnell erledigt. Wir vereinbarten, dass der Zwerg den Gleiter für mich bereithielt, bis ich ihn benötigte. Nun war ich gespannt, was Ohm Santarin inzwischen erreicht hatte.

Kaum verließ der Kunde die Räumlichkeiten, schaltete der Zwerg eine Kommunikationsanlage an.

Denn was kümmerte ihn das TELEPATHIE VERBOTEN-Schild. Sein Volk forschte andere nicht gerade über Telepathie aus, sondern über eine höchst seltene Begabung, die weniger psi-bedingt war, als vielmehr aus einer Kombination von Beobachtung und Intuition bestand. Eine geringe empathische Fähigkeit rundete sie ab.

Auf diesem Weg hatte Krraligg einiges erfahren: Der Prospektor hegte geheime Absichten im Khasurn der da Onur.

Dort wollte er den Patriarchen auch mit unangenehmen Fragen traktieren.

Diese Erkenntnis kam Krraligg zugute. Hätte sich der Kunde nur nicht als so geizig erwiesen. Es wäre besser für ihn gewesen.

Krraligg nahm Verbindung mit dem Khasurn auf. Er würde sich schon bis zum Patriarchen Penzar da Onur durchfragen. Er besaß diesbezüglich ein besonderes Talent. Eine Andeutung hier, ein geschickt hingeworfener Satz da.

Der Patriarch würde ihm die Information vergolden.

Bald darauf sprach er per Holofunk mit einem verrunzelten Leibdiener.

Zurück in der Wohnung meines Partners, trat mir dieser mit triumphierendem Gesichtsausdruck entgegen.

»Wir brechen im Morgengrauen auf«, schlug er vor. »Selbst wenn wir für die Reise mehr als ausreichend Zeit veranschlagen, sind wir früh genug dort. Der Patriarch erwartet uns am späten Nachmittag. Da bleibt sogar Zeit für ein wenig Sightseeing in der Wüste. Es gibt dort hinreißende Ecken.«

Ecken in der Wüste?, lästerte der Logiksektor, doch ich ignorierte diesen Einwand. »Zwar ist mir nicht unbedingt nach Touristenattraktionen zumute, aber wenn ...«

»Es ist alles andere als eine Touristenattraktion«, versicherte Ohm. »Die einzige Attraktion in der Wüste sind die Gladiatoren-Schaukämpfe in der Schweißöde, von denen der Hökerer gesprochen hat. Und die sind ganz und gar nicht nach meinem Geschmack. Und sicher auch nicht nach Ihrem, Lordadmiral. Ich kenne eine Stelle, an der ein besonderes Naturschauspiel zu beobachten ist, wenn man etwas Glück hat. Die Balz der Wüstenkäfer ist schlicht phänomenal!«

Viel mehr als die Vorstellung paarwerbender Sandinsekten faszinierte mich das Leuchten in den Augen meines Gegenübers, als dieser weitersprach.

»Diese halbmetergroßen Tiere sind fast 99 Prozent ihres Lebens eingeschlechtlich, doch zur Balzzeit bilden sich drei

Geschlechter aus. Die Weibchen besprühen das dritte Geschlecht mit hochkonzentrierten Hormonen, woraufhin diese sich blitzartig in eine schleimige Substanz auflösen. Die dabei auftretenden Lichteffekte sind bis in mehrere Kilometer Entfernung sichtbar, sogar am helllichten Tag, da sie intensiv grün aufleuchten, eine Farbe, die man in der Wüste sonst vergeblich sucht. Dieser Körperschleim bietet das Medium, in dem Männchen und Weibchen dann kopulieren.« Ohm schnippte mit den Fingern. »Faszinierend!«

»Und diese Balzzeit findet nun gerade statt?«

»Ironisch, nicht wahr?«

Ich stutzte. »Ironisch?«

Ohm wand sich verlegen. »Ich …« Er atmete tief durch. Offenbar war ihm das Thema peinlich. Er ärgerte sich sichtlich darüber, dass ihm die Bemerkung herausgerutscht war. »Ich erzählte Ihnen, dass die Beziehung zu meiner Freundin Acsais direkt vor Ihrer Anreise endete.«

Ich versicherte, dass es nicht nötig sei, weitere Worte zu diesem Thema zu verlieren. Dass die Balzzeit der Tiere, die ihn offensichtlich so sehr faszinierten, gerade dann begann, als *seine eigene Balzzeit* endete, entbehrte in der Tat nicht einer gewissen Ironie.

Obwohl ich dank meines Zellaktivators nur wenig Schlaf benötigte, zog ich mich in das luxuriöse Gästezimmer zurück, das Ohms Wohnung zu bieten hatte. Denn erstens benötigte mein neuer Agent sehr wohl Schlaf und zweitens konnten mir einige Stunden Ruhe auch nicht schaden.

Ich streckte mich in dem breiten Bett aus, das nicht nur Platz für einen, sondern sicher für zwei, wenn nicht gar drei Arkoniden geboten hätte.

Darüber, ob und welche Art Gäste Ohm hier normalerweise empfing, machte ich mir keine Gedanken. Stattdessen zog ich die Decke bis ans Kinn, schloss die Augen und schlief binnen weniger Atemzüge ein.

Ich hatte einen Traum, der mich einige Minuten nach dem Aufwachen beschäftigte. Darin kam ein fetter, geflügelter, blauhäutiger Gleiterhändler vor, jedoch nicht Krraligg. Er umflatterte mich auf sehr nervöse Art, boxte mich mit seinem wulstigen, unrasierten Kinn, während er mir unentwegt irgendwelche Kabel anschloss, die zu einer Gavivi-Statue führten, die sich darob in die Hökerin verwandelte. Meine Haut wurde durch diese Schläuche abgesogen, aber ich spürte keinen Schmerz. Der Händler wedelte mit seinen flossenartigen Händen vor meinen Augen und störte penetrant die Sicht zur Hökerin. Er deutete auf einen Gleiter, angeblich ein besonderes Angebot. Dieser Gleiter entfaltete sich zu einem Tyarez-Raumschiff, von dessen Hülle mich die Abbilder übergroßer Gavivis anstarrten. Im gehäuteten Zustand bot ich einen unheimlichen Anblick, denn der Händler verlor seine Augen. Die verschiedenen Kabel waren nun zu einem dicken Strang verflochten, mit dem die verführerisch lächelnde Hökerin mich zu ihr zog; dann legte sie sich wie eine neue Haut über mich, als sich der Gleiter schon turmhoch erstreckte, sich zu einer gigantischen Wucherung aufblähte und schließlich platzte ...

Während Ohm im Hygieneraum seine Morgentoilette versah, schwamm ich einige Runden im riesigen Pool und wurde so diese konfusen Traumbilder los.

Wenig später verließen wir die Wohnung.

Lungk, das Spezialgeschäft für Gleiterverleih und lepsotische Urartefakte, hatte durchgehend geöffnet. Ich hoffte, dass der Gnom Wort hielt und das reservierte Fahrzeug für uns bereitstand.

Er war nicht persönlich anwesend, sondern – wie sich im Gespräch herausstellte – seine Partnerin, die ihm von geradezu monströs überdimensionierten Brüsten abgesehen bis aufs Haar glich.

Sie überreichte mir eine Kodekarte und begleitete uns, »die Herren Prospektoren«, in einen Hinterhof, wo mehrere Gleiter geparkt worden waren. Vom schrottreifen Klappergefährt bis zur auf Hochglanz polierten Sportmaschine war alles vorhanden.

»Sie müssen bei Krraligg einen fabelhaften Eindruck hinterlassen haben«, sagte sie in raunend-verschwörerischem Tonfall. »Er gibt nicht jedem Kunden unsere beste Maschine.«

»Aber Sie beehren jeden Kunden mit diesem Spruch?«, vermutete Ohm.

Das hätte er besser nicht getan. Denn die weiblichen Vertreter dieser Spezies schufen ihrer Verärgerung mit einer noch exquisiteren Duftnote Raum als die männlichen.

Kurz darauf starteten wir.

Ich fädelte den Gleiter in den auch zu dieser frühen Morgenstunde regen Luftverkehr ein. *Orbana, die Zehntausendjährige, schläft nie*, hieß es, *denn Zeit ist nicht nur Geld, sondern auch Vergnügen.*

Nach all den glitzernden Eindrücken und dem pulsierenden Leben Orbanas tat es unendlich gut, in ruhigere Gefilde vorzustoßen.

In der lepsotischen Zentralwüste herrschten geradezu mörderische Temperaturen, da es auf dem ganzen Planeten ohnehin schon extrem heiß war. Der Unterschied zwischen klirrender Kälte in der Nacht und brütender Hitze am Tag war ausgeprägter als auf anderen Welten.

Doch das scherte uns nicht. Der Gleiter war perfekt isoliert und höchst angenehm temperiert.

Durch die Frontscheibe blickte ich über die unendliche Abfolge von Dünen und Sandhügeln, hin und wieder von einem kleinen Sandwirbelsturm unterbrochen, wie er für diese Gegend typisch war.

Ohm wies auf einen dieser Stürme, wo sich der Sand Hunderte von Metern hoch und fast ebenso breit wie eine Wand erhob und von Winden gepeitscht durcheinanderwirbelte. »Man sagt, die Fänge des Windes bildeten diese Stürme. Und man setzt sie mit den Fängen eines Kraken gleich. Wer in sie gerät, dem wird das Fleisch von den Knochen gemahlen, bis nichts als das blanke Skelett übrig bleibt. Es heißt sogar, es gäbe Existenzen, die diese Fänge bewusst und gezielt ausbilden würden.«

»Das erscheint mir unwahrscheinlich.«

»Ich glaube nicht daran«, versicherte Ohm, »aber die Gerüchte halten sich hartnäckig. Eine Religion verehrt dunkle, golden schimmernde Sandgeister. Die Nomaden, die sich an den Rändern der Wüste angesiedelt haben, bringen diesen Geistern sogar Opfer dar.«

»Aberglaube ist nichts Neues für mich. Ich begegne ihm immer wieder. Auf vielen Welten.«

Plötzlich sackte der Gleiter ab.

Die Andruckabsorber versagten völlig. Ich fühlte mich in die Höhe geworfen, der Magen schien in die Kehle zu steigen. Blitzschnell umfasste ich die Lehnen des Sitzes und unterdrückte die Übelkeit.

Ohm wurde aus dem Sitz geschleudert, knallte mit der Stirn gegen die Scheibe, stöhnte auf und übergab sich dabei gleichzeitig.

Säuerlicher Geruch stieg auf, vermischt mit dem süßlichen Aroma frischen Blutes.

Ich achtete nicht darauf. Meine Finger hasteten längst über die Kontrollen.

Viele Anzeigen waren ausgefallen. Die Messinstrumente funktionierten nicht mehr.

Und der Gleiter raste dem Boden entgegen.

»Festhalten!«, schrie ich. Ohm rutschte soeben von den Armaturen und fiel zur Seite.

Dann eine Explosion.

Der Gleiter wurde durchgeschüttelt.

Ich fluchte. Zuerst dachte ich, wir würden beschossen, doch mein Extrasinn belehrte mich: *Sabotage. Wir sind weit und breit allein.*

Gleichzeitig gelang es mir, Zugriff zum nur noch minimal arbeitenden Antrieb zu erlangen. Es blieb kaum Zeit nachzudenken. Ich fuhr die Maschinenleistung hoch.

So bremste ich den Absturz, behielt einen Teil der Flugkontrolle. Der Gleiter schlingerte wenige Meter über dem Wüstensand dahin.

Als ich wieder aufsah, erkannte ich, wohin unser Weg führte. Direkt auf den Sandwirbelsturm zu, der wie eine massive Wand aufragte.

Ich riss den Gleiter zur Seite. Zu spät.

Es krachte, die Frontscheibe barst mit lautem Klirren. Ich warf mich zu Boden, neben den reglosen Ohm Santarin.

Scherben stoben durch den Pilotenraum, zerfetzten die Polster der Sitze. Das Heulen des Sturms übertönte jedes andere Geräusch.

Sand peitschte herein. Drang mir in die Montur, rieb über den Nacken, das Gesicht, die Augen, drang in Mund und Nase.

Ich riss die Hände vors Gesicht, presste die Augen zu. Es schmerzte furchtbar.

Dann ein weiterer Schlag. Etwas barst mit lautem Getöse.

Der Gleiter bohrte sich in den Wüstensand.

Heulen des Sturms.

Prasseln des Sandes.

Das Gefühl warmen Blutes, das über mein Gesicht rann.

Schmerz in den Augen.

Und nichts mehr.

… und zweitens, als man denkt

Als sich die Dunkelheit lichtet und düsteren Schleiern weicht, die vor meinen Augen wallen, finde ich mich in einem Wrack wieder. Eine goldene Gestalt zerrt meinen blutenden Begleiter ins Freie.

Die Wände des Gleiters sind zerfetzt, abgerieben, durchsiebt von Milliarden winziger Löcher. Sand überall. Ich huste. Spucke.

Die Gestalt lässt Ohm Santarin fallen. Der USO-Spezialist rührt sich nicht. Die Gestalt wendet sich mir zu. Es handelt sich um einen nahezu kugelförmigen Roboter aus goldglänzendem Metall. »Die Fänge des Windes haben euch gebracht«, schnarrt er.

Ich setze zu einer Erwiderung an, doch eine Greifklaue packt mich um den Mund, presst die Kiefer zusammen. Etwas drückt schmerzhaft gegen meinen Schädelknochen. Oder bohrt sich hindurch?

Der Roboter hebt mich hoch, schleift mich nach draußen. Der Schmerz wird schlimmer, immer schlimmer, grässlich stark.

Die Maschine packt mit einer weiteren Klaue Ohm Santarin. Wir bewegen uns durch den Sand.

Mein letzter Gedanke: *Die Fänge des Windes* …

Wüstenstürme

Als sich die Dunkelheit erneut lichtete, fand ich mich in einem Gefängnis wieder. Neben mir saß Ohm. Er lehnte gegen eine Wand aus grünlich schimmernden Steinen.

Die Wunde auf seiner Stirn blutete noch immer. Gesicht und Hände waren übersät von winzigen Schrammen.

Du selbst dürftest kaum anders aussehen, meldete sich der Extrasinn zu Wort. *Der in den abstürzenden Gleiter eindringende Sand rieb über eure Haut; schabte sie von den Knochen, wie Ohm kurz vor dem Absturz sagte.*

»Die Fänge des Windes«, flüsterte ich. »Der Sandsturm …«

»Es lag nicht am Sturm«, widersprach Ohm. »Zumindest nicht zuerst. Wir befanden uns etliche hundert Meter davon entfernt, als die Technik des Gleiters versagte.«

»Außerdem gab es kurz danach eine Explosion«, erinnerte ich mich. Ebenso wie mir die Analyse des Logiksektors noch genau bewusst war: Sabotage. »Jemand hat den Gleiter manipuliert. Und zwar so, dass wir genau über der Wüste abstürzen mussten.«

»Eine sehr effektive Idee.« Ohm wischte sich über die linke Wange, wo eine der zahlreichen Abschürfungen wieder zu bluten begonnen hatte. »Selbst wenn wir den Absturz überleben, was glücklicherweise dank Ihrer raschen Reaktion gelungen ist, Lordadmiral, würden wir in der Wüste kurz darauf umkommen. Zwei Arkoniden allein in der glühenden Hitze, ohne Vorräte oder technische Hilfsmittel – das ist so gut wie ein Todesurteil. Im Umkreis von tausend Kilometern gibt es nichts außer der Schweißöde … und in diesem Gefängnis wird man uns kaum Hilfe leisten.«

»Sie irren sich«, widersprach ich. »Es gibt außer der Schweißöde sehr wohl etwas in der Wüste von Abanfül.« Ich setzte mich mühsam auf und wies um mich. Überall dasselbe glatte, fugenlose gemauerte Gestein. Keine Tür, kein Fenster, nichts. Das Licht schien aus den Wänden zu dringen, ohne dass eine eigentliche Quelle erkennbar war. »Das hier.«

»Was immer das hier auch sein mag.«

»Genau das ist die Frage«, stimmte ich zu. Ich dachte an den golden glänzenden Roboter, der Ohm und mich aus dem havarierten Gleiter gezogen und offensichtlich in diese Zelle transportiert hatte. »Außerdem stellt sich die Frage, ob der unbekannte Saboteur *das hier* in seine Pläne miteinbezogen hat.«

Sollten wir auf diesen Roboter treffen? War es Absicht, dass dieser uns gefangen nahm? Oder handelte es sich um einen Zufall? Wer befehligte den Roboter? Die wenigen Worte, die er gesprochen hatte, gingen mir nicht aus dem Sinn. *Die Fänge des Windes haben euch gebracht.*

Der Roboter hatte die blumige Umschreibung für die Wüstenstürme benutzt. Was bedeutete das? Waren die Stürme tatsächlich künstliche Produkte, von Unbekannten produziert und so manipuliert, dass sie etwas brachten? Und wer waren diese Unbekannten, falls sie existierten?

Momentan gab es jede Menge Fragen, aber keine Antworten. Und das gefiel mir gar nicht.

Ohm, der von meinen Gedankengängen und dem goldenen Roboter nichts wusste, dachte unterdessen praktischer. »Es gibt nur wenige Möglichkeiten, wer den Gleiter sabotiert haben könnte.« Er sah mich herausfordernd an. »Da wäre zum einen Artemio Hoffins ...«

»Das halte ich nicht für wahrscheinlich«, sagte ich. »Ich bin davon überzeugt, dass er sich schon lange nicht mehr in Orbana aufhält. Er weiß über unsere Schritte nicht Bescheid. Der Angriff des Gurrads nach meiner Landung stellte wohl eine Ausnahme dar. Hoffins wird ihn vor seiner Abreise instruiert haben, auf die HAPPY FEW des Prospektors Elias Pattri zu warten und ebendiesen Prospektor aus dem Weg zu räumen.«

Falls sein Feind Atlan dumm genug ist, in derselben Maske erneut auf Lepso aufzutauchen, ergänzte der Logiksektor beißend.

Wie dem auch sei – Hoffins ist mit anderen Dingen beschäftigt. Sei es mit der Jagd nach Tyarez oder sonst irgendetwas.

Ohm erhob sich und stemmte beide Handflächen gegen die feuchte Wand. »Dann bleibt nur der Gleiterverleiher. Der Gnom namens Krraligg. Doch warum sollte er seinen eigenen Gleiter sabotieren?«

»Vielleicht«, antwortete ich düster, »weil ein gewisser Patriarch ihm den Materialverlust doppelt und dreifach aufwiegt.« Ich schüttelte den Kopf. »Allerdings sollten wir die dritte Möglichkeit nicht vergessen.«

»Und die wäre?«

»Dass alles ganz anders ist. Dass Dinge mitspielen, von denen wir nicht die geringste Ahnung haben.« Ich berichtete meinem Begleiter von dem Roboter.

»Womit sich die Frage klärt, wie wir hierhergekommen sind. Aber nicht diejenige, wo wir sind.«

»Das finden wir am leichtesten heraus, indem wir von hier fliehen.«

»Ein Ausbruch?«

»Was sonst? Abwarten?«

Ohm blieb keine Zeit zu antworten. Eine knarrende Stimme meldete sich. Sie schien von überall her zu kommen, aus den Wänden zu sickern und gleichzeitig von der Decke herabzusinken. »Ausbruch ist zwecklos. Widerstand ist zwecklos. Die Fänge des Windes haben euch gebracht. Ihr werdet bereits erwartet.«

»Was heißt das?« Mir stieß unangenehm auf, dass offenbar jedes unserer Worte belauscht wurde.

»Das heißt, dass ihr abwarten müsst.«

»Zeig dich!«, forderte ich.

Einige Sekunden tat sich nichts, dann schob sich ein ebenso wie die Umgebung aussehendes, gemauertes Stück Wand zur Seite. Dahinter stand der nahezu kugelförmige Goldroboter

– oder einer der vielen seiner Art. Ich zählte zehn Maschinen, was jeden Gedanken an eine Blitzaktion zur Überwältigung und anschließenden Flucht im Keim erstickte.

»Bioformen …«, schnarrte der Roboter. »Bioformen und ihre Neigung dazu, unbedingt vor einem Gegenüber stehen zu müssen. Es macht keinen Unterschied, ob du mich siehst oder nicht. Ich bin überall.«

»Du bist eine maschinelle Intelligenz, verteilt auf alle Roboter und technischen Anlagen dieser … Station?«

»Definiere maschinelle Intelligenz.«

Das ersparte ich mir. »Wieso hast du uns hierhergebracht?«

»Die Fänge des Windes haben euch gebracht«, sagte die Maschine.

»Wer steuert die Sandstürme?«, schoss ich eine Frage ins Blaue.

»Ich. Ich bin der Wind. Ich bin der Fang. Ich bin der Krake.«

»Von wo kommst du?«

»Ich bin seit jeher. Bin der Anfang und das Ende.«

In diesem Moment kam mir ein Verdacht. »Verfügst du über eine biologische Komponente?«

»Verfügt der Wind über eine biologische Komponente? Verfügt der Krake über eine technische Komponente? Ich bin alles, der Wind und der Krake. Ich bin der Anfang und das Ende.«

»Also hast du uns hierhergebracht? Hast unseren Gleiter abstürzen lassen?«

Die goldene Kugel verharrte regungslos, und sie schwieg sekundenlang, als müsse sie über die Frage nachdenken. »Als euer Gleiter abstürzte, steuerte ich die Fänge des Windes zu euch, um euch zu töten, wie es die Aufgabe der Fänge ist.«

»Aber wir überlebten.«

»Erstaunlich, nicht wahr?« Die Stimme des Roboters hatte einen nachdenklichen Anstrich bekommen.

Ein Roboter, der über die Fähigkeit verfügte, eine gewaltige Anlage zu steuern, die Wüstenstürme entstehen ließ, mörderische

Sandstürme, die wie Naturphänomene wirkten und die jeden potentiellen Angreifer vernichteten. Vermutlich eine uralte Maschinerie, überlegte ich, *ein Relikt aus der Vergangenheit, das seinen Schöpfer längst überlebt hatte. Ein dezentralisierter Roboter mit biologischer Komponente, die im Laufe der Jahrtausende … Fehlfunktionen entwickelt hatte.*

Oder verrückt geworden ist, meinte der Extrasinn. *Ein irrsinniger Roboter, der seiner alten Aufgabe nachgeht, ohne zu verstehen, warum er das tut. Ein Selbstläufer seit Jahrtausenden.*

Und diesem Roboter waren wir in die Hände gefallen. Eine verdammt ungünstige Entwicklung der Dinge, die darüber hinaus noch nicht einmal erklärte, wer unseren Gleiter sabotiert hatte.

»Warum hast du uns hierhergebracht?«, bohrte ich weiter. »Warum hast du uns nicht in der Wüste getötet, wie es deine Aufgabe gewesen wäre?«

»Weil ihr zäh seid. Es gibt jemanden, der zähe Lebewesen zu schätzen weiß. Ihm werde ich euch übergeben.«

»Um wen handelt es sich?«

»Um einen Freund.« Aus dem letzten Wort sprach deutlich die biologische Komponente des Roboters. »Er trug mir auf, ihm besonders widerstandsfähige Wesen zu übergeben. Er braucht sie.«

»Wofür?«

Keine Antwort erfolgte.

»Wer ist dieser Freund?«

Ich rechnete nicht mit einer Antwort, umso mehr überraschte sie mich. Wenn ich auch nichts damit anfangen konnte.

»Irhe'vorma.«

Ich sah, wie Ohm erbleichte. Das Schott schob sich vor dem Roboter wieder zusammen. Ich blickte wieder auf die Steinmauer.

Ohm ballte die Hände und sank an der Wand zu Boden.

»Wer ist dieser Irhe'vorma?«, fragte ich.

»Ebenfalls ein Roboter.« Ohms Stimme war wie ein Hauch. »Einer, den nahezu jeder auf Lepso kennt. Allerdings nennt man ihn normalerweise nicht bei seinem Namen, sondern bei seiner Funktion.«

»Und die wäre?«

Die Antwort war niederschmetternd. »Der positronische Kommandant der Schweißöde.«

Wir saßen seit Stunden in diesem Gefängnis fest. Die Zelle maß fünf mal fünf Schritte, und obwohl wir inzwischen jeden Quadratzentimeter untersucht hatten, fanden wir nicht den kleinsten Hinweis.

Wo sich das Schott geöffnet hatte, waren keine Fugen zu sehen, das Material schien genau dasselbe zu sein wie überall sonst. Das sprach für eine hoch entwickelte Technik. Allerdings hatte der Erbauer dieser Anlage auch die *Fänge des Windes* erschaffen; das war wohl Beweis genug für seine Fähigkeiten.

Ich fragte mich, vor wie langer Zeit diese Technik wohl entstanden war. Es musste lange vor der Besiedlung Lepsos durch die Arkoniden gewesen sein, denn die Sandstürme tauchten schon in den ältesten Berichten auf, wie mir Ohm versicherte.

Die Roboter mussten schon vorher hier gewesen sein. Möglicherweise stammten sie aus der Zeit der Gavivis.

Der Logiksektor wies mich darauf hin, dass sich unser Gefängnis und die Heimstatt der goldenen Maschinen unter der Wüstenoberfläche befinden mussten, weil die Gebäude sonst längst entdeckt worden wären. Ein Argument, das einiges für sich hatte. Nur leider half uns diese Erkenntnis nicht weiter.

»Die Roboter stehen also mit dem positronischen Kommandanten des Wüstengefängnisses in Verbindung«, sagte ich.

»Niemand weiß genau, was im Inneren der Schweißöde vor sich geht«, erwiderte Ohm. »Dem Robotkommandanten obliegt alle Gewalt. Er führt das Regime, und niemand kümmert sich darum. Besucher gelangen nur zur Schweißöde, wenn sie die Gladiatorenkämpfe sehen wollen. Noch nie hat ein Gefangener die Schweißöde verlassen.«

»Ein gutes Stichwort.« Ich trommelte mit den Fingern gegen das Gestein. »Die Gladiatorenkämpfe. Der Goldene sagte, er wolle uns an Irhe'vorma ausliefern, weil wir zäh seien.«

»Genau diesen Gedanken habe ich inzwischen tausendmal gewälzt.« Die Bitterkeit war meinem Einsatzpartner deutlich anzuhören. »Wenn das entscheidende Merkmal unsere Widerstandskraft ist, kann das nur eins bedeuten.«

»Wir sind als Material für die Kämpfe vorgesehen.«

Als sei diese Schlussfolgerung der Auslöser, schob sich erneut das Schott zur Seite. Doch diesmal standen nicht nur die goldenen Roboter draußen, sondern auch eine drei Meter große und fast ebenso breite gigantische Konstruktion aus Stahlstreben und frei liegenden Kabeln.

Etwa in ihrem Zentrum erhob sich auf einem dürren Hals die Karikatur eines humanoiden Schädels, komplett aus dunklem Metall gebildet. Ein breiter Mund öffnete sich und gab den Blick in einen dunklen Schlund frei. Über diesem Maul glühten rote Augen. »Ich bin Irhe'vorma. Willkommen. Ich bringe euch in meine Schweißöde.«

Er betrachtet das Gefängnis als sein Eigentum, schoss es mir noch durch den Kopf, dann hörte ich ein Zischen, Nebel wallte auf mich zu, und mir schwanden augenblicklich die Sinne.

Zweites Buch

Willkommen in der Schweißöde

12. – 29. März 3102

Die Freundlichkeit in Person

Langsam wurde es zur wenig erfreulichen Gewohnheit, aus tiefer Ohnmacht zu erwachen.

Ich kam zu Bewusstsein, als Ohm Santarin noch reglos neben mir lag. Ich beugte mich über ihn und bemerkte zu meiner Beruhigung, dass er tief und gleichmäßig atmete. Der Zellaktivator hatte meinem Körper geholfen, die Wirkung des Betäubungsgases schneller zu neutralisieren; Ohm würde sicher noch einige Zeit benötigen.

Es fiel mir schwer, die Augen offen zu halten. Müdigkeit und bleierne Erschöpfung drückten die Lider nach unten. Dennoch zwang ich mich dazu aufzustehen; auch den Schwindel, der von meinem Hinterkopf ausging, ignorierte ich. Ebenso die Welle der Übelkeit, die jede Bewegung auslöste.

Mir war, als reise ich auf einem altterranischen Segelschiff, das mitten in ein Unwetter geraten war. Der Boden schien zu schwanken, die Decke erst zu flimmern und sich dann auf mich herabzusenken.

Ich atmete tief ein, schloss die Augen und stützte mich an einer der Wände ab. Der Schwindel legte sich, ebenso das Brennen der Augäpfel. Kälte drang von dem glatten Metall in meine Hand. Die Fingerspitzen kribbelten.

Hoffentlich ist das nicht schon wieder ein Gefängnis, dachte ich.

Du vergisst, wo du dich befindest, Narr.

Angesichts der letzten Geschehnisse war es tatsächlich närrisch zu befürchten, in einer Gefängniszelle festzusitzen. Es gab kaum einen Zweifel, dass Irhe'vorma, der positronische Robotkommandant, uns mitten in die Schweißöde transportiert hatte.

Wohin sonst hätte er uns bringen sollen als in das größte und ausbruchsicherste Gefängnis von ganz Lepso?

Ich beschloss, Ohm noch einige Minuten der Ruhe zu gönnen und die Umgebung zu inspizieren.

Der Raum war im Gegensatz zur letzten Zelle immerhin mit zwei Liegen und zwei Hockern ausgestattet. Es gab eine altmodische Schiebetür und sogar ein Fenster – Letzteres ungesichert. Niemand schien etwas dagegen zu haben, dass wir diesen *Aufwachraum* wieder verließen. Warum auch?

Es ergab keinen Sinn, innerhalb der Schweißöde jemanden noch einmal extra einzusperren. Der Energieschirm konnte ohnehin nicht überwunden werden.

Es ärgerte mich, dass ich mich nie genauer mit dieser *Ansiedlung zur Förderung des sozialverträglichen Benehmens* beschäftigt hatte, wie die Schweißöde offiziell genannt wurde. Der Name war der reine Hohn. Die zweite Bezeichnung *Hölle von Abanfül* traf es auf den Punkt.

Jetzt wären weitergehende Informationen von unschätzbarem Wert gewesen; ich hoffte, dass Ohm mehr wusste. Welche Zustände herrschten hier? Welche inoffiziellen Regeln mussten beachtet werden, um keine unnötigen Probleme herauszufordern?

Ich trat ans geschlossene Fenster und klopfte dagegen. Glas. Es war dreckig und verschmiert.

In der Fensterscheibe sah ich undeutlich und verschwommen mein Spiegelbild. Und zu meiner Überraschung handelte es sich tatsächlich um mein Spiegelbild. Zwar wirkte ich lädiert, doch zweifellos blickte mir der Arkonide Atlan entgegen. Nicht mehr der etwas füllige Prospektor Elias Pattri mit seinen Hängebacken.

Ich betrachtete meine Hände. Die Haut war noch brauner als gewöhnlich, da die Verdunklung durch einen biologischen Prozess verursacht worden war und nur langsam zurückging, wenn man nicht das entsprechende Gegenmittel verabreichte.

Ich sprach einige Worte; auch meine Stimme war noch tiefer und knarrender als gewöhnlich. Wer immer mich demaskiert hatte, hatte die Wirkung des Modulationsmittels nicht neutralisiert.

Diese Beobachtungen brachten mich erst auf das Naheliegende – ich hatte mich in der Zwischenzeit so an meine Tarnexistenz gewöhnt, dass ich sie nicht mehr als etwas Außergewöhnliches ansah und deshalb die äußerliche Veränderung nicht sofort bemerkt hatte.

Ich blickte an mir hinab. Ich trug den Prospektorenanzug nicht mehr. Damit war auch die raffiniert versteckte Hightech verloren, auf die ich im Notfall hätte zurückgreifen können. Ein schmerzlicher Verlust.

Anstelle des Anzugs war ich nun mit einer schwarzen, eng anliegenden Hose aus rauem Stoff und einem stumpfgrauen, sackartigen Oberteil bekleidet, das nicht weniger intensiv auf der Haut rieb.

Der Robotkommandant wäre ein Idiot, wenn er dir deinen Einsatzanzug nicht genommen hätte, kommentierte der Extrasinn. *Irhe'vorma weiß genau, was er tut, und auf Fehler seinerseits brauchst du nicht zu hoffen. Er geht präzise vor, nüchtern und zielstrebig.*

Ich sah durch die Scheibe nach draußen. Schätzungsweise drei Meter tiefer verlief eine Gasse, auf der sich allerlei Gestalten tummelten.

Ich erkannte einige Arkoniden, einen Springer, sogar einen Blue. Außerdem zwei Insektoide, die ich dem käferartigen Volk der Woraab zuordnete. Woraab galten als äußerst friedfertig. Mir war nicht bekannt, dass sie sich fern ihres Heimatplaneten je zu kriminellen Handlungen hinreißen ließen.

Eines war allen gemeinsam: verlumpte, zerrissene Kleidung. Und das gewisse schäbige Etwas, das davon zeugte, dass sie schon lange in diesem Glutofen aus Hitze und Eintönigkeit vegetierten. Ihre Haltung hatte etwas Gebeugtes und zugleich Angespanntes, als rechneten sie jeden Augenblick mit einem heimtückischen Angriff aus dem Hinterhalt.

Sie waren Verbrecher, Mörder, Verschwörer ... so genannter Abschaum, der vom Staatlichen Wohlfahrtsdienst oder den

Regierungen anderer Planeten abgeschoben worden war. Wer dunkle Elemente der Gesellschaft effektiv entsorgen wollte, ohne die Todesstrafe einzuführen, der schickte sie in die Schweißöde, gab sie in die *Obhut* Irhe'vormas.

Es kam einem Todesurteil gleich; nur dass es nicht sofort vollstreckt wurde. Weggesperrt für immer. Bis man von irgendeinem Mithäftling getötet wurde. Oder sich selbst richtete, indem man einen schmerzlosen Tod suchte und in den Energievorhang sprang – ein kurzer Moment, in dem tobende Gewalten alles auslöschten. Ein Verwehen im Nichts, eine energetische Kettenreaktion, die vom Leib nichts übrig ließ.

Man sah diesen Intelligenzwesen ihre Untaten nicht an. Äußerlich unterschied sie nichts von anderen Mitgliedern ihrer Völker; es gab keine Merkmale, die sie zu Verbrechern stempelten. Woraab in der Schweißöde ließen ihn mir verstärkt Zweifel an der Gerechtigkeit dieses Strafvollzugs aufkommen. Wahrscheinlich waren Unschuldige unter ihnen. Oder einfach nur welche, die in Ungnade gefallen waren, politische Häftlinge …

Unwillkürlich empfand ich Bedauern und Mitleid, fragte mich, ob irgendjemand die Hölle von Abanfül wirklich verdient hatte. Gab es Taten, die rechtfertigten, jemanden bis an sein Lebensende ständiger Gewalt, Todesgefahr und der Willkür eines Robotkommandanten auszusetzen?

Ich trat einen Schritt zurück, fand seitlich am Fenster einen Mechanismus, der zweifellos dazu diente, es zu öffnen. Ein gespaltener, konisch zulaufender Griff ragte in Richtung Fenstermitte. Es dauerte nicht lange, bis ich den Mechanismus durchschaute. Ich drückte die Hälften zusammen und zog den Griff ruckartig an.

Es knackte, und ich konnte das Fenster nach innen aufklappen.

Gestank drang herein. Es roch nach Exkrementen und flüssigen Ausscheidungen. Vermischt mit der brütenden Hitze, die mir entgegenschlug, bewirkte es, dass die gerade überwundene Übelkeit augenblicklich zurückkehrte.

Unten blieb ein breitschultriger Arkonide stehen, legte den Kopf in den Nacken und sah zu mir herauf. Sein weißes Haupthaar war unregelmäßig kurz geschnitten, verfilzt und verdreckt. Eine Narbe verlief quer über die Schläfe bis zum linken Auge oder besser bis zur linken Augenhöhle. Ein unheimlicher Anblick.

»Ein Artgenosse!«, rief der Einäugige, und es klang ehrlich erfreut. Er sprach mit ungewöhnlich hoher, fast weiblich anmutender Stimme. »Auch wenn du zu bedauern bist, muss ich sagen, dass es mich immer freut, jemanden meines Volkes zu sehen.«

»Ich hatte schon angenehmere Umstände«, erwiderte ich sarkastisch, was den anderen zu einem trockenen Lachen animierte.

»Hat der alte Blechkasten nur dich in der Wüste aufgelesen?«

Ich stutzte. »Woher weißt du, wo der Robotkommandant mich …«

»Dieses Haus dient dem Blechkasten nur dazu, *Gäste* abzuladen, die die Fänge des Windes ihm zugetragen haben.«

Also gelangten des Öfteren Gefangene auf demselben Weg wie wir in die Schweißöde. Ignoriert von der Öffentlichkeit, die sich nicht darum kümmerte, wie Irhe'vorma sein Regiment führte. Selbst wenn es publik geworden wäre, hätte sich wohl niemand auf Lepso oder im Staatlichen Wohlfahrtsdienst darum gekümmert. Ein Skandal.

Ich fragte mich, wie viele der angeblich in der Wüste verschollenen Toten letztendlich in der Schweißöde gelandet waren. Mit den goldenen Kugelrobotern hatte der Robotkommandant offenbar zuverlässige Lieferanten für Menschenmaterial in seine Dienste genommen.

»Wie ich sehe«, fuhr der einäugige Arkonide fort, »hat der Blechkasten das Ritual seiner Begrüßung noch nicht ausgeführt, sonst wüsstest du über die Verhältnisse Bescheid. Du wirst sehen, er ist die Freundlichkeit in Person. Solange du es nicht wagst, auch nur den geringsten Fehler zu begehen oder gar Ansprüche zu stellen.« Wieder lachte er. Doch es war keine Zurschaustellung von Heiterkeit und Ausgelassenheit. Nicht der geringste Funken Humor glomm darin.

Ich überlegte, wie ich den Arkoniden in ein weitergehendes Gespräch verwickeln konnte. Womöglich erwies sich die Begegnung als Glücksfall. Er konnte uns in die hiesigen Verhältnisse einführen.

»Ich fragte dich schon einmal«, rief er. »Bist du allein?«

»Es wird dich freuen zu hören, dass mich ein weiterer Arkonide begleitet hat.«

Der Einäugige strahlte über das ganze Gesicht. »In der Tat.«

»Ohm Santarin ist noch nicht bei Bewusstsein. Ich selbst bin erst vor wenigen Augenblicken zu mir gekommen. Ist dieses Haus frei zugänglich? Wenn ja, komm rein, dann können wir uns besser unterhalten.«

Der Arkonide spuckte aus. »Wenn es frei zugänglich wäre, würden sich tausend Insassen bekriegen, es zu bewohnen. Es ist mit Abstand die luxuriöseste Unterkunft der Schweißöde. Sieh dich doch um! Ein Fenster, das sich schließen lässt. Spärliche, aber intakte Möbel. Saubere, trockene Metallwände. Ein Raum, der eine gewisse Kühle bietet … Genieß den Aufenthalt, solange du noch kannst. Bald wird der Blechkasten auftauchen, dir einen Vortrag halten und dich in seine hübsche Welt entlassen.« Er wies nach oben. »Glaub ja nicht, dass ich zu dir hochklettern könnte. Sobald ich es auch nur versuchen würde, käme ein Kampfroboter, um mir den Garaus zu machen.« Er wandte sich ab.

»Bleib! Sag mir, wo ich dich finde, wenn wir draußen sind.«

»Ich werde dich finden, wenn es so weit ist.«

»Dann sag mir deinen Namen.«

»Man nennt mich den *Kahlen*.«

»Dein Haarwuchs scheint mir ausgezeichnet.«

Er wandte mir nach wie vor den Rücken zu, spuckte erneut geräuschvoll aus und entfernte sich ohne ein weiteres Wort. Sonst kümmerte sich niemand um das Gespräch.

Hinter mir gab Ohm ein leises Stöhnen von sich.

Ich eilte zu ihm.

Er öffnete flatternd die Augen. Sein Blick wanderte durch den Raum, blieb an mir hängen. »Nicht gerade angenehm hier.«

»Soll aber noch der angenehmste Ort sein.«

Ohm sah mich fragend an. Er trug ähnliche Kleidung wie ich; der augenscheinliche Unterschied bestand darin, dass seine Hose unterhalb des rechten Knies nur noch aus Fetzen bestand.

Ich gab meine bisherigen Beobachtungen und das kurze Gespräch mit dem *Kahlen* wieder. Währenddessen blickte ich mich erneut im Raum um.

Kühl wirkende Metallwände, spartanische Möbel. Die Decke befand sich mehr als drei Meter über uns; der Boden bestand aus einem schwarzen Material, das sowohl völlig glatt geschliffener Stein als auch stumpfes Metall sein konnte.

Gegenüber dem einzigen Fenster war ein breites und hohes Schott in der Wand – wohl passgenau für den großen Robotkommandanten, auf den wir in der unterirdischen Station der goldenen Kugelroboter nur einen kurzen Blick hatten werfen können.

Angesichts der Situation hielt ich es für angebracht, im Umgang mit Ohm Santarin vom distanzierten »Sie« zum persönlicheren »Du« zu wechseln.

Noch bevor wir weitere Pläne schmieden konnten, schob sich das Schott knirschend zur Seite.

Dahinter kam, wenig überraschend, Irhe'vorma zum Vorschein. Dem Robotkoloss fehlten jegliche Extremitäten. Er schwebte auf einem Prallfeld in den Raum, ohne ein Geräusch zu verursachen.

Er bot mit seiner Stahlstrebenstruktur auch für mich einen ungewöhnlichen Anblick, obwohl ich schon einer Unzahl von robotischen Erzeugnissen aus vielen Welten begegnet war. An etlichen Stellen war sein Körper durchlässig – sein *Inneres* bildete sich aus Dutzenden, wenn nicht Hunderten von kreuz und quer verlaufenden Stangen.

Mehr als alles andere verblüfften mich die frei liegenden Kabel, die der ganzen Konstruktion einen seltsam verletzlichen Anschein gaben; als könne man dem Robotkommandanten Schaden zufügen, indem man einfach einige Kabel abriss.

Doch so einfach konnte es nicht sein, sonst wäre Irhe'vorma längst von den Insassen des Gefängnisses zu einem Schrotthaufen zerlegt worden.

Ich erinnerte mich daran, wie der Kahle den Kommandanten immer wieder genannt hatte: Blechhaufen. Diese abfällige Bezeichnung traf rein optisch in gewissem Sinn zu. Der Roboter wirkte tatsächlich wie ein Haufen zufällig aufeinandergeschichteten Metallabfalls, der in ungefähr quadratische Form gepresst worden war. Das Einzige, was diesem Eindruck widerstrebte, war der vorgelagerte Metallkopf, der grob humanoide Form und Züge aufwies.

»Ich heiße euch herzlich willkommen in meiner Schweißöde.«

In mir wallte heißer Zorn auf. Wie hatte der Kahle es genannt? Der Kommandant sei die Freundlichkeit in Person, solange man ihm nicht in die Quere kam. Ich beabsichtigte, genau das zu tun. »Verzichte auf geheucheltes Entgegenkommen. Du hast uns widerrechtlich gefangen genommen. Ich verlange, freigelassen zu werden.«

Die Augen veränderten ihre Farben. Eben noch dunkelrot, wechselten sie in giftiges Grün. Gleichzeitig drang aus der oberen Hälfte des Roboters ein dumpfes Summen, das stetig seine Frequenz veränderte. Es wurde lauter und immer hochtönender, bis es sich in ein kaum noch hörbares Sirren verwandelt hatte.

Es vibrierte unangenehm in den Ohren. Leichter Schmerz entstand. Doch damit nicht genug. Das Sirren wurde von Augenblick zu Augenblick lauter. Intensiver.

Neben mir stöhnte Ohm dumpf auf. Er presste beide Hände gegen die Ohrmuscheln. Ich tat Irhe'vorma diesen Gefallen nicht, sondern wollte ihm vom ersten Moment an Widerstand entgegensetzen. Sollte er sein kleines Bestrafungsritual ruhig ausführen. Ich würde keine Schwäche zeigen.

Moralischer Widerstand gegen eine Maschine ist völlig sinnlos, belehrte mich der Logiksektor. Ich ignorierte den Hinweis.

Mittlerweile tat es entsetzlich weh. Ich hatte das Gefühl, jemand gieße mir flüssiges Metall in die Gehörgänge, das sich zischend durch Knorpel und Trommelfell fraß und die Gehörknöchelchen schmolz.

Ich ballte die Hände. Der Brustkorb vibrierte unter den Schallwellen; mein Herz schlug unregelmäßig. Ich hörte Ohm mit den Zähnen knirschen. Ein dünner Blutfaden rann aus seinem Mundwinkel – er hatte sich wohl auf die Zunge gebissen.

»Nimm die ... Hände runter«, presste ich mühsam hervor.

Mein Einsatzpartner gehorchte. In seinen Blick zog erst Verständnislosigkeit ein, dann etwas Hartes. Und gleichzeitig ein wilder, trotziger Triumph. Trotz der Schmerzen lächelte er, voll Wut und Aggression.

»Ihr seid Narren«, sagte Irhe'vorma mit ausdrucksloser Stimme und veränderte noch einmal die Frequenz des Tons.

Glühende Nadeln schienen sich in mein Gehirn zu bohren. Der Schmerz war überwältigend. Vor den Augen blitzten Sterne, und ein trüber Schleier legte sich über meine Wahrnehmung.

Ohm brach mit einem Aufschrei in die Knie, fiel haltlos vornüber und schlug mit dem Gesicht auf, ohne sich abzufangen.

Ich krümmte mich, wankte zurück, prallte mit dem Rücken gegen die Wand. Etwas schoss heiß die Wirbelsäule hoch; ich spürte es kaum unter der anhaltenden Pein in meinem Schädel. Mein Atem ging schwer.

Die Tortur endete so plötzlich, wie sie begonnen hatte. Der Ton verstummte übergangslos.

Irhe'vormas Augen nahmen wieder die glühend rote Färbung an. »Euer Widerstand ist zwecklos. Ihr könnt mich nicht beeindrucken. Ich verfüge nicht über die Schwächen sterblicher Kreaturen. Es gibt keine Gefühlsebene, an die ihr appellieren könnt. Aber ich kenne die Gedanken der biologischen Kreaturen genau.«

Ich ging einige schwankende Schritte auf den positronischen Robotkommandanten zu und straffte meine Haltung. »Wir beugen uns nicht unter deinen Willen.«

»Das werden wir sehen.« Der stählerne Hals verlängerte sich, indem sich die entsprechende Strebe nach vorne schob. Dadurch glitt die Kopfsektion auf mich zu. »Du bist der beste Fang, der mir je untergekommen ist, Lordadmiral Atlan.«

»Du weißt, wer ich bin?«

»Auch wenn deine Maskerade nicht durch den Aufenthalt im Sandsturm beschädigt worden wäre, hätte ich dich erkannt«, behauptete er. »Biologische magst du vielleicht täuschen, mich jedoch nicht.«

»Du hast meine Maske entfernt? Das Biomolplast von ...«

»Ich habe Wichtigeres zu tun«, unterbrach Irhe'vorma. »Zwei meiner medizinischen Drohnen bekamen von mir den Auftrag.«

»Medizinische Drohnen?« Ich konnte mir kaum vorstellen, dass es in der Schweißöde so etwas wie eine Krankenstation gab. Wer hier krank wurde, überlebte aus eigener Kraft – oder er starb. Doch selbst wenn jemand überlebte, stand es mit Sicherheit nicht gut um ihn. Krankheit bedeutete Schwäche, und in dieser Gesellschaft blieb kaum Zeit für Rekonvaleszenz.

Der Roboter antwortete nicht. Seine Auskunftsfreudigkeit hatte offenbar ein Ende gefunden. »Ihr werdet das Gebäude verlassen. Seid versichert, dass ich euren Werdegang in meiner Schweißöde verfolgen werde. Lordadmiral Atlan ... der Chef der USO, der unsterbliche Arkonide, ist mein Gast. Wir werden sehen, ob du tatsächlich *unsterblich* bist.«

»Der Zellaktivator verhindert das biologische Altern und bekämpft Krankheiten. Durch Gewalteinwirkung kann ich sehr wohl sterben.« Ich zweifelte nicht daran, dass Irhe'vorma diese Tatsache bekannt war, doch ich wollte das Gespräch mit meiner Äußerung in eine ganz bestimmte Richtung lenken. Und das gelang mir ausgezeichnet.

»Gewalt wirst du in den nächsten Tagen genug finden. Doch ich bin sicher, dass du bis zum nächsten Gladiatorenkampf überleben wirst. Leider dauert es bis dahin noch viele Tage.« Erstmals wandte sich der Robotkommandant an meinen Begleiter. »Ob du dann ebenfalls noch am Leben sein wirst, wage ich zu bezweifeln. Ein drahtiges, aber letztlich schmächtiges Exemplar. Wir werden sehen.«

Ohm verschränkte die Arme vor der Brust. Er bebte vor unterdrücktem Zorn. »Ich gedenke nicht zu sterben. Vielleicht werde ich derjenige sein, der dir deinen verdammten Pseudokopf von der Stahlstrebe reißt! Ich würde dieser Aufgabe mit Freuden nachkommen.«

»Still!«, rief ich ihm noch zu, doch es war natürlich längst zu spät.

Um Ohm baute sich in Sekundenschnelle eine energetische Blase auf, die durch einen pulsierenden schlauchartigen Auslauf mit Irhe'vorma verbunden war. Die Oberfläche der durchsichtigen Blase schimmerte bläulich, und sie wirkte durch ein wimmelndes adernähnliches Geflecht von tiefroter Farbe lebendig. Kleine Überschlagblitze zuckten ins Innere, erloschen jedoch, ehe sie den Gefangenen erreichten.

Ohm begann zu schreien. Wild, gequält, panisch. Arme und Beine zuckten konvulsivisch. Ein Ellenbogen schlug gegen die Energieblase. Es zischte. Qualm stieg auf.

Das leinenartige Kleidungsstück verkohlte blitzartig, und auf der Haut meines Einsatzpartners bildeten sich Brandblasen. Ohm sackte zusammen, stürzte haltlos zur Seite. Die Hände krallten sich um seine Kehle. Die Finger waren zu Klauen gekrümmt, die Adern traten dick hervor.

Er würde gegen die energetische Wand prallen. Ich konnte es nicht verhindern, ihm nicht beistehen.

Die Blase löste sich auf, verpuffte mit hörbarem Knall.

Ohm schlug auf dem Boden auf, Arme und Beine an den Körper gezogen, das Gesicht zu einer Grimasse verzerrt.

»Nimm ihn mit nach draußen«, knarrte die Stimme des Roboters, der weitaus gefährlicher war, als es dem ersten Anschein entsprach. Er verfügte über ein ausgefeiltes Arsenal an technischen Möglichkeiten. »Die Blase war mit einem Gas gefüllt, das seine Lungenbläschen versengte. Er hat keine ernsthaften Schäden davongetragen.«

Irhe'vorma verließ den Raum, das Schott blieb offen.

»Geht«, drang seine Stimme noch einmal herein. »Ich komme bald zurück. Wenn ihr dann noch hier seid, werdet ihr die Konsequenzen zu tragen haben.« Mit jener widerwärtigen Freundlichkeit fügte er hinzu: »Ich wünsche euch einen angenehmen Aufenthalt in meiner kleinen Welt.«

Elend

Die ersten Schritte draußen trug ich Ohm Santarin. Ich wollte den positronischen Robotkommandanten der Schweißöde nicht noch weiter reizen.

Irhe'vorma entschied nicht nur mit der Nüchternheit einer Maschine, er war eine Maschine. Jede Gefühlsregung war ihm fremd – er bestrafte hart und äußerst erfindungsreich, wie wir schmerzhaft am eigenen Leib erfahren hatten.

Zuerst musste ich mich in der neuen Umgebung zurechtfinden und Informationen sammeln.

Dazu muss Ohm erst einmal wieder zu sich kommen!

Was das anbelangte, musste ich mich auf die Worte des positronischen Robotkommandanten verlassen, dass das Gas keine dauerhaften Schädigungen hinterließ und mein Einsatzpartner bald das Bewusstsein wiedererlangen würde.

Ich ließ das Sammelgebäude hinter mir und damit den letzten Bereich, in dem so etwas wie Bequemlichkeit und Schutz existierte.

Für Arkoniden war die Hitze gerade noch erträglich. An den beißenden Gestank musste ich mich erst noch gewöhnen.

Die schmale Gasse war leer. Weder der Arkonide noch sonst irgendjemand hielt sich noch in der Nähe auf. Auf den ersten Blick war erkennbar, dass der Kahle nicht gelogen hatte: Das Sammelgebäude war zweifellos das stabilste und luxuriöseste im weiten Umkreis.

Natürlich konnte ich nicht das gesamte Gebiet des Gefangenenlagers überblicken, doch ich ging davon aus, dass es anderswo genauso aussah. Windschiefe, schmale Holzhütten drängten sich eng aneinander.

Statt Fenster gab es nur Löcher, durch die Hitze und Gestank ungehindert ins Innere der Baracken eindrangen. Manche der Behausungen besaßen keine Dächer, andere waren mit Latten notdürftig gedeckt oder mit verbeultem Blech, so dünn, dass es sich unter der ständigen Hitze verformte und zu grotesken Windungen bog.

Mein fotografisches Gedächtnis lieferte die passende Assoziation: ein so genanntes Slumgebiet, wie es auf Terra ab dem 19. Jahrhundert weit verbreitet gewesen war.

Oder auf Rlakiischz, in der Epoche unmittelbar vor dem Erwachen der Vernunft, ergänzte der Logiksektor mit der ihm eigenen Distanziertheit.

Die Baracke, der ich mich näherte, verfügte über keine Tür. Beim Eintreten entdeckte ich eine halb abgerissene Angel, an der ein zentimetergroßes hölzernes Bruchstück davon zeugte, was einst mit Gewalt abgerissen worden war.

Im Inneren der Hütte war es ebenso brütend heiß wie im Freien, aber wenigstens fielen die Sonnenstrahlen nicht ungeschützt auf uns herab. Dafür stand die Luft, und es stank abscheulich. Nicht nur nach Exkrementen und Schweiß, sondern auch süßlich und widerwärtig nach Verwesung.

Hastige, trommelnde Geräusche erregten meine Aufmerksamkeit. Eine kinderkopfgroße Spinne krabbelte über den Boden. Jedes der acht geknickten Beine war dick wie ein Daumen, der pulsierende Zentralleib glänzte ölig. Ein Muster aus bräunlichen gekreuzten Linien bedeckte den Rücken. Ich hatte das Tier aufgeschreckt.

Es bedurfte keines Einwands des Extrasinns, mich auf den Denkfehler hinzuweisen. Denn das Tier eilte keineswegs von mir weg – sondern direkt auf mich zu! Unter den funkelnden Facettenaugen schnappten kleine Beißwerkzeuge.

Ich spannte mich an, um dem Tier einen Tritt zu versetzen, sollte es mich angreifen. Zeit, um Ohm abzusetzen, blieb mir nicht. Ich durfte ihn nicht ungeschützt lassen. Vielleicht griffen weitere Spinnen an.

Aber das Tier rannte seitlich weg und verschwand in einer dunklen Ecke. Von dort drang Knarren und Schaben, dann kehrte Stille ein.

Die Spinne hatte nicht etwa mich angegriffen, sondern war vor einer anderen Bewegung geflüchtet.

Ein unauffälliger schwarzer Vorhang aus fleckigem Stoff teilte einen Bereich des Raumes ab. Er raschelte und bewegte sich, glitt zur Seite.

Jemand sprang dahinter hervor.

Ich konnte in dem Halbdämmer kaum etwas erkennen. Nur eine humanoide Gestalt, die mit gesenktem Kopf auf mich zustürmte. Sie rammte mir den Schädel in den Magen.

Ich stöhnte dumpf. Ohm entglitt mir und prallte hart auf.

Dem Angreifer würde ich es zeigen. Ich war davon überzeugt, ihn besiegen zu können, gerade jetzt, da ich nicht mehr durch Ohms zusätzliches Gewicht gehandicapt war. Kaum jemand, der keine extrem gute Kampfausbildung erhalten hatte, konnte es im Nahkampf mit mir aufnehmen.

Doch wieder überraschte mich der Angreifer. Er bückte sich und hielt meinem immer noch reglosen Einsatzpartner etwas gegen die Kehle. Ein zersplittertes, gezacktes Stück Metall. So dünn, als sei es einst Teil eines Sägeblatts gewesen. Eine tödliche Waffe.

Mit der anderen Hand drückte er Ohms Kopf nach hinten, überdehnte den Hals, so dass die Kehle frei lag.

»Ihr wart es!«, schrie der Fremde, augenscheinlich ein Terraner. Verschwitztes schwarzes Haar hing über Stirn und Augen. Die Mundwinkel zuckten. Die zurückgezogene Oberlippe entblößte faulige Zähne. »Ihr habt sie getötet, und dafür werdet ihr sterben! Er zuerst. Er zuerst!« Er wiederholte es noch einmal, schrie die Worte hinaus, betonte dabei jede Silbe: »Er – zu – erst!«

Gleichzeitig drückte er zu. Blut quoll aus den Wunden an Ohms Hals.

Dann zog der Terraner die improvisierte Waffe durch.

Irhe'vorma war zufrieden.

Falls es so etwas wie Zufriedenheit in seinem Leben gab. Oder in seiner Existenz. Seine Erbauer hatten die positronische Matrix nicht mit einer biologischen Komponente gepaart, wie es etwa die Hersteller der Kugelroboter vor langer Zeit getan hatten.

Irhe'vorma erkannte das als vernünftige Entscheidung an, denn er hatte beobachtet, wozu solche biologischen Zusätze führen konnten. Der Goldene zeigte deutliche Anzeichen fehlerhaften Verhaltens. Oder schieren Wahnsinns. Die Biokomponente war einfach zu alt. Sie hätte ausgetauscht, die in ihr gespeicherten Daten transferiert werden müssen. Doch wer sollte das tun, nach all den Zehntausenden von Jahren?

Der Goldene hatte seine Schöpfer längst überlebt. Die schwachen biologischen Kreaturen waren schon vor Ewigkeiten an ihrer eigenen Dekadenz und Sterblichkeit zugrunde gegangen.

Wahre Größe und den Hauch des Ewigen besaß nur die künstliche Lebensform. Die robotische Existenz.

Deshalb haftete auch dem Goldenen etwas Wertvolles an, weswegen Irhe'vorma sich überhaupt mit ihm abgab. Rein biologische Wesen waren nur Material, das entweder funktionierte oder nicht – meistens sehr frühzeitig oder spätestens nach Ablauf einer allzu kurzen Frist setzten die Funktionen aus.

Und wenn es auf die falsche Weise funktionierte, brachten die Biologischen es in seine Obhut. In die Schweißöde. Damit Irhe'vorma es bewachte.

Keine sehr effektive Lösung. Man hätte die fehlgeleiteten Lebewesen leichter entsorgen können. Auch das zeugte von der Ineffizienz und dem Hang der Biologischen, Fehlentscheidungen zu treffen.

Dieser Fehler kam Irhe'vorma allerdings zugute, denn er bot die Gelegenheit zu experimentieren. Der Robotkommandant studierte das Leben, um zu verstehen, wie es sich so lange hatte durchsetzen können, wo es doch fehlerhaft war. Mit so vielen Makeln behaftet. Schwach. Leicht zu zerstören.

Was hätte aus dem Goldenen nicht alles werden können. Wie effektiv hätte er sein können! Er gebot über große Macht, steuerte den Wind der Wüste, konnte Stürme entfachen und vernichtende Waffen konstruieren. Doch er nutzte diese Macht nicht. Ein Fehler, der von der Biokomponente hervorgerufen wurde.

Biologisch bedeutete nichts anderes als sterblich und schwach.

Irhe'vorma schwebte in den Operationssaal, wo sich immer noch ein Studienobjekt befand, obwohl der letzte Gladiatorenkampf schon länger zurücklag. Der Robotkommandant hielt das Studienobjekt seitdem in künstlichem Koma.

Die Dinge entwickelten sich zurzeit auf ungeahnt gute Weise. Mit dem Arkoniden Atlan war Irhe'vorma der prominenteste Gefangene seiner Laufbahn zuteil geworden. Und diese Laufbahn währte schon lange. Nicht so lange wie die des Goldenen, aber länger als die jedes Biologischen, vielleicht mit Ausnahme des Arkoniden, seines neuen Gefangenen. Das wusste Irhe'vorma nicht. Wann war Atlan geboren worden? Er würde es in Erfahrung bringen.

Zuerst musste er sich mit dem aktuellen Studienobjekt beschäftigen.

Aus dem Inneren seiner Stahlkonstruktion fuhr er eine Greifklaue aus, packte ein Stilett und wandte sich der Bioform zu.

Ein Ara. Er war Gefangener Nummer 4.973.231 seit Gründung der Schweißöde. Männlich. Erkrankt an einem Tumor, der ihn in Kürze ausgelöscht hätte. Nur noch wenige Millimeter, und die Wucherung hätte auf das Gehirn gedrückt, viele Zentren lahm gelegt. Und der Ara hatte nichts davon geahnt, obwohl er einem Volk angehörte, das sich selbst großspurig als Galaktische Mediziner bezeichnete.

Krankheit bedeutete nichts anderes als Schwäche. Noch ein Beweis der Unzulänglichkeit des biologischen Lebens. Sollte es bei Irhe'vorma je zum Ausfall eines Teilsystems kommen, was dank regelmäßiger Wartung bisher niemals geschehen war, könnte er den entsprechenden Bereich einfach austauschen.

Während der Roboter mit geübtem Schnitt den Augapfel des Untersuchungsobjekts entfernte und den Sehnerv durchtrennte, beschäftigte sich ein unabhängiger Bereich seiner Rechenkapazität mit einer philosophischen Frage.

War sein neuer Gefangener Atlan überhaupt noch ein rein biologisches Lebewesen? Oder stellte er eine Mischform dar, ähnlich dem Goldenen, nur von einer anderen Ausgangssituation her?

Der Sterbliche Atlan (Arkonide, männlich, 1,87 Meter groß, vier Extremitäten, breitschultrig, muskulös, weißhaarig, aktivierter Extrasinn, fotografisches Gedächtnis) wäre längst tot ohne seinen Zellaktivator, der ihm relative Unsterblichkeit verlieh. Und der Zellaktivator wiederum war ein Stück Technik. Hoch entwickelte Technik, die weit über Irhe'vormas Standard stand, aber zweifellos Technik.

Der Leib des Aras zuckte sogar im künstlich aufrechterhaltenen Koma. Eine interessante körperliche Reaktion, vermerkte Irhe'vorma und warf den Augapfel in eine grünliche Nährlösung, verband das lose Ende des Sehnervs mit einem komplizierten Geflecht aus Drähten und wog Alternativen ab.

Sollte er Atlan von seinem Zellaktivator trennen? Das Gerät war speziell auf ihn geeicht und würde keinem anderen Lebewesen mit seinen Schwingungen dienen können. Damit würde es seinen Existenzzweck verlieren. Ein Sakrileg.

Und ein Argument dafür, dem Arkoniden den Zellaktivator zu belassen.

Andererseits würde Atlan ohnehin bald sterben. Irhe'vorma rechnete damit, dass der Arkonide als Sieger aus dem nächsten Gladiatorenkampf hervorging. Danach würde er entweder die Schweißöde verlassen, durch die Wüste gehen und dort sterben. Oder er trat zu einem weiteren Kampf an. Und zu einem dritten. Bis er irgendwann so geschwächt war, dass er seinem Gegner unterlag.

Irhe'vorma war in einem Dilemma gefangen, das mit logischen Methoden nicht zu lösen war. Sollte er Atlan von seinem Zellaktivator trennen und spezielle Experimente anstellen? Ohne das Gerät würde ein rapider Alterungsprozess einsetzen. Möglicherweise konnten daraus interessante Rückschlüsse auf die Funktionsweise des biologischen Körpers gezogen werden. Warum und nach welchen Gesetzen alterte er?

Irhe'vorma bearbeitete diese Fragen, während er den losgelösten Augapfel über das Drahtgeflecht mit dem Gehirn des Aras verband und die elektrische Weiterleitung von Impulsen studierte.

Er analysierte Wahrscheinlichkeiten und berechnete Konsequenzen, während ein Bildschirm erste Kurven aufzeigte. Eine philosophische Frage: *Sah* der losgelöste Augapfel, oder *funktionierte* er nur noch in gewissen Grenzen?

Die Biologischen … ihr hinfälliger, für Zerstörung anfälliger Körper funktionierte auch im Koma erstaunlich exakt und brillant. Fast, als besäße dieses Leben aus sich heraus einen Wert.

Fast.

Ich trat zu, erwischte die Waffenhand des schwarzhaarigen Terraners und glaubte, ein widerwärtig schmatzendes Geräusch zu hören, mit dem sich das gezackte Metallstück aus dem Fleisch meines Einsatzpartners Ohm Santarin löste. Blutstropfen spritzten bogenförmig davon, klatschten gegen Boden und Wände.

Der Terraner schrie, doch er hielt die Waffe fest. Genau bis zu dem Moment, als meine Handkante gegen seinen Unterarm schmetterte. Die Finger öffneten sich in einem Reflex. Die Waffe klirrte auf dem steinernen Boden.

Mein Gegner beging den törichten Fehler, sich zu bücken, um sie wieder zu ergreifen.

Diese Gelegenheit ließ ich ihm nicht. Mein Knie schnellte hoch und kollidierte mit seinem Kinn. Er stieß einen gurgelnden Laut aus, zuckte mit den Armen und sackte haltlos zusammen. Seine Stirn knallte mit dumpfem Schlaggeräusch auf. Ein letzter Krampf lief durch den Körper, dann lag er still.

Es war nicht nötig, mich weiter um ihn zu kümmern. Stattdessen wandte ich mich an Ohm Santarin.

Der Schmerz hatte meinen Begleiter unsanft in die Wirklichkeit zurückgerissen. Er betastete vorsichtig mit den Fingerspitzen die blutenden Wunden am Hals. Sein Gesicht war verzerrt, die Augen halb geschlossen. Tränen liefen über die Wangen, weniger ein Ausdruck der Pein als der inneren Erregung.

Die Tatsache, dass er atmen konnte, erleichterte mich. Er hatte keine ernsthaften Verletzungen davongetragen. Insbesondere Kehlkopf und Luftröhre waren unversehrt geblieben.

Er betrachtete mit angeekeltem Gesichtsausdruck, die Mundwinkel nach unten gezogen, das frische Blut auf seinen Nägeln. Ein Tropfen sammelte sich, hing einen Augenblick lang scheinbar schwerelos an der Kuppe des Mittelfingers und fiel dann.

»Was ...« Ohm wischte die Hände am Stoff seiner Hose ab, schluckte schwer, biss die Zähne zusammen und begann erneut. »Was hat dieser verdammte Roboter mit mir gemacht?« Aus seinen Worten sprach Verwirrung.

Ich erkannte, dass ihn eigentlich eine ganz andere Frage beschäftigte. »Seit Irhe'vorma dich ins Reich der Träume geschickt hat, ist einige Zeit vergangen«, klärte ich ihn auf. »Deine Wunden verdankst du nicht dem Roboter, sondern unserem ohnmächtigen Freund hier.« Ich wies auf den Terraner. »Ich habe dich inzwischen aus dem Sammelhaus getragen. Wir befinden uns ganz in der Nähe in einer der Elendshütten.«

»Und ... er?« Ohm ging zu dem Ohnmächtigen und starrte ihm ins Gesicht. Seine Hände ballten sich, der Blick wanderte zu der auf dem Boden liegenden, blutverschmierten Metallscheibe.

Einen Augenblick befürchtete ich, Ohm werde sich auf den Terraner stürzen, doch er behielt die Beherrschung.

Ich musterte den Schwarzhaarigen. An seinem Kinn bildete sich eine Beule. Aus dem rechten Nasenloch rann ein dünner Blutfaden, vermischt mit schleimigem Sekret. Er trug zerschlissene graue Kleidung. Es dauerte einen Augenblick, bis mir klar wurde, was mir bei seinem Anblick ungewöhnlich vorkam. Ihm fehlte an beiden Händen der Ringfinger. Eine zu große Übereinstimmung, um das Resultat einer zufälligen Verletzung zu sein.

Der Anblick erinnerte mich unwillkürlich an den Kahlen, der nur noch über ein Auge verfügte. Und je länger ich darüber nachdachte, desto deutlicher wurde mir, wie rau die Sitten in der Schweißöde tatsächlich waren. Verstümmelungen schienen an der Tagesordnung zu sein.

Was erwartest du an einem Ort, an dem die schlimmsten Verbrecher versammelt sind, dazu noch unter dem Regiment eines Roboters, der mit gnadenloser Härte herrscht?

»Er hat uns angegriffen, kaum dass ich dich in diese Hütte geschleppt habe«, beantwortete ich die Frage meines Begleiters.

»Warum?«

»Scheinbar benötigt man hier keinen Grund, um aufeinander loszugehen.« Mir kamen die wenigen Worte des Angreifers wieder in den Sinn, die er gesprochen hatte, ehe er auf uns losgegangen war. *Ihr habt sie getötet, und dafür werdet ihr sterben.* Was hatte er damit gemeint? Offenbar hatte er uns verwechselt.

Unser Feind kam zu sich, was sich zuerst in einem verhaltenen Stöhnen äußerte. Noch ehe er die Augen aufschlug, tasteten seine Finger über die Schwellung am Kinn.

Plötzlich verharrte er in der Bewegung, versteifte sich – und zog dann ruckartig die Beine an.

»Vergiss es!«, schnauzte ich ihn an. »Eine falsche Bewegung, und du lernst mich kennen. Diesmal werde ich weniger zimperlich sein!« Ich beschloss, ihn mit harten Bandagen anzupacken; um hier verstanden zu werden, musste man sich im Ton anpassen.

Der Schwarzhaarige erwies sich als robust. Ihm war nicht die geringste Benommenheit anzumerken, als er sich langsam zur Seite rollte und aufsetzte.

Seine ersten Worte überraschten mich. Er schleuderte mir keine Hasstiraden entgegen, feindete mich nicht an und zeigte sich auch nicht schweigsam und verschlossen. Stattdessen fragte er leise, kaum verständlich und von tiefer Verzweiflung geprägt: »Warum habt ihr sie umgebracht?«

Während Ohm sichtlich nach Worten rang, ergriff ich das Wort. »Was meinst du damit?«

»Ihr habt mich besiegt. Das erkenne ich an. Aber bevor ich sterbe, will ich wissen, warum ihr es getan habt.«

»Wir wissen nicht, wovon du sprichst.« Ich hinderte ihn nicht daran, aufzustehen und erneut sein Kinn zu betasten. »Ich weiß nicht einmal, wen du meinst. Aber ich versichere dir, dass weder ich noch mein Begleiter irgendjemanden getötet haben.«

Der Terraner wankte einen Schritt zurück, wies auf den schwarzen Vorhang, hinter dem er sich verborgen gehalten hatte, als wir die Hütte betraten.

»Du lügst! Du … du lügst.« Er kaute an den Nägeln von Zeige- und Mittelfinger. Er sah nach unten, ließ Schultern und Kopf sinken. Er war nichts weiter als ein sprichwörtliches Häufchen Elend.

Plötzlich überschlug sich seine Stimme: »Du hast sie abgeschlachtet, du Schwein!« Er warf sich herum, sprang zu dem Vorhang und riss ihn zur Seite.

Der Verwesungsgestank, der uns entgegenschlug, war kaum erträglich.

Ohm hob die Hand vor den Mund. Ich wandte den Blick ab.

»Warum?«, schrie der Terraner, brach vor der blonden Toten in die Knie und fuhr mit der Hand über die bleiche Wange.

Die Frau lag in der riesigen Lache ihres Blutes. Man hatte ihr die Kehle durchgeschnitten. Die Augen blickten verdreht nach oben, der Mund stand halb offen.

Der Mann, den wir für unseren Feind gehalten hatten und der in Wirklichkeit nicht mehr als ein bemitleidenswerter, gebrochener Mensch war, streichelte weiter das tote Fleisch. »Warum?«, flüsterte er immer wieder.

Der Fluch der Popularität

»Wer war sie?«, fragte ich. Der Extrasinn war zu derselben Einschätzung gelangt wie ich. Dieser Terraner spielte uns nichts vor. Er war voller Verzweiflung über den Tod der Frau. Er hatte uns tatsächlich für die Mörder gehalten.

Und er hat aller Wahrscheinlichkeit nach den Verstand verloren oder steht kurz davor.

Der Schwarzhaarige drehte sich zu uns, fuhr mit den leicht gekrümmten Fingern der Linken über die Lippen, während der Daumen über die Schwellung am Kinn rieb. »Meine Geliebte«, hauchte er. »Ich rettete ihr das Leben, nachdem sie schwer verletzt hier ankam.«

Ich spürte eine Berührung auf der Schulter und zuckte zusammen. Es war nur Ohm, der mich wortlos bat zu schweigen.

»Du hast sie verloren«, sagte er. »Ich fühle mit dir, glaube mir. Auch ich habe vor wenigen Tagen eine Freundin verloren, die ich liebte. Sie ... sie täuschte mich. Nutzte meine Gefühle aus.«

Nun verschränkte unser Gegenüber die Hände ineinander, ließ sich kraftlos neben der Leiche nieder, sodass er sowohl die Tote als auch uns im Blick halten konnte. »Bist du deswegen hier?«

Ohm sah ihn fragend an.

»Hast du sie ermordet, weil sie dich täuschte?«

»Ihr Verlust schmerzte zu sehr«, erwiderte mein Einsatzpartner, und ich zollte seinem Verhandlungsgeschick Respekt. »Ich war wütend auf sie, aber die Leere in mir war stärker.«

»Ich heiße Pas. Pas Nakorand.« Er bedeckte das Gesicht mit beiden Händen. Die Finger zitterten. »Ihr habt meine geliebte Sim nicht getötet?«

»Wir haben nichts damit zu tun«, versicherte Ohm. »Im Gegenteil. Wir hätten ihr beigestanden, wenn wir zum Zeitpunkt des Mordes schon hier gewesen wären.«

Nakorand stand umständlich auf. Er fasste mit der Rechten in den Vorhangstoff und zog sich nach oben. »Ich hätte euch nicht angreifen dürfen.«

»In der Tat«, konnte ich mir nicht verkneifen zu sagen. »Du kannst froh sein, dass ich dich entwaffnen und besiegen konnte, ohne dir größeren Schaden zuzufügen.«

»Warum nimmst du Rücksicht? Ich hätte euch beide getötet.« Er kicherte, und es fügte mir einen schmerzhaften Stich zu, als ich sah, dass ein Speichelfaden aus dem Mundwinkel über das Kinn lief, ohne dass Nakorand es bemerkte. Sein Blick wanderte unruhig im Zimmer umher. Der Daumen spielte unablässig mit den anderen Fingern.

»Du warst irregeleitet«, erklärte ich. »Es gibt keinen Grund, dich zu töten.«

Er kicherte wieder, lauter und schriller. »Hörst du, Simmi? Hörst du? Sie können noch nicht lange hier sein, die beiden. Haben noch nicht gelernt, dass hier nur das Überleben zählt. Halten an einer alten Ethik fest.«

Er hat den Bezug zur Realität verloren, meldete sich der Logiksektor zu Wort. *Frag ihn, wie lange die Frau schon tot ist, mit der er redet.*

»Wann ist Sim gestorben?«

»Gestorben?« Er strich ihr wieder über die bleiche Wange. »Aber nein, nein ... Du irrst dich. Sie ist doch nicht tot. Sie ist krank, meine arme Simmi, sehr krank. Sie wäre beinahe gestorben, ja, aber sie hat es geschafft, noch einmal geschafft.« Er lächelte der Toten zu. Ein makabres Bild angesichts des durchschnittenen Halses und der verdrehten Augen.

»Bist du sicher?«, fragte Ohm.

Wieder dieses Kichern. »Welch verrückte Frage. Sieh doch hin! Sag du es ihnen, Simmi.« Er nickte versonnen. Die Zunge fuhr über die Lippen. »So, hört ihr? Hört ihr es jetzt? Kann etwa eine Tote reden?«

Ohm warf mir einen vielsagenden Blick zu.

»Es tut mir leid, dass ich die Situation falsch eingeschätzt habe. Wir werden dich nun mit deiner Geliebten allein lassen.«

Nakorand sprang auf. »Aber warum? Ihr könnt doch nicht einfach schon gehen!« Er brüllte uns die Worte voll Zorn entgegen, und dann, als sei er von der Intensität seiner Gefühle selbst überwältigt, begann er zu weinen.

Wie ein Kleinkind, das noch keine Kontrolle über sich selbst erlernt hat. Es gab keinen Zweifel. Nakorand hatte über dem Tod seiner Geliebten den Verstand verloren.

Der Ara war gestorben.

Irhe'vorma empfand kein Bedauern, Studienobjekte waren schließlich in ausreichender Anzahl vorhanden.

Die biologischen Lebensformen bekriegten und töteten sich. Manchmal sammelte er die Verletzten auf, die er zumindest einige Tage am Leben erhalten konnte. Auch die Gladiatorenkämpfe waren immer für Überraschungen gut. Hin und wieder gab es sogar unter den gaffenden, sensationsgeilen Zuschauern Krawalle und Tote.

Irhe'vorma hatte anfangs bevorzugt solches Material untersucht – doch es hatte sich nicht als sonderlich ergiebig erwiesen. Der Roboter war von der Hypothese ausgegangen, dass Lebewesen, die freiwillig die Schweißöde besuchten, anders seien.

Leider hatte sich diese Annahme als falsch erwiesen. Es gab keine signifikanten biologischen Unterschiede. Dieselben Nervensysteme wie bei anderen Angehörigen derselben Art. Dasselbe Schmerzempfinden, dieselben Hirnregionen, nur geringe individuelle Abweichungen.

Nach Irhe'vormas Ansicht führten diese Unterschiede zu Problemen, Auseinandersetzungen, Kämpfen und Kriegen.

Künstliches Leben konnte völlig identisch nachgebaut werden. Das war effektiv. Irhe'vorma wusste, dass es genau 7942 Roboter gab, die ihm in allen Details glichen. Oder zumindest hatte es diese 7942 gegeben. Er hatte seit vielen Jahrzehnten nichts mehr von ihnen gehört. Vielleicht waren einige von ihnen bereits zerstört worden. Die meisten kamen in Bergwerken zum Einsatz. Eine jämmerliche Verschwendung.

7943. Genau so oft war er gebaut worden. Konnten Lebewesen damit konkurrieren? Manche Rassen gebaren zehn oder zwanzig Nachkommen, und diese waren alles andere als gleich, auch nicht diejenigen, die aus einer einzigen Mutterzelle stammten. Sogar die geklonten Exemplare nicht.

7943. Danach sind keine weiteren Roboter dieses Typs hergestellt worden – ein Musterbeispiel biologischen Versagens.

Während Irhe'vorma seinen Medizindrohnen den Auftrag gab, die biologische Masse seines letzten Untersuchungsobjekts zu entfernen, dachte er über Verschiedenheit nach.

Was bildeten die meisten Spezies sich auf ihre Individualität ein. Dabei erkannten sie nicht, dass gerade darin ihr größtes Problem wurzelte.

Wären sie gleich, würden sie sich nicht vom anderen abgrenzen müssen, um die eigene Identität bestimmen zu können. Wären sie gleich, müssten sie das *andere* nicht verachten, es nicht bekriegen und auslöschen.

Und wieder kehrten die Überlegungen des Robotkommandanten zu seinem prominenten Gefangenen Atlan zurück. Ob der so genannte Unsterbliche diese Erkenntnis im Lauf seines langen Lebens schon gewonnen hatte? Vielleicht wäre es aufschlussreich, sich mit ihm zu unterhalten.

Irhe'vorma stutzte.

Hatte er eben in Betracht gezogen, aus der Erfahrung eines Biologischen Gewinn zu ziehen?

Nein, sagte er sich. Denn Atlan war kein gewöhnlicher Biologischer. Irhe'vorma gelangte immer wieder zu dieser Schlussfolgerung. Atlan und sein Zellaktivator bildeten eine Einheit. Sie waren verkettet zu einer halbmaschinellen Intelligenz.

Und eine solche konnte durchaus von Wert sein.

Der Roboter beschloss, den Arkoniden genau zu beobachten.

»Beruhige dich«, forderte ich Nakorand auf.

Er umschlang seinen Oberkörper mit den Armen und wiegte leicht hin und her. »Wieso wollt ihr gehen? Ertragt ihr den Anblick nicht? Simmi ist eben alt ... sie ist des Lebens überdrüssig. Was kann sie dafür? Die Zeit frisst die Schönheit, und zurück bleibt nichts als ...«

Er wies auf die grausig zugerichtete Leiche. »Sie mag nur noch liegen, nicht mehr essen, nicht mehr trinken. Sie hat das Leben satt! Bei meiner Urgroßmutter war es nicht anders. Ich ... ich war noch ein Kind, aber ich vergesse den Anblick nie, wie sie in ihren Kissen lag, in den weichen weißen Kissen. Ihr Gesicht ausgemergelt, die Falten so tief, die Augen so stumpf. Und die Geräusche, die sie von sich gab, diese Geräusche!«

Er imitierte ein tiefes, heiseres Krächzen, schlug sich dann die Hände über die Ohren. Seine Schultern bebten.

Selten hatte ich mich so hilflos gefühlt. Ich wusste nicht, wie ich mit dem Wahnsinnigen umgehen sollte.

Ohm kam mir zuvor. Er trat an Nakorand heran, legte die Arme um ihn.

Der Terraner legte den Kopf auf die Schulter meines Einsatzpartners und murmelte unverständliche Worte. Erst nach einigen Sekunden, die mir wie Stunden vorkamen, ging ein Ruck durch seine Gestalt. Er befreite sich aus Ohms Umarmung.

Nakorand wischte sich die Tränen ab. Wohl war das Weiße in seinen Augen rötlich verfärbt und die Tränensäcke geschwollen, aber in seinen Blick war Klarheit getreten. So als habe er den Irrsinn für einige Augenblicke abgestreift. »Ich habe nicht mehr die Kraft, es Tasamur heimzuzahlen. Bestraft ihr ihn für den Mord an meiner geliebten Simmi.«

Ohm Santarin war wie elektrisiert. Er zuckte zusammen, und seine Gesichtszüge schienen zu versteinern, ehe er sagte: »Tasamur? Woher kennst du Flakio Tasamur? Was ...«

Der Terraner wies auf die Tote. »Er hat ihr das angetan«, erwiderte er und wirkte bei diesen Worten völlig vernünftig.

Ich zweifelte nicht daran, dass er bei klarem Verstand war. »Und du müsstest andersherum fragen. Wer kennt Flakio Tasamur nicht? Der ehemalige Thakan von Lepso, der angeblich mächtigste Mann in Orbana … Es hieß, er sei tot, doch dann ist er hier, mitten in der Schweißöde, wieder aufgetaucht. Einfach so. Als habe er seinen eigenen Tod überlebt.«

»Ich weiß, dass er lebt«, sagte Ohm grimmig. »Und ich weiß, wer er ist. Wo finde ich ihn?«

»Eine schwierige Frage, mein Freund.« Der Terraner wühlte mit beiden Händen in den verschwitzten schwarzen Haaren. »Wo findet man den König?«

Schon befürchtete ich, Nakorand sei wieder in den Tiefen seiner Wahnvorstellungen versunken, als er eine Erklärung abgab.

»Alle nennen ihn König, wisst ihr? Flakio Tasamur, der ehemalige Thakan von Lepso, der König der Schweißöde.«

»Dieser Titel wird Irhe'vorma nicht gefallen«, mutmaßte ich.

»Der Kommandant kümmert sich nicht darum. Oder zumindest zeigt er es nicht. Vielleicht beobachtet er alles und studiert uns, wie ein Wissenschaftler Ameisen und Käfer studieren mag oder Affen in einem Labyrinth.«

»Wo finden wir Tasamur?«, wiederholte Ohm.

Kurz nach unserem ersten Zusammentreffen hatte er mir berichtet, dass er seinen aktuellen Reichtum der Tatsache verdankte, dass sich der ehemalige Thakan der Hilfe einiger zwielichtiger Gestalten, unter anderem eben Ohms Hilfe, bedient hatte. Ihn verband ein dunkles Geheimnis mit Tasamur … der offenbar sogar von der Schweißöde aus in der Lage gewesen war, eine Agentin namens Acsais auf Ohm anzusetzen, die sich sein Vertrauen und sein Bett nur deshalb erschlichen hatte, um ihm Wochen später höchst wirkungsvoll eine Nachricht von Tasamur zu überbringen.

Angeblich herrscht Friede zwischen Tasamur und Ohm, kommentierte der Extrasinn, *aber es handelt sich wohl eher um einen*

Waffenstillstand. Sieh das Funkeln in Ohms Augen. Er will Tasamur unbedingt ausfindig machen.

»Wo finden wir ihn?«, rief mein Einsatzpartner ärgerlich, als der Terraner immer noch schwieg.

Nakorand sah ihn aus verquollenen Augen an, über die sich wieder ein Schleier legte. »Man findet den König nicht, wenn er nicht gefunden werden möchte«, murmelte er. Dann begann er wieder, seinen Oberkörper zu wiegen. Er summte leise, stammelte Worte vor sich hin. Immer wieder »Sim, oh Simmi!«

Der Robotkommandant hatte über das nahezu lückenlose Netz an winzigen Überwachungsdrohnen seinen prominenten *Gast* schnell ausfindig gemacht.

Atlan verhielt sich nicht anders, als Irhe'vorma vermutet hatte. Er war so leicht berechenbar. Er zog Erkundigungen ein, sondierte die Lage und versuchte, die bestehenden Strukturen zu durchschauen.

Inzwischen hatte Irhe'vorma ein Psychogramm des unsterblichen Arkoniden eingesehen. Diese Verhaltensweise passte genau zu den Beurteilungen der Kosmopsychologen, die das Profil des Lordadmirals erstellt hatten. Denn Atlans Ziel war zweifellos die Flucht.

Lächerlich!

Er plante, mit Gewalt oder List der Gefangenschaft in der Schweißöde zu entkommen. Obwohl er zweifellos wusste, dass es noch niemandem gelungen war, den Energieschirm zu überwinden.

Nur die Sieger der Gladiatorenkämpfe wurden von Irhe'vorma in die Wüste entlassen ... und sie starben alle. Sie gingen in der Hitze des Tages oder der klirrenden Kälte der Nacht zugrunde. Sie verdursteten oder fielen den Wüstenkreaturen zum Opfer, die mit Vorliebe in den wenigen Minuten der Dämmerung auf Raubzug gingen.

Die Chancen, dass eine Einzelperson – gleich welchen Volkes – unbewaffnet und ohne Ausrüstung die Wüste durchqueren und zur Zivilisation vorstoßen könnte, lagen bei eins zu zehntausend. Doch Irhe'vorma gönnte den Entlassenen nicht einmal die winzige Chance von einem zehntel Promille. Denn jedes Mal, wenn ein Gefangener seinen letzten Weg antrat, ließ der Robotkommandant ihn von dem Goldkugelroboter überwachen. Sollte jemals ein Flüchtling mehr als die Hälfte der Wüstenstrecke überleben, würden die *Fänge des Windes* zuschlagen …

Irhe'vorma hörte jedes Wort, das Atlan und sein Begleiter in der Hütte mit Pas Nakorand wechselten. Ohnehin beobachtete der Robotkommandant Nakorand seit zwei Tagen. Damals war seine Geliebte gestorben, und Nakorand weigerte sich entgegen jeder Logik, ihren Tod anzuerkennen. Eine Fehlfunktion seines Gehirns oder seines Bewusstseins, die ihn interessant machte. Seine Nervenbahnen zu untersuchen würde möglicherweise besonders aufschlussreich sein.

Doch alles zu seiner Zeit.

Ohm Santarin stellte zielstrebige Fragen. Er erkundigte sich nach Flakio Tasamur, der sich großspurig *König der Schweißöde* nannte.

Dieser Titel wird Irhe'vorma stören, vermutete Atlan gerade, ohne zu ahnen, dass der Robotkommandant jedes Wort hörte. Eine Beobachtungsdrohne, nicht größer als ein Fingernagel, schwebte unter dem Dach, übertrug in perfekter Qualität jedes Wort und lieferte gestochen scharfe Bilder.

Der Kommandant kümmert sich nicht darum. Oder zumindest zeigt er es nicht. Vielleicht beobachtet er alles und studiert uns, wie ein Wissenschaftler Ameisen und Käfer studieren mag oder Affen in einem Labyrinth.

Irhe'vorma erkannte an, dass diese Analyse des verrückten Nakorand der Wahrheit erstaunlich nahekam. Leider bewegte sich das Gespräch der Beobachteten in eine andere Richtung. Ohm Santarin fragte nach dem Aufenthaltsort Tasamurs.

Und der Robotkommandant beobachtete weiter. Kalt und unbemerkt. Er würde Atlan keinen Augenblick unbewacht lassen, um notfalls sofort eingreifen zu können.

Der bedauernswerte Nakorand war der Wirklichkeit weiter entrückt als je zuvor. Er wiegte sich im Rhythmus einer Melodie, die nur er hören konnte. Seine Lippen bewegten sich unablässig, doch kein Laut drang mehr über sie.

Sein Anblick berührte etwas tief in mir. Doch es gab nichts, was ich unter den gegebenen Umständen für ihn tun konnte. »Wir sollten gehen. Hier gibt es für uns nichts mehr zu erfahren.«

»Was ist mit ihm? Wir können ihn doch nicht einfach zurücklassen.«

»Wir müssen«, widersprach ich. »Oder wie willst du ihm helfen? Sein Schicksal ist schrecklich, aber ...«

»Du hast Recht«, unterbrach Ohm. »Wir dürfen uns nicht mit ihm belasten. Stattdessen sollten wir einen Weg in die Freiheit suchen.«

»Heißt es nicht, es sei unmöglich, aus der Schweißöde zu fliehen?«

»Diese Worte aus deinem Mund? Heißt das etwa, du resignierst?«

Ich lächelte schmallippig. »Selbstverständlich nicht.« In mir reifte längst ein Plan. Die nächsten notwendigen Schritte zeichneten sich klar ab. Ich war gespannt, ob Ohm dieselben Schlussfolgerungen zog wie ich.

»Flakio Tasamur«, sagte er nachdenklich. »Der ehemalige Thakan muss unser erstes Ziel sein.«

»Sehr richtig.« Ich fragte mich allerdings, warum mein Einsatzpartner zu dieser Beurteilung gelangt war. Weil er mit Tasamur noch eine persönliche Rechnung offen hatte? Oder weil er weit genug dachte, um zu erkennen, dass Tasamur sogar in der Schweißöde noch über nicht unbeträchtliche Macht verfügte? Macht genug, uns den Weg in die Freiheit zu öffnen?

Aber selbst wenn er diese Macht theoretisch besaß – weshalb sollte er uns diesen Gefallen tun? Wieso war er nicht selbst längst geflohen? Und es kam uns nicht gerade zugute, dass Tasamur und Ohm Santarin ein spannungsreiches Verhältnis verband. Es gefiel mir von Sekunde zu Sekunde weniger, dass ich nicht über die Vergangenheit meines neuen USO-Spezialisten Bescheid wusste.

Ich warf einen letzten Blick auf Nakorand, dessen Zustand unverändert war. Dann verließen wir die Hütte.

In der schmalen Gasse hatte sich nichts geändert. Niemand außer uns hielt sich in der Nähe auf. Dass ich bei meinem ersten Blick aus dem Fenster des Sammelgebäudes nicht nur den Kahlen, sondern auch einige andere gesehen hatte, war wohl ein Zufall gewesen.

Momentan war es mir recht. Es gab einiges mit Ohm zu besprechen, für das wir keine Zeugen brauchen konnten. Ich blieb im Schatten der Hütte stehen. »Nakorand meinte, nahezu jeder in der Schweißöde kenne Flakio Tasamur. Da sollte es keine größeren Schwierigkeiten bereiten, ihn ausfindig zu machen.«

»Der Terraner sagte aber auch, dass niemand den …« Er stockte. »… den König finden kann, wenn dieser es nicht zulässt.«

»Solche angeblichen Unmöglichkeiten haben mich noch nie gestört«, erwiderte ich zuversichtlich. »Was mir viel eher bitter aufstößt, ist die Frage nach deiner Motivation, Ohm.«

Er legte die Fingerspitzen beider Hände vor dem Oberkörper zusammen. »Du vertraust mir immer noch nicht.«

»Müsste ich das? Ich weiß nur, dass es in deiner Vergangenheit ein Geheimnis gibt, das dich mit Tasamur verbindet. Ein Geheimnis, von dem du mir versichert hast, dass es in der Gegenwart keine Rolle mehr spiele. Nun, da wir hier und auf Tasamurs Hilfe angewiesen sind, bin ich mir dessen nicht mehr sicher. Kannst du mir das verübeln?« Zumal Ohm sehr emotional reagiert hatte, als der Name des ehemaligen Thakans fiel. Doch das verschwieg ich, um die merklich spürbare Anspannung zwischen uns nicht noch weiter zu verschärfen.

»Es besteht keine Feindschaft zwischen Tasamur und mir.« Er berichtete noch einmal, was er mit seiner ehemaligen Geliebten Acsais erlebt hatte. »Tasamur ließ mich nicht töten …

er bestand nur mit Nachdruck darauf, dass unser Geheimnis nie an die Öffentlichkeit gelangen darf. Auch jetzt nicht, nachdem er der Welt gezeigt hat, dass er nach wie vor am Leben ist.«

»Warum taucht Tasamur gerade jetzt wieder auf? Was plant er?«

»Tasamurs Motivation ist mir ein Rätsel«, gab Ohm zu. »Aber ich bin mir sicher, dass wir ihn zum Reden bringen werden.«

Ich beschloss, das Thema nicht weiter zu vertiefen. »Gehen wir auf Erkundung.« Bislang kannten wir nur einen Bruchteil der Schweißöde. »Wie groß ist das Gelände des Gefängnisses?«

»Es verfügt über die Ausmaße einer kleinen Stadt. Die Fläche beträgt mehr als zwanzig Quadratkilometer.«

»Viel Platz«, kommentierte ich trocken.

»Es gibt auch viele Insassen.«

»Weißt du, wie viele?«

»Offiziell ist nichts bekannt. LepsoLive macht hin und wieder Andeutungen. Aber das sind verschwommene Angaben. Ich hörte etwas von fünfzigtausend Gefangenen… einmal sogar von einigen hunderttausend.«

»Letzteres scheint mir übertrieben auf dieser Fläche, zumal es nur eingeschossige Baracken gibt.«

»Die Wahrheit liegt wohl irgendwo dazwischen.«

»Was weißt du über die Gladiatorenkämpfe?«

Ohm schloss die Augen. »LepsoLive überträgt ausgewählte Kämpfe.«

Das wunderte mich nicht. Mit diesem Sensationssender hatte ich bereits meine eigenen Erfahrungen gesammelt. Er hatte meinen angeblichen Tod übertragen, was mich überhaupt nach Lepso geführt hatte.

»Die Kämpfe sind…« Ohm wand sich unbehaglich. »… spektakulär. Und blutrünstig. Zwei Gefangene treten mit martialischen Waffen gegeneinander an. Keine Technik. Nur Hieb- und Stichwaffen. Schwerter. Messer. Morgensterne.«

»Ich kann es mir vorstellen«, sagte ich.

»Auch Tiere kommen zum Einsatz, um die Bedingungen zu erschweren: Schlangen, Spinnen und Skorpione.« Ohm schüttelte sich. »Der Kampf endet erst mit dem Tod eines Gegners. Der Sieger hat die Wahl. Entweder kann er weiterkämpfen, oder er wird in die Wüste entlassen.«

»Nach Irhe'vormas Worten steht fest, dass er uns oder zumindest mich als Gladiator für den nächsten Kampf vorgesehen hat.« Was nicht hieß, dass ich bereit war, gegen einen meiner Mitgefangenen zu kämpfen und ihn zu töten.

Deinen potentiellen Gegner werden derlei Skrupel nicht plagen, gab sich der Extrasinn überzeugt. *Außerdem handelt es sich um Verbrecher, über die ein anderer längst die langsame Todesstrafe verhängt hat.*

Und?, antwortete ich. *Soll das heißen, dass ich mich zum Vollstrecker dieser mir unbekannten Richter machen soll?*

»Ich schätze, dass der Kampf in etwa zwei Wochen stattfindet«, informierte Ohm. »Bis dahin sollten wir diese ungastliche Umgebung längst hinter uns gelassen haben und die Gastfreundschaft des Patriarchen da Onur genießen.«

»Ich wage zu bezweifeln, dass er uns freundlicher empfangen wird als Irhe'vorma. Er war alles andere als freundlich, als ich mit ihm sprach. Außerdem steht wohl fest, dass wir ihm unseren Absturz in der Wüste verdanken.«

»Mit dir zusammenzuarbeiten ist kein Zuckerschlecken«. Ohm zog spöttisch den linken Mundwinkel nach oben. »Du hast allerorten Feinde.«

»Was glaubst du, warum ich inkognito unterwegs war, bis mich Irhe'vorma demaskierte? Das ist wohl der Fluch der Popularität.«

In diesem Augenblick traten sechs Gestalten aus der Deckung einer Baracke. Sie hielten Eisenstangen und sonstige improvisierte Prügel.

Eine hünenhafte Gestalt mit wucherndem rotem Vollbart und langem Haupthaar trat vor. Ein Springer. »Ein gutes Stichwort, Lordadmiral Atlan.« Die letzten Worte spuckte er voller Verachtung aus und lachte dumpf. »Diese Popularität wird dir genau jetzt zum Verhängnis. Erinnerst du dich an mich?« Er ließ den Eisenschläger kraftvoll in seine offene Handfläche sausen. Das Klatschen drang bis zu mir herüber.

Der Extrasinn lieferte mir sofort die passenden Informationen. »Es ist vier Jahre her, nicht wahr?«, sagte ich, während ich die Chancen zur Flucht erwog. Unsere Gegner waren uns dreifach überlegen, und zudem waren wir unbewaffnet. Keine guten Aussichten.

»Vier verdammte Jahre!«, stimmte der Springer zu und schlug sich mit der freien Hand gegen den Brustkorb. »Vor vier Jahren hast du meine Sippe ruiniert.«

»So würde ich es nicht nennen«, versuchte ich das Gespräch in Gang zu halten. Ich sah, wie angespannt Ohm neben mir war. Er schätzte die Situation zweifellos ebenfalls richtig ein und suchte nach einem Fluchtweg. »Die USO musste …«

»Maul halten!« Der Springer gab seinem Schlägertrupp ein Zeichen. »Deine Zeit ist abgelaufen!«

Vergangenheit

Der Einsatz war Routine, so schrecklich sich der Anlass auch gestaltete. Ich hätte mich nicht persönlich darum kümmern müssen, doch es drängte mich nach draußen. Lange genug hatte ich mich in Quinto-Center um Verwaltungsangelegenheiten und die Rekrutierung neuer Spezialisten gekümmert.

Decaree Farou, meine neue Stellvertreterin, hatte schon despektierliche Bemerkungen von sich gegeben, ob der Materialverwalter zu bequeme Sessel organisiert habe.

Mein Ziel war Krelleg, ein offiziell unbedeutender Planet in einem in wirtschaftlicher Hinsicht noch unbedeutenderen Bezirk der Galaxis, einige tausend Lichtjahre von der derzeitigen Position Quinto-Centers entfernt.

Krelleg ... bis vor zwei Generationen war diese Welt unbesiedelt gewesen; der dritte von fünf Planeten der roten Riesensonne Krell wies Durchschnittstemperaturen um den Gefrierpunkt auf. Das Angenehmste, was er zu bieten hatte, war eine Atmosphäre, die Sauerstoffatmern gerade noch das Überleben ermöglichte. Der genauen Luftanalyse nach stand mir leicht nach Schwefel schmeckende Luft bevor.

Was Krelleg für mich an Bedeutung verlieh, war die Tatsache, dass er einer der Planeten war, auf denen im Auftrag der USO Rohstoffe abgebaut wurden.

Ich flog den Gleiter durch die unteren Atmosphäreschichten, jagte der Oberfläche entgegen. Schon aus der Ferne bestätigte sich das Horrorszenario, das ich dem Bericht zufolge erwartet hatte.

Auf dem unwirtlichen Planeten existierte eine Zwergsiedlung, in der die Arbeiter einer Rohstoffmine ihr karges Leben fristeten. Die Mine zog sich in mehreren Kilometern Tiefe unter einer dicken Eisschicht durch die Planetenkruste.

Ich landete das Beiboot am Rand dieser kleinen Ansammlung einfacher Häuser. Wenn man das, was von der Siedlung übrig geblieben war, noch so nennen konnte. Wohin ich blickte: Ruinen. Zerstörte Mauern. Geschwärzter Schutt.

Deutlich war zu erkennen, dass Feuer gewütet und sich tief in die Eiskruste gefressen hatte. Krater waren entstanden; die Abhänge waren längst wieder gefroren zu bizarren, glänzenden Formationen.

Ein Terraner kam auf mich zu. Ich erkannte ihn als Wingald Ririg, den ehemaligen Leiter dieser Rohstoffmine. Den letzten Überlebenden der knapp zweihundert Arbeiter.

»Es ehrt mich, dass Sie persönlich meinem Ruf gefolgt sind«, begrüßte er mich.

Ich entschloss mich zu radikaler Ehrlichkeit. »Das wäre ich wahrscheinlich nicht, wenn es nicht gewisse ... Umstände gäbe.«

Ririgs braune Augen verengten sich. Er trug einen dicken Fellmantel mit Kapuze, die weit in sein Gesicht herabgezogen war. Nur die Spitzen ebenfalls brauner Haare lugten hervor. »Umstände?«

»Ich werde Ihnen davon berichten. Später.«

»Sie wollen den Gefangenen sehen.« Ririg nickte und bedeutete mir, ihm zu folgen.

Ich schritt hinter ihm durch den hohen Schnee. Bei jedem Schritt sank ich bis zur Hälfte der Unterschenkel ein. Ein Thermoanzug schützte mich, so dass nur das Gesicht der Kälte ausgesetzt war. »Berichten Sie noch einmal genau, was vorgefallen ist.«

Ririg verharrte im Schritt. Seine breiten Schultern bebten. Er drehte sich zu mir um; ich hörte, wie er mit seinen Zähnen knirschte. »Es gibt nicht viel zu sagen. Wir hatten einen Arbeitstag hinter uns, und das Tagespensum ist nicht gerade leicht zu absolvieren. Wir kehrten in unsere Häuser zurück. Jeder Zehnte von uns war froh, dass ihm heute eine unserer wenigen Frauen zugeteilt worden war. Ich gehörte zu den Glücklichen.« Er spuckte aus und lachte humorlos. »Zu den Glücklichen ...«, wiederholte er leise.

»Sie sind der Glückliche, der den Angriff überlebte.«

»Tatsächlich?« Er rieb sich über den scharfen Rücken seiner etwas zu groß geratenen Nase. »Sie halten es für Glück zu überleben, Lordadmiral? Ich frage mich, ob es nicht besser gewesen wäre zu sterben. In einer der Explosionen zu sterben wie meine Freunde. Wie alle meine Freunde.« Sein Atem ging schwer. »Ist es nicht sogar eine Strafe, der einzige Überlebende zu sein?«

Ich schwieg, denn ich wusste, dass Terraner in seiner Situation oft Schuldgefühle entwickelten – eine Eigenart ihrer Psyche. Sie fragten sich, warum sie nicht anstelle eines anderen gestorben waren, so dass dieser hätte leben können. Etwa der beste Freund. Die Ehefrau. Das Kind.

»Die Nacht war angebrochen«, fuhr er fort. »Das geht hier sehr plötzlich, wissen Sie? Eben noch ist es hell, blendet einen der ewige Schnee, die Reflexionen auf dem Eis ... und schon herrscht völlige Dunkelheit. Vorgestern währte die Dunkelheit nur sehr kurz. Dann gingen einige Sonnen auf, direkt in unserer Siedlung.«

Sein Gesicht war eine im Grauen der Erinnerung erstarrte Maske. »Wir wussten nicht, wie uns geschah. Immer neue Explosionen. Ich rannte zusammen mit meiner Begleiterin Nara ins Freie. Häuser stürzten ein. Unser Eigentum. Unser ... unser Alles. Ich hörte Schreie, so entsetzlich und endgültig, dass sie nur von Tod zeugen konnten. Dann sah ich die beiden Springerwalzen. Sie schleusten Beiboote aus. Ich packte Nara und zerrte sie zurück ins Haus. Es war das einzige, das noch stand. Zumindest war es nicht völlig eingestürzt.«

Er zeigte nach vorne, wo in etwa dreißig Metern Entfernung eine Ruine zu sehen war. Vom Dach ragte nur noch eine kahle Metallkonstruktion auf. Nur noch wenige Wände waren intakt. »Dort versteckten wir uns und beobachteten den Landetrupp. Springer. Allesamt Springer. Wie ich ihre fetten Bäuche und roten Haare hasse! Sie wussten genau, wo sich unser Zentrallager befand, und plünderten es. Alle Rohstoffe. Die Arbeit von Monaten.«

»Die Angreifer sind also gezielt vorgegangen? Der Überfall war genau geplant?«

»Daran kann kein Zweifel bestehen. Ich hörte noch einige Strahlerschüsse. Diese Schweine suchten nach Überlebenden. An einer Stelle entbrannte ein Kampf. Ich habe es mir ...« Er stockte, presste die Augen zu und wischte sich mit zitternden Fingern darüber. »Ich habe es mir später angesehen. Vier unserer Männer starben dort. Und drei Springer.«

»Wie ging es weiter?« Wir waren inzwischen nur noch wenige Schritte von unserem Ziel entfernt.

»Zwei dieser Schweine kamen auch in mein Haus, wo Nara und ich uns verkrochen hatten. Es kam zu einem Kampf. Nara tötete einen der Springer, ehe sie selbst starb. Ich setzte den anderen außer Gefecht und wollte ihm das Genick brechen, ehe ich es mir anders überlegte.«

»Eine gute Entscheidung«, bestätigte ich. »Lebend ist er mehr wert. Es ist das erste Mal, dass ein Gefangener genommen wurde.«

»Das erste Mal?«

»Der Überfall auf Krelleg ist nicht der erste dieser Art. Auf vier weiteren abseits gelegenen Außenposten spielte sich in den letzten Wochen Ähnliches ab. Allerdings gab es nirgends Überlebende. Zwei dieser Welten waren genau wie Krelleg mit der USO assoziiert.«

Wingald Ririg nickte. »Ich dachte mir so etwas. Das erklärt, wieso Sie sich persönlich dieses Falls annehmen.«

»Was hat der gefangene Springer gesagt?«

»Nichts«, erwiderte Ririg mit eisiger Stimme. »Er brauchte einige Zeit, sich von seinen Verletzungen zu erholen. Er kam erst letzte Nacht wieder zu sich. Seitdem schweigt er verbissen. Ich habe nur auf Ihre Ankunft gewartet, Atlan.«

»Kennen Sie seinen Namen?«

Ririg antwortete mit stummem Kopfschütteln und stieß die Tür auf.

In einer Ecke des einzigen unzerstörten Raumes lag eine gefesselte, übel zugerichtete Gestalt.

Gegenwart

»Warte, Kerit!«, rief ich dem angreifenden Springer zu. »Erinnerst du dich an den Tag, als ich dich zum ersten Mal sah? Auf Krelleg, gefesselt und zerschunden?«

Kerit, der rotbärtige Springer, lachte. »Wie könnte ich das vergessen? Du hast mich gefoltert, um an die Informationen zu kommen, die du aus mir …«

»Ich habe dich nicht angerührt«, widersprach ich wahrheitsgemäß.

»Das war wohl auch nicht mehr nötig. Vor deiner Ankunft hat dein Vasall treffliche Arbeit geleistet.«

»Wingald Ririg versicherte mir, dass die Wunden vom Kampf stammten, als er dich zwei Tage zuvor überwältigte.«

Kerit zog geräuschvoll Schleim hoch und spuckte ihn in meine Richtung. »So? Sagte er das? Und du hast ihm geglaubt? Hast angenommen, dass ich aus freien Stücken den Namen meiner Sippe preisgab und die Raubzüge eingestand?«

»Das Ergebnis zählt«, erwiderte ich. »Was vor meiner Ankunft geschah, kann ich nicht beurteilen.«

»So spricht der großkotzige Atlan, der Hüter der Moral in der gesamten Galaxis. Der, der bestimmt, was Gut und Böse ist. Der jenseits jeder Ethik steht.«

»Deine Sippe hat fünf Außenposten überfallen und insgesamt über tausend Leichen hinterlassen.«

»Das gab dir nicht das Recht, uns vor allen anderen Springern bloßzustellen. Man entehrte meine Sippe, sah das Image der Springer als Händlervolk gefährdet und …«

»Sprich weiter«, forderte ich, als er schwieg.

»Und man gab mir die Schuld an allem. Nicht etwa dem Sippenoberhaupt. Auch er trug seine Strafe, aber er wurde nicht hierhergeschickt. Er vegetiert nicht seit vier Jahren in der Schweißöde.« Kerit schwang seinen Schläger. »Ich dachte, ich müsse all meine Tage in Elend verbringen, doch dann sah ich vor einigen Stunden, dass das Schicksal mir doch noch eine Freude gönnt. Eine letzte Freude, die ich weidlich zu nutzen gedenke. Ich sah dich im Sammelhaus.«

Ich erinnerte mich, bei meinem ersten Blick aus dem Fenster einen Springer bemerkt zu haben. Das folgende Gespräch mit dem Kahlen hatte mich abgelenkt.

»Du bist hier«, fuhr Kerit fort. »Derjenige, dem ich all mein Elend verdanke. Es war mir ein Leichtes, einen Schlägertrupp zusammenzustellen. Meine Freunde hier sind immer gerne dabei, wenn es gilt, einige Knochen zu zertrümmern. Ich weiß noch nicht, ob wir dich am Leben lassen sollen.«

Seine fünf Begleiter – zwei weitere Springer, ein Topsider und zwei R'hasir – stampften mit den Füßen. Die Aussicht, uns zusammenzuschlagen, schien ihnen höchste Freude zu bereiten.

»Du verdankst deine Bestrafung dir selbst und deinem Tun«, stellte ich richtig.

»Genug!«, schrie Kerit.

Der Schlägertrupp rannte auf uns zu. Unsere Chancen waren verschwindend gering. Ohm und ich standen ohne Hilfsmittel sechs bewaffneten Gegnern gegenüber. Ich wappnete mich auf einen mörderischen, hoffnungslosen Kampf.

Die beiden Insektoiden und Kerit selbst erkoren sich mich als Ziel aus; die anderen kümmerten sich um Ohm.

Schon schwang eine Keule auf mich zu – eine primitive, aber tödliche Waffe, an deren hölzernem Ende einige Metallspitzen eingearbeitet waren.

Ich passte den richtigen Moment ab und sprang nicht etwa zur Seite, sondern riss den rechten Arm hoch und blockte den Angriff. Gleichzeitig rammte ich die linke Faust in die gepanzerte Körpermitte des Insektoiden. Ich glaubte, meine Fingerknochen müssten brechen..

Um meinen anderen Gegnern zu entgehen, warf ich mich zur Seite, rollte über die Schulter ab und stieß Kerit den Fuß gegen das Knie. Der Springer brüllte seinen Zorn und Schmerz hinaus, stürzte aber nicht.

Gleichzeitig erwischte mich etwas am Rücken. Ich stöhnte dumpf. Neben mir schrie Ohm Santarin.

Ich kam auf die Füße. Etwas jagte heran, füllte das ganze Gesichtsfeld aus. Zu spät riss ich die Arme hoch. Schmerz explodierte in meiner Stirn. Ich taumelte zurück, hörte Kerit lachen.

»Lasst sie in Ruhe!«, gellte unerwartet eine Stimme.

Der Angriff stockte. Ich wirbelte herum – und starrte verblüfft den Kahlen an. Ihn und acht weitere Arkoniden, die sich drohend wie eine Mauer aufbauten.

»Verschwindet! Sofort, oder wir töten euch!«

Die Drohung war unmissverständlich.

Kerit stieß Verwünschungen aus, zog sich aber tatsächlich mit seinem Schlägertrupp zurück. In der Schweißöde galt das Gesetz des Stärkeren. Und die Übermacht hatte sich klar zu Ungunsten des Springers geändert. »Wir sehen uns wieder, Atlan«, drohte er.

Mit solchen Drohungen konnte ich leben. Ich hatte sie schon tausendmal gehört.

Der Kahle lächelte. Aus der Nähe betrachtet sah ich, dass aus seiner leeren linken Augenhöhle wässriges Sekret rann. »Sagte ich nicht, dass ich euch finde, wenn die Zeit dafür gekommen ist?«

»Danke«, sagte ich matt.

Er ging nicht darauf ein. »Folgt uns. Ihr sollt sehen, dass es in der Schweißöde nicht nur Schrecken und Gewalt gibt.«

Das Lager

Unser Weg führte durch ein Labyrinth aus engen Gassen. Nur wenige Eindrücke blieben zurück; zu ihnen gehörten die allgegenwärtige, drückende Hitze und der Schmutz.

Eine Gasse glich der nächsten; die Hütten wirkten eine wie die andere gleich baufällig. Manche waren zusammengefallen oder eingerissen worden, um wertvolles Baumaterial zu plündern. Zurück blieben meist nur zersplitterte Balken und geborstene Metallfragmente.

Wir begegneten kaum jemandem. Der Kahle setzte uns darüber in Kenntnis, dass tagsüber die meisten einen Schattenplatz suchten, was nichts anderes hieß, als dass sie sich in einer der brütend heißen Hütten verkrochen, in denen die Luft stand.

Keine freien Plätze, kein Ende der aneinandergereihten Elendshütten.

Als ich unseren Führer darauf ansprach, verzog er spöttisch das Gesicht.

»Die Schweißöde hat genau vier markante Punkte zu bieten. Nicht mehr, nicht weniger. Den Rest bilden die Gassen und Schuppen. Einen der markanten Punkte kennt ihr bereits: das Gebäude, in dem ihr aufgewacht seid. Der zweite ist die Gladiatorenarena, die jedoch außerhalb des Hauptenergieschirms liegt und nur von denen betreten werden kann, die für den jeweiligen Kampf auserkoren sind.« Er spuckte aus. »Und natürlich von den zahlenden Gästen, die aus Orbana anreisen. Außerdem gibt es die Zone, die Zugang in die unterirdischen Bereiche Irhe'vormas bietet. Dort hält sich der Robotkommandant auf, wenn er nicht auf Patrouille geht.«

»Das waren erst drei der hiesigen Sehenswürdigkeiten«, stellte Ohm mit erzwungenem Humor fest.

»Die vierte bildet unser Lager. Ihr werdet es bald sehen.« Weitere Erklärungen ließ er sich nicht entlocken, sondern stampfte mit scheinbar stoischer Gelassenheit weiter. Drei der Arkoniden hatten sich inzwischen an verschiedenen Stellen entfernt; die restlichen begleiteten uns nach wie vor.

Wir gingen schweigend weiter, und schließlich standen wir vor dem Lager. Mir stockte der Atem, als ich sah, was auf uns zurannte.

Ohm stieß neben mir hart die Luft aus. »Das darf nicht wahr sein.« Seine Stimme spiegelte das Erschrecken und die Verblüffung, die auch ich empfand.

Die Überwachungsdrohne flog konstant etwa drei Meter über der Gruppe aus Arkoniden und sendete Bild- und Tonmaterial direkt in Irhe'vormas Verarbeitungsspeicher. Weder Atlan noch einer der anderen nahm das winzige technische Gerät wahr, dessen Oberfläche stumpfgrau und aufgeraut war, damit sich die Sonne nicht darauf spiegelte und auffällige Lichtreflexe warf.

In seiner Zentrale erkannte der Robotkommandant an, dass es Atlan und seinem Begleiter Ohm Santarin sehr schnell gelungen war, Kontakt mit einem der beiden Machtzentren im sozialen Gefüge der Gefangenen aufzunehmen. Oder dass der Kahle, Anführer einer dieser Machtblöcke, rasch auf ihn aufmerksam geworden war. Man konnte es kaum eine Eigenleistung des Lordadmirals nennen, aus einer nahezu aussichtslosen Situation gerettet zu werden.

Irhe'vorma beobachtete, wie der einäugige Arkonide Atlan und seinen Begleiter zum Lager führte.

Diese Einrichtung war dem Robotkommandanten schon lange ein Dorn im Auge, aber er hatte ihre Existenz stillschweigend akzeptiert. Bislang überwogen die Argumente, sie nicht zu zerstören, sondern die dort Lebenden gewähren zu lassen. Zumindest, solange sie sich friedlich verhielten.

Für eine Vernichtung sprach lediglich die nicht zu leugnende Tatsache, dass in diesem Lager Widerstandspotential wuchs. Die versammelten Individuen fanden Halt und Stärke in der Gemeinschaft, obwohl sie verschiedenen Völkern entstammten – eine Keimzelle der Rebellion gegen die bestehende Ordnung.

Der Grund, warum Irhe'vorma noch keine Strafmaßnahmen ergriffen hatte, war das Ergebnis einer komplexen sozialpsychologischen Verhaltensforschung.

In der Schweißöde lebten mehrere tausend Gefangene. Etliche von ihnen nannten sich Einzelgänger, kümmerten sich um nichts als sich selbst, verachteten jeden anderen und suchten in jeder Situation den eigenen Vorteil.

Das war akzeptabel; und doch musste Irhe'vorma dafür sorgen, dass innerhalb der Schweißöde eine funktionierende Gesellschaft erhalten blieb. Ohne soziale Muster und Rituale würden sich die Sterblichen früher oder später gegenseitig zerfleischen.

Sie benötigten die Möglichkeit zusammenzuleben, sich auszutauschen und zu interagieren … sonst würden sie alle den Verstand verlieren wie Pas Nakorand. Innerhalb des Energieschirms wären ohne soziale Grundmuster längst Chaos und Anarchie ausgebrochen.

Nur deswegen duldete Irhe'vorma das Lager und griff auch nicht in die Bemühungen Flakio Tasamurs ein.

Tasamur und der Kahle waren Rivalen, die sich bislang nur beobachteten, aber nicht bekämpften. Noch kamen sie sich nicht gegenseitig ins Gehege, noch behinderte einer den anderen nicht. Beide bildeten sich ein, Details ihrer Bestrebungen vor dem Robotkommandanten geheim halten zu können.

Irhe'vorma wusste über jeden ihrer Schritte Bescheid, ebenso wie über jede Handlung Atlans. Sie konnten kein Wort wechseln, ohne dass der Robotkommandant es hörte.

Irhe'vorma beobachtete minutiös das Machtspiel und die Entwicklungen innerhalb des Energieschirms, und er erstellte laufend Wahrscheinlichkeitsberechnungen über den weiteren Verlauf. Seit kurzem liefen alle Berechnungen auf eine Katastrophe hinaus.

Mit Atlan war ein dritter Machtfaktor in die Gesellschaft seiner Gefangenen geraten … ein Glied, das vor allem dank Ohm Santarin den ehemaligen Thakan Flakio Tasamur und den Kahlen auf verhängnisvolle Weise verband.

Eine sehr ungünstige Entwicklung der Dinge.

Allerdings gab es noch keinen Grund einzugreifen. Irhe'vorma beobachtete weiter. Wenn sich seine Wahrscheinlichkeitsberechnungen bestätigten oder verschärften, würde er keine Wahl haben.

Er sah die Lösung klar vor sich. Die Biologischen würden sie als perfide empfinden; Irhe'vorma hingegen nannte es konsequent.

Die Lösung lag im nächsten Gladiatorenkampf.

In einem ganz besonderen Arenaspiel.

Kinder. Mit ihrem Anblick hatte ich am wenigsten gerechnet. Es war ein mehr als eigenartiges Gefühl, an diesem Platz, mitten in der Hölle von Abanfül, unter den elendesten Bedingungen und in denkbar schlechter Gesellschaft ausgerechnet Kindern zu begegnen.

»Ihr seid überrascht?« Unser Führer starrte erst Ohm, dann mich an. Mir schien, dass sich in der leeren Augenhöhle etwas bewegte. Arbeiteten dort noch Muskeln, die ihre eigentliche Funktion verloren hatten?

»Sind Kinder nicht ein Teil des Lebens?«, fuhr er fort. »Wir werden uns bis zu unserem Lebensende in Gefangenschaft befinden. Es wäre verrückt anzunehmen, wir kämen jemals wieder in Freiheit. In der Schweißöde sind Männer und Frauen gefangen. Was spricht dagegen, wenn sie sich zusammentun? Wenn wir unser Leben so wertvoll gestalten, wie es unter den gegebenen Bedingungen möglich ist? Etwas Spaß haben und in die Zukunft investieren?«

Seine Rede kam mir wie einstudiert vor. Als müsse er seine Worte vor sich selbst rechtfertigen.

Ein Kind blieb direkt vor Ohm stehen und sah aus großen Augen zu ihm auf. Mein Einsatzpartner bückte sich.

Das Mädchen war auf den ersten Blick als Halbarkonidin zu erkennen. Glattes weißes Haar hing über die Schultern bis zur Hüfte. Die feinen Gesichtszüge wirkten aristokratisch, als sei mindestens eins ihrer Elternteile dem arkonidischen Hochadel angehörig.

Die Augen des Kindes waren jedoch nicht rot, wie es bei meinem Volk üblich war, sondern von strahlendem Blau. Es trug ein zerschlissenes, farbloses Kleidchen und mochte sechs, höchstens acht Jahre alt sein.

Du kannst dich sehr leicht täuschen, klärte mich der Extrasinn auf. *Das Kind wächst unter extremen Bedingungen auf. Mangelhafte Ernährung hat aller Wahrscheinlichkeit nach ihr Wachstum und ihre Entwicklung beeinträchtigt. Sie kann leicht zehn sein oder noch einige Jahre älter.*

»Du bist ein Arkonide«, sagte das Mädchen mit fester Stimme, offenbar stolz darauf, sein Wissen zu präsentieren. Es lachte breit und zeigte unregelmäßige Zähne. Im Oberkiefer fehlte ein Schneidezahn. »Ich mag Arkoniden.«

Es schlang die zierlichen Ärmchen um Ohms Leib, barg sein Gesicht einen Augenblick an der Schulter meines Begleiters, der noch immer tief gebeugt dastand. Dann ließ es ihn blitzartig los. »Aber sei mir nicht böse, wenn ich dir sage, dass ich Terraner lieber mag. Weißt du, meine Mama war eine Terranerin.«

Das Kind schüttelte den Kopf, dass die langen weißen Haare flogen. Ein Käfer löste sich daraus und flog brummend davon. »Meine Mama ist tot, weißt du?« Wieder der Blick aus den großen Augen.

»Das tut mir leid«, antwortete Ohm unbeholfen.

»Warum?«, fragte das Mädchen mit der bestechenden Logik, die nur Kindern zu eigen ist. »Du hast sie doch gar nicht gekannt. Oder doch?«

»Nein«, gab Ohm zu. »Ich kannte sie nicht. Dennoch ist es schade, dass sie gestorben ist. Vermisst du sie nicht?«

»Ach, ich war erst drei, als sie von uns ging. Ich erinnere mich kaum. Jetzt ist sie in einer besseren Welt.« Das Kind nahm Ohms Hand und drückte sie voll ungestümer Begeisterung. »Ich heiße übrigens Hoffnung. Komm mit. Ich zeige dir das Lager. Es wird dir gefallen.«

»Hoffnung«, wiederholte Ohm. »Was für ein schöner Name.«

Die beiden entfernten sich, und ich hörte nur noch das Kichern des Mädchens. Zwei Jungen rannten ihnen hinterher, vielleicht mit der Absicht, gut auf das Mädchen aufzupassen und es zu beschützen, falls es sich als nötig erwies.

Zurück blieb nur ein einen halben Meter großes Insektoidenkind, ein Woraab, dessen Geschlecht ich nicht zuordnen konnte – die geringe Größe deutete jedenfalls auf ein Kind hin.

Zu meiner Verblüffung bückte sich der Kahle und nahm den kleinen Leib auf den Arm, trug ihn auf beiden Händen. »Es ist ein Junge«, erklärte er.

Der Insektoide stieß leise Knacklaute aus und strampelte mit allen Beinpaaren.

»Wir sind nicht viele im Lager, nur etwa vierhundert Personen. Doch gerade Schwangere bitten oft darum, aufgenommen zu werden. Sie wissen, dass ihre Kinder bei uns einen Platz zum Leben finden können.«

Ich nickte anerkennend. »Euer Lager bildet Ordnung im Chaos.«

Der Einäugige ließ zu, dass das Insektoidenkind auf seine Schultern krabbelte und sich mit seinen Beinchen im Stoff verhakte. Der dreifach geschnürte, schwarz glänzende Leib drückte sich wie eine Stola um seinen Hals. »Das ist mein Bestreben.«

»Du hast das Lager gegründet?«

»Vor einer halben Ewigkeit, so kommt es mir mittlerweile vor.« Er hob den rechten Arm an, hielt die geöffnete Handfläche neben sein Ohr. Die aus der Stirn ragenden Fühler des Kindes tasteten über die schwielige Haut. »Und es hat sich gelohnt. Sieh dir den Kleinen an. Er ist ein Woraab. Ohne das Lager hätte er keine Chance gehabt, in der Schweißöde zu überleben. Die Phase, in der Woraab-Kinder nach der Geburt völlig hilflos sind, dauert sechs Monate. Jetzt ist er über ein Jahr alt, und er wird erst in weiteren vier Jahren für sich allein sorgen können. Ohne uns wäre er längst tot.«

Die Fühler tasteten über den Ringfinger, und weitere Knack- und Schnalzlaute ertönten. Der Kleine wandte den Kopf, dass sich die Facettenaugen auf das Gesicht des Kahlen ausrichteten.

Dessen Mimik wurde plötzlich weich. Ein Schleier der Wehmut legte sich über das Auge. »Er verdient zu leben. Er ist wie jedes Leben ein Wunder.«

Als wolle das Kind zustimmen, strichen die Fühler über die Wangen des Arkoniden. Dann kletterte es gewandt über seinen Rücken und sprang zu Boden. Mit allen acht Beinen grub es sich hektisch in den Sand ein, bis nur noch ein Teil des Kopfes und die Fühler ins Freie ragten.

»Wie viele Kinder leben im Lager?«, fragte ich.

»Siebzehn«, antwortete der einäugige Arkonide prompt und mit hörbarem Stolz. »Womöglich schon neunzehn. Eine Ara erwartet Zwillinge. Die Geburt steht unmittelbar bevor.«

Für ihn ist das Lager ein Utopia inmitten der Hölle, analysierte der Extrasinn. *Wahrscheinlich hat er sich dir und Ohm gegenüber deshalb als so freundlich erwiesen. Er will euch als neue Bewohner werben.*

Ich wüsste nicht, was dagegen spricht, antwortete ich lautlos. *Außer der Tatsache, dass ich nicht beabsichtige, Insasse dieses Gefängnisses zu bleiben, um als Bewohner gelten zu können.*

Abwarten.

Ich blickte dem Arkoniden in die Augen. »Du weißt, wer ich bin?«

»Natürlich habe ich dich sofort erkannt. Atlan, Lordadmiral der USO. Doch darauf kommt es mir nicht an. Ich hätte dich auch andernfalls gerettet.«

»Zeig mir das Lager«, bat ich ihn freundlich. »Sonst hat mein Begleiter bereits alles gesehen, ehe ich auch nur einen Fuß hineinsetze.«

Der Kahle schritt voran. Er schwieg, wollte wohl den Anblick erst einmal wirken lassen.

Nach all den schmalen Gassen und den dicht aneinandergedrängten Elendshütten stand ich erstmals auf einem freien Platz.

»Die freie Zone zieht sich ringförmig um das Lager. Wir können uns nicht abschotten, keine Mauern oder Ähnliches bauen … der Weg steht jedem offen, aber es ist ebenso jedem klar, dass ihm ein Eindringen mit feindlicher Absicht nicht gut bekommt. Alle Bewohner des Lagers halten zusammen. Wir sind die stärkste Streitmacht der Schweißöde, und wer einen von uns angreift, greift alle an.«

Ich erinnerte mich daran, wie schnell der Springer Kerit abgezogen war, als die Arkoniden uns zu Hilfe kamen. Mein alter Feind und sein Schlägertrupp hatten gar nicht erst versucht, den Kampf weiterzuführen. »Wie oft kommt es zu Angriffen?«

»Seit Monaten nicht mehr. Die letzte ernsthafte Attacke liegt mehr als ein Jahr zurück.«

Wir erreichten das Ende des Sandstreifens. Vor den ersten Hütten ragte ein baufälliges Gestell aus Metallstangen auf, auf dem Bleche befestigt waren, die ein Sonnendach bildeten. Auf diese Weise beschattete die Konstruktion eine Fläche von etwa fünf auf zehn Metern. Dort spielten etliche Kinder.

Die Kleinen schichteten Sandhügel auf, warfen sich ein faustgroßes Holzstück wie einen Ball zu oder spielten mit Flugkäfern, denen sie eine Schnur an die Hinterbeine gebunden hatten, so dass die Tiere wie Drachen an der Leine flogen, aber nicht entkommen konnten. Ein terranisches Mädchen ließ große Käfer über sein Kleid nach oben krabbeln, zupfte sie dann ab und legte sie in seinen Schoß, wo sie den Weg aufs Neue begannen.

Der Kahle blieb stehen und betrachtete die Kinder. »Das ist der angenehmste Platz, den sie in ihrer Kindheit je sehen werden. Hier gibt es keinen Hunger, keinen Durst, keine Anfeindungen. Nur die Kinder und ihr karges Spielzeug. Ich stehe gerne hier und sehe sie an. Dabei träume ich von besseren Zeiten, wie ich sie erleben durfte, als ich selbst noch so jung war wie sie.«

»Wieso bist du hier?«

Seine Mundwinkel zuckten. »Sei vorsichtig mit dieser Frage. Wir reden nicht gerne über unsere Vergangenheit und unsere Vergehen. Niemand von uns. Auch wir nicht, obwohl wir uns im Lager versammeln, um Sühne zu tun.«

»Sühne?«

»Wir bereuen unsere Verbrechen, auch wenn es uns nichts nutzt. Wir versuchen, ein besseres Leben aufzubauen und unsere Kinder von Irhe'vorma fernzuhalten.«

»Hast du ebenfalls Kinder?«

»Das Mädchen, mit dem dein Begleiter ging. Sie ist meine Tochter.«

»Sie sagte, ihre Mutter …«

»Meine Frau ist tot. Schon lange. Sie wurde vergewaltigt. Ich ging dazwischen, und …« Er brach ab. »Die drei, die sich an ihr vergingen, starben. Ich verlor nur mein Auge, aber meine Frau starb am Blutverlust. Die Kerle hatten sie …«

Als seine Stimme erneut brach, legte ich ihm nahe, nicht weiterzureden.

Er schüttelte den Kopf. »Nach ihrem Tod gründete ich das Lager. Es waren harte Zeiten, doch es hat sich gelohnt.«

Wir erreichten den Bereich der Wohnhütten. Sie waren aus denselben einfachen Materialien gebaut wie überall in der Schweißöde, aber es fiel sofort auf, dass sie sich in merklich besserem Zustand befanden.

Der Kahle sah wohl an meinem Blick, dass ich die Hütten musterte. »Wir pflegen unsere Häuser, bessern Schäden aus und investieren Arbeitszeit.«

»Ihr …«

Ich kam nicht dazu, den Satz zu Ende zu sprechen. Eine Frau rannte uns entgegen. Eine Ara.

Diesem Volk sah man nicht mehr an, dass es einst aus den fülligen und rothaarigen Springern hervorgegangen waren. Infolge einer körperlichen Mutation verfügten die Aras über eine durchschnittliche Größe von stattlichen zwei Metern, waren dabei hager und feingliedrig. Sie besaßen die roten Augen meines Volkes. Schließlich waren die Arkoniden ihre eigentlichen Vorfahren, denn auch die Springer waren Arkonidenabkömmlinge. Die Haut der Aras wirkte blass, nahezu farblos, ebenso wie die Haare.

Die Frau, die uns entgegeneilte, trug stoppelkurze Haare, die die großen Ohren frei ließen. Aufregung und Anspannung standen ihr ins Gesicht geschrieben. »Schnell! Beeil dich! Meine Schwester Halap kommt nieder!«

Der Einäugige warf mir einen gehetzten Blick zu. »Ich habe dir eben von Halap erzählt. Sie wünschte sich, dass ich bei der Geburt ihrer Zwillinge anwesend bin.« Die nächsten Worte sprach er in beinahe entschuldigendem Tonfall. »Man sieht es als eine Art Segen an, wenn ich die Geburt begleite und den Kindern Namen gebe. Folg mir.«

»Aber …«

»Keine Einwände.« Er rannte bereits hinter der Ara her.

Die Vorstellung, derart in die Privatsphäre einer werdenden Mutter einzudringen, behagte mir überhaupt nicht. Doch ich folgte dem Kahlen, um ihn nicht zu verärgern.

Es hat sicher seinen Grund, dass er dir befiehlt, ihm zu folgen.

Er hat mich gebeten, verbesserte ich den Extrasinn.

Gebeten, ohne Widerspruch zu dulden, lautete die zynische Antwort.

Ich ignorierte diesen Einwand und hastete hinter dem Gründer des Lagers her, der zielstrebig seinen Weg fand und schließlich eines der Gebäude betrat.

Mir fiel sofort ein signifikanter Unterschied zu den *normalen* Elendshütten der Schweißöde auf. Die Behausung war viel größer, und es herrschten merklich kühlere Temperaturen. Ich blickte mich um, erkannte ein primitives Belüftungssystem aus einander gegenüberliegenden Fensterlöchern und

Schlitzen. Die Wände reichten nicht direkt bis an das Blechdach, das ebenfalls nicht dicht schloss, sondern aus mehrfach geschichteten und übereinandergreifenden Teilplatten bestand.

So wird die Sonnenhitze bestmöglich draußen gehalten und die Kühle der Nacht für den Tag konserviert, analysierte der Logiksektor. *Ohne technische Hilfsmittel ist ein angenehmeres Raumklima nicht zu erreichen.*

Meine Bewunderung für das Werk des Kahlen wuchs. Er nutzte in der Tat alle Möglichkeiten, die Lebensbedingungen in der Hölle von Abanfül ein wenig zu verbessern.

Ein Laut riss mich aus den Gedanken und lenkte meinen Blick zur Bettstatt der werdenden Mutter.

Halap stöhnte auf einem Lager aus aufgeschüttetem Sand, das ihren Oberkörper halb aufrichtete und die Beine gespreizt hielt. Eine Decke aus grobem Sackstoff lag über ihrem Körper. Die Gesichtshaut strahlte für einen Ara ungewöhnlich rosig – wohl eine Folge der körperlichen Anstrengung.

»Ich bin gekommen«, sagte der Kahle und ging neben dem improvisierten Krankenlager auf die Knie, so dass er sich nahezu auf derselben Höhe befand wie die werdende Mutter. Er ergriff ihre Hand. »Und ich bin nicht alleine.«

Ihr Atem ging hastig, sie stieß einen leisen Schrei aus.

»Komm!«, rief der Arkonide mir zu.

Ich legte die wenigen Schritte zurück, blieb etwa in einem Meter Entfernung stehen. Es roch nach Schweiß und Blut. Halaps Füße ragten unter der Decke hervor; sie waren mit roten Spritzern bedeckt, der Sand um sie glänzte an einigen Stellen feucht.

»Wer …« Die Ara ächzte, warf den Kopf in den Nacken und biss die Zähne zusammen. Die Kiefermuskeln arbeiteten sichtlich. Halaps Atem stockte, die Augen schlossen sich halb. Der ganze Leib bebte, die Decke verrutschte und gab den Blick auf die Oberschenkel frei.

Ich sog scharf die Luft ein. Etwas stimmte nicht. Eine Geburt war bei Aras genau wie bei Arkoniden eine schmerzhafte, kreatürliche Erfahrung, zu der in den meisten Fällen auch leichtere Verletzungen am Unterleib gehörten ... aber nicht Blut in solchen Mengen.

Als Halap wieder atmete und sich ihr Gesicht etwas entspannte, antwortete ich auf die unausgesprochene Frage. »Ich bin Atlan. Du wirst schon von mir gehört haben.«

Sie lachte, während Tränen über ihre Wangen rannen. »Hier an diesem Ort ... ein Unsterblicher, bei ... bei mir?«

»Er wird dir helfen«, sagte der Kahle zu meiner Überraschung.

Sie schrie, als eine neue Schmerzwelle, wohl eine Wehe, durch ihren Körper lief. Ihre Beine zitterten.

Der einäugige Arkonide wandte sich mir zu. »Du wirst ihr doch helfen?«

»Ich weiß nicht, was ich tun könnte.«

»Du hast mehr Lebenserfahrung als jeder von uns. Du kannst die Rolle des Arztes übernehmen. Hilf ihr! Wir ahnten schon im Voraus, dass es bei der Geburt zu Komplikationen kommen würde. Noch nie hat eine Ara im Lager Kinder bekommen.«

Ihr ging es im Augenblick offensichtlich besser. »Eine schwangere Ara kommt niemals ohne technische Hilfsmittel nieder. Schließlich sind wir doch ...« Sie lächelte schwach. »... die Galaktischen Mediziner. Wenn wir gebären, geschieht das seit Jahrhunderten unter ...« Sie atmete wieder hastiger, verdrehte die Augen. »... unter Narkose der unteren Körperhälfte und mit Hilfe von Injektionen, die das Gewebe dehnbar machen.«

»Nichts davon steht zur Verfügung«, ergänzte ihre Schwester unnötigerweise und wanderte unschlüssig im Raum auf und ab.

»Mir ist so kalt«, sagte Halap. »Trotz der Hitze ...«

»Gibt es Wasser?« Ich machte mir in diesem Augenblick zum ersten Mal Gedanken darüber, wie die körperlichen Grundbedürfnisse gestillt wurden. Woher kamen in der Schweißöde Nahrungsmittel und Trinkwasser?

»Wir halten es seit Tagen für Halap und die Babys bereit.«

»Bring es mir«, trug ich ihrer Schwester auf. »Erhitz es, falls das möglich ist. Und bring mir möglichst sauberen Stoff.«

Atlan, der unsterbliche Arkonide, Chef der USO und eine der einflussreichsten Personen der Galaxis, betätigt sich als Hebamme, kam der unvermeidliche bissige Kommentar des Extrasinns.

Zwei Stunden später hielt ich zwei Ara-Babys auf dem Arm, schlafende, winzige Lebewesen. Augenscheinlich erfreuten sich der Junge und das Mädchen bester Gesundheit.

Die Mutter war in erschöpften Schlaf gefallen. Sie hatte viel Blut verloren und entsetzliche Qualen durchlitten. Zusammen mit der Nachgeburt war ein Schwall Blut ausgetreten, woraufhin Halap in Ohnmacht gefallen war. Kurze Zeit später war sie fiebernd wieder zu sich gekommen, doch soweit wir es fühlen konnten, sank ihre Temperatur inzwischen.

Halap erwachte und hob die zitternde Hand. Ein Schleier lag über ihren roten Augen. Sie lächelte müde und kraftlos, als sie ihre Kinder auf meinen Armen sah. »Gib ... gib du ihnen Namen«, hauchte sie. »Ohne dich ...« Die weiteren Worte sprach sie nicht, weil sie wieder einschlief.

Ich dachte an die Tochter des Kahlen. Er hatte ihr den ungewöhnlichen Namen »Hoffnung« gegeben. Ich wollte ein ähnliches Zeichen setzen und der Mutter vorschlagen, die Kinder »Zuversicht« und »Lichtstern« zu nennen.

Wenig später ging der Kahle mit mir ins Freie. Die Babys schliefen neben Halap, von deren Schwester umsorgt.

Er blickte zum Himmel, wo sich unsichtbar in etwa zwanzig Metern Höhe die Kuppel des Energieschirms spannte. Die Sonne sank dem Horizont entgegen. »Es wird bald Nacht.«

»Wie stark fällt die Temperatur?«

»Draußen in der Wüste so tief, dass wir ohne Schutz zum Tode verurteilt wären. Nur die Woraab und R'hasir könnten die Kälte ertragen. Die Insektoiden graben sich einfach in den Sand ein.« Er rieb mit der Kuppe des Daumens über die Unterseite der leeren Augenhöhle. »Man benötigt hochwertige Anzüge oder anderen Schutz, um dort draußen zu überleben.«

»Du hast zweimal *draußen* gesagt. Was willst du mir damit klarmachen?«

»Es gehört zu den wenigen … Gefallen, die der alte Blechkasten uns erweist. Er hat die Struktur des Energieschirms so programmiert, dass die Hitze des Tages in gewissem Maß gespeichert wird. Es kühlt zwar merklich ab, aber nur auf eine angenehme Schlaftemperatur. In den Hütten lässt es sich nachts gut aushalten.«

Ohm gesellte sich zu uns. Noch immer befand sich das halbarkonidische Mädchen bei ihm. Es hielt seine Hand und ließ erst los, als es seinen Vater entdeckte. Das Kind rannte zu ihm, und der Kahle umarmte es.

»Die Kleine hat mir alles gezeigt«, sagte Ohm. »Sie ist eine gute Führerin, die jede Ecke des Lagers kennt.«

»Sie verbringt ihr ganzes Leben hier«, erwiderte ihr Vater. »Wir gestatten es unseren Kindern nicht, das Lager zu verlassen. Nur hier gibt es so etwas wie Sicherheit.«

Durch diese Worte stiegen wieder die Bilder der zurückliegenden Stunden vor meinem inneren Auge auf. Halap, wie sie unter dem Wehenschmerz schrie. Das erste winzige Köpfchen, das sie aus ihrem Leib presste. Der erste glucksende Laut des Babys, das von seiner Tante versorgt und gewaschen wurde, während das zweite neue Leben ins Freie drängte. Die Erschöpfung, der Schmerz und doch das namenlose Glück auf Halaps Zügen. Das winzige Bündel Ara in meinen Händen, die weiche, schrumplige und zart duftende Haut. Was würde aus den Kindern werden, im Lager, in der Schweißöde, unter der Gewalt des positronischen Robotkommandanten?

Inzwischen war die Dämmerung hereingebrochen.

»Genießt die Zeit«, empfahl der Kahle. »Das Zwielicht und das Gefühl der schwindenden Hitze währen nur wenige Minuten. In der Nacht herrscht nahezu vollständige Dunkelheit. Nur hin und wieder spendet einer der Monde spärliches Licht. Heute wird das der Fall sein.«

»Aber es wird nachts nicht so kalt wie anderswo in der Wüste«, sagte das Mädchen. »Weil der Roboter das verhindert. Er ist gar nicht so böse, wie alle immer sagen. Er könnte uns auch frieren lassen.«

Dieser naiv-kindliche Glaube an das Gute berührte mich. Unterdessen brach die Nacht an.

Der Robotkommandant und der König

Der Kahle nahm seine Tochter an der Hand. »Ich bringe sie in den Schlafsaal. Die meisten Kinder verbringen dort gemeinsam die Nacht.«

»Aber Vater, ich …« Ein einziger strenger Blick genügte, das Mädchen zum Schweigen zu bringen. Sie verdrehte theatralisch die Augen, grinste Ohm an und winkte ihm zu. »Vater hält mich immer noch für ein Baby.«

»Er liebt dich«, erklärte Ohm. »Deshalb sorgt er sich auch um dich.«

Vater und Tochter zogen sich zurück. Das Mädchen plapperte unablässig.

Ohm sah ihnen nach. »Da geht die Hoffnung dahin.«

Erst wunderte ich mich über diese Aussage, dann erinnerte ich mich an den ungewöhnlichen Namen des Kindes und lachte.

Als wir allein waren, wandte ich mich an meinen Einsatzpartner. »Wir gehen an einen Ort, wo niemand hört, was wir besprechen.« Ich schritt zum breiten Sandstreifen, der das Lager vom Rest des Riesengefängnisses abtrennte.

Ohm folgte.

Im fahlen Licht des Mondes reichte der Blick gerade einmal einige Meter weit; und auch in diesem Bereich erahnte ich nur Einzelheiten. Ich hoffte, die richtige Richtung eingeschlagen zu haben. Bald schälten sich die Umrisse des überdachten Spielbereichs aus der Schwärze.

Da sich wie zu dieser Stunde erwartet kein Kind mehr dort aufhielt, ließen wir uns nieder. Ich lehnte mit dem Rücken gegen einen der metallenen Stützpfosten. Das Metall strahlte die gespeicherte Hitze ab.

Die Kühle der Nacht tat gut – was in der freien Wüste nicht

der Fall gewesen wäre. Dort war es bereits schneidend kalt. Ein lebensbedrohlicher Temperatursturz nach der brütenden Hitze der vergangenen Stunden.

Ich sprach diese Gedanken aus. »Der Energieschirm sperrt uns nicht länger nur ein, sondern schützt uns auch.«

Ohm bückte sich, hob Sand auf und spreizte die Finger. »Besonders gefährlich ist die kurze Dämmerung. Ganze Heerscharen von Raubtieren gehen in dieser Zeit auf Beutezug. Sie sind äußerst aggressiv, denn ihnen bleiben nur wenige Minuten zur Jagd. In der Kälte der Nacht und der Hitze des Tages verkriechen sie sich ebenso wie ihre Opfer in Bodenhöhlen.«

»Also sollten wir keinesfalls gegen Ende eines Tages fliehen, wenn es so weit ist«, lenkte ich das Gespräch in die Richtung, die mich interessierte.

»Flucht ...« Ohm stieß mit der Faust auf den Sand. »Wir müssen alles daransetzen, Tasamur ausfindig zu machen.«

»Ich sehe darin auch die größte Chance. Vielleicht ist es auch möglich, den Energieschirm zu sabotieren. Der Kahle erwähnte einen Bereich in der Schweißöde, wo es einen Zugang zu dem unterirdischen Aufenthaltsort Irhe'vormas gibt. Dort befinden sich wohl die Anlagen, die den Energieschirm erzeugen.«

»Aber?«

»Selbst falls es uns gelingen sollte, dorthin vorzudringen, können wir den Schirm nicht einfach kollabieren lassen. Er schützt alle Insassen vor der Kälte der Nacht und den Raubtieren. Wir können diese Entscheidung nicht für alle anderen fällen. Denk an die Kinder. Sie hätten keine Überlebenschance.«

Ohm schwieg einige Sekunden. »Also bleibt nur, auf Tasamur zu vertrauen und darauf, dass er über die Möglichkeit verfügt, uns hier herauszubringen.«

»Flakio Tasamur«, ertönte in diesem Moment die tiefe Stimme des Kahlen, und sie klang gar nicht erfreut. Der einäugige Arkonide trat näher, seine Konturen schälten sich aus der

Dunkelheit. »Es gefällt mir nicht, dass ihr euch mit ihm beschäftigt. Leider habe ich nicht viel von eurer Unterhaltung gehört. Was wollt ihr von ihm?«

Ich fragte mich, wie viel er wirklich belauscht hatte. Aber ob er die Wahrheit sprach oder nicht, er verdiente Ehrlichkeit. Wir schuldeten ihm etwas. Ohm schwieg; offenbar wollte er mir das Reden überlassen.

»Der ehemalige Thakan verfügt angeblich über Verbindungen, die aus der Schweißöde hinausreichen. Diese Verbindungen gedenken wir auszunutzen, um zu fliehen.«

Der Kahle ließ sich neben uns nieder. Ein Geräusch drang aus seinem Mund, das ebenso gut ein Seufzen wie ein unterdrücktes Husten sein konnte. »Fliehen.« Nach diesem Wort breitete sich sekundenlang Schweigen aus. »Viele Neulinge hegen solche Gedanken.«

Er umklammerte einen der Haltepfosten. »Ich möchte, dass ihr nachdenkt. Warum sollte gerade euch eine Flucht gelingen? Warum? Glaubt ihr etwa, ihr seid die Ersten, die es versuchen? Oder dass alle eure Vorgänger nur Narren waren?«

»Vielleicht ist noch niemand den Weg gegangen, den wir gehen wollen. Wir beabsichtigen weder, den Energieschirm zu sabotieren, noch als siegreiche Gladiatoren in die Wüste zu ziehen oder gar Irhe'vorma in seine Einzelteile zu zerschlagen – obwohl Letzteres sollte man nachholen. Falls wir hier je rauskommen ...«, murmelte ich mehr zu mir selbst.

Noch bist du ein Gefangener, Kristallprinz, nichts als ein Gefangener, ermahnte mich mein Extrasinn überflüssigerweise.

Der Einäugige legte sich hin, verschränkte die Hände hinter dem Nacken und starrte in den Sternenhimmel. »Stattdessen wollt ihr zum selbst ernannten König der Schweißöde spazieren, ihn höflich begrüßen und ihn bitten, euch doch nach draußen zu bringen.« Er zog die Beine an, dass die Fersen den Ansatz der Oberschenkel berührten. »Ein genialer Plan.«

»Du kannst dir deinen Zynismus sparen«, meldete sich erstmals Ohm zu Wort. »Wenn das unser Plan wäre, könntest du uns in der Tat mit Fug und Recht auslachen. Die Wirklichkeit sieht etwas anders aus.«

»So?« Der Kahle verharrte reglos, obwohl Ohm aufsprang und auf ihn hinabsah. »Dann ist es wohl an der Zeit, dass ich die Wahrheit erfahre.«

»Ich kenne Tasamur«, offenbarte Ohm.

»Ich sagte es schon zu deinem Begleiter, kurz nach seinem Erwachen – wer kennt Tasamur nicht?«

»Du willst mich wohl nicht verstehen. Ich kenne ihn persönlich. Aus seiner Zeit als Thakan. Ich arbeitete mit ihm zusammen.«

Nun setzte sich der einäugige Arkonide auf. »Wird er dich wiedererkennen?« In seiner Stimme spiegelte sich Verblüffung.

»Ganz sicher«, gab sich Ohm überzeugt. »Flakio Tasamur weiß genau, wer ich bin. Nur allzu genau. Atlan erwähnte, dass Tasamur über Verbindungen verfügt, die aus der Schweißöde reichen.«

»Ich kenne dieses Gerücht.«

»Es ist alles andere als ein Gerücht. Er nutzte diese Verbindungen vor einigen Wochen, um indirekt mit mir Kontakt aufzunehmen.«

»Ich muss zugeben, dass ich überrascht bin.«

»Tasamur wird gezwungen sein, uns anzuhören. In seinem Leben gibt es gewisse ... Details, von denen ich weiß und die seiner Meinung nach nie an die Öffentlichkeit dringen dürfen.«

»Wovon redest du?«

Das ist allerdings eine sehr gute Frage, kommentierte der Logiksektor. *Nicht nur den Kahlen interessiert die Antwort darauf brennend.*

Auch ich war gespannt darauf, wie das Gespräch weitergehen würde.

»Dabei handelt es sich um Dinge, die nur ihn und mich etwas angehen«, wich Ohm aus.

In mir verstärkte sich die Gewissheit, dass mein Einsatzpartner etwas verbarg. Verschwieg er mir nicht nur angeblich für unsere Situation unwichtige Fakten? Was genau wusste Ohm?

Der Kahle erhob sich. Sein Gesicht war nur Zentimeter von dem Ohms entfernt. »Also noch einmal. Ihr wollt zum König gehen und ihn bitten, euch hier herauszubringen?«

»Du sagst es.«

»Eine Frage bleibt allerdings. Wenn Tasamur über diese Möglichkeit verfügt, warum ist er dann nicht längst selbst geflohen?«

»Er wird seine Gründe haben.«

»Das genügt mir nicht!«

Ohm verschränkte demonstrativ die Arme vor der Brust. »Es wird dir genügen müssen. Wenn du mehr erfahren willst, dann komm mit uns. Wir können ebenso gut zu dritt fliehen.«

Statt einer Antwort zog sich der Einäugige zurück. Er ging einige Schritte, ehe er sich noch einmal an uns wandte. »Ich werde hier gebraucht. Das Lager benötigt einen Anführer. Die Kinder ...« Er vollendete den Satz nicht, sondern wechselte das Thema. »Es wird für euch nicht einfach werden, zu Tasamur vorzudringen. Genießt solange meine Gastfreundschaft. Es gibt noch einiges, was ihr erfahren müsst. In den nächsten Tagen.«

Kurz darauf verschmolz er mit der Dunkelheit.

»Es wird Zeit, dass du redest«, forderte ich. »Was genau weißt du über Flakio Tasamur? Was ist das Geheimnis, das euch verbindet? Warum sorgte der ehemalige Thakan mit solchem Nachdruck dafür, dass du dich damit nie an die Öffentlichkeit wendest?«

Wir saßen noch immer in der Dunkelheit auf dem überdachten Kinderplatz am Rand des Lagers. Der Kahle war längst nicht mehr zu sehen, und weit und breit drang kein Geräusch zu uns. Zumindest nicht aus Richtung des Lagers. Vom übrigen Bereich der Schweißöde her hörte ich hin und wieder einen aggressiven Schrei oder ein Rumpeln.

Ohm wies auf ein leises Geräusch hin, auf eine Bewegung in der Dunkelheit. »Was ist das?«

Im fahlen Mondlicht war eine Spinne schemenhaft zu erkennen. »Nur eine Spinne. Vergiss es.«

»Eine Spinne?« Der Ekel war ihm deutlich anzuhören. »So groß?«

»Groß wie ein Kinderkopf. Ein solches Biest hauste auch in der Hütte, in der wir auf Pas Nakorand getroffen sind. Sie sind scheu. Und nun antworte!«

»Es liegt einige Jahre zurück. Flakio Tasamur herrschte bereits seit Jahren als Thakan in Orbana. Oder besser gesagt, er herrschte eben nicht. Er repräsentierte zwar die Macht, hatte aber zu springen, wenn der Staatliche Wohlfahrtsdienst pfiff … Tasamur traf nicht eine einzige bedeutende Entscheidung. Das gefiel ihm nicht.«

»Mir ist das politische System von Lepso bekannt.« Wieder bemerkte ich aus den Augenwinkeln eine Bewegung. Offenbar kam die Spinne zurück.

»So sieht es die Tradition schon lange vor. Tasamur beschloss, daran etwas zu ändern. An dieser Stelle stellt sich bereits eine Frage; im Prinzip dieselbe, die der Kahle uns vorhin gestellt hat: Wie konnte Tasamur annehmen, der Erste aus einer langen Reihe zu sein, der etwas an der bestehenden Ordnung ändern könnte? Er stand der geballten Macht des SWD gegenüber. Der Geheimdienst konnte ihn von seinem Posten entfernen oder gleich töten, wenn er aufmüpfig würde.«

Während Ohms Erklärungen war um uns einiges vorgefallen. Aus der einen Bewegung waren viele geworden. Es war, als habe die Nacht um uns zu leben begonnen.

»Steh auf, aber langsam.« Ich zwang mich, in ruhigem Tonfall zu reden. Wenn es sich um Spinnen handelte, die sich um uns sammelten, konnten sie möglicherweise instinktiv jedes Anzeichen von Nervosität und Angst wahrnehmen.

»Was …«

»Wir sind umzingelt.« Vorsichtig schaute ich mich um. Tatsächlich entdeckte ich einige Spinnen. Das Mondlicht wurde in ihren Facettenaugen reflektiert. Offenbar waren die Tiere nur einzeln scheu.

Wir stellten uns beide hin. Ich erwartete einen Angriff. Noch verhielten sie sich ruhig, schlossen den Ring um uns jedoch mit jedem Augenblick enger. Ihre Beißwerkzeuge schnappten.

»Vermeide jede hastige Bewegung!«

Leider musste ich feststellen, dass das Tier in Nakorands Hütte zu den kleinsten Vertretern dieser Gattung gehörte. Die größten Biester reichten mir bis an die Wade. Wenn sie sich gesammelt auf uns stürzten, konnten sie uns äußerst gefährlich werden.

Ohm fluchte laut. »Warum hat uns der Kahle nicht gewarnt?«

Ein fauchender Laut ertönte, und die Spinnen rasten gleichzeitig auf uns zu. Die wimmelnden Beine ließen hundertfach Sand aufwirbeln. Von überall drang das Klacken der zuschnappenden Beißwerkzeuge.

Ich versetzte dem ersten Tier einen Tritt mitten in den fetten, ölig glänzenden Leib. Der Panzer brach knackend.

Meine Faust erwischte das Muster aus gekreuzten Linien auf dem Rücken einer weiteren Spinne, die sich abstieß, um auf meinen Oberkörper zu springen. Sie fiel neben mir zu Boden, prallte mit einem anderen Tier zusammen und riss es von den Beinen.

Gleichzeitig landete etwas hart auf meinem Rücken. Ich wirbelte herum und hatte Glück. Die Spinne verlor den Halt und stürzte.

»Zum Lager!«, schrie ich.

Ohm erwehrte sich der Biester ebenfalls, schlug und trat zu. Daumendicke Beine verhakten sich im Stoff seines Oberteils, der zerriss. Sofort stieß ein weiteres Bein zu und zog einen blutenden Striemen in die Haut. Die Kopfsektion der Spinne zuckte heran. Die Beißwerkzeuge öffneten sich.

Ich wischte die Spinne vom Rücken meines Einsatzpartners.

Gemeinsam rannten wir los. Die Spinnenmeute folgte uns.

Schon tauchten die ersten Hütten auf, und nagendes Entsetzen stieg in mir auf. Hatte ich einen fatalen Fehler begangen? Was, wenn wir dort keine Hilfe fanden, sondern die Tiere zu den schlafenden Bewohnern führten? Zu den hilflosen Kindern?

Aggressive Klacklaute drangen aus einer Behausung rechts von uns.

Ich sah mich um. Die Tiere waren dicht hinter uns. Eine wimmelnde Masse aus glänzenden Leibern und wirbelnden Beinen.

Aus der Hütte kam ein Insektoide. Es war ein R'hasir. Er stieß stakkatoartig Töne aus, die wie kleine Explosionen klangen, dann ließ er sich auf das mittlere Beinpaar nieder und grub die Enden zentimetertief in den Sand. Die Kopfsektion zuckte vor, hob und senkte sich ruckartig.

Die Wirkung dieses Auftritts war verblüffend.

Die Spinnen stockten im Angriff, drehten sich um und flohen. Nur noch kurz war das Scharren ihrer Beine im Sand zu hören, dann kehrte Stille ein.

Der R'hasir richtete sich wieder auf. »Sie fürchten mich. Ich habe Angriffsbereitschaft signalisiert.«

»Du hast uns gerettet.«

Der Insektoide wollte keinen Dank hören. Stattdessen bot er uns an, in seiner Hütte zu übernachten.

Er erwies sich als überaus freundlich, stellte uns Trinkwasser zur Verfügung und führte uns in einen abgetrennten Raum. Nur wenig Licht drang durch das Fensterloch, die Temperatur war angenehm – nicht zu warm, nicht zu kalt. Der Sand erwies sich als durchaus bequem.

Nach den sich überschlagenden Ereignissen in letzter Zeit schlief ich binnen kürzester Zeit ein.

Helligkeit weckte mich. Licht fiel durch die Fensteröffnung genau auf mein Gesicht. Es kitzelte in der Nase, dass ich niesen musste.

Ich hatte tief und traumlos geschlafen; das Erwachen ging zäh vor sich. Die Glieder waren schwer, die Gedanken flossen nur träge.

»Die Temperatur steigt mit dem Sonnenaufgang rapide«, begrüßte mich der Kahle.

Ich setzte mich überrascht auf. Der Einäugige saß mit übergeschlagenen Beinen vor meiner Schlafstatt, stützte beide Hände hinter dem Rücken ab.

»Das ist in Wüstengebieten üblich«, antwortete ich lapidar.

»Ich hörte, dass es gestern zu einer kleinen Auseinandersetzung mit den Ssrilag kam.«

Damit konnte er nur die Spinnen meinen. »Sie brachten uns in arge Bedrängnis.«

Ohm, der sich bislang nicht gerührt hatte, meldete sich vom anderen Ende des Raumes. »Du hättest uns warnen müssen.«

Der Kahle wies auf zwei Schüsseln in der Mitte. »Esst zuerst etwas. Es gibt einiges, was euch noch unbekannt ist. Dass ihr von den Ssrilag angegriffen wurdet, ist bedauerlich, aber es war nicht zu erwarten. Normalerweise verhalten sie sich still. Sie sind schon seit Monaten nicht mehr im Lager aufgetaucht. Sie wissen, dass hier R'hasir leben ... und vor diesen Insektoiden haben sie Respekt.«

»Das wurde uns in der Nacht auf beeindruckende Weise demonstriert.« Ich ging die wenigen Schritte zu den Schüsseln. Sie waren gefüllt mit einem graubraunen Brei, der wenig appetitlich aussah. Da wir froh sein mussten, überhaupt etwas zu essen zu erhalten, griff ich ungeniert zu, tauchte die Finger in den Brei und führte sie zum Mund. Es schmeckte fad und bitter, doch ich hatte schon Schlimmeres gegessen.

»Leider kann ich nicht mit Besteck dienen«, sagte der Kahle.

»Woher stammt der Brei?«

»Irhe'vorma stellt ihn uns zur Verfügung. Ein Protein- und Vitamingemisch, das ausreicht, uns am Leben zu erhalten. Wer Abwechslung auf dem Speiseplan erleben will, muss selbst auf die Jagd gehen.«

Ich ahnte, worauf er hinauswollte, doch Ohm zog nicht schnell genug die richtigen Schlussfolgerungen. »Auf die Jagd?«

»Die Ssrilag lassen sich zu einem einigermaßen schmackhaften Braten verarbeiten«, informierte er uns. »Außerdem finden sich Larven und Würmer, wenn man tief genug gräbt. Mit etwas Glück entdeckt man sogar den Gang einer Sandechse. Wer auf Eier stößt, feiert ein Fest.«

Ohm verzog angewidert das Gesicht. »Dann lieber den Brei.« Er fing ebenfalls an zu essen.

Der einäugige Arkonide amüsierte sich. »Wenn du dieses Zeug lange genug gegessen hast, wird dir eine am offenen Feuer geröstete Spinne wie eine Delikatesse vorkommen. Endlich mal wieder etwas, das zwischen den Zähnen kracht.«

Mein Einsatzpartner würgte und hielt sich die Hand vor den Mund.

Mich ekelte die Vorstellung nicht. Ich hatte mich im Lauf der Jahrhunderte in Notsituationen von allem ernährt, was nur denkbar war. »Woher bezieht ihr das Wasser? Stellt der Robotkommandant es ebenfalls zur Verfügung?«

»Das könnte man so sagen. Es gibt einen Teich, der unterirdisch gespeist wird. Er ist sicher nicht natürlichen Ursprungs.«

»Diesen Teich hast du gestern bei der Aufzählung der Sehenswürdigkeiten vergessen.« Ich schluckte eine weitere Portion des Breis.

»Wie gesagt … es gibt einiges, was ihr noch nicht kennt. Stellt Fragen, und danach könnt ihr entscheiden, ob ihr im Lager bleiben wollt.« Er begann, im Raum umherzuwandern, stützte sich mit den Armen auf den unteren Teil der Fensteröffnung und sah ins Freie.

Ich beschloss, mit einer unverfänglichen Frage zu beginnen. »Irhe'vorma erwähnte uns gegenüber Medizindrohnen. Was hat es damit auf sich? Die Vorstellung, dass der Robotkommandant sich um Kranke und Verletzte kümmert, ist …«

Ein raues Lachen unterbrach mich. »Dem Blechkasten ist es völlig gleichgültig, wenn einer von uns verreckt. Wenn ich nicht genau wüsste, dass er über keine Emotionen verfügt, würde ich sogar sagen, er genießt es, uns beim Sterben zuzusehen.«

»Das deckt sich mit dem Bild, das in Orbana kursiert«, bestätigte Ohm.

Der Einäugige wandte sich wieder an uns. »Die Medizindrohnen dienen ihm dazu, Untersuchungen anzustellen. Experimente.«

»Experimente welcher Art?«

»Darauf kann ich keine Antwort geben. Der alte Blechkasten gibt seine Geheimnisse nicht preis. Doch es gibt Hinweise, die man interpretieren kann. Ich bin sicher, dass er von der Idee besessen ist, das Geheimnis des biologischen Lebens und des Todes zu entschlüsseln. Deshalb veranstaltet er auch die Gladiatorenkämpfe. Aus diesem Grund greift er Sterbende in den Gassen auf und entführt sie.«

Der Kahle redete sich immer mehr in Rage. Sein Auge tränte. Der Hass, der unter der Oberfläche brodelte, war deutlich spürbar. »Wenn ein Mitglied eines neuen Volkes in die Schweißöde gelangt, hält es der Robotkommandant oft tagelang in den unterirdischen Kavernen gefangen. Wenn es zurückkommt, verfügt es über keine Erinnerungen, nur über diffuse Vorstellungen, untersucht und gemartert worden zu sein. Andere verschwinden für immer. Nicht einmal ihre Leichen tauchen wieder auf.«

»Ein interessanter Aspekt«, stellte ich fest. »Was geschieht mit euren Toten? Bei all den Kämpfen und Auseinandersetzungen müssen doch viele sterben.«

»Irhe'vorma sammelt sie auf.«

Ich nahm diese Information hin, ohne nachzuhaken. Es war offensichtlich, dass der Kahle bezüglich der Experimente über keine Fakten verfügte, und Spekulationen waren müßig. »Was weißt du über Tasamur?«, fragte ich stattdessen, und sein Gesichtsausdruck verdüsterte sich.

Wieder erfuhr ich nichts Neues. Der Einäugige wiederholte lediglich, was ich ohnehin wusste. Tasamur hatte sich an die

Spitze eines internen Machtgefüges gesetzt. Ihm hingen bereits viele an – ein dem Lager ähnliches Zentrum besaß er nicht. Er tauchte mal hier, mal da auf, ohne wirklich greifbar zu sein.

»Fest steht nur eins«, beendete der Kahle die Ausführungen. »Tasamur ist ein Gefangener der Schweißöde, und er zieht die Fäden in einem undurchschaubaren Spiel.«

Ich musterte während dieser Worte die Mimik meines Einsatzpartners, doch diese erwies sich als ebenso undurchschaubar.

Noch am Vormittag brachen Ohm und ich zu einem Erkundungsgang durch die Schweißöde auf. Wir planten, zum einen den Eingang zur Gladiatorenarena aufzusuchen, zum anderen den Zugang zu den unterirdischen Kavernen.

Außerdem wollten wir uns umhören und gelegentlich den Namen des ehemaligen Thakans fallen lassen. Ich war zuversichtlich, eine Spur zu ihm zu finden.

Wir betraten gerade den dreißig Meter breiten Sandstreifen, als ich Ohm bat, stehen zu bleiben. »Wir wurden gestern unterbrochen.«

Er fragte nicht nach, wusste sofort, worauf ich anspielte. »Wir waren bei der Frage stehen geblieben, wie Tasamur glauben konnte, an den bestehenden Machtverhältnissen etwas zu ändern. Der komplette SWD stand gegen ihn. Eine jahrhundertealte Tradition sprach gegen ihn. Aber Tasamur hatte einen entscheidenden Vorteil. Er scharte einen Trupp um sich. Verlorene, die zu allem bereit waren. Zwielichtige Gestalten, Gefallene, solche, die ganz unten angelangt waren.«

»Wie du.«

Er grinste breit. »Er bot uns eine Aufgabe und die Chance, in der neuen Regierung eine Vorrangstellung zu erlangen. Nur einer lehnte dankend ab. Er trieb wenige Stunden später tot im Chylamassa. Wir vier anderen erklärten uns bereit mitzuspielen. Und Tasamur weihte uns in sein sorgsam verborgenes Geheimnis ein.«

Ich wurde ungeduldig. Die Sonne brannte heiß auf uns, und der Sand unter unseren Füßen schien zu glühen. »Red schon!«

»Tasamur ist ein Mutant.«

Die Nachricht verschlug mir die Sprache.

»Um genauer zu sein, ist er ein Multitalent. Er beherrscht Telepathie und Telekinese. Außerdem ist er schwacher Empath.«

»Das heißt, er vermag Stimmungen anderer zu fühlen.«

»Nicht nur das. Er kann sie bis zu einem gewissen Grad auch suggestiv erzeugen und damit die Entscheidungen anderer beeinflussen.«

»Das erklärt wohl seine Karriere in der Schweißöde.«

»Er nennt sich nicht zu Unrecht König. Ich bin sicher, dass kaum ein Gefangener ihm widerstehen kann. Nur Irhe'vorma wird er nicht lenken können. Als Roboter ist der Kommandant mental nicht zu manipulieren.«

Der Extrasinn meldete sich zu Wort. *Der Staatliche Wohlfahrtsdienst würde niemals dulden, dass ein Mutant als Thakan eingesetzt wird. Mutanten sind schwer zu kontrolliere, und ein Empath schwerer als alle anderen. Jede Psi-Fähigkeit würde einen potentiellen Kandidaten automatisch disqualifizieren. Also hat Tasamur vom Anfang seiner politischen Karriere an die Tatsache verheimlicht, dass er Mutantenfähigkeiten besitzt.*

»Was genau hatte Tasamur damals mit eurer Hilfe vor?«, fragte ich.

»Der Plan war kompliziert. Er brauchte uns gewissermaßen als Strohmänner. Wir erledigten die Drecksarbeit für ihn. Damals gab es einige Tote. Man nannte es im Nachhinein *Wirren der Machtübernahme,* denn am Ende der ganzen Auseinandersetzungen stand die Wahl eines neuen Thakans.«

»Aerticos Gando.«

Ohm nickte. »Tasamur erwies sich als sehr großzügig. Er zahlte uns im Vorfeld aus. Ich kam damals zu einigem Reichtum.«

»Was unübersehbar ist, wenn man deine Wohnung betritt.«

Er lachte bitter. »Wenn ich mir die Annehmlichkeiten meiner Wohnung vorstelle, wird mir übel.« Er blickte auf die

Elendshütten. »Wir haben Tasamur geschworen, nie etwas an die Öffentlichkeit dringen zu lassen. Niemand durfte je von seinen Psi-Fähigkeiten erfahren. Nur die Verantwortlichen des SWD … und diese würden kooperieren oder sterben. Genau wie wir, seine Männer fürs Grobe. Ich war übrigens der Einzige, der damals überlebte.«

Seine Nasenflügel bebten. »Was nichts anderes bedeutete, als dass ich an weiteres Geld kam. Zwei meiner … Kollegen vererbten es mir unfreiwillig. Als Tasamur schließlich in den Wirren starb, hielt ich dieses Kapitel für erledigt.«

»Bis sich deine Freundin als seine Spionin herausstellte.«

Er widersprach. »Acsais offenbarte sich einige Stunden, nachdem ich erfuhr, dass Tasamur noch lebt. LepsoLive sendete sein Bild. Genau an dem Tag, den er Wochen zuvor Acsais gegenüber genannt hatte, um ihren Auftrag zu erfüllen.«

»Tasamur hat alles genau geplant.«

Es stellt sich eine Frage, ergänzte der Extrasinn, *und die Antwort darauf liegt auf der Hand. Warum hat Tasamur so effektiv dafür gesorgt, dass Ohm sein Geheimnis auch weiterhin für sich behält? Könnte es ihm nun, da er nicht mehr in der Öffentlichkeit steht, nicht völlig gleichgültig sein?*

Das könnte es, stimmte ich zu.

Es gibt nur eine Erklärung dafür. Flakio Tasamur sieht seine Karriere noch nicht als beendet an. Er plant zurückzukehren. Nach all den Jahren wird er seine Stellung zurückfordern. Er hat große Pläne.

Der stumme Dialog dauerte nur Sekunden. Ohm bekam davon nichts mit und sagte: »Deswegen gehe ich davon aus, dass Flakio Tasamur in der Lage ist, uns hier herauszubringen. Indem er seine Mutantenfähigkeiten einsetzt.«

»Das erklärt aber noch nicht, wie er außerhalb der Schweißöde seine Verbindungen aufrechterhält. Nimmt er empathischen Kontakt auf über solch gewaltige Entfernungen – bis nach Orbana?«

»Und wie kam es überhaupt dazu, dass er in der Schweißöde landete? Damals hieß es, seine Leiche sei restlos verbrannt.

Man unkte, dass er wiederkehren würde, weil es keinen Beweis für seinen Tod gab. Diese Stimmen verloren sich im Laufe der Monate. Jetzt hat niemand mehr mit einer Rückkehr gerechnet. Und ausgerechnet in der Hölle von Abanfül taucht er wieder auf.«

»Wir werden ihm diese Fragen schon bald stellen«, gab ich mich überzeugt.

Ohm fixierte mich mit einem fragenden Blick. Ich schwieg, und er ging los.

Bald ließen wir den Sandstreifen hinter uns und tauchten in eine der schmalen Gassen ein.

Nach dem Aufenthalt im Lager fiel mir sofort auf, dass eine völlig andere Atmosphäre herrschte.

Es war schmutziger, unordentlicher. Und da war noch etwas. Etwas nicht Greifbares. Ich konnte es nicht an bestimmten Details festmachen, der Eindruck entstammte eher vagen Gefühlen. Aggression lag in der Luft. Gewaltbereitschaft.

Ich dachte an die Worte, mit denen der Kahle sich am Morgen verabschiedet hatte. *Hütet euch vor dem Springer und seinen Schlägern. Diesmal werde ich nicht bereitstehen und euch beschützen.* Ohm hatte ihm daraufhin versichert, dass wir sehr wohl auf uns selbst aufpassen konnten.

Wir näherten uns zwei heftig debattierenden Gestalten. Ein Terraner stritt mit einem Topsider. Der Echsenartige stieß ihm vor die Brust, dass er wankte und mit dem Rücken gegen die Außenwand einer Hütte prallte. Das Material ächzte, und in der Dachkonstruktion knackte etwas, als breche gleich alles zusammen.

Als der Topsider uns bemerkte, stieß er einen unwilligen Laut aus und blieb wortlos stehen. Der Terraner fuhr sich über die Schulter und verzog vor Schmerzen das Gesicht, schwieg jedoch ebenfalls. Einträchtig standen die beiden nebeneinander und fixierten uns mit Blicken, bis wir an ihnen vorübergegangen waren.

Selbst dann hörte ich keinen Laut von ihnen. Es drängte mich, über die Schulter zurückzusehen, doch ich unterdrückte diesen Impuls. *Der Preis der Popularität*, dachte ich. Wahrscheinlich hatten die beiden mich erkannt und beschlossen, dass es wichtiger war, über meinen Aufenthalt in der Schweißöde nachzudenken, als die Auseinandersetzung fortzuführen.

Wir gingen weiter, passierten Dutzende von Gestalten, ohne dass uns jemand ansprach. Einige gafften uns an, andere ignorierten uns.

In der Nähe der Gladiatorenarena hielten sich merklich weniger Personen auf. Im Lager hatten wir uns den Weg genau beschreiben lassen, um uns nicht in der verwirrenden Vielfalt der Abzweigungen und der immer gleichen Gassen zu verlieren.

Was wir zu sehen bekamen, war enttäuschend.

Vor uns lag ein etwa vier Meter breiter und mindestens doppelt so tiefer Graben. Dahinter befand sich scheinbar nichts außer dem ewigen Wüstensand – doch jeder Insasse des Gefängnisses wusste, dass dort der undurchdringliche Energieschirm aufragte. Jede Berührung damit war tödlich; der Graben stellte eine Sicherheitsmaßnahme gegen zufälligen Kontakt dar.

Die Arena wiederum befand sich jenseits des Energieschirms. Von hier aus war nichts außer riesenhaft aufragenden Mauern zu sehen. Gemauert aus schwarzem Stein, ergaben sie ein grob quadratisches Gebäude ohne Dach. Einen Blick hineinwerfen konnten wir nicht.

»Ich kenne die Arena von einigen Flügen über die Wüste«, erklärte Ohm. »Die Eingänge für das zahlende Publikum befinden sich auf der der Schweißöde abgewandten Seite. Jenseits der Arena landen zu Zeiten der Gladiatorenkämpfe Tausende von Gleitern. Die Karten für diese Spektakel sind sehr begehrt.«

»Und horrend teuer«, ergänzte ich in Erinnerung daran, dass der Hökerer als Gegenleistung für *die Tarnkappe* unter anderem das Geld für eine solche Eintrittskarte gefordert hatte.

»Die Arena hat auf ihren kreisförmigen, steilen Rängen zwanzigtausend Sitzplätze, die einen guten Blick auf die zentrale Kampffläche bieten.«

Dort würden wir also enden, wenn uns in den nächsten Wochen nicht die Flucht gelang. »Wie kommen die von Irhe'vorma ausgewählten Kämpfer in die Arena?«

Diese Frage konnte mir Ohm nicht beantworten. Wir würden nach unserer Rückkehr ins Lager den Kahlen danach fragen.

Ich hörte das Geräusch schwerer, sich nähernder Schritte.

Wir drehten uns gleichzeitig um. Eine ebenso breite wie hohe Gestalt stand vor uns. In ihrer Kompaktheit erinnerte sie an einen überdimensionalen Würfel. Etwa in der Mitte der uns zugewandten Seite ragten auf langen Stielen zwei trüb dreinblickende Augen. Darüber befand sich eine Mundöffnung, die von schrundigen Lippen begrenzt wurde. Obwohl der Mund halb offen stand, sah ich keine Zähne. Auch Extremitäten, die die Funktion von Armen oder Beinen wahrnahmen, suchte ich vergeblich.

Der Extrasinn belehrte mich gleich: *Das ist ein Qwerttz. Man trifft selten auf Exemplare dieses kleinen, reiselustigen Volkes, das selbst keine Raumfahrt entwickelt hat. Dafür sind sie sehr selbstbewusst, sehr von sich überzeugt, im Grunde sind sie regelrecht eingebildet.*

Ich war diesen Wesen noch nie begegnet. Der Qwerttz stand starr in etwa drei Metern Abstand. Die Augententakel bewegten sich leicht, wie Gräser, die im sanften Wind schwankten.

Ich ergriff die Initiative. »Warum starrst du uns an?«

Der Würfelleib hob sich einen halben Meter, als sich an seiner Unterseite sechs Beine entfalteten. Sie waren an zahlreichen Gelenken zusammengeknickt gewesen. Auf diesen für den voluminösen Leib seltsam filigranen Extremitäten kam er näher.

»Warum steht ihr hier und beobachtet die Arena?« Ein steter, tiefer Brummton begleitete seine Frage, die weniger misstrauisch klang als … eifersüchtig. Als ob nur er das Recht hätte, hier herumzulungern. Nach dem letzten Wort schnellte sein tiefer Ton sprunghaft in die Höhe und sirrte unangenehm in den Ohren, ehe er abbrach. Gleichzeitig falteten sich die Beine wieder zusammen, der Leib schien wieder auf dem Boden aufzuliegen.

Da er auf meine Frage nicht geantwortet hatte, sah ich keinen Grund, ihm Auskunft zu geben. Stattdessen schob ich eine weitere Frage nach. »Stört es dich?«

Schon vor dem ersten Wort begann das Brummen erneut. »Normalerweise beobachte ich.«

»Was beobachtest du?«

»Alles. Mein Volk ist ein Volk der Beobachter.«

Genauso wirkt er auch. Seine Physiologie wäre für Kämpfe oder anstrengende körperliche Betätigungen völlig ungeeignet. Er ist unförmig, aller Wahrscheinlichkeit nach langsam und verletzlich. Sieh dir nur die ungeschützten Augen an.

Ich ergriff sofort die sich mir unverhofft bietende Gelegenheit. »Wenn du so gut beobachtest, dann weißt du sicher über alles Bescheid, was in der Schweißöde vor sich geht?«

Die Augententakel zogen sich an den Leib zurück. Fleischige Lider schnappten mehrfach hastig zu. »Du hast Recht.« Das Sirren hielt diesmal länger an. Vielleicht ein Zeichen dafür, dass er geschmeichelt war.

»Dann kannst du uns sicher sagen, wo wir Flakio Tasamur finden?«

»Ich kenne Tasamur«, antwortete der Koloss ausweichend.

»Wer kennt Tasamur nicht«, meinte ich in Erinnerung an Pas Nakorands Worte.

»Aber ich kenne ihn besser als viele andere. Ich gehöre zu denen, die mit ihm sprechen.«

»Dann bring uns zu ihm.«

Die Beine entfalteten sich wieder, und er ging schwerfällig einige Schritte rückwärts. »Das kann ich nicht.«

»Ist es möglich, dass du ihm etwas ausrichtest?«

Er zögerte kurz. »Das ist möglich.«

Ich warf Ohm einen Blick zu.

Mein Einsatzpartner verstand sofort. »Richte Flakio Tasamur aus, dass Ohm Santarin ihn zu sprechen wünscht.«

»Ohm Santarin«, wiederholte der Koloss. »Das werde ich.« Und stapfte los.

Zu meinem Erstaunen entdeckte ich an der Hinterseite seines Leibs ebenfalls Augententakel, mit denen er uns fixierte.

»Tasamur wird mich sprechen wollen«, gab sich Ohm überzeugt. »Wir sollten jetzt schon einen Treffpunkt vereinbaren.«

»Er wird dich finden, wenn er es möchte.« Der Qwerttz marschierte los und verschwand zwischen den Elendshütten.

Irhe'vorma interpretierte die Daten der Überwachungsdrohne als ungünstig.

Er würde wohl früher als geplant in die Entwicklung der Dinge eingreifen müssen.

Die durchsichtige energetische Kuppel maß etwa fünf Meter im Durchmesser und wölbte sich mannshoch. Auch um sie zog sich ein Krater, allerdings mit wesentlich bescheideneren Dimensionen. Ich hätte ihn leicht überspringen können.

Die Kuppel schützte ein Metallschott im Wüstensand, das aus fächerartig übereinandergeschichteten Platten bestand. Wahrscheinlich schoben sie sich in der Art eines altterranischen Kameraobjektivs auseinander.

»Das ist also der Zugang zu Irhe'vormas unterirdischen Kavernen.« Ohm hob eine Handvoll Sand auf und schleuderte ihn gegen die Energiekuppel. Überall, wo er auftraf, zuckten gleißende Lichtblitze. Zischend verschmorte der Sand zu gläsern glänzenden Flocken, die auf heißer Luft nach oben trieben. »Den Besuch hätten wir uns auch sparen können.«

Zwar mochte Ohm Recht haben, aber ich sah unseren Erkundungsgang dennoch nicht als verlorene Zeit an. Womöglich würde sich die Begegnung mit dem Beobachter als Glücksfall erweisen.

Womöglich, lästerte der Logiksektor. *Nicht gerade die ideale Voraussetzung für eine gelungene Flucht.*

Ich hielt dagegen, dass wir uns erst seit einem Tag in der Schweißöde aufhielten und in dieser knappen Zeit bereits einiges erfahren und erreicht hatten.

Plötzlich trat Kerit aus einer Hütte, als wir uns auf dem Rückweg ins Lager befanden.

Ich spannte mich innerlich an, prüfte die Umgebung. Sonst war niemand zu sehen, von einem in der Gluthitze dösenden Woraab abgesehen. »Was willst du?«

»Es gibt etwas, das du wissen solltest, Atlan«, schnauzte er mich an. Mit der Rechten umklammerte er einen auf dem Boden abgestützten Holzprügel. »Gestern hattest du Glück. Verdammtes Glück. Aber es ist noch nicht vorbei.«

»Willst du angreifen?«, fragte ich möglichst spöttisch, als wüsste ich eine ganze Heerschar hinter mir.

Kerit wischte sich über den wuchernden roten Vollbart. »Nicht heute. Nicht jetzt.« Er spuckte aus. »Aber der Moment wird kommen. Irgendwann, wenn du nicht mehr damit rechnest. Uns bleibt Zeit. Viel Zeit.«

Das werden wir sehen, dachte ich. *Ohm und ich werden schneller wieder frei sein, als dir lieb ist.* »Deine Drohungen schockieren mich nicht.«

Die Antwort bestand aus einem dröhnenden Lachen. »Wir werden uns wieder treffen.«

»Wenn du bis dahin nicht verreckt bist«, rief Ohm provozierend.

Kerits Haltung versteifte sich. Er umklammerte den Prügel so stark, dass die Knöchel der rechten Hand weiß hervortraten. Seine Wangenmuskulatur zuckte. Ohne ein Wort zu sagen, verschwand der Springer in der Hütte, und kurz darauf krachte es.

Ohm warf mir einen vielsagenden Blick zu. Wahrscheinlich hatte Kerit vor Wut gegen die Wand getreten.

Endlich erreichten wir das Lager. In der Hitze kostete jeder Schritt unendliche Mühe.

Ich litt fürchterlichen Durst. Den Trinkwasserbrunnen hatten wir nicht aufgesucht; der Kahle hatte uns versichert, dass ein wechselnder Dienst dafür sorgte, dass im Lager stets ausreichend Wasser vorhanden war.

Tatsächlich konnten wir unseren Durst stillen. Auch etwas von dem faden Nahrungsbrei stand bereit.

Danach ging ich meinen Pflichten als Entbindungshelfer und Patenonkel nach, wie Ohm es grinsend nannte. Die Ara-Zwillinge lagen nebeneinander auf einer rauen Stoffdecke und schliefen.

»Sie haben sogar schon etwas getrunken«, berichtete mir Halap, die Mutter der Kleinen, mit strahlenden Augen. Vom Blutverlust geschwächt, lag sie nicht weit von den Babys entfernt. »Dank dir. Ohne dich wären sie nicht am Leben.«

»Auch deine Schwester hätte ihnen auf die Welt geholfen.«

Halap setzte sich mühsam auf. »Das vielleicht. Aber mich hätte sie nicht retten können. Ich wäre an den Blutungen gestorben.« Ihre Haut war noch bleicher als gewöhnlich, das Weiße der Augen trüb. »Sie verfügt nicht über dein umfassendes medizinisches Wissen.«

Das Mädchen erwachte, stieß glucksende Laute aus und fuchtelte mit seinem Ärmchen. Es stieß seinen Bruder an. Dieser rümpfte im Schlaf bloß die Nase. Und er erwachte nicht einmal, als seine Schwester zu brüllen begann.

Ich hob das Baby auf, was ihm zu gefallen schien, denn es verstummte augenblicklich. Mit dem Kind auf den Armen wanderte ich durch den Raum und fragte mich, was das Leben wohl für es bereithielt.

Mitten in der Nacht schreckte ich auf.

Etwas stimmte nicht. Ich sah mich in dem dunklen Zimmer um. Da ich zuvor geschlafen hatte, genügte das wenige Restlicht, um Umrisse zu erkennen.

Jemand stand mitten im Raum. Er trat vor die Fensteröffnung, so dass das hereinfallende Mondlicht ihn beschien. Ein Terraner mit tief in den Höhlen liegenden Augen. Die breite

Nase warf einen Schatten über die linke Gesichtshälfte. Ich glaubte zu wissen, wen ich vor mir hatte, und er bestätigte es mir sofort.

»Da wir uns noch nie getroffen haben, Lordadmiral Atlan, will ich mich Ihnen vorstellen. Flakio Tasamur.« Er streckte mir nach terranischer Sitte die Hand entgegen, lächelte dann süffisant und ließ sie wieder sinken. »Bleiben Sie liegen. Dies ist kein Staatsempfang, sondern eine Unterredung unter … hm …«

»Freunden?«, schlug ich vor.

»Vielleicht. Möglicherweise auch unter Leidensgenossen oder Rivalen, wer weiß?«

»Wir sollten Ihren alten *Freund* Ohm Santarin dazubitten. Er schläft in einem angrenzenden Raum und …«

»Ich weiß, wo er sich befindet. Halten Sie mich bitte nicht für dumm, Lordadmiral. Ich bin absichtlich zu Ihnen gekommen, denn ich vermute, dass Sie eher in der Lage sind, die Konsequenzen unserer Unterredung zu verstehen.«

Ich erhob mich trotz der gegenteiligen Aufforderung Tasamurs. »Wie sind Sie in diesen Raum gelangt?«

Er lachte leise. »Es gibt in der Schweißöde keine verschlossenen Türen.«

Mir wurde klar, wie leichtsinnig es war, dass Ohm und ich nicht abwechselnd Wache hielten. Kerit hätte sich jederzeit anschleichen können …

»Ich hoffe, Sie sind nun wach genug«, meinte Tasamur. »Es gibt Wichtiges zu besprechen. Die Botschaft des Qwerttz hat mich erreicht; natürlich wusste ich schon vorher, welch prominente und wichtige Person in der Schweißöde gelandet ist.«

»Ich bin davon überzeugt, dass Ihnen nichts von Bedeutung entgeht.«

»Lassen Sie das. Es ist nicht so, dass ich für Schmeicheleien nicht empfänglich bin, aber ich erkenne sie als das, was sie sind.«

»Dann können wir ja Klartext reden. Das kommt mir sehr entgegen.«

Er schlug mir auf die Schulter. »Sie gefallen mir. Das ist gut, denn wir werden wohl nicht umhin kommen, uns miteinander zu beschäftigen.«

»Sie wissen, warum wir den Kontakt mit Ihnen suchen?«

»Was könnte jemanden wie Sie und meinen ehemaligen Mitarbeiter Ohm Santarin dazu bewegen, den König der Schweißöde zu kontaktieren, den mächtigsten Mann weit und breit? Doch nur eins. Sie wollen, dass ich Ihnen bei der Flucht helfe.«

»Brillant kombiniert«, gab ich zu. »Ehe wir weiterreden, möchte ich Ihnen eine grundlegende Frage stellen. Werden Sie es tun?«

Tasamur ging einen Schritt zurück, lehnte mit dem Rücken gegen die Wand. »Wie kommen Sie überhaupt darauf, dass ich es könnte?«

Ich erklärte ihm unsere diesbezüglichen Überlegungen und fügte hinzu: »Außerdem erscheint es uns undenkbar, dass jemand wie Sie nicht fliehen könnte.«

»Sehr richtig.« Tasamur trommelte mit den Fingern auf den Knien. »Aber Sie schmeicheln mir schon wieder, Lordadmiral. Sie stellen sich sicher einige Fragen. Ich bin gewillt, sie zu beantworten. Doch vorher sollen Sie etwas anderes erfahren. Ehe ich den Raum betreten habe, habe ich Irhe'vormas Überwachungsdrohne manipuliert.«

Ich ließ mir die Überraschung nicht anmerken.

»Oder waren Sie so naiv anzunehmen, der Robotkommandant würde nicht jeden Ihrer Schritte überwachen, so, wie er glaubt, mich Tag und Nacht zu beobachten? Ich habe ihn längst ausgetrickst. Seine Drohne sendet ihm jede Nacht Bilder, die zeigen, wie ich sanft schlafe. Ein simpler Trick.«

»Ein Trick, der allerdings ohne technische Hilfsmittel nicht zu verwirklichen wäre.«

Er überging diese Bemerkung. »Ebenso habe ich die Drohne ausgeschaltet, die Irhe'vorma auf Sie angesetzt hat. Sie zu zerstören wäre nicht klug gewesen. Der Kommandant hätte den Ausfall bemerkt und Ersatz geschickt.«

»Mit welchen Hilfsmitteln manipulieren Sie die Drohne?«, fragte ich erneut.

»Wie Sie schon sagten: Technik.«

Ein weiterer Beweis, dass Tasamur über erstaunliche Verbindungen verfügte. »Warum sind Sie hier?«, stellte ich die Frage, die mich am meisten bewegte. »Warum sind Sie nicht längst geflohen und nach Orbana oder an irgendeinen anderen Ort gegangen? Ich kann mir auf Anhieb etwa zehntausend Plätze vorstellen, die angenehmer sind als die Hölle von Abanfül.«

Tasamurs Antwort überraschte mich in ihrer bestechend simplen Logik. »Sie gehen von falschen Voraussetzungen aus, Atlan. Für Sie ist die Schweißöde nichts als ein Gefängnis. Für mich bedeutet sie Sicherheit. Ein Zufluchtsort, an dem mich meine Feinde nicht erreichen können.«

»Wer jagt Sie, Tasamur?«

»Der Staatliche Wohlfahrtsdienst. Artemio Hoffins und seine Schwarze Garde.«

»Aber …«

»Nichts aber. Ich weiß, dass ich offiziell für tot gelte. Aber was heißt das schon? Alle, die es wissen müssen, sind genau darüber im Bilde, dass ich noch lebe. Dass ich damals entkommen bin und meinen Tod im Flammenmeer nur vortäuschte. Der SWD und Hoffins sind daher seit Jahren hinter mir her, und nur hier in der Schweißöde bin ich vor meinen Feinden sicher. Hierher reicht nicht einmal der Arm des SWD.«

Er hob die Arme, präsentierte seine Handflächen. »Meine Gegner halten das Gerücht am Leben, dass ich tot sei, und Aerticos Gando sonnt sich in seinem Amt als Thakan, genießt die Früchte der Macht, der wirklichen Macht, die ich gesät habe. Ein unhaltbarer Zustand. Ich habe Jahre gebraucht, meine Rückkehr vorzubereiten und gleichzeitig für meine Sicherheit auch in Zukunft zu sorgen. Was glauben Sie, welche Aufregung es hervorgerufen hat, als LepsoLive mein Bild aus der Schweißöde sendete? Nicht nur bei Ohm

Santarin, meinem alten ...« Er stockte. »Wie nannten Sie es vorhin? Freund?«

»Das erklärt manches«, gab ich zu. »Aber mir ist nach wie vor unklar, wie Sie die Verbindung nach draußen aufrechterhalten. Telepathie? Ihre Begabung als Empath dürfte Ihnen bei Irhe'vorma kaum etwas nutzen.«

Tasamur erhob sich umständlich, wischte den Sand von seiner Hose. »Ich habe mehr als nur Verbindungen nach draußen.«

»Was genau bedeutet das?«

»Das bedeutet, dass ich Ihrem Verlangen nach Flucht möglicherweise Abhilfe verschaffen könnte. Ich frage mich nur, warum ich das tun sollte.«

»Weil Sie sicher sein können, dass sich die USO zu gegebener Zeit als dankbar erweisen wird.«

»Ein verlockendes Angebot. Ich werde darüber nachdenken. Wir sollten in der nächsten Nacht wieder darüber sprechen. Warten Sie hier auf mich, dann wecken wir Ohm Santarin. Was ihn anbelangt, stelle ich nach wie vor die Bedingung, dass er schweigen soll. Auch über das, was er noch erfahren wird. Da dem Kommandanten jedes Ihrer Worte übermittelt wird, dürfen Sie nicht über meinen Besuch sprechen. Es genügt, Santarin in der nächsten Nacht über alles aufzuklären.«

Flakio Tasamur ging in Richtung Tür. »Gehen Sie wieder zu Bett, Lordadmiral. Irhe'vormas Überwachungsdrohne wird, kurz nachdem ich den Raum verlassen habe, wieder funktionieren. Sie sollte nicht aufzeichnen, wie Sie am Fenster stehen und mir nachstarren. Es ist sinnlos, mich zu verfolgen. Ich werde morgen Nacht wiederkommen.«

Tasamur verließ den Raum, und ich legte mich wieder hin. Schlaf fand ich allerdings erst nach Stunden.

Die erste Hälfte des nächsten Tages verging in Eintönigkeit. Die Sonne, die brütende Hitze, der salzlose Brei, das lauwarme, abgestandene Wasser.

Wir lernten das Leben im Lager besser kennen, das aus wenigen Pflichten und viel freier Zeit bestand – doch was sollten wir mit dieser Zeit anfangen? Es gab nichts zu tun.

»Wenn ihr euch langweilt«, sagte der Kahle einmal zu uns, »dann verlasst das Lager. Dort draußen werdet ihr schon bald in einen Kampf verwickelt. Vielleicht verliert ihr eine Hand oder einen Fuß, wer weiß? Sinnlose Aggression gibt es mehr als genug. Vielleicht entschließt sich Irhe'vorma auch, euch zu entführen und für seine medizinischen Experimente zu missbrauchen?«

Nun, da ich wusste, worauf ich zu achten hatte, bemerkte ich die winzige Überwachungsdrohne. Sie flog etwa drei Meter über mir.

Ich bat Ohm unter einem Vorwand, mich zu begleiten. Gemeinsam gingen wir zu dem überdachten Kinderspielplatz. Wie ich gehofft hatte, waren dort etliche der Kleinen versammelt.

Genau richtig für mein Vorhaben. Denn was ich benötigte, war Ablenkung. Nicht für mich, sondern für die Überwachungsdrohne.

Wir ließen uns neben dem kleinen Woraab und zwei Spielkameraden nieder. Auch die Tochter des Kahlen spielte hier und begrüßte Ohm überschwänglich. Seit er sich von ihr hatte durch das Lager führen lassen, stand er auf ihrer Beliebtheitsskala ganz oben.

Ich entdeckte die Drohne dicht unter dem Blechdach, genau wie ich vermutet hatte. Während ich belanglose Dinge mit Ohm besprach, nahm ich einen Platz ein, der sicherstellte, dass sich die Drohne in meinem Rücken befand. So konnte sie nicht aufzeichnen, was ich in den Sand schrieb.

Ohm hingegen bemerkte es sofort, und er gab mir zu verstehen, dass ich seine Aufmerksamkeit gewonnen hatte.

Als Erstes teilte ich ihm mit, wo sich die Drohne befand. Er nahm es scheinbar gelassen hin, ließ sich nichts anmerken.

Ich verwischte das Geschriebene immer wieder, da mir nur wenig unbeobachteter Platz zur Verfügung stand. Außerdem unterbrach ich die Mitteilungen häufig, um mich mit den Kindern zu beschäftigen, die es mir gleichtaten und munter den Sand beschrifteten. Ich musste aufpassen, dass Irhe'vorma nicht misstrauisch wurde.

So dauerte es Stunden, bis ich Ohm alles mitgeteilt hatte, was in der Nacht geschehen war. Doch wen störte es? Wenn uns etwas in ausreichendem Maß zur Verfügung stand, dann Zeit.

Zeit in der brütenden Wüstenhitze.

Zeit, in der wir auf die Nacht warteten.

Doch auch dann wurden wir enttäuscht. Tasamur meldete sich nicht, bis es wieder hell wurde und die Temperatur sprunghaft anstieg.

Ein neuer sinnloser Tag begann und verging. Eine zweite Nacht, in der wir auf Tasamur hofften. Vergeblich.

Endlich fanden wir den Qwerttz. Der würfelförmige Koloss stand vor der Energiekuppel, die den Eingang in die Kavernen des Robotkommandanten schützte.

»Ihr seid es«, begrüßte er uns, und das Brummen war kaum hörbar. »Ich fragte mich schon, wann ihr mir wieder begegnen würdet.«

»Wir suchen noch immer Flakio Tasamur«, kam ich direkt zur Sache. Dass die Überwachungsdrohne das Gespräch zu Irhe'vorma weiterleitete, scherte mich nicht. Der Roboter wusste ohnehin, dass wir den ehemaligen Thakan aufsuchen wollten; nach unserer Ankunft in der Schweißöde hatten wir das mehrfach deutlich ausgesprochen.

»Da seid ihr nicht die Einzigen«, lautete die niederschmetternde Antwort. »Auch ich warte vergeblich auf ein Lebenszeichen. Es ist, als wäre er nicht mehr hier. Es ist frustrierend für einen Beobachter, wenn eines seiner auserwählten Objekte verschwindet.« Der Augententakel wand sich, wies schlaff nach unten.

»Du glaubst, Tasamur ist geflohen? Aus der angeblich ausbruchsicheren Schweißöde? Wie bedauerlich für den alten

Blechkasten.« Ich wählte bewusst diese Formulierung, um Irhe'vorma zu provozieren.

Mein Ärger und die Frustration brachen sich Bahn. Wir hingen hier fest, während außerhalb des Gefangenenlagers die Dinge weiterliefen.

Was mochte inzwischen geschehen sein? Waren wieder Tyarez aufgetaucht? Riss Hoffins deren außergewöhnliche Technik an sich? So viele Rätsel blieben ungelöst. Viele Fragen blieben unbeantwortet: Was wusste der Patriarch Penzar da Onur wirklich? Was hatte es mit den acht Namenlosen auf sich?

Der Beobachter gab das in den Ohren schmerzende Sirren von sich, ohne noch ein Wort zu sagen. Es dauerte lange, bis er seine Beine entfaltete und davonging.

Zurück blieben Ohm und ich. Zwei Verlorene, deren Hoffnung auf Flucht von Stunde zu Stunde mehr schwand. Es sah ganz so aus, als habe Tasamur die Schweißöde verlassen. Ohne uns. Die Aussicht darauf, dass sich die USO eines Tages dankbar erweisen würde, war ihm wohl nicht genug gewesen.

»Flakio Tasamur«, murmelte Ohm. »Nun hast du mich also doch noch reingelegt.«

P-rrrr …

Pppp-rrr …

Diesen Laut hörte er. Trotz der wogenden Schleier aus Schwärze, die sein Bewusstsein umgaben.

Es hatte lange gedauert zu verstehen, was dieser Laut bedeutete. Oder was ihn verursachte. Es war das leise Rattern einer Maschine. Ein stets gleicher Laut in verschiedenen Intervallen: ppp-rrrr … p-rrrrrr … ppppp-rrr …

Langsam, beinahe behutsam, kletterte sein Bewusstsein aus der Tiefe der Benommenheit. Er begann sich wieder zu erinnern.

Am Anfang dieser Erinnerung stand ein Name. Flakio Tasamur. Erst klangen diese Silben seltsam, als seien sie sinnlose

Aneinanderreihungen von Buchstaben, von einem Kind oder einem fiebernden Hirn hervorgebracht. Dann wurde ihm klar, dass dieser Name sein eigener war.

Flakio Tasamur.

Das war er.

Oder das war er gewesen, ehe er auf dieser Unterlage festgebunden worden war, ehe sein Martyrium aus Dunkelheit und Schwärze und Schlaf und seelischer Vergewaltigung begann.

Irgendwann schlug er die Augen auf.

Er sah Geräte, deren Sinn er nicht verstand. Er sah blinkende Lichter. Und er sah eine Konstruktion, die blitzartig den Schleier über seinem Bewusstsein zerriss: Irhe'vorma, der positronische Robotkommandant.

»Du bist erwacht«, sagte der Roboter. »Es wurde Zeit. Ich habe bereits vor vier Minuten mit deinem Erwachen gerechnet.«

Er hätte lachen mögen, doch er vermochte es nicht. Seine Zunge gehorchte ihm nicht. Die Kehle war ausgedörrt. »Dein Organismus funktioniert nicht völlig reibungslos. Die Menge an Betäubungsmittel, die ich dir vor den Eingriffen injiziert habe, hätte dich schon vor vier Minuten erwachen lassen müssen.«

»Vor den …« Ein Schmerz in der Luftröhre, scharf und brutal. »… Eingriffen?« Schiere Panik brachte ihn dazu, diese Worte zu sprechen. Natürlich hatte er von den medizinischen Versuchen des Robotkommandanten gehört, doch er hatte nie geglaubt, ihnen selbst einmal zum Opfer zu fallen.

»Ich erfuhr interessante Dinge über dich und beschloss, dich in der Nacht zu entführen.« Der grob humanoide Schädel des Roboters verharrte dicht neben Tasamur. »Das war vor einigen Tagen. Seitdem habe ich einiges über deine außergewöhnliche Physiologie herausgefunden. Deine Hirnsektionen sind ungewöhnlich. Nie zuvor sah ich etwas Vergleichbares. Du bist also ein Mutant …«

»Woher …« Die restlichen Worte brachte er nicht heraus, doch es war auch nicht notwendig. Er wusste, woher Irhe'-

vorma das Geheimnis kannte. Ohm Santarin hatte mit Atlan darüber gesprochen, nachdem sie in der Schweißöde angekommen waren. Und die Überwachungsdrohne hatte jedes Wort an den Robotkommandanten weitergeleitet.

Die Stahlstrebe, auf der Irhe'vormas Kopf angebracht war, hob sich. »Deine Fähigkeiten sind höchst bemerkenswert. Telepathie, Empathie, sogar Telekinese ... ich habe nach den jeweiligen mutierten Hirnsektionen gesucht, und ich bin mit einer Wahrscheinlichkeit von 60 Prozent fündig geworden. Leider ist dein Körper schwach, so dass ich nicht in der Lage war, die Untersuchungen zu einem Abschluss zu bringen. Ich habe dir alle Nährstoffe zugeführt, die du benötigst, aber das genügte wohl nicht. Dein Bewusstsein setzte mir trotz des künstlichen Komas Widerstand entgegen.«

Tasamur erinnerte sich an das, was er für Fieberträume gehalten hatte, an das Gefühl, winzige Nadeln würden sich durch die Schädeldecke ins Gehirn bohren. An den Alptraum von tausend Drogen und Medikamenten. Ein Alptraum, der offenbar Wirklichkeit gewesen war. Im Unterbewusstsein hatte er dagegen angekämpft.

Plötzlich war ihm, als sei das Gefühl wieder gegenwärtig, diese wilde Entschlossenheit, lieber zu sterben, als das Martyrium weiter zu ertragen. Er hatte seinem Herzen telekinetisch *befohlen*, nicht mehr zu schlagen, den gequälten Leib nicht mehr am Leben zu halten, aber die Maschine hatte ihn wiederbelebt.

»Hör mir zu, Flakio Tasamur«, sagte der Roboter mit einschmeichelnder Stimme, ganz die Freundlichkeit in Person. »Beende deinen Widerstand. Lass mich die Untersuchungen zu einem Ende bringen. Dein Hirn zu untersuchen, bringt mich dem Geheimnis des biologischen Lebens möglicherweise näher. Ich *muss* es fortführen. Für dich bedeutet es, nur noch wenige Tage im Koma zu verbringen, dann werde ich dich entlassen. Du kannst zurückkehren in meine Schweißöde, kannst deine Pläne weiterverfolgen. Was immer du vorhast, es ist mir gleichgültig. Sträub dich nicht länger!«

»Ja«, sagte Tasamur, und eine Nadel bohrte sich in seinen Arm. Die Schleier kehrten zurück. Sein Bewusstsein versank wieder in Dunkelheit.

Das Letzte, was er wahrnahm, war das ewige, leise Rattern.

Pp-rr … ppp-rrrrrr …

Arena frei

Seit meinem nächtlichen Treffen mit Flakio Tasamur waren mehr als zwei Wochen vergangen.

Zwei unerträgliche Wochen.

Bei Streifzügen durch die Schweißöde war es mehrfach zu kleineren Auseinandersetzungen und Kämpfen gekommen.

Seit Tasamurs Verschwinden brodelte es mehr denn je unter der Oberfläche. Sein Weggang hinterließ ein Machtvakuum. Es gab einige, die sich berufen fühlten, seine Nachfolge anzutreten.

Nachts ertönten öfter als zuvor Schreie, und die Kinder des Lagers blickten mit großen, ängstlichen Augen zu ihren Eltern oder Betreuern auf. Sie stellten mehr Fragen als gewöhnlich.

Kerit, der Springer, verhielt sich ruhig, doch seine Drohung hing wie eine düstere Prophezeiung über unserem Leben. Einmal, als Ohm bei Anbruch der Dämmerung noch nicht zurückgekehrt war, fürchtete ich um sein Leben – aber schließlich erschien er, mit einer jungen Arkonidin im Schlepptau, die darum bat, im Lager aufgenommen zu werden. Ihr Bauch wölbte sich weit, die Geburt ihres Kindes war nicht mehr fern.

Tage kamen und gingen. Ich gewöhnte mich an die Monotonie.

Kein gutes Zeichen, unkte der Extrasinn.

Der Tagesanbruch stand unmittelbar bevor. Ich lag wach und genoss die Kühle, die bald vorübergehen würde.

Für die meisten war die Nachtruhe längst beendet; Kinder tollten bereits herum.

Zu den ersten Sonnenstrahlen des neuen Tages erklang der entsetzte Schrei eines Jungen.

Ich schrak auf und verließ die Hütte, um Hilfe zu leisten. Der Schrei kam vom Sandstreifen. Ich rannte dorthin.

Was ich sah, führte mir meine Hilflosigkeit vor Augen. Denn gegen diesen Gegner konnte ich nichts ausrichten.

Irhe'vorma schwebte über dem Sand.

Ich rannte los, dem Robotkommandanten entgegen.

Als ich erkannte, warum das Kind geschrien hatte, schnürte es mir die Kehle zu. Aus dem klobigen Leib des Roboters waren einige Stahlgelenke ausgefahren, an deren Enden flexible Greifklauen saßen. Diese Klauen packten einen terranischen Jungen – den sechsjährigen Joelio.

»Lordadmiral Atlan«, dröhnte Irhe'vormas Stimme. »Du bist einer von denen, die ich benötige. Es ist gut, dass du freiwillig gekommen bist.«

»Lass das Kind los«, forderte ich kalt.

»Das Kind interessiert mich nicht. Ich werde dich mitnehmen, außerdem deinen Begleiter Ohm Santarin und den Herrn über dieses Lager.«

»Was willst du von mir?«, schrie der Kahle, der in diesem Moment den Sandstreifen betrat. Er trug nur eine Hose, sein Oberkörper glänzte in der Morgensonne.

Irhe'vormas künstlicher Kopf ruckte in seine Richtung. »Auch du wartest hier und rührst dich nicht vom Fleck! Ich werde inzwischen Santarin rufen.«

»Lass zuerst den Jungen frei.«

»Du wagst es, mir Befehle zu erteilen?« Gleichzeitig stieß der Robotkommandant Joelio von sich. Das Kind weinte, rappelte sich auf und lief davon. »Ich vertraue darauf, dass ihr vernünftig seid. Ihr wisst, dass ich das Lager zerstören kann …«

Tatsächlich blieb uns keine andere Wahl, wenn wir keine Katastrophe auslösen wollten. Ich trat demonstrativ vor. »Gib uns dein Wort, dass du die anderen ... und vor allem die Kinder in Ruhe lassen wirst.«

An das Ehrgefühl dieser Maschine zu appellieren, ist vollkommen sinnlos, versuchte mich mein Logiksektor zu beruhigen.

Dem Kahlen stand die Verzweiflung ins Gesicht geschrieben. Irgendwo schrie ein Mädchen. Seine Tochter. Ich warf einen Blick zurück. Halap, die Ara, stand bei ihr und legte den Arm um ihre Schultern. Sie hinderte das Kind daran, zu seinem Vater zu rennen.

Auch Ohm ließ nicht lange auf sich warten. Der Tumult war ihm nicht entgangen, und er näherte sich mit festen, selbstbewussten Schritten.

Der positronische Robotkommandant ragte vor uns auf, eine wuchtige, seelenlose Konstruktion.

Es ging blitzschnell. Wie ich es bereits kurz nach unserer Ankunft in der Schweißöde beobachtet hatte, stülpte sich eine energetische Blase über uns. Der Unterschied zu damals bestand darin, dass ich mich diesmal im Inneren dieser Blase befand.

Es zischte.

Ein Gas strömte in die Blase. Ich roch das bittere Aroma nach Mandeln und verschmortem Gummi. Dann schwanden mir die Sinne.

Wir wachten in einer Gefängniszelle auf.

Wieder einmal.

Diesmal war sie aus Steinen gemauert, deren Schwarz mich unangenehme Schlussfolgerungen ziehen ließ. Ich hatte solche Steine schon einmal gesehen.

Sie bildeten die Außenwand der Gladiatorenarena am Rand der Schweißöde.

Nun war es also so weit. Das nächste Kampfspektakel stand bevor, und Irhe'vorma hatte nicht nur mich als Gladiator ausgewählt, sondern auch Ohm und den Kahlen.

Eine perfide Situation. Plante der Robotkommandant, uns gegeneinander antreten zu lassen?

Wir würden dem sensationslüsternen Publikum keinen nervenaufreibenden Kampf bieten. Weder Ohm noch ich würden aufeinander losgehen; und ich hoffte, dass sich der Kahle dieser Auffassung anschloss.

Sei dir nicht zu sicher, warnte der Extrasinn. *Wenn es um Leben und Tod geht, ist sich jeder selbst der Nächste.*

Ich war schon einige Zeit bei Bewusstsein, als sich auch meine Mitgefangenen regten. Sie lagen auf dem Boden der tristen Zelle, der aus demselben Gestein gemauert war wie Wände und Decke. Durch schmale Schlitze fiel Tageslicht. Ein massives Stahlschott bildete den einzigen Ausgang. Es von innen zu öffnen, war unmöglich. Das Metall schloss fugendicht mit dem umgebenden Gestein.

Noch ehe wir ein Wort wechseln konnten, drang aus einem Akustikfeld die Stimme des Roboters.

»Ihr befindet euch in der Gladiatorenzelle meiner Kampfarena. Ich habe das Programm für den bevorstehenden Kampf abgewandelt, um meinem Publikum nach der langen Pause etwas Besonderes zu bieten. Dieses Mal geht es über das Mann-gegen-Mann-Schema hinaus.«

»Wir werden nicht gegeneinander kämpfen!«, rief ich bestimmt.

Irhe'vorma ging mit keiner Silbe darauf ein. »Zuerst werdet ihr gegen Ssrilag antreten. Ich halte ein paar Dutzend dieser Wüstenspinnen seit langem gefangen. Sie sind hungrig, was ihre Aggressivität um ein Vielfaches steigert. Ihr werdet mit einigen Waffen ausgestattet. Ich erwarte einen ansprechenden Kampf, der die Masse der Zuschauer zufrieden stellt. Sobald nur noch zwei von euch am Leben sind, beginnt das Duell.«

»Wir werden nicht kämpfen«, wiederholte Ohm meine Worte.

Der Kahle schwieg und starrte verbissen auf seine Füße.

»Der Kampf findet morgen am Nachmittag statt. Bis dahin solltet ihr euch ausruhen. Ihr bekommt Wasser und Nahrung. Esst, trinkt und schlaft, damit ihr körperlich in guter Form seid. Mein Publikum hat hohe Ansprüche.«

Die Stimme verklang, und zwischen uns breitete sich Schweigen aus.

Die Stunden vergingen zäh, bis draußen endlich Geräusche laut wurden.

Stampfende Schritte. Schreie. Das Murmeln einer großen Menschenmenge.

»Das Publikum versammelt sich zu unserer Hinrichtung«, sagte Ohm düster. »In wenigen Stunden beginnt eine neue Runde des größten Spektakels, das Lepso zu bieten hat. Die Reporter von LepsoLive positionieren ihre Kameras.«

»Wir dürfen nicht aufgeben.« Ich blickte erst Ohm, dann den Kahlen an. »Wie hoch liegen die Sitzränge über dem Kampfplatz?«

Ohm schüttelte den Kopf. »Es ist unmöglich, dort hinaufzugelangen. Es sind mindestens acht Meter zu überwinden. Die Wände sind vollkommen glatt. Außerdem liegt ein Energiegitter über der Arena, das sie vom Publikumsbereich trennt.«

Ich nahm diese Information zur Kenntnis. Dennoch war ich nicht gewillt, die Hoffnung fahren zu lassen. »Es bleibt dabei? Wir werden nicht gegeneinander kämpfen, was immer Irhe'vorma tut, um uns dazu zu bewegen?«

»Selbst dann nicht, wenn er dem Sieger einen sicheren Transport nach Orbana verspricht«, meldete sich der Kahle zu Wort. »Es hat mich hart getroffen, vom Lager weggerissen worden zu sein. Ich kann meiner Verantwortung nicht mehr nachkommen. Mich nicht mehr um die Sicherheit meiner Leute und der Kinder kümmern.«

Er schlug gegen die Felswand. »Wenn wir schon untergehen, werden wir dem Blechkasten wenigstens die Show vermiesen. Diesmal soll sein Publikum nicht vor Begeisterung schreien, sondern vor Enttäuschung und Zorn. Wir werden nicht kämpfen!«

»Nicht gegeneinander«, wiederholte ich. »Die Ssrilag müssen wir allerdings bezwingen.«

Der Kahle stimmte mir zu: »Also kämpfen wir gegen die Wüstenspinnen. Danach werden wir sehen, wie der Roboter reagiert, wenn wir uns weigern, gegeneinander anzutreten.

Wie handelt er, wenn die Menge ihn verflucht und ihre Enttäuschung sich in Aufruhr verwandelt?«

Wir waren uns einig.

Draußen gingen unterdessen die Vorbereitungen hörbar weiter.

Das Stimmengemurmel wurde immer lauter. Die Ränge waren bis auf den letzten Platz gefüllt. Wenn der Robotkommandant im Vorfeld mich als einen der Gladiatoren angekündigt hatte, war der Ansturm dieses Mal mit Sicherheit noch stärker gewesen, fünfstellige Beträge waren auf dem Schwarzmarkt für eine Karte erzielt worden.

Einen Augenblick lang fragte ich mich, ob der Hökerer unter den Zuschauern sein würde. Ein makabrer Gedanke. In diesem Fall hätten Ohm und ich ihm die Karte für unsere eigene Hinrichtung besorgt.

»Ich habe Angst«, gestand der Kahle unvermittelt. »Bisher dachte ich, den Tod nicht zu fürchten. Aber ich rechnete auch nicht damit, in einer Zelle sitzen und auf das Ende warten zu müssen. Es ist entsetzlich.«

Ich legte ihm die Hand auf die Schulter. »Sei still, eine Durchsage!«

Die Stimme des Robotkommandanten dröhnte akustisch verstärkt durch die Arena. Nüchtern, bar jeder Emotion: »… zu den Gladiatorenkämpfen begrüßen. Ein paar Programmänderungen und Überraschungen sollen die Spannung steigern.«

Diese Ankündigung sorgte für kurzes Schweigen. Nach dem Lärm der letzten Minuten war es beinahe hörbar; es rauschte in den Ohren.

»Die Regeln sind geblieben: Gekämpft wird auf Leben und Tod. Dem Sieger winkt die Freiheit. Er bekommt – und das ist eine echte Innovation – einen Gleiter zur Verfügung gestellt, so dass er Orbana sicher erreichen kann – wenn er sich nicht allzu dumm anstellt.

Die Hauptattraktion wird Lordadmiral Atlan sein, Leiter der United Stars Organisation. Dem unsterblichen Arkoniden eines bedeutenden Adelsgeschlechts wird die Ehre zuteil, gegen Ungeziefer anzutreten …«

Er legte eine Pause ein, wartete, bis das höhnische Gelächter abebbte.

»… dabei assistieren ihm zwei weitere Angehörige seines Volkes. Ohm Santarin, der lepsotische Schnüffler, steckte seine Nase womöglich schon einmal in Angelegenheiten eines der anwesenden, hochgeschätzten Gäste … und eine lokale Prominenz, der Kahle genannt, dessen segensreiches Schaffen so … einäugig … wirkte, dass ihm mühelos die Spaltung des Gefangenenlagers gelang. Verfolgen Sie sein wohlmeinendes Tun, genießen Sie seine Streicheleinheiten in der Arena.«

Der Kahle stöhnte auf und legte die Kuppen von Zeige- und Mittelfinger in die leere Augenhöhle, den Daumen unter das Kinn. Die Hand zitterte. »Wie gerne wäre ich überraschend in einem Kampf gestorben. Später. Wenn meine Tochter …«

»Es ist gut«, unterbrach Ohm. »Wir wissen, was du sagen willst. Du kannst darauf vertrauen, dass man sich im Lager gut um deine Tochter kümmern wird. Sie bleibt nicht allein zurück.«

Das Grölen des Publikums nahm ab.

Irhe'vorma fuhrt fort: »Doch zuerst soll ein würdiger Gegner Atlans aufgebaut werden. Kerit, der Springer, wird hoch motiviert sein, zwei Topsider vom Platz zu fegen, um danach eine alte Rechnung zu begleichen: Atlan persönlich für Demütigung und Folter zu danken – sein langgehegter Wunsch nach Rache wird möglicherweise heute in Erfüllung gehen. Drücken Sie ihm die Daumen – gerne auch nach unten …«

Die Menge jubelte.

Das massive Schott schob sich zur Seite; eine stumme Aufforderung, den Weg in die Arena anzutreten.

Uns blieb nichts anderes übrig, als zu gehorchen.

Elektronisch erzeugte Fanfarenstöße mischten sich mit dem Schreien und Lachen und dem Stampfen der Füße zu einem begeisterten Stakkato – ich achtete nicht darauf. Für mich waren die vielen Zuschauer ein gesichtsloser Mob; eine anonyme Masse von Sensationsgierigen, die in den Reihen tobten.

Die Menge begann einen Namen zu skandieren. *Meinen* Namen.

»At-lan! At-lan! AT-LAN!«

Da Irhe'vorma mich offenbar im Vorfeld als einen der Gladiatorenkämpfer angekündigt hatte, hoffte ich nun, dass die Nachricht bis nach Quinto-Center vorgedrungen war. Starteten USO-Agenten bereits eine Rettungsaktion in letzter Sekunde? Eine verwegene Hoffnung, die mir inneren Halt gab. Doch wie sollte sich eine solche Aktion gestalten? Hielten sich meine Retter unter den Zuschauern auf?

Ich verharrte im Schritt und sah nach oben.

Ganze Ränge erhoben sich. »AT-LAN! AT-LAN!« Dazu rhythmisches Stampfen.

Ohm stieß mich an. Ein paar Meter entfernt lagen die Leichen der Topsider, übel zugerichtet. Der Sand war von ihrem Blut dunkel verfärbt. In einem Käfig an der Umrandung des Sandplatzes, erhöht, aber noch unterhalb der Ränge, kauerte Kerit, dessen linker Arm stark blutete. Sein Gesicht war von loderndem Hass entstellt.

Als sich unsere Blicke trafen, schrie er mir entgegen: »Auch ich grüße dich, Arkonidenwurm. Heute schlägt deine letzte Stunde!«

Hass schwächt seine Konzentration, obendrein ist er verwundet, meinte der Extrasinn.

»Morituri te salutant[1]«, flüsterte ich.

Nur ist das hier nicht der Circus Maximus in Rom, für Erinnerungen an barbarische Zeiten auf Larsaf III bleibt keine Zeit.

Ich nickte grimmig. Mein Logiksektor hatte Recht. Dies war Lepso … der gesetzlose Schmelztiegel, in dem die üblichen Regeln außer Kraft gesetzt waren. Auf wenigen so ge-

[1] Die Todgeweihten grüßen dich.

nannten zivilisierten Planeten wäre eine Show wie diese durchführbar gewesen. Doch hier war alles möglich. Wer war es schon, der normalerweise in der Arena starb? Gesetzlose, Mörder, Verbrecher ... Abschaum, der zudem den Weg in die Arena angeblich freiwillig antrat, weil er darauf hoffte, sich dadurch die Freiheit erkaufen zu können.

Irhe'vorma schwebte aus einem Tor mitten in die Arena. In seinen Greifklauen transportierte er ein Waffenarsenal, das er klirrend zu Boden schleuderte. »Zuerst werden die Gladiatoren gegen Sandspinnen kämpfen. Der Kampf gegen die Ssrilag wird so lange dauern, bis einer der Arkoniden stirbt. Um die Situation etwas attraktiver zu gestalten, befinden sich zehn hochgiftige Skorpione in der Arena. Die kleinen, sandfarbenen Tiere sind in der Hektik schwer zu entdecken. Um sie für das Publikum und die Kämpfer sichtbar zu machen, ist an jeden Skorpion eine holografische Riesenkopie gekoppelt, leicht versetzt und auf wechselnder Position, damit unsere Gladiatoren nie ihren exakten Standpunkt wissen. Der Kampf möge beginnen. Zuvor bitte ich um Ihre Aufmerksamkeit für ein paar Tipps ...«

Während eine Werbesendung touristische Traumziele und luxuriöse Immobilien anpries sowie narrensichere Lösungen gegen den Drogenkater versprach, zog sich Irhe'vorma durch das Tor zurück.

Unter dem Jubel der Masse schritten wir zu unseren Verteidigungsmitteln: Schwerter, Lanzen, Morgensterne und andere martialische Waffen, wie sie auf Welten im Gebrauch waren, die die technische Revolution noch nicht vollzogen hatten. So sicherte sich der Robotkommandant einen spektakulären Kampf.

»Wir müssen auf die Phantom-Skorpione achten«, rief der Kahle. »Ich kenne diese Tiere. In Wirklichkeit sind sie nicht größer als eine Handfläche. Der Giftstachel ragt aus dem Rücken. Auf einen Skorpion zu treten, bedeutet einen schmerzhaften und qualvollen Tod. Ihre Farbe ist nahezu perfekt dem Sand angepasst. Sie sind kaum zu entdecken.«

Ich wählte ein Schwert, dessen Klinge mit scharfen Widerhaken versehen war. Ohm griff eine Lanze; der Kahle hob zwei kurze, dolchartige Klingen, die er aneinander rieb.

»Wir sind bereit!«, schrie Ohm in wütendem Zorn.

Die Antwort erfolgte prompt. Mit lautem Getöse öffnete sich ein Tor, direkt neben dem, durch das sich der Robotkommandant zurückgezogen hatte.

Ich wappnete mich auf einen Ansturm der Sandspinnen. Stattdessen wurde ein Gitter sichtbar. Dahinter wimmelten Ssrilag. Die Tiere kletterten auf- und übereinander. Beine stießen durch die Öffnungen der Gitter. Die Spinnen stießen wütende Zischlaute aus.

In den Zuschauerreihen, die dem Gitter gegenüberlagen, rumorte es. Sie genossen den Anblick sichtlich. Das rhythmische Stampfen begann von neuem.

Irhe'vorma inszenierte ein perfektes Spektakel. Barbarisch. Mörderisch.

Ich rammte mein Schwert mit der Spitze in den Sand, dass es zitternd stecken blieb. Gleichzeitig hob ich einen Bogen und griff nach einem Pfeil. Ich spannte ihn ein, zog durch, zielte und schoss.

Der Pfeil jagte den Spinnen entgegen und bohrte sich in einen der fetten Leiber. Die Aufprallwucht schleuderte das Tier zurück. Es zuckte mit den Beinen und verschwand im Dunkel hinter der wimmelnden Masse seiner Artgenossen.

Das Gitter hob sich rasselnd. Die Spinnen, deren Beine noch darin verhakt waren, fielen sich überschlagend zu Boden. Kaum gab es genug Freiraum, quollen einige Ssrilag heraus.

Inzwischen schoss ich einen zweiten Pfeil ab, spießte damit eine weitere Spinne auf, was von den Zuschauern begeistert quittiert wurde.

Ohm schleuderte seine Lanze, die sich durch ihr Ziel bohrte und noch ein drittes Tier erwischte. Sofort griff er eine weitere. Der Kahle blieb ebenfalls nicht untätig und warf einen Dolch, der sich überschlagend auf die anstürmenden Tiere zuflog. Sonnenlicht brach sich auf der Klinge und warf flirrende Reflexe.

Die Spinnen waren leicht zu töten – die Gefahr lag allein in der Masse begründet. Fünf hatten wir bereits vernichtet, doch es rasten mindestens zwei Dutzend auf uns zu.

Die Tiere gingen nicht sofort zum Angriff über, sondern umzingelten uns, wie es ihrem instinktiven Angriffsschema entsprach. In jener Nacht in der Wüste waren sie genauso vorgegangen. Doch das schenkte uns nur eine kurze Galgenfrist.

Die Menge hielt den Atem an.

Ich warf den Bogen zur Seite, ergriff wieder das Schwert. Wir stellen uns Seite an Seite, dass die Rücken gegeneinander gerichtet waren. So schützten wir uns vor unbeobachteten Angriffen von hinten. Wir hoben die Waffen angriffsbreit.

Mein Logiksektor informierte mich über die Skorpione: *Noch halten sie Abstand, vermutlich wegen der Spinnen. Jedoch haben sich zwei abgesondert. Auf sie wirst du achten müssen.*

Von den Spinnen erklang aggressives Fauchen, dann stürmten sie los.

Das erste Tier schlug ich glatt in der Körpermitte durch und spießte in derselben Bewegung ein weiteres auf. Es rutschte auf der Klinge bis fast zum Griff. Stinkendes Blut schoss mir entgegen, die Scheren schnappten noch reflexartig, obwohl das Biest längst tot war. Ich senkte das Schwert und streifte den toten Körper von der Klinge ab.

Hinter mir hörte ich Ohm schreien. Der Kahle stöhnte. Es blieb keine Zeit, auf die Kampfpartner zu achten. Zwei weitere Ssrilag waren heran. Eine erwischte ich mit einem kräftigen Tritt, die andere prallte gegen mein verbleibendes Bein, dass ich strauchelte und stürzte.

Sofort war das Tier über mir. Ich packte zu, umfasste ein Bein und riss es der Spinne aus. Gleichzeitig stemmte ich das Knie in die Höhe und rammte es in den pulsierenden Leib. Die Haut platzte, und ich drang weit in das schleimige Fleisch ein.

Ich schleuderte das Tier weg, rollte mich ab und kam wieder auf die Füße.

Eine Spinne stemmte sich ab, landete auf meiner Brust, was mich wieder rückwärts taumeln ließ. Ich stieß gegen etwas, hörte Ohm stöhnen. Ein Bein fuhr über meine Schulter. Der Stoff zerriss, eine blutende Schramme blieb zurück.

Ich stach mit dem Schwert zu. Das Tier verendete.

Ohm und der Kahle kämpften wie die Berserker. Um uns lagen mindestens ein Dutzend Kadaver. Es stank bestialisch in der Hitze.

Schon wieder sprang eine Spinne auf mich zu. Ich schlug sie noch in der Luft mit dem Schwert entzwei. Ein Schwall Blut und warme Innereien regneten auf mich herab.

Die verbliebenen Angreifer zogen sich blitzartig zurück, sammelten sich zu einem neuen Angriff.

Plötzlich war der virtuelle Skorpion über mir, sein holografisches Bild von der Sonne verzerrt. Ich drehte mich zuerst nach rechts und sah das Tier nur noch Zentimeter entfernt. Ein Schwerthieb reichte aus, um es zu töten, das Holo erlosch.

Das Gekreische der Menge nahm ich kaum noch wahr. Zu sehr konzentrierte ich mich auf den Kampf.

»Wie viele noch?«, fragte Ohm, der ebenfalls einen Skorpion erledigt hatte. Seine Stimme bebte. Er wischte mit dem Handrücken über den Mund. Auch sein Gesicht war verschmiert.

Der Kahle blutete aus einer Wunde am Bein. Sein Gesicht war vor Schmerzen verzerrt.

Ich zählte noch acht Phantome. Kein Skorpion war in unmittelbarer Nähe.

»Kümmern wir uns um die Spinnen. Dass sie sich zurückgezogen hatten, soll ihnen zum Verhängnis werden.« Ich griff nach dem Bogen, der am Boden lag. »Los!«

Mein Pfeil erledigte eines der Biester. Schnell spannte ich einen weiteren – den letzten – ein. Schon flirrte ein Dolch durch die Luft und bohrte sich in den Kopf einer Ssrilag.

Ohm stürmte mit einer Lanze los. Ich folgte mit dem Schwert. Nur der Kahle blieb zurück. Die Beinverletzung hinderte ihn wohl.

Unser Angriff besiegte die Tiere.

»War das alles?«, schrie Ohm höhnisch. »Mehr hast du nicht zu bieten, Blechkasten?«

Diese Verspottung entfachte neue Begeisterung in der Zuschauermenge.

Nun war es also so weit. Wenn Irhe'vorma keine weiteren Spinnen auf uns losließ, sollte nach seinem Willen unser Kampf gegeneinander beginnen.

Der Augenblick der Wahrheit nahte. Was würde der Robotkommandant unternehmen, wenn wir die Waffen niederlegten und den Kampf verweigerten?

Doch es kam alles anders.

»Es tut ... mir leid«, stieß der Kahle aus, so leise, dass wir es kaum hörten. Er sackte auf die Knie, fiel vornüber und stützte sich mit den Händen mühsam im Sand ab.

Wir rannten zu ihm. »Was ...«

»Ein Skorpion«, unterbrach er meine Frage. »Ich ... i-ich ...« Er sog röchelnd die Luft ein. Arme und Beine zuckten. Speichelbläschen bildeten sich vor den Lippen.

Die Umgebung schien zu verblassen. Das Toben der Menge verkam zu einem fahlen Hintergrundrauschen.

Ich ahnte, was ihm auf dem Herzen lag. »Im Lager werden sie sich um deine Tochter kümmern.«

»Sag ... sag ihr, dass ich ... sie liebe.«

Sein Verstand schien sich bereits zu trüben. »Das werde ich«, versicherte ich, obwohl ich sie nie wiedersehen würde. In diesem Augenblick erschien mir diese Lüge einem Sterbenden gegenüber als barmherzig.

Ein letztes Zucken der Mundwinkel, ein letztes Aufreißen der Augen, dann war es vorbei. Der Kahle war tot.

Mich überwältigte der Hass auf Irhe'vorma und der Abscheu gegen die Menge, die dieses grausame Schauspiel bejubelte.

»Die nächste Runde möge beginnen«, dröhnte die Stimme des Robotkommandanten.

»Wir werden nicht gegeneinander kämpfen!«, schrie Ohm und schleuderte demonstrativ die Lanze weg. Auch ich ließ das Schwert fallen.

Irhe'vorma ignorierte uns. Wieder öffnete sich ein Tor. Ich fragte mich, ob er eine weitere Spinnenmeute auf uns jagen wollte.

Stattdessen schwebte eine metallene Plattform in die Arena.

Die ersten Zuschauer erkannten gleichzeitig mit mir, wer sich darauf befand. Erstaunte Rufe wurden laut und begeisterter Applaus.

»Heute bestreiten nicht nur Kerit, Atlan und Santarin das große Finale«, rief der Robotkommandant, »sondern auch der ehemalige Thakan Flakio Tasamur.«

Mir stockte der Atem. Deshalb also hatte Tasamur uns nicht getroffen. Er war Irhe'vorma in die Hände gefallen.

Die Plattform schwebte bis zu uns und senkte sich herab. Sie maß zwei mal zwei Meter, und auf ihr lag Tasamur. Er regte sich nicht.

»Er ist ohnmächtig«, erklärte Irhe'vorma den Zuschauern. »Und die beiden Gladiatoren stehen vor einer wichtigen Entscheidung. Sie haben die Wahl.«

Sein Tonfall veränderte sich. »Atlan! Ohm Santarin! Tötet Flakio Tasamur, solange er sich noch nicht wehren kann. Tötet ihn oder wartet, bis er erwacht. Das wird in wenigen Minuten der Fall sein. Dann wird er euer Gegner sein. Es wäre leichter für euch, wenn ihr euch seiner jetzt schon entledigt.«

Vereinzelt ertönten Pfiffe, wurden Buhrufe laut.

»Niemals!« Weder Ohm noch ich griffen nach Waffen. Selbstverständlich nicht.

»Das war zu erwarten«, antwortete Irhe'vorma. »In diesem Fall stelle ich ihn Kerit als Partner zur Verfügung.«

Noch während ich mich fragte, worauf der Robotkommandant hinauswollte, drang aus dem noch immer geöffneten

Tor ein Brüllen. Ein paar Raubkatzen traten ins gleißende Sonnenlicht. Ihr Fell glänzte rostrot. Mit ihren unterarmlangen Reißzähnen ähnelten sie terranischen Säbelzahntigern, waren jedoch merklich größer.

Während ich noch den Umstand verfluchte, schon alle Pfeile verschossen zu haben, senkte sich eine weitere Plattform herab. Die Plattform mit dem bewusstlosen Thakan nahm unterdessen Fahrt auf und flog zu Kerits Käfig. Der Springer rüttelte überflüssigerweise am Gitter.

Die Raubkatzen kamen näher.

»Auf die Plattform, los!«, rief ich.

An deren Rand lag eine Bedienfläche frei. Während Ohm geistesgegenwärtig schnell ein paar Waffen aufsammelte, beschäftigte ich mich mit der Symbolik der Schalter, die ebenso einfach wie klar gestaltet war. Ich konnte sofort die entsprechenden Funktionen zuordnen.

Sekunden später, noch ehe die erste Bestie heran war, schwebten wir auf der Plattform in die Höhe.

Ein erschreckter Aufschrei ging durch die Menge.

»Sie können nicht entkommen«, gellte Irhe'vormas Erklärung. »Das Energiegitter zwischen der Arena und den Zuschauerrängen ist für sie undurchdringlich!« Um seine Worte zu beweisen, veränderte er die Einstellungen des Felds. Zuvor nicht wahrnehmbar, flackerte es mit einem Mal bläulich und war somit für jeden sichtbar.

Ohm fluchte. »Wir müssen das energetische Feld desaktivieren. Es ist eine einmalige Chance. Nur wie?«

Unter uns brüllten die Raubtiere, sprangen wütend in die Höhe, erreichten uns jedoch nicht.

Noch nicht, zischte der Extrasinn.

Ich beobachtete die zweite Plattform. Weil sich alle Raubkatzen um uns kümmerten, hatten Kerit und der inzwischen aufgewachte Tasamur Gelegenheit gehabt, zu landen und ein paar Waffen aufzusammeln. Nun hielten sie direkt auf uns zu. Ohm und ich standen mit unseren Schwertern breitbeinig da und erwarteten sie.

Mit ihren Lanzen waren sie uns überlegen. Kerit grinste triumphierend.

In Wurfweite angelangt, hielten wir den Atem an. Ich legte das Schwert nieder und hob beschwörend die Arme.

Kerit zielte mit seiner Lanze auf mich, als Tasamur plötzlich den Springer von der Plattform schubste. Sofort war eine Raubkatze über ihm. Ich vernahm nur noch das hässliche Geräusch, wie sich Zähne ins Fleisch gruben, Knochen splitterten.

Die Plattform flog nun längsseits. Tasamur wechselte zu uns über.

Schwer atmend setzte sich der ehemalige Thakan mühsam hin. »Das bedeutet wohl, dass wir endgültig zu Verbündeten geworden sind.«

Ohm bewies Galgenhumor. »So könnte man es nennen.«

Auf einmal verlor die Plattform an Höhe. Ich hantierte an den Schaltelementen, aber sie reagierte nur unmerklich.

Sie wird ferngesteuert. In Kürze wird uns die Bestie erreichen, stellte mein Extrasinn mit grausamer Nüchternheit fest.

Ohm wurde kreidebleich. »Das Biest nimmt Anlauf!«

Tasamur schien davon unbeeindruckt. »Denken Sie daran, Atlan.« Jedes Wort bereitete ihm sichtlich Mühe. »Die USO schuldet mir etwas.«

»Was soll das heißen?«

»Irhe'vorma ... hat einen Fehler gemacht. Er kennt nicht alle meine Mutantenfähigkeiten. Weil Ohm sie ihm nicht unbeabsichtigt verraten konnte. Niemand weiß darum.« Er streckte die Hände aus. »Berührt mich. Ich benötige Körperkontakt. In wenigen Sekunden öffnet sich eine Sturkturlücke für die Versorgungscontainer. Das ist unsere Chance!«

Wir gehorchten nur zu gerne.

Die Bestie sprang und erreichte mit ihren Pranken die Kante. Die Plattform kippte.

Ohm starrte Tasamur fassungslos an. »Soll das etwa heißen, dass du ...«

Wir entmaterialisierten.

Drittes Buch

Der Khasurn

29. März – 1. April 3102

Wüstensprung

Wir materialisierten mitten in der Wüste. So weit das Auge reichte, war nichts als gelber Sand zu sehen. In der Ferne erhob sich eine Düne. Keine einzige Wolke stand am Himmel.

Flakio Tasamur beherrschte die Teleportation.

Das also war sein letztes Geheimnis. Er vermochte die Schweißöde zu verlassen und wieder dorthin zurückzukehren, wenn für die Robotdrohnen von LepsoLive eine Strukturlücke im Hochenergie-Überladungsschirm geschaffen wurde, also mindestens jede Woche einmal.

Nur langsam kam ich zur Ruhe. Der Lärm der tobenden Zuschauer schien in den Ohren nachzuhallen und selbst der stinkende Atem aus dem weit aufgerissenen Maul der Bestie noch in der Nase zu hängen. Was ich aber wirklich roch, waren Blut und Schleim der Spinnen. Mein Gesicht und meine Haare, auch Arme und Brust waren damit besudelt. Ein Königreich für ein Bad. Ich besaß nicht mal einen sauberen Lappen, um mich abzuwischen. Im Sand kniend nahm ich zwei Handschalen voll und rieb mir das Gesicht ab.

Tasamur ächzte. Sein Atem ging schwer. Er drückte die Fingerspitzen gegen die Stirn. Er murmelte etwas, das ich nicht verstand.

Dann fiel der Mutant in den Sand. Offenbar hatte er sich übernommen. Für seinen geschwächten Körper war die Anstrengung der Teleportation zu viel gewesen; weder Ohm noch ich wussten, was er in Irhe'vormas Gefangenschaft erduldet hatte.

Er darf nicht sterben, bemerkte der Extrasinn nüchtern. *Ohne ihn sind wir verloren. Nur eine weitere Teleportation ermöglicht uns, die Wüste lebend zu verlassen. Wir wissen nicht, wo wir uns befinden und wie weit sich das Wüstengebiet noch erstreckt.*

Der ehemalige Thakan bekam einen Krampf. Die Finger bohrten sich krallenartig in den Sand. Die Beine zuckten. Er verdrehte die tief in den Höhlen liegenden Augen, so dass nur noch das Weiße zu sehen war, durchzogen von einem feinen Netz aus geplatzten Äderchen.

Er gab röchelnde Geräusche von sich, hustete und überstreckte den Hals, indem er den Kopf weit in den Nacken warf. Das Röcheln ging in keuchendes Würgen über.

Dank meines medizinischen Wissens konnte ich die Situation beurteilen. Tasamur erlitt einen Anfall, was damit einherging, dass seine Zunge nach hinten rutschte und er zu ersticken drohte.

»Drück seinen Kopf nach vorne!«, befahl ich Ohm und packte gleichzeitig Kinn und Stirn des Mutanten. Mit Gewalt zwang ich seinen Mund auf. Seine Kiefermuskeln arbeiteten gegen mich, doch es gelang mir, einen Blick in die Mundhöhle zu werfen.

Tatsächlich. Die Zunge versperrte die Luftröhre. Tasamur versuchte hastig und keuchend, Luft einzuziehen. Die Augen weiteten sich panisch. Die Bauchmuskulatur zuckte. Er schlug nach mir.

Ich presste mit den Knien seine Arme auf den Boden. »Halt seinen Mund offen.« Es gelang mir, die Zunge mit Daumen und Zeigefinger zu packen.

Tasamur reagierte reflexartig. Er biss zu. Die Zähne bohrten sich in meine Finger. Glühender Schmerz explodierte in meiner Hand. Mein Blut rann über seine Lippen.

Ohm zwang die Kiefer wieder auseinander. Ich zog Tasamurs Zunge in die Normalposition, drückte mit der unverletzten Linken gegen Tasamurs Hinterkopf, presste sein Kinn gegen den Brustkorb.

Der ehemalige Thakan atmete keuchend und viel zu schnell. Der Blick seiner Augen klärte sich, die Atemfrequenz normalisierte sich langsam. Er hob die Hände, um zu signalisieren, dass es ihm besser ging.

Ich ließ seinen Kopf los.

»Ein … Anfall.« Tasamur hob die zitternde Rechte vor den Mund, wischte das Blut weg. »Die Erschöpfung. Ich kenne es, wenn …« Er brach ab, schloss die Augen und atmete tief durch.

»Kein Grund zur Eile.« Ich betrachtete meine Finger. Die Zähne hatten sich ins Fleisch gegraben. Dumpf pochender Schmerz ging von der Wunde aus.

Tasamur setzte sich auf. »Mein Körper reagiert mit einem Krampf, wenn ich meine Mutantenfähigkeiten überstrapaziere. Meistens erhole ich mich schnell.« Er lächelte gezwungen. »Sie haben fix reagiert und mir dadurch sehr geholfen. Danke.«

»Kein Dank nötig«, erwiderte ich. »Vor wenigen Minuten haben Sie uns das Leben gerettet. Wir waren es Ihnen schuldig.«

Er wies auf meine verletzte Hand. »Es tut mir leid. Ich habe Sie nicht bewusst gebissen. Es geschah rein reflexhaft.«

»Ich weiß«, versicherte ich. »Schon vergessen.«

Er sah sich um. »Wir sind nicht weit von der Schweißöde entfernt. Fünf, maximal zehn Kilometer. Ich war nach der langen Zeit im Koma nicht gerade in bester Form. Der Sprung hat mir das Letzte abgefordert.«

»Was nicht zu übersehen war.« Ohm streckte Tasamur die Hand entgegen. »Gibt es irgendetwas, das wir für dich tun können?«

Der ehemalige Thakan schüttelte den Kopf. »Gönnt mir noch einige Minuten Ruhe. Erzählt mir, wie ich in diese Arena gekommen bin und wie es euch dorthin verschlagen hat.«

Wir taten ihm den Gefallen – wenn wir über sein Schicksal in den letzten Wochen auch nur berichten konnten, dass er am Ende auf der Plattform in die Arena schwebte. Im Zuge des Berichts bot ich ihm angesichts unserer Situation an, auf das distanzierte »Sie« zu verzichten.

Er stimmte zu. »Das gehört sich wohl so für Schicksalsgenossen. Was die USO nicht davon abhalten sollte, sich für die Rettung ihres Lordadmirals erkenntlich zu zeigen.«

»Ganz sicher nicht.«

Sei vorsichtig, warnte der Extrasinn. *Tasamur ist nicht der kumpelhafte Gönner, für den er sich ausgibt. Wenn er ein Bündnis mit euch eingegangen ist, dann nur, weil es die Situation erforderte. Trau ihm nicht über den Weg.*

»Es geht mir bereits besser«, verkündete der Mutant. »Doch ich bin noch lange nicht dazu in der Lage, ein zweites Mal zu teleportieren. Die Anstrengung würde mich umbringen. Ich benötige Erholung, und diese verflixte Hitze trägt auch nicht dazu bei. Ich bin Terraner. Für euch Arkoniden sind fünfzig, sechzig Grad wie ein lauer Sommerabend, aber für mich ...«

Er streckte die Faust dem Himmel entgegen, eine Geste hilflosen Zorns.

Der Umgang mit ihm wird nicht einfach, führte der Logiksektor seine Analyse fort. *Er ist Telepath, was nichts anderes bedeutet, als dass er Ohms Gedanken lesen kann. Er wird nichts vor ihm geheim halten können.* Zu meinen eigenen Gedanken hatte Tasamur dank der Mentalstabilisierung immerhin keinen Zugriff.

»Leider gibt es keinen Schattenplatz, den wir aufsuchen könnten«, antwortete Ohm auf Tasamurs letzte Bemerkung. »Wohin wolltest du teleportieren? Dies wird kaum das Ziel sein, das du angepeilt hast.«

»Ich bin ziellos gesprungen.« Tasamur wies über die Schulter nach hinten. »In dieser Richtung liegt die Schweißöde, wenn ich mich nicht irre. Die üblichen Ziele, wenn ich aus der Schweißöde teleportiere, liegen ein paar tausend Kilometer weiter entfernt. Genau vier Stunden bleiben mir – bevor die Drohnen wieder verschwinden –, um wichtige Verabredungen zu treffen, einen kompletten Hahn à la Cortázar zu verspeisen oder ein erfrischendes Bad im aufgewühlten Meer zu genießen. Eine gute Gelegenheit, meinen alten Freund Ward Wilco, einen arkonidischen Fischer am nördlichen Schelf, zu besuchen. Er leistet mir dann in den letzten Minuten Gesellschaft, wenn ich meinen durch die Salzluft bedingten Durst mit ein paar Flaschen köstlichen lepsotischen Lukasbieres bezwinge. ›Lukas löscht Lepsos Durst‹. Ihr kennt ja den Slogan.«

Ohm wurde stinksauer: »Erzähl uns meinetwegen deine ganze verdammte Kindheit, aber erwähne niemals – hörst du: NIEMALS – ein frisches, kühles Lukas, solange wir in dieser verfluchten Wüste stecken.«

»Jedenfalls wäre es in meinem Zustand unmöglich gewesen, den weiten Sprung auch nur zu versuchen. Zumal ich euch mitnehmen musste.«

»Und wann, denkst du, könntest du es schaffen?«, fragte Santarin.

»Abwarten und Lukas trinken ...«

Ohm hob drohend seine Faust.

Selbst mein Extrasinn ging darauf ein: *Es wäre klüger, nicht an Bier zu denken.*

Stimmt, die Sonne ist noch nicht untergegangen, blaffte ich meine Anstandsdame in Gedanken an.

Unsere Situation ließ Erinnerungen an die frühen Tage des Solaren Imperiums wach werden, als ich Perry Rhodans Bekanntschaft machte, an meinen Psychotrick auf dem Planeten Hellgate. *Das Wasser ist nass, wie köstlich schluckt und schlürft sich das ...*

Es war klug, nicht mal an Wasser zu denken.

Quälend langsam verstrich die Zeit.

Flakio Tasamur versicherte zwar, langsam wieder zu Kräften zu kommen, aber noch lange nicht zu einem zweiten Sprung bereit zu sein. »Erst recht nicht mit euch als zusätzlicher Belastung.«

Ohm blickte stur gegen den Horizont. In den letzten Minuten war seine Haltung Tasamur gegenüber immer ablehnender geworden. »Lass dir bloß nicht einfallen, ohne uns von hier zu verschwinden.«

»Wenn ich das wollte, hätte ich euch gleich in der Arena zurücklassen können.«

Die deutlich spürbare Spannung zwischen meinen beiden Begleitern gefiel mir gar nicht. »Hört auf!«

Tasamur verbarg seinen Ärger nicht. »Ohm vertraut mir nicht. Jede seiner Gesten zeigt es. Jedes seiner Worte.«

»Und jeder meiner Gedanken, was?«

»Und jeder deiner Gedanken«, stimmte der ehemalige Thakan zu. »Zumindest wenn ich mir die Mühe mache, sie zu lesen. Zum Glück benötige ich dafür merklich weniger Kraft als für eine Teleportation. Aber auch ohne Psi-Fähigkeit ist die Welle der Ablehnung, die mir von dir entgegenschlägt, deutlich spürbar.«

Noch immer wich Ohm stur jedem Blickkontakt aus. »Dann müsstest du auch erkennen, dass ich Dankbarkeit empfinde. Du hast uns aus der Arena gerettet. Das macht vieles gut, was in der Vergangenheit geschehen ist.«

»Dennoch ist dein Misstrauen stark.«

»Ist das verwunderlich nach dem, was vor Jahren vorgefallen ist?«

»*Was vor Jahren vorgefallen ist?* Ich nahm dich in Dienst, du stimmtest den Regeln zu und wurdest dafür entlohnt. Sogar überreich belohnt, da du die Bezahlung deiner Partner ebenfalls abkassiert hast. Vorher warst du ein Niemand, der sich auf Lepsos Straßen mehr schlecht als recht durchschlug – heute besitzt du eine luxuriöse Wohnung und führst ein bequemes Leben.« Er winkte ab und lachte trocken. »Zumindest könntest du ein luxuriöses Leben führen. Du hast dich offenbar dagegen entschieden und bist mit Atlan in einen Agenteneinsatz gegangen, so dass du nun hier in der Wüste festsitzt.«

»Alles andere als luxuriös«, stimmte Ohm zu.

In diesem Moment hätte ich einiges dafür gegeben, selbst die Gedanken meines Einsatzpartners lesen zu können. Bereute er bereits, von mir rekrutiert worden zu sein? Sehnte er sich in das behaglichere Leben vor unserer ersten Begegnung zurück?

Tasamur wandte sich an mich. »Was denkst du über mich? Bist du ebenfalls voller Ablehnung und Misstrauen?«

»Lenk nicht ab«, begehrte Ohm auf. »Die Dinge spielten sich damals keineswegs so harmonisch ab, wie du behauptet hast. Ich nahm nicht einfach nur einen Auftrag an und wurde dafür bezahlt. Du hast mich und die anderen zu Geheimnisträgern gemacht. Der gesamte SWD jagte uns erbittert. Alle meine Partner sind ums Leben gekommen, vergiss das nicht! Und du hast keinen Finger gerührt, um uns zu helfen. Du hättest die anderen aus der Falle teleportieren können. Warum hast du es nicht getan? Warum?«

»Wenn ich es getan hätte, wären meine Fähigkeiten dem SWD und Artemio Hoffins bekannt geworden. Alles wäre vergeblich gewesen. Der Agentenkrieg, den wir entfesselten, hätte seinen Sinn verloren! Und vergiss nicht ... wenn du über meine Teleportationsfähigkeit Bescheid gewusst hättest, hättest du sie in der Schweißöde Atlan gegenüber erwähnt. Was nichts anderes bedeutet, als dass Irhe'vorma davon erfahren hätte. Dann hätte er mich nie mit euch in die Arena geschickt, und ihr wärt inzwischen längst tot, von diesen Bestien zerfleischt. Wäre das besser?«

Ohm drehte sich um und starrte dem Mutanten ins Gesicht. »Hätte und wäre! Du konntest damals nicht wissen, was geschehen wird. Aber du hättest deine Gehilfen retten können. Stattdessen hast du sie fallen lassen. Hast zugelassen, dass die Schwarzgardisten sie töten. Auch mich hättest du sterben lassen! Ich bin nur entkommen, weil niemand meine Identität kannte und ...«

»Hätte«, unterbrach Tasamur. »Sagtest du nicht selbst, dass solche Gedankenspiele fruchtlos sind?«

»Seid still«, forderte ich. »Ich war damals nicht dabei, und ihr solltet eure gemeinsame Vergangenheit bei Gelegenheit klären. Das Einzige, was momentan zählt, ist unsere aktuelle Situation. Und die sieht nicht gerade rosig aus. Wir sitzen in dieser verdammten Wüste fest. Bis zum Sonnenuntergang sind es nur noch wenige Stunden. Dann wird es mörderisch kalt. Nicht zu vergessen die Gefahr durch die Wüstenjäger in der Dämmerung. Wirst du vorher genügend Kraft gesammelt haben, um uns von hier wegzubringen? Womöglich nach Orbana?«

»Orbana?« Tasamur schüttelte demonstrativ den Kopf. »Die Stadt werde ich per Teleportation nicht erreichen. Sie ist viel zu weit entfernt. Ich kann euch maximal bis zur Küste bringen. Nach Orbana könnte ich nicht einmal springen, wenn ich im Vollbesitz meiner körperlichen Kräfte wäre.«

»Zur Küste«, wiederholte ich nachdenklich.

»Ist das nicht ohnehin euer Ziel?«

»Wie kommst du darauf?«

»Du, Atlan, magst mentalstabilisiert sein, aber Ohms Gedanken liegen offen vor mir.«

Mein Einsatzpartner ballte die Hände. »Halte dich raus aus meinem Kopf! Ich will nicht, dass du in meinen Gedanken herumschnüffelst.«

Flakio Tasamur lachte gekünstelt. »Es lässt sich kaum vermeiden.«

Ich hob beschwichtigend die Hände. »Dir ist also bekannt, dass unser eigentliches Ziel die Insel Snetcom vor der Küste von Abanfül war.«

»Ihr wolltet den Khasurn der da Onur erreichen. Ihr hattet einen Termin bei Penzar da Onur persönlich.«

»Du hast dich genau informiert.«

»Telepathie ist so eine Sache … man kann sehr viele Informationen in sehr kurzer Zeit aufnehmen. Mir ist auch bekannt, dass euer Gleiter sabotiert wurde und ihr abgestürzt seid. Ihr vermutet, dass letzten Endes Penzar da Onur für die Sabotage verantwortlich ist. Er möchte keinesfalls mit euch sprechen. Den Termin habt ihr nur erhalten, weil Ohm eine alte Schuld bei einem der Leibdiener des Patriarchen einforderte, bei einem gewissen Marik.«

»So viel dazu, dass sein Name nie genannt werden wird.« Ohm klang amüsiert. Er blickte in den Himmel, und seine Mimik verdüsterte sich. »Während wir hier munter plaudern, läuft die Zeit gegen uns. Die Sonne sinkt bereits. Die Dämmerung bricht bald an.«

»Wenn wir Glück haben, bleiben wir unbehelligt«, meinte Tasamur.

Glück, spottete der Extrasinn. *Darauf sollten wir uns nicht verlassen. Der Geruch von Schweiß und Blut wird alle Raubtiere in weitem Umkreis anlocken. Vielleicht haben sie schon längst Witterung aufgenommen und warten nur darauf, dass die Hitze endlich nachlässt.*

Diesem Gedanken musste ich wohl oder übel zustimmen. »Wir müssen uns gegen einen Angriff wappnen.«

»Wie sollten wir das tun?« Ohm drehte sich demonstrativ einmal um die eigene Achse. »Weit und breit nur Wüstensand. Ich sehe keine Möglichkeit, uns zu verbergen oder zu bewaffnen. Wir hätten einige Schwerter aus der Arena mitnehmen sollen.«

»Die einzige Waffe, die uns zur Verfügung steht, ist Ohms Dolch.« In Tasamurs Stimme lag deutliche Schärfe. »Oder wolltest du das etwa vor uns verheimlichen?« Er tippte sich gegen die Stirn. Die Geste war deutlich – er hatte es in Ohms Gedanken gelesen.

»Vor euch wollte ich es nicht verheimlichen. Nur vor dir.« Ohm griff an seinen Rücken, hob das Oberteil und zog ein Messer, das im Bund der Hose klemmte. »Ich hielt es schon in der Arena für sinnvoll, eine zusätzliche Waffe zu besitzen.«

Tasamur streckte die Hand aus. »Als Überraschungseffekt in einem möglichen Duell?«

Ohm legte die Stirn in Falten. »Was willst du? Dass ich dir den Dolch aushändige?«

»Ich könnte ihn mir jederzeit nehmen.«

»So?« Ohm krallte die Finger um den Griff. Die Spitze der Waffe zitterte.

Der Mutant antwortete nicht. Das war nicht nötig.

Ohm schrie vor Überraschung und Zorn, als sich das Messer seinen Fingern entwand und auf Tasamur zuflog. Ehe die Klinge den ehemaligen Thakan verletzen konnte, drehte sich die Waffe in der Luft und schlug mit dem Griff genau in Tasamurs ausgestreckte Hand.

»Eine beeindruckende Demonstration deiner telekinetischen Fähigkeiten«, gab ich zu. »Dennoch solltest du deine Kräfte nicht vergeuden. Spar sie lieber auf, damit du bald in der Lage sein wirst, uns in Sicherheit zu teleportieren. Du solltest ...«

Tasamur ließ mich nicht aussprechen. »Telepathie und Telekinese beanspruchen meine Kräfte kaum. Es geht fast so einfach wie Atmen. Eine automatische Handlung. Strengt es dich etwa an, etwas zu hören? Oder zu sehen? Empathisch auf andere einzuwirken, ist schon schwieriger. Deshalb verzichtete ich bislang darauf, Ohms Aggressivität etwas abzumildern.«

Mein Einsatzpartner sog scharf die Luft ein. »Wag es nicht, mich zu manipulieren. Hörst du? Wag es ja nicht!«

Der ehemalige Thakan reagierte distanziert und überheblich. Er schüttelte den Kopf, als sei er tief enttäuscht. »Siehst du, was ich meine, Atlan? Ohm ist nicht bereit, die Vergangenheit ruhen zu lassen.«

Ohm schlug die Faust in die geöffnete linke Hand. »Wegen deiner Machtgelüste wäre ich beinahe draufgegangen. Das Leben anderer bedeutet dir nichts. Du nutzt alle nur aus, um an dein Ziel zu gelangen.«

»Natürlich«, erwiderte der Mutant. »Du hast mich durchschaut. Deshalb habe ich euch auch das Leben gerettet. Ein Akt des Mitleids und der Hilfsbereitschaft wäre gewesen, euch zurückzulassen.«

»Wenn Atlan nicht gewaltige Macht repräsentieren würde, hättest du uns verrecken lassen wie räudiges Vieh! Du hast uns nur gerettet, weil du scharf auf die Belohnung von der USO bist.«

Ich beobachtete die immer wieder hoch schlagenden Emotionen mit zunehmender Besorgnis, und der Kommentar des Logiksektors trug nicht gerade zu meiner Beruhigung bei. *Wenn ich alle Fakten und Tasamurs Psychogramm berücksichtige, soweit ich es erstellen kann, bleibt tatsächlich die Frage, warum er uns gerettet hat. Vermutlich steckt noch mehr dahinter als die*

Tatsache, dass er sich die Unterstützung der USO bei seinen weiteren Plänen erhofft.

Worauf spielst du an?

Der Extrasinn schwieg. Wenn in seinen Ausführungen das Wort *vermutlich* auftauchte, entfernte er sich ohnehin weiter vom Gebiet der nüchternen Logik, als es üblich war.

»Zurück zur Sache«, forderte uns Tasamur auf. »Wie gesagt fällt mir die Empathie merklich schwerer … und ein Teleportersprung raubt mir im Verhältnis dazu wiederum Kräfte, als würde ich mehrere Stunden Hochleistungssport betreiben.«

»Noch einmal die Frage«, warf ich ein. »Die Dämmerung wird bald einsetzen. Wirst du dann zu diesem Kraftakt bereit sein?«

»Ich werde es versuchen.« Ein Schatten legte sich plötzlich über Tasamurs Gesicht. Erschrecken zeichnete sich darin ab. Und Furcht. »Allerdings wird uns nicht so viel Zeit bleiben.«

»Was …« Ohm verstummte, als er in die Richtung blickte, in die Tasamurs ausgestreckter Arm wies.

Sand wirbelte kreisförmig auf. Es rauschte und prasselte nur wenige hundert Meter von uns entfernt.

Die Intensität steigerte sich exponentiell. War es eben noch kaum wahrnehmbar gewesen, ragte bereits im nächsten Moment eine meterhohe Wand aus Sand auf, von plötzlichem Wind gepeitscht. Ein Sandwirbelsturm.

Ohm sprach aus, was wir alle dachten: »Die Fänge des Windes.«

Das Brausen verstärkte sich.

»Weg hier!«, schrie Ohm. »Wir müssen sofort verschwinden.«

»Zu spät.«

Tasamurs nüchterner Kommentar deckte sich mit der Einschätzung des Logiksektors. Flucht war vollkommen sinnlos. Die Fänge des Windes würden uns einholen, sosehr wir auch rannten. Ein natürliches Phänomen wäre mit etwas

Glück an uns vorbeigezogen, aber nicht die von den Kugelrobotern hervorgerufenen Gewalten.

»Willst du etwa stehen bleiben und den sicheren Tod erwarten?«, fragte Ohm, obwohl er zweifellos zu demselben Ergebnis gelangt war wie ich.

Der Mutant streckte uns die Hände entgegen. »Ich versuche zu teleportieren. Ich werde nicht weit springen können, aber hoffentlich weit genug, damit der Goldene unsere Spur verliert.«

Pfeifend und mahlend schob sich die wirbelnde Sandmauer näher. Der Lärm war ohrenbetäubend. In weitem Umkreis verdunkelte sich der Himmel – zu viel Sand trieb zwischen uns und der Atmosphäre.

Tasamur schloss die Augen. Ich packte seine Rechte, Ohm die Linke.

»Haltet euch bereit, mir Hilfe zu leisten«, forderte Tasamur.

»Nun mach schon!« Ohm schrie gegen den Lärm an.

Die Ausläufer des Wirbelsturms erreichten uns bereits. Sandkörner schlugen gegen den Rücken, setzten sich in Haaren und Ohren fest. In wenigen Sekunden würden die Gewalten sich zu lebensbedrohlicher Intensität steigern.

Tasamurs Mundwinkel zuckten. Sein Atem ging stockend. Die Zähne knirschten aufeinander. Vor Anstrengung traten die Adern an der Stirn hervor.

Unsere Kleidung flatterte, der Stoff schlug schmerzhaft hin und her. Der Druck des Windes drohte uns von den Füßen zu reißen. Der Lärm steigerte sich zu einem infernalischen Crescendo.

Dann Stille.

Einen Augenblick schien es, als habe der Sturm von einem Lidschlag zum nächsten ausgesetzt. Dabei waren wir einfach nur teleportiert.

Um uns herum lag wieder die endlos weite, gelblich rote Fläche, auf der sich als einzige Abwechslung mal eine Düne erhob.

Diesmal brach Flakio Tasamur nicht zusammen. Zwar lugte aus seinem linken Nasenloch ein Blutstropfen hervor, doch sonst schien er keine Schäden davongetragen zu haben.

»Ich habe uns nur wenige hundert Meter weggebracht.« Er drehte sich um, deutete an mir vorbei.

Der Sturm hob sich als scheinbar kleine, dunkle Anomalie vom klaren, strahlend blauen Himmel ab. »Kaum zu glauben, dass dieses Ding lebensgefährlich sein soll. Doch aus der Ferne wirkt manches harmlos.«

»Wirst du einen weiteren Sprung verkraften?«, fragte Ohm. »Kannst du uns zur Küste versetzen?«

»Nicht in den nächsten Stunden. Wir werden einige Zeit überbrücken müssen.«

»Wir können nur hoffen, dass die Kugelroboter uns nicht erneut ausfindig machen.«

Diese Hoffnung teilte ich zwar, war aber nicht gewillt, darauf zu vertrauen und tatenlos abzuwarten. »Vermutlich hat Irhe'vorma einen konkreten Suchauftrag erteilt. Der Goldene arbeitet mit ihm zusammen. Wir müssen weg von hier, und das schnell.«

Ohm bestätigte meinen Tatendrang. »Also machen wir uns zu Fuß auf den Weg, um größeren Abstand zwischen uns und den Wirbelsturm zu bringen.« Er ging los, ohne auf Antwort zu warten.

Zu meinem Erstaunen widersprach Tasamur nicht, sondern setzte sich ebenfalls in Bewegung. Ich folgte, und so begann unser Marsch durch die Wüste.

Nach wenigen Minuten verharrte der ehemalige Thakan. Er wies auf den Glutball der Sonne, der in Kürze den Horizont berühren würde. »Wenn wir uns der Küste nähern wollen, müssen wir unsere Richtung marginal ändern. Ich gehe voraus.«

Die Temperatur sank bereits. Die ersten Jäger würden nicht mehr lange auf sich warten lassen. Die Vorstellung, dass uns zur Verteidigung nur ein kleines Messer zur Verfügung stand, behagte mir nicht.

Den einzigen Lichtblick stellte die Tatsache dar, dass die Gefahr höchstens eine halbe Stunde währen würde – die Zeit der Dämmerung. Die Eiseskälte der Nacht würde die Tiere zurück in ihre unterirdischen Höhlen treiben.

Und ganz nebenbei auch unser Leben gefährden.

Einen solch ironischen Tonfall bin ich von dir gar nicht gewohnt, gab ich zurück und wandte mich gleichzeitig an unsere wirkungsvollste Waffe, den Mutanten Flakio Tasamur. »Deine Gabe der Empathie … wie weit reicht sie?«

»Worauf willst du hinaus?«

»Ist es dir möglich, Zugriff auf das instinktive Bewusstsein von Tieren zu erlangen? Kannst du ihre Empfindungen lenken?«

Tasamur dachte nach. »Diese Frage habe ich mir nie gestellt. Du fragst dich, ob ich angreifende Raubtiere kraft meines Geistes abblocken könnte?«

»Wenn du ihnen suggerierst, dass wir keine lohnende Beute darstellen, werden sie abziehen, uns vielleicht sogar weiträumig meiden.«

»Ich versuche es.« Tasamur klang wenig zuversichtlich. »Allerdings benötige ich dazu volle Konzentration. Wenn es nicht klappt, bleibt nur noch die Telekinese. Bei mehreren Angreifern könnte es dann etwas eng werden. Und ich kann nicht persönlich in einen Kampf eingreifen. Auch befürchte ich, dass es meine Konzentration nicht gerade fördert, wenn in meiner Nähe ein Rudel Raubtiere wütet.«

»Jetzt haben wir es erst einmal mit einem zu tun.« Ohm zeigte uns das erste angreifende Tier, hob demonstrativ den Dolch, den er in seiner Rechten bereithielt. Allerdings klangen die Worte weniger überzeugend, als er es wohl beabsichtigte.

Die Bestie näherte sich.

Sie sprang mit weiten Sätzen auf unseren Fußspuren, die sich in den weichen Wüstensand eingegraben hatten.

Wenige Meter vor uns kam sie zum Stillstand. Und stieß ein Knurren aus, das uns durch Mark und Bein fuhr. Das Raubtier hatte ein prächtiges, rostrotes Fell wie seine Artgenossen in der Arena. Das vordere Beinpaar lief in breiten Tatzen aus, die wiederum mit Krallen versehen waren – jede einzelne mindestens so lang wie die Klinge von Ohms Dolch. Geschlitzte Pupillen fixierten uns aus bernsteingelben, faustgroßen Augen, die schräg an der Seite des Kopfes lagen.

Tasamur saß mit übergeschlagenen Beinen im Wüstensand, die Hände auf die Ohren gepresst, die Augen geschlossen. Als sei er ein Schlachtlamm, das willig auf das Ende wartete. In Wirklichkeit suchte er Zugriff auf das tierische Bewusstsein des Angreifers.

Ohm hielt den rechten Arm hoch, am Ellbogen abgeknickt, dass der Unterarm parallel zum Körper stand. Die Finger umklammerten den Griff des Dolches, die Klinge wies im rechten Winkel von ihm.

Ich erwartete die Bestie waffenlos. Und sie wählte – natürlich – den kauernden Mutanten aus. Sie stieß sich mit muskulösen Hinterläufen ab. Mit jedem Sprung sank unsere Hoffnung. Ich wagte einen Blick auf den Mutanten. Tasamur war nicht anzusehen, ob sein Bemühen von Erfolg gekrönt war. Er bot ein Bild höchster Konzentration.

Ohm bewegte die Klinge leicht hin und her. Er stand starr, hielt jeden Muskel angespannt.

Die Bestie war bis auf wenige Meter heran. Nun konnte ich ihre Größe abschätzen. Fast zwei Meter hoch und mindestens vier Meter lang.

Sie landete mit den Vorderpfoten auf dem Sand – und stockte mitten im Angriff. Durch den Schwung trieb sie weiter auf uns zu. Die Tatzen zogen Furchen.

Sie legte den Kopf schief, stand so dicht vor uns, dass ich sah, wie sich die Pupillen weiteten. Ein Zittern durchlief den mächtigen Leib.

Tasamur musste es geschafft haben. Er suggerierte der Bestie, sich von uns abzuwenden. Doch was immer er versuchte, es schien nicht auszureichen. Langsam öffnete das Raubtier das Maul. Stinkender Atem schlug uns entgegen. Eine raue, dunkelrote Zunge glitt über bräunliche Zähne.

»Gib mir das Messer«, forderte ich leise. »Mach ja keine hektische Bewegung.«

Ohm streckte den Arm langsam zu mir, drehte die Faust, öffnete die Finger. Ich nahm die Waffe, senkte die Klinge und schlich seitlich auf die Bestie zu. Die scharrte mit einer Tatze im Sand, folgte mit den gelben Augen jeder meiner Bewegungen.

Als ich bis auf einen Meter heran war, brüllte das Tier, wandte sich mir zu.

Tasamur stöhnte. »Es entgleitet mir.«

Die Bestie sprang ... und prallte an eine unsichtbare Mauer, verlor jedoch nicht den Halt. Sie schüttelte benommen den Kopf, fauchte wütend.

Ich sah, wie sich ihre Beine verknoteten. Sie stolperte und rutschte förmlich zur Seite. Sie sträubte sich mit aller Kraft gegen die unsichtbare Titanenfaust, von der sie in den Sand gedrückt und festgehalten wurde.

Das war der Moment. Mit der Linken packte ich in das struppige Fell, mit der Rechten stieß ich zu.

Die Klinge bohrte sich in den Nacken. Blut spritzte. Die Bestie bockte. Doch es gelang mir, ein zweites Mal zuzustechen.

Das Messer drang tief ins Fleisch. Das Raubtier warf sich jaulend zu Boden. Ich verlor die Klinge.

Blutverschmiert taumelte ich zurück.

Wie von Geisterhand bewegt, zog der Dolch im Halbkreis über den Rücken, drehte sich um die eigene Achse. Als die letzten Zuckungen des gewaltigen Leibs endeten, schnitt es den Bauchraum auf. Stinkende Gedärme quollen ins Freie. »Das wird alle Raubtiere der Umgebung anlocken und von uns ablenken. Verschwinden wir von hier.«

Wir rannten los.

Die Dämmerung neigte sich bereits ihrem Ende zu, ging bei rapide fallenden Temperaturen in die Nacht über. Kälte griff beißend nach der frei liegenden Haut, drang durch die Kleidung. Trotz der körperlichen Anstrengung durch den

Lauf begann ich zu frösteln. »Wir müssen in Bewegung bleiben. Das ist unsere einzige Chance, dem Erfrierungstod zu entgehen.«

Irgendwann setzte uns die Kälte enorm zu. Wir umarmten uns, halfen uns mit unserer Körperwärme aus, doch die Muskeln zogen sich in der eisigen Luft schmerzhaft zusammen.

»Leider blieb keine Zeit, mich zu erholen«, sagte Tasamur mit zittriger Stimme. »Meine Kräfte sind erschöpft. Ich kann uns nicht wegbringen.«

Um uns herrschte die Schwärze der mondlosen Nacht. Am Firmament glänzten als winzige Lichtpunkte die Sterne. Wir waren verloren, nach all den überstandenen Gefahren zum Tod durch Erfrieren verurteilt.

Plötzlich zerriss ein intensives grünes Leuchten die Dunkelheit.

Ein warmes Willkommen

»Wüstenkäfer.« Ohms Zähne schlugen klappernd aufeinander. »Dieser Lichteffekt stammt von Wüstenkäfern.«

Als würde in der Ferne ein Feuerwerk tiefgrüner Kaskaden gezündet. Nun drangen auch die entfernten Echos leiser Knallgeräusche bis zu uns. Ich erinnerte mich an das, was Ohm mir über die Balz dieser Wüsteninsekten berichtet hatte. Ehe unser Gleiter abstürzte, hatte er gehofft, dieses Schauspiel beobachten zu können.

Die Lichtspeere durchschnitten die Finsternis, verglühten nur langsam und wurden dabei heller, durchscheinender. Zweifellos ein faszinierendes Schauspiel – und doch konnte ich, dem Tod durch Erfrieren nahe, die Begeisterung in der Stimme meines Einsatzpartners nicht nachvollziehen.

»Wir müssen dorthin.« Ohms Haltung straffte sich, als durchfahre ihn neuer Lebensmut. Sein Leib zitterte merklich weniger als noch vor Sekunden.

»Warum?«

Ohm setzte sich in Bewegung, in Richtung der Lichteffekte, die unvermindert anhielten. Ständig erblühten neue Explosionen in der Schwärze. »Um die Begattung durchzuführen, besprühen die Käferweibchen ein drittes, neutrales Geschlecht mit hoch konzentrierten Hormonen. Die einen halben Meter großen Tiere lösen sich daraufhin in einer blitzartigen chemischen Reaktion in Körperschleim auf. Dabei entstehen als sekundärer Effekt die Lichtblitze. Die Käfer benötigen diese Schleimsubstanz als Medium, um darin zu kopulieren … und dieses Zeug ist vom Auflösungsprozess her heiß. Versteht ihr? Heiß!«

Ich verstand nur zu gut und folgte, so schnell ich konnte, Ohm.

Wir quälten uns durch die Nacht, dem Gewitter aus grünen Blitzen entgegen. Die Entfernung war unmöglich abzuschätzen, doch ich war sicher, dass die begleitenden Knallgeräusche lauter wurden.

Eine Düne lag vor uns. Wir erklommen sie, erreichten deren Kamm und blickten auf eine Ebene, in der sich ein Naturwunder abspielte, das ich zu anderen Zeiten wohl als spektakulär empfunden hätte. In dieser Nacht jedoch bedeutete es unsere Rettung.

Wir stürmten hinab. Die Umgebungstemperatur stieg merklich. Dutzendfach löste sich das dritte Geschlecht der Käfer in weißlichen Schleim auf, der bestialisch stank. Ständig schossen weitere glühende Speere in den Himmel.

Die Ebene war weithin hell erleuchtet, und die Schleimpfützen strahlten enorme Hitze aus.

Stundenlang krabbelten weitere Tiere heran, um zu sterben oder zu kopulieren. Die einen zogen sich zurück, die anderen vollzogen ihr Paarungsritual und bewiesen einmal mehr, wie eng Sex und Tod miteinander verknüpft waren.

Während die Käfer sich paarten und Nachkommen zeugten, retteten sie drei Verlorenen der Wüste das Leben.

Mit den ersten Lichtstrahlen des neuen Tages endete das Schauspiel.

Uns ging es gut. Wir hatten uns sogar an den Rand der Düne zurückziehen müssen, weil die Temperatur in der Ebene zu sehr angestiegen war. Irgendwann waren wir in einen erschöpften Schlaf gefallen.

Als die Helligkeit zunahm, erwachten wir. Die schleimigen Pfützen trockneten in der Sonne schnell aus, verkrusteten und überzogen sich mit Rissen.

Der Schlaf hatte dem ehemaligen Thakan sichtlich gutgetan. »Ich bin bereit«, waren seine ersten Worte an diesem Tag. »Wir können zur Küste springen.«

»Kannst du uns – nach einer kleinen Erholungspause – dann direkt nach Snetcom bringen?«, fragte ich. »Die Insel liegt dreihundert Kilometer im offenen Meer. Wir müssten uns dann nicht um eine Überfahrt kümmern.«

Zu meiner Enttäuschung verneinte Tasamur. »Ich bin mit den Verhältnissen auf Snetcom vertraut. Der Patriarch hat auf der Insel Psi-Fallen errichtet, die einen Teleportersprung abschmettern würden. Wir würden zurückgeschleudert werden und *irgendwo* materialisieren, vielleicht mitten in den Fluten. Ich werde auf Snetcom auch meine anderen Mutantengaben nicht anwenden können.«

Diese Nachricht dämpfte die Freude darüber, die Wüste endlich verlassen zu können. Tasamurs Fähigkeiten hätten unsere Aussicht auf Erfolg im Khasurn deutlich verstärkt. Ich hatte mir schon vorgestellt wie es wäre, dem alten Patriarchen Penzar da Onur mithilfe der Empathie ein wenig die Zunge zu lockern. »Was hast du dann vor?«

Tasamur lächelte. »Euch nach Snetcom begleiten. Die Ereignisse haben uns zu einem Team zusammengeschmiedet. Außerdem kenne ich aus Ohms Gedanken den Grund für euer Vordringen in den Khasurn. Penzar da Onur scheint mehr über diese geheimnisvollen Tyarez zu wissen. Ein faszinierendes Volk, das offenbar mit der Vergangenheit Lepsos verknüpft ist. Ich habe nie zuvor von ihnen gehört. Aber sie scheinen etwas mit den acht Namenlosen zu tun zu haben, die dem Geschlecht der da Onur entstammen. Mich interessieren die Rätsel der Vergangenheit meines Planeten. Ich war immerhin der Thakan ... und ich beabsichtige, in mein Amt zurückzukehren.«

Damit bestätigte er zum ersten Mal unsere diesbezüglichen Vermutungen.

»Wie willst du das bewerkstelligen nach all der Zeit?«, fragte Ohm. »Du bist schon damals gescheitert, und heute dürfte es kaum einfacher sein. Du sitzt nicht mehr im Machtzentrum, verfügst nicht mehr über die notwendigen Verbindungen.«

»Ich habe vorgesorgt«, versicherte Tasamur. »Was glaubst du, warum ich mich so lange im Verborgenen hielt? Inzwischen weiß man, dass ich noch lebe, und der Staatliche Wohlfahrtsdienst hat die Jagd auf mich mit hundertprozentiger Sicherheit wieder eröffnet. Doch das schockiert mich nicht. Mein Plan ist perfekt.«

»Und du wirst ihn uns ganz gewiss nicht offenbaren?«

Tasamur lächelte breit, in seinen tief in den Höhlen liegenden Augen blitzte es. »Ganz gewiss nicht.«

Mehr sagte er zu diesem Thema nicht. Stattdessen streckte er stumm die Arme aus, wir stellten Körperkontakt her, und er brachte uns zur Küste.

Wir materialisierten zwischen zerklüfteten Steinfelsen. Das Brausen der Brandung war Musik in meinen Ohren. Endlich wieder ein anderes Geräusch. Wir standen auf einem kleinen Plateau in halber Höhe eines Steilhangs. Unter uns rollten Wellen heran und schmetterten gegen die Klippen. Weiße Gischt stob meterhoch.

Die Luft war feucht und frisch. Schnell überzogen sich die Lippen mit einem salzig schmeckenden Film.

»Ein herrlicher Platz, nicht wahr?« Tasamur atmete tief durch. »Ich komme gerne hierher.«

»Du kennst diesen Ort?«

»Ihr vergesst wohl, wo ich mich in der letzten Zeit überwiegend aufgehalten habe? Mitten in der Hölle von Abanfül! Nach den Tagen in der Schweißöde war es ein Erlebnis für alle Sinne, hierherzuspringen. Ich habe mich meist einige Minuten hier aufgehalten, ehe ich … nun, meinen Geschäften nachging. Wenn die LL-Kameras abschwirrten, kehrte ich in die Schweißöde zurück, wo Irhe'vormas Überwachungsdrohne die ganze Nacht Bilder und Geräusche eines schlafenden Flakio Tasamur gesendet hatte.«

»Du hast mir damals in der Nacht nicht geantwortet, wie du die Drohne manipuliert hast«, erinnerte ich ihn.

»Ein einfacher Sender, der eine aufgezeichnete Holoprojektion in die Sensoren der Drohne schickte.«

»So etwas dachte ich mir. Ich fragte mich nur, wie du als Gefangener an diese Technik gekommen sein könntest.«

»Diese Frage hat sich inzwischen wohl geklärt.« Tasamur lehnte mit dem Rücken gegen die Felswand, an der Tropfen hinab rannen.

Der Anblick des Meeres und die feuchte Felswand verstärkten das mörderische Durstgefühl. Jetzt ein kühles Lukas – ich verfluchte Flakio. Keiner von uns hatte etwas zu sich genommen, seit wir zum Kampf in der Arena des Robotkommandanten angetreten waren.

Den Hunger konnte ich noch einige Zeit unterdrücken, doch der Durst brannte. Meine Kehle war völlig ausgedörrt. »Gibt es hier irgendwo Süßwasser?«

»Ganz in der Nähe befindet sich der Wohnsitz meines arkonidischen Freundes Wilco. Er wird uns mit Nahrungsmitteln und Getränken versorgen. Dort können wir uns endlich waschen, die Wunden säubern und behandeln. Außerdem besitzt er einige Boote. Mit Sicherheit wird er uns eines zur Verfügung stellen, damit wir nach Snetcom übersetzen können.«

Ohm blickte mit gequältem Gesichtsausdruck auf die tobenden Wellen. »Hoffentlich besitzt dein Freund ein Boot, das groß genug ist, um dem Wellengang zu trotzen.«

»Ganz sicher besitzt er ein solches Boot. Für seine Fischzüge nutzt er keine alten Holzkähne. Er betreibt eine voll technisierte, effektive Firma. Robotbesatzungen, Schallwellentauchsender, Lähmungsfelder … er ist einer der Größten im Geschäft.«

»Einen solchen Luxuskahn werden wir allerdings nicht verwenden können. Wir wollen unentdeckt zur Insel und in den Khasurn vordringen. Das heißt nichts anderes, als dass wir auf einen … wie nanntest du es noch gleich?« Ich legte Tasamur die Hand auf die Schulter. »… auf einen *alten Holzkahn* zurückgreifen werden.«

Von der Hafenterrasse aus bot die SEEPERLE ein schönes, archaisches Bild, wie sie am Pier im Wind schaukelte, ein Ausstellungsstück in einem Freiluftmuseum antiker Boote.

Allein Ohm Santarin betrachtete den Zweimaster mit Argusaugen.

Bevor wir in See stachen, stärkten wir uns auf Wilcos Veranda mit Scheiben exzellenten Rauchschinkens, Bratwürsten, Rührei mit Pilzen und dunklem Brot; dazu genehmigten wir uns ein paar Flaschen Lukas.

Dann gingen wir an Bord.

Wir hissten zuerst das kleine Focksegel, es füllte sich knatternd, das Schiff schwang herum, legte sich schräg, und lose Gegenstände kollerten über Deck. Dann wurde das große Segel ausgestellt, der Wind fing sich, und unser Schoner gewann an Geschwindigkeit. Die schiefergrauen Klippen Abanfüls schrumpften zusehends. Die Fahrt hart am Wind war etwas Neues für meinen Partner.

Ohms Haut nahm die Farbe bleicher Asche an. Unvermittelt rannte er zur Reling und übergab sich würgend.

»Seekrankheit ist höchst unangenehm«, kommentierte Tasamur, ohne auch nur eine Spur von Mitleid zu zeigen.

Ohm wankte auf uns zu, noch immer todesbleich. »Ein Wunder, dass dieser Kahn noch nicht in alle Einzelteile zertrümmert worden ist. Jede Welle müsste die morschen Planken ...« Er würgte, hielt die Hand vor den Mund und atmete schwer.

»Es handelt sich um ein Schiff ganz nach alter Tradition«, versuchte ich ihn grinsend zu beruhigen. »Die SEEPERLE hat schon einige Stürme überstanden und ist stabiler, als sie aussieht. Ich habe mich selbst davon überzeugt, ehe wir aufgebrochen sind.« Ich zwinkerte Wilco zu, der einen tiefen Schluck aus der Pulle nahm, um nicht lauthals loszuprusten.

Damals auf der präatomaren Erde war es noch ein Abenteuer gewesen, große Entfernungen auf dem Ozean zurückzulegen. Diese Nordmeer-Passage brachte mir etwas davon zurück – als *Einsamer der Zeit* weilte ich einst unter Wikingern. Ward Wilco, der trinkfreudige, korpulente Arkonide mit dem braungebrannten, wettergegerbten Gesicht, erinnerte mich ein wenig an den Wikingerkapitän Tore Skallagrimsson, genannt der »Walrossbulle«. Ich musste zugeben, dass ich Gefallen daran fand. Die frische Luft wirkte sehr belebend, sehr anregend.

Mein Einsatzpartner presste die Hand nun gegen den Magen-Darm-Bereich. »Genauer gesagt macht dieses Schiffchen wohl Überfahrten seit den Zeiten der Gavivis, was?«

Im Gegensatz zu ihm war Wilco ganz in seinem Element. Die Überfahrt machte ihm sichtlich Spaß. Er nahm eine bauchige Gitarre zur Hand und gab ein Shanty zum Besten. Schließlich verteilte er ein paar eisgekühlte Flaschen Lukas und sagte: »Gefährlich wird es erst, wenn wir das Felsenriff an der Südküste Snetcoms erreicht haben. Dort anzulegen wäre reiner Wahnsinn.«

Doch genau das hatten wir vor, denn dort bestand die beste Aussicht, die Insel unbeobachtet zu erreichen.

Am kleinen offiziellen Hafen würde unsere Ankunft beobachtet und dem Patriarchen sofort gemeldet werden. Auf Snetcom stand neben der kleinen Hafenbebauung, die Platz für ein paar Segelyachten bieten würde, und seinen Schuppen nur das Kelchgebäude des Khasurn. Man benötigte einen offiziellen Termin, um die Insel zu besuchen. Unangemeldete Besucher wurden abgewiesen, wofür die wenigen Söldner des Patriarchen notfalls mit Gewalt sorgten.

Uns blieb also nur, im Geheimen anzulegen. Wie wir bis zum Patriarchen vordringen sollten, darüber würden wir uns dann Gedanken machen, wenn es so weit war. Die Umstände zwangen uns, auf eine genaue Planung zu verzichten. Wir mussten nach den Begebenheiten entscheiden, die wir vorfanden.

Unsere Chance bestand vor allem darin, dass der Khasurn nur leicht bewacht war. Das ehemals glorreiche Geschlecht der da Onur war tief gefallen und verfügte nur über wenig Personal. Die geringen finanziellen Mittel verhinderten die Anstellung einer Söldnerarmee, wie sie bei anderen arkonidischen Adelshäusern üblich war. Unvorbereitet in den Khasurn einer einflussreichen Familie auf Arkon einzudringen, wäre völlig unmöglich gewesen.

Ward Wilco hatte jedem von uns einen Kombistrahler ausgehändigt.

Knarrend hob sich die Falltür, die in den *Lagerraum* des Schoners führte. Flakio Tasamur trat auf Deck. »Nun, was meinst du, Ward, sollten wir nicht langsam auf die Überholspur wechseln, Modus *Fliegender Holländer*, wir haben schließlich nicht ewig Zeit.«

Wilco grinste. Sein langes weißes Haar war im Nacken zu einem Zopf gebunden. Die roten Augen in dem alten Gesicht blickten listig und vital.

»Haltet euch fest, gleich wird es windig.«

Er betätigte ein paar Schaltungen, die Segel wurden automatisch eingeholt, die SEEPERLE verwandelte sich in eine Art Luftkissenboot. Sie verzehnfachte ihre Geschwindigkeit mit einem Schlag.

»Du hast es die ganze Zeit gewusst, stimmt's, Atlan?«, schrie Ohm gegen das Getöse an.

In der einsetzenden Dämmerung erreichten wir die ›unerlaubte Zone‹ – wieder in der Rolle harmloser Touristen auf einem nostalgischen Fischerboot.

»Macht euch bereit, bald kommt die Zeit, dass ihr euch absetzt.«

Ohm ballte die Hände. »Das ist der Moment, vor dem ich mich fürchte.«

Wir würden auf das Beiboot wechseln. Denn so unauffällig dieses Schiff auch sein mochte, war es doch für unser Vorhaben ungeeignet. Zum einen besaß es einen zu tiefen Seegang, um damit das tückische Riff zu durchqueren; zum anderen war es mit seinen zehn Metern Länge schlicht zu groß und würde vom Khasurn aus sicher entdeckt werden.

Die SEEPERLE diente nur dazu, uns bis auf etwa eine Seemeile an die Insel zu bringen. Der alte Fischer würde sie nachts zurück an ihren Anlegeplatz führen, während wir die restliche Distanz mit dem Ruderboot zurücklegten. Dieses bot gerade Platz für Tasamur, Ohm und mich.

Wie wir Snetcom wieder verlassen sollten, war noch unklar. Vermutlich würden wir auf die Hilfsbereitschaft Penzar da Onurs angewiesen sein. Notfalls auch etwas nachhelfen ...

Der alte Fischer zog mit einer tausendfach geübten Bewegung seinen Zopf straffer, da sich einzelne Haare lösten und im Wind flatterten. »Genau an dieser Stelle habt ihr eine Chance, das Riff zu bewältigen. Seht ihr den dreifach gezackten Felsen, der aus dem Wasser ragt?«

Ich erahnte ihn inmitten weißer Gischt.

»Haltet euch dicht links davon. Das ist die einzige Möglichkeit, durchzukommen, ohne dass euch das Boot aufgeschlitzt wird. Ich wünsche viel Erfolg.« Er lachte dröhnend. »Und nehmt euch vor den Huloriden in Acht!«

Wir wasserten das Beiboot und wechselten über.

Ohm nahm den Mittelplatz ein. Die Augen hielt er halb geschlossen, die Knie an den Leib gezogen. Sie zitterten.

»Wir brauchen dich, um das Boot zu stabilisieren und gegebenenfalls Wasser zu schöpfen!«, schrie ich gegen den Wind an.

Er nickte, umklammerte auf beiden Seiten den Bootsrand. »Ich werde es schaffen.«

Tasamur und ich ruderten. Es kostete uns alle Mühe, den Kurs zu halten. Immer wieder drohte das Boot zum Spielball der Wellen zu werden.

Ein Brecher jagte heran, hob uns fast bis an den Kamm und schwappte über uns zusammen. Wassermassen klatschten auf uns herunter. Das Wasser stand kniehoch im Boot, das sich durch das zusätzliche Gewicht bedrohlich tief absenkte.

Augenblicklich griff Ohm den mitgeführten Eimer und erfüllte seine Aufgabe.

Ich wischte das salzige Wasser aus den Augen und starrte auf die tobende Meeresoberfläche. Wo lag der dreifach gezackte Felsen? Wir hatten ihn verloren.

Tasamur entdeckte ihn zuerst und wies mir die Richtung. Mit aller Kraft ruderten wir und wurden erneut von einer Welle gepackt. Diesmal trieb es uns auf den Felsen zu. Nicht nur uns. Steuerbord schwamm ein Huloride, dessen scharfes Atemschwert in der Sonne glitzerte. Diese an Orcas erinnernden Meeressäuger verirrten sich manchmal aus der nördlichen Tiefsee in den flachen Bereich des Schelfs.

Ohm zielte mit seinem Strahler.

»Bist du verrückt? Nicht schießen! Man könnte die Energie anmessen«, rief Tasamur.

Ich umklammerte die Ruder. Jetzt ging alles plötzlich sehr schnell. Wir schossen auf das Riff zu. In weniger als zwei Metern Entfernung packte uns eine gegenläufige Strömung. Wir jagten dicht an dem Felsen vorbei.

Flakio zog sein rechtes Ruder nicht schnell genug zurück. Es schlug gegen den Felsen und zerbrach.

Der Huloride war so sehr auf uns fixiert, dass er auf Grund lief. Massenhaft Krill und Paullin-Krebse würden ihm sein Ende versüßen.

Die Uferlinie kam nun rasend schnell näher. Das Boot wurde an Land gespült. Der Boden schrammte über den mit kleinen Steinen bedeckten Strand. Wir prallten gegen einen hoch aufragenden Baum, dessen Wurzeln immer wieder vom Wasser überspült wurden.

Der vordere Teil des Bootes zersplitterte, ich wurde hinausgeschleudert, schlug hart auf. Der Ausläufer einer Welle überspülte mich.

Ich hatte keine ernsthafte Verletzung davongetragen. Das Boot hatte den größten Teil der Geschwindigkeit schon vor dem Zusammenstoß verloren.

Ohm war gegen den Stamm geschleudert worden, hatte sich jedoch mit beiden Händen abfangen können. Tasamur war rechtzeitig abgesprungen.

Von Kopf bis Fuß durchnässt, entfernten wir uns weiter von der Küstenlinie, suchten den Sichtschutz der Bäume, die in wenigen Metern Entfernung dicht aufragten.

Ich blickte über das Meer, das im Nebel der Dämmerung verschwand.

Wind brachte die Kronen der hoch aufragenden Bäume zum Rascheln. Hin und wieder regneten rötlich braune Blätter auf uns.

Wir durchquerten einen Wald, der sich – bedachte man die geringe Fläche Snetcoms – erstaunlich weit erstreckte. Unsere Kleider waren klamm und trockneten nur langsam.

»Eine Wohltat, festen Boden unter den Füßen zu spüren.« Ohms Gesichtshaut nahm inzwischen wieder Farbe an. Man könnte es auch als Zornesröte bezeichnen.

»Tut mir leid, dass wir dich nicht eingeweiht haben, ich weiß auch nicht mehr, wie es dazu kam. Ich fand deine Angst vor dem bisschen Seegang so lächerlich im Vergleich, was wir bisher erlebt haben und was noch auf uns zukommt ... Plötzlich saß mir der Schalk im Nacken.«

Ohm Santarin war noch nicht überzeugt.

Tasamur blieb stehen. »Ist dir überhaupt klar, dass du die Überfahrt nur dank meiner Hilfe überstanden hast?«

»Wie kommst du darauf? Ich wüsste nicht, dass du irgendetwas ...«

»So?«, unterbrach der Mutant. »Weißt du das nicht? Du vergisst meine Gabe.«

»Wie könntest du ...« Diesmal brach Ohm selbst ab. Er kaute auf seiner Unterlippe.

»Du hast es erfasst. Empathie. Ich vermittelte dir ein besseres Gefühl. Ohne mich wäre es dir noch schlechter ergangen.«

Ohm rang sich ein mühevolles »Danke« ab.

»Es war nicht einfach, während der Überfahrt dafür die notwendige Konzentration aufzubringen. Aber es erschien mir notwendig. Wir benötigten dich, und ohne meinen Beistand wärst du ausgefallen, so dass ...«

»Schon gut, ich habe verstanden.« Ohm klang aggressiv wie eine angreifende Schlange. »Und wenn du möchtest, danke ich dir noch einmal.«

»Nicht nötig«, antwortete Tasamur gönnerhaft. Er trat auf einen Ast, der krachend zerbrach.

Das Geräusch drang wie eine Explosion durch die Stille. Aus einem Baum in der Nähe drang keckernder Protest. Vögel flogen zwitschernd auf.

»Still!« Ohm deutete seitlich ins Unterholz, wo sich etwas raschelnd bewegte. Wir warteten angespannt. Doch nach Sekunden kehrte Ruhe ein, ohne dass ein Tier uns angriff.

Wir setzten unseren Weg fort, erreichten bald den Rand des Waldes und blickten auf einen Hügel, wo der Khasurn der da Onur thronte.

Verglichen mit den prächtigen Bauwerken einflussreicher Adelsfamilien auf Arkon gab es für das Kelchgebäude der da Onur nur eine Bezeichnung: schäbig. Dieser Eindruck wurde durch den von gelben Kletterpflanzen überwucherten oberen Teil noch verstärkt.

Der sechzig Meter hohe Khasurn verfügte über keine der *üblichen* Spielereien wie künstliche Wasserfälle, filigrane Kristalltürme oder einen Hangar für Raumyachten. Während die prächtigsten Khasurne eigene Städte mit Tausenden von Angestellten bildeten, sahen wir vor uns ein bloßes Gebäude, das nicht den Charme einer besonderen Kreation besaß.

Der nur schwach beleuchtete Turm stand auf der uns zugewandten abschüssigen Ebene und musste von zwei breiten Stahlstreben abgestützt werden. Eine wenig elegante Lösung, die auf das finanzielle Niveau der da Onur schließen ließ. Keine raffinierte Prallfeldtechnik und künstliche Schwerkraftvektoren kamen zum Einsatz.

Es war nicht das erste Mal, dass ich diesen Kelchbau sah. Während meines letzten Aufenthalts auf Lepso war ich unter wesentlich bequemeren Umständen hier gewesen – in einem Gleiter; der positronische Pförtner hatte mir allerdings die Landeerlaubnis verweigert. Nach einigen nervtötenden Minuten stellte dieser Robotportier endlich die Holoverbindung zu Penzar da Onur her, doch der Patriarch hatte mich mit wenigen Informationen abgewimmelt. Damals hatte ich mich trotz meiner Elias-Pattri-Maske als Atlan Mascaren da Gonozal zu erkennen gegeben in der Hoffnung, den Patriarchen dadurch mitteilsamer zu stimmen.

Diese Hoffnung hatte sich leider nicht erfüllt; ich hatte lediglich in Erfahrung gebracht, dass die acht Namenlosen aus dem Geschlecht der da Onur im Jahr 2003 terranischer Zeitrechnung verschwunden waren – vor fast 1100 Jahren. Und einer dieser acht, ein gewisser Zewayn da Onur, war nun wieder aufgetaucht, von einer Tyarez-Haut *besetzt* und in mein Ebenbild verwandelt.

Ein Namenloser namens Zewayn da Onur, spottete der Extrasinn.

Ich werde schon bald herausfinden, warum man sie so bezeichnet.

Flakio Tasamur riss mich aus den Gedanken. »Wir sollten hier keine Wurzeln schlagen.«

Ich breitete die Arme aus. »Da wir nicht gerade als gut ausgerüstete Söldnerarmee gelten können, sollten wir uns einen taktischen Vorteil erarbeiten, indem wir erst einmal beobachten. Wären wir drei Dutzend Kämpfer mit einem Arsenal an Hightechwaffen, würde ich das Gebäude erstürmen und jeden Widerstand hinwegfegen. So aber sollten wir …«

»Schon gut.« Tasamur wand sich unbehaglich. »Die Situation ist für mich im höchsten Maß unangenehm. Ich kann meine Psi-Gaben nicht anwenden. Telepathie und Telekinese sind für mich derart alltäglich, dass man es damit vergleichen könnte, wenn dir plötzlich der Tastsinn geraubt würde. Oder wenn du blind wärst. Würde dich das nicht auch … beunruhigen?«

»Dennoch darf es dich nicht zu Leichtsinn verleiten.«

»Mein Verstand weiß das. Doch mein Gefühl begehrt dagegen auf. Ich möchte am liebsten alles möglichst schnell hinter mich bringen und von hier verschwinden.«

Ohm schob sich an uns vorbei und kniff die Augen zusammen. Während er auf diese Weise offensichtlich etwas beobachtete, sagte er: »Vielleicht ist es doch keine so gute Idee, dass du uns begleitest.«

Ich war auf einen weiteren aggressiven Wortwechsel meiner Begleiter gefasst, und so war ich erleichtert, dass Tasamur schwieg.

»Seht euch die Außenseite des Khasurn an«, forderte Ohm. »Rechts neben der ersten Stahlstrebe. Dort befindet sich ein Eingangstor, vor dem nur eine Wache postiert ist.«

»Das ist geradezu eine Einladung.« Tasamur klopfte auf den Griff seines Strahlers. »Den Burschen erledigen wir mit einem Fingerschnippen, und der Weg steht uns offen. Der alte Penzar da Onur wird sich freuen, dich wiederzusehen, Atlan.«

»Das wage ich allerdings zu bezweifeln.«

»Und ich wage zu behaupten, dass ich es nicht ernst gemeint habe.«

Ich freute mich schon darauf, Penzar da Onur die Rechnung dafür zu präsentieren, dass er unseren Gleiter hatte sabotieren lassen. Die zurückliegenden Wochen in der Schweißöde hatten wir ihm zu verdanken. Nicht gerade die ideale Voraussetzung dafür, uns milde zu stimmen.

Wir würden ihn zum Reden bringen, ob er es wollte oder nicht. »Das scheint in der Tat eine gute Gelegenheit zu sein. Aber wir müssen Vorsicht walten lassen. Man könnte unsere Ankunft auf Snetcom beobachtet haben und uns eine Falle stellen.«

Ohm zog seinen Strahler. »Wir sollten von einem näheren Platz aus beobachten. Wenn es sich um eine Falle handelt, werden wir es bemerken.«

Der Goldene Schuss

Ich übernahm die undankbare Aufgabe, den Wachtposten auszuschalten.

Wir waren nahe genug heran, um zu erkennen, dass es sich um einen Springer handelte; der Anblick weckte sofort die Assoziation an die unliebsame Begegnung mit Kerit in der Schweißöde.

Der Wächter saß gelangweilt auf einem großen Stein. Um seine Aufmerksamkeit schien es nicht gut bestellt zu sein. Ein Söldner, der seinen Dienst mit großer Unlust ausübte.

Oder doch der Köder in einer Falle, die jeden Augenblick zuschnappen konnte? Wir hatten den Eingang einige Zeit aus sicherer Entfernung beobachtet, und uns war nichts aufgefallen, was darauf hindeutete – was jedoch nicht bewies, dass es sich nicht um eine *gute* Falle handelte.

Ein Gebüsch bot mir Deckung bis in eine Entfernung von etwa fünf Metern. Nur fünf Meter. Mit einem gezielten Strahlerschuss wäre es ein Leichtes gewesen, den Springer außer Gefecht zu setzen, doch die energetische Entladung wäre aller Wahrscheinlichkeit nach angemessen worden.

Also blieb nur ein Weg: gute alte Handarbeit.

Von meinem neuen Beobachtungsposten verfolgte ich jede Bewegung des Wächters. Er starrte gelangweilt geradeaus.

Er wähnt sich tatsächlich in Sicherheit, gab sich der Logiksektor überzeugt. *Jede seiner Bewegungen deutet darauf hin. Er ist extrem unaufmerksam. Ein weiterer Beweis dafür, dass es um den Khasurn der da Onur nicht zum Besten bestellt ist. Wenn ein Patriarch sich solche Söldner leistet, wirft das ein denkbar schlechtes Licht auf ihn.*

Ich verharrte in der Deckung, wartete ab, bis sich eine günstige Gelegenheit ergab. Etwa wenn der Springer die klobige

Waffe in seinen Pranken zur Seite legte oder er vor Müdigkeit die Augen schloss … Ich würde meine Chance erhalten.

Einige Minuten vergingen.

Auf einmal sah sich der Wächter nach rechts und links um, verzog das Gesicht und hängte seine Schusswaffe an einem Gurt über die Schulter. Dann schritt er auf das Gebüsch zu, näherte sich meiner Position. Er spuckte geräuschvoll aus und begann am Verschluss seiner grauen Uniformhose zu nesteln.

Ich konnte mir ein Grinsen nicht verkneifen. Der Springer wollte seine Blase erleichtern ...

So weit kam es nicht. Ich schlich auf ihn zu. Er bemerkte mich erst, als meine Handkante schon auf seinen Nacken zujagte. Ein gezielter Dagor-Schlag schickte ihn augenblicklich in eine tiefe Ohnmacht.

Ich stieß ihn an, so dass er im Gebüsch landete.

Tasamur und Ohm hatten aus ihrem Versteck alles beobachtet und eilten herbei.

»Penzar da Onur«, flüsterte der ehemalige Thakan. »Du solltest dir wirklich bessere Wachtposten suchen.«

Sekunden später betraten wir das Kelchgebäude und damit den eigentlichen Bereich des Khasurn.

Ein breiter Gang empfing uns, durch indirekte Lichtquellen schattenlos erhellt. An den Wänden hing eine Unzahl Bilder, lauter grimmige Porträts männlicher Arkoniden. Die Frauen des Hauses da Onur folgten erst nach etlichen Metern. Hin und wieder war eine atemberaubende Schönheit unter ihnen. Die meisten besaßen allerdings nichtssagende Gesichter mit trüben Augen, in denen sich Dekadenz spiegelte.

Wir marschierten durch den Gang, ohne auf jemanden zu treffen. Erst als wir vor drei nebeneinanderliegenden, geschlossenen Schotten standen, sauste ein humanoid geformter Robot auf uns zu.

»Sie sind widerrechtlich eingedrungen«, schnarrte er mit nahezu perfekt modulierter Stimme. Ich erkannte sie sofort an dem kleinen Programmierungsfehler, da sich manche Silben unangebracht lang zogen. »Erklären Sie sich!«

»Du kennst mich«, nahm ich ihm den Wind aus den Segeln – dass er mit seiner Behauptung Recht hatte, überging ich. »Ich war vor Wochen schon einmal hier.«

»Sie irren sich.« Der Robotportier gab seiner Stimme einen pikierten Einschlag. »Meine Speicher weisen nicht auf, dass ich Ihnen oder Ihren Begleitern schon einmal begegnet bin.«

»Ich trat damals als Elias Pattri auf und sprach mit deinem Herrn.«

»Ein Elias Pattri ist nicht im Audienzkalender verzeichnet«, sagte der Roboter.

»Dann wird es Zeit, dass du deine verrosteten Routinen auswechselst. Ich hatte vor Wochen einen offiziellen Termin mit deinem Herrn. Leider konnte ich ihn nicht wahrnehmen. Wo finde ich den Patriarchen?«

»Im zentralen Wohnbereich, das mittlere Schott«, gab der Robot scheinbar bereitwillig Auskunft. »Bitte warten. Ich werde mich mit ihm in Verbindung setzen. Bitte warten. Der Patriarch ist sehr beschäftigt. Bitte warten. Ich fürchte, im Moment ist kein Empfang möglich. Bitte warten.«

Tasamur zog seinen Strahler hervor und jagte einen Schuss in die Kopfsektion des Roboters. Funken flogen, und aus dem Einschussloch quoll Rauch. Es stank nach verschmortem Kunststoff. Der Robotportier erstarrte.

»Nun wartest du mal zur Abwechslung«, sagte Flakio.

Tasamur handelt eigenmächtig. Er akzeptiert dich nicht als Anführer der Mission. Du könntest Schwierigkeiten bekommen, deine Ziele durchzusetzen.

Vielen Dank, antwortete ich dem Extrasinn. *Ohne dich wäre mir das gar nicht aufgefallen.*

Ohm stieß den Robot zur Seite. »Sogar deine Tarnexistenzen sind äußerst unbeliebt, Atlan.«

»Weiter! Suchen wir Penzar da Onur, ehe hier die Hölle los ist.« Ich wollte das mittlere Schott öffnen, doch es war verschlossen.

Tasamur machte auch da kurzen Prozess. Dank des letzten Zwischenfalls würden wir ohnehin nicht länger unentdeckt bleiben. Er schaltete seine Kombiwaffe auf Desintegratorbetrieb und schmolz eine ausreichend große Lücke in das Schott, um hindurchzugelangen.

Der ehemalige Thakan verbeugte sich. »Bitte einzutreten!«

Dieselbe schattenlose Helligkeit. Dieselbe beigebraune Farbe, mit der alles gestrichen war. Nur dass diesmal keine endlose Bilderreihe die Wände zierte und an einigen Stellen die Farbe abblätterte.

Wir stürmten los, die Strahler schussbereit.

Niemand stellte sich uns in den Weg.

Wir gingen durch den mehrfach abknickenden Gang und legten etliche Meter zurück, ehe eine Stimme erklang. Ich erkannte sie sofort: Penzar da Onur, der Patriarch persönlich.

»Atlan da Gonozal.« Es dauerte einige Momente, bis ich eine Membran in der Decke als Quelle der Stimme erkannte. »Es ist nicht nötig, dass Sie mit Gewalt den Khasurn erstürmen.«

Ich ging auf den freundlichen Tonfall ein. »Als ich einen offiziellen Termin erhielt, zeigten Sie sich nicht sonderlich gewillt, ihn einzuhalten. Mein Gleiter erlitt einen höchst ungewöhnlichen Defekt und stürzte über der Wüste ab.«

»Was hat das mit mir zu tun?«, fragte Penzar da Onur mit jenem Hochmut, der nur Angehörigen des arkonidischen Adels zu eigen ist.

»Lassen Sie uns das von Angesicht zu Angesicht ausdiskutieren«, schlug ich vor.

»Eine vernünftige Idee. Legen Sie die Waffen ab und folgen Sie dem Gang bis zum Ende. Sie werden das dortige Schott offen finden. Es ist nicht nötig, dass Ihr Begleiter es zerstört. Ich erwarte Sie in den dahinter liegenden Räumlichkeiten.«

Ich dachte nicht daran, die Strahler aus der Hand zu geben. Wir gingen weiter.

»Bitte legen Sie die Waffen ab«, wiederholte der Patriarch. Offensichtlich konnte er uns auch beobachten.

Niemand von uns hielt es für nötig, darauf eine Antwort zu geben.

Hinter uns wurden hastige Schritte laut. Durch den verwinkelten Verlauf des Ganges konnten wir die Angreifer noch nicht sehen.

Tasamur lachte verächtlich auf. »Na endlich. Wurde auch Zeit, dass sich einige Söldner um uns kümmern.« Er drehte sich um, presste den Körper gegen die Wand und hob den Strahler.

Ich vertraute darauf, dass der Patriarch nach wie vor mithörte. »Penzar da Onur! Blutvergießen ist gänzlich unnötig. Wir sind nur hier, um zu reden. Es gibt Dinge, die Sie wissen und die für mich von äußerster Wichtigkeit sind. Wir sind nicht Ihre Feinde.«

»Deshalb sind Sie auch gewaltsam eingedrungen.«

»Ihr Torwächter lebt, und den Roboter wird die USO ersetzen. Auch über weitere finanzielle Entschädigung können wir verhandeln.«

Flakio Tasamur schoss, als eine Gestalt um die letzte Biegung trat.

»Beenden Sie das, Patriarch!«, forderte ich.

»Den Angriff abbrechen!«, befahl da Onur. »Vorläufig.«

»Eine vernünftige Entscheidung.«

Das Stichwort »finanzielle Entschädigung« hat ihn umgestimmt, ergänzte der Logiksektor. *Doch das kann nicht alles sein. Es muss Gründe geben, die uns nicht bekannt sind.*

»Das werden wir noch sehen.« Da Onurs Stimme triefte vor Hohn.

Um ihn bei Laune zu halten, sagte ich wider besseres Wissen: »Vielleicht handelte es sich bei unserem Gleiterdefekt um einen bedauerlichen Zufall. Sollte dies zutreffen, bedauere ich unser ungestümes Eindringen und bitte nun um eine Unterredung. Was wir zu besprechen haben, ist zudem für Sie von großer Bedeutung. Die acht Namenlosen entstammen

Ihrem Geschlecht, Patriarch. Es handelt sich um Ihre Vorfahren, und es müsste in Ihrem Sinn sein, das Rätsel zu lösen, das diese acht Männer umgibt.«

»Ihr Verhandlungsgeschick ist bewundernswert, Atlan da Gonozal.« Er sprach den Namen meines Geschlechts in respektlosem Tonfall aus. »Darüber hinaus wundert es mich, solch illustren Besuch zu empfangen wie den ehemaligen Thakan dieses Planeten, Flakio Tasamur.«

»Überrascht?« Der Mutant schritt in Richtung der Tür, hinter der Penzar da Onur wartete.

Der Patriarch antwortete nicht, sondern wiederholte den Befehl, die Waffen niederzulegen.

»Schicken Sie zuerst Ihre Söldner weg«, forderte ich.

»Um Ihnen meinen guten Willen zu demonstrieren ...« Die weiteren Worte sprach Penzar da Onur nie zu Ende. Die Situation eskalierte.

Marik verfolgte von einem sicheren Platz aus den Wortwechsel. Der greise Leibdiener unterdrückte mit Mühe seine Überraschung.

Die Dinge entwickelten sich zufriedenstellend, und mehr als das. Noch vor einem Monat hätte er es nicht für möglich gehalten, dass sein Ziel endlich in greifbare Nähe rückte.

Er hatte es satt, das Leben eines unbedeutenden Leibdieners in einem heruntergekommenen Khasurn zu führen.

Er hatte es satt, den Terminkalender eines dekadenten Idioten zu führen, der seinen adligen Lebensstil aufrechterhielt, obwohl seine Zeit längst abgelaufen war. Das Haus der da Onur mochte einst bedeutend gewesen sein, doch das gehörte der fernen Vergangenheit an.

Marik griff nach einem Gebäckstück und kaute lustlos darauf herum. Der Absprung in ein neues Leben stand greifbar nahe vor ihm. Er war schon seit langem bereit, alles hinter sich zu lassen und zu gehen ... irgendwo in Orbana seine letzten Jahre zu verbringen. Denn was blieb ihm noch? Er war alt, die Falten in seinem Gesicht wurden tiefer, die Haare dünnten sich aus, und seit kurzem versagte seine Manneskraft immer öfter.

Sollte er bis zu seinem Tod den Trott im Khasurn weiter fortführen? Dem alten Penzar in den Hintern kriechen? Ein Leben ohne Höhepunkte führen, in dem der einzige Nervenkitzel darin bestand, hin und wieder einen Blick auf Aizela, die Tochter des Patriarchen zu erhaschen?

Aizela war das einzige von Penzars Kindern, das mit Schönheit gesegnet war, und das gleich in überreichem Maß. Ihre Schwestern waren unansehnliche Vetteln wie die meisten Frauen des Geschlechts der da Onur.

Der Leibdiener starrte auf die Wiedergabe der Beobachtungskamera. Atlan da Gonozal, Ohm Santarin und Flakio Tasamur.

Flakio Tasamur!

Das bildete die Spitze einer Reihe von Gelegenheiten, die Marik zu seinem Vorteil ausgenutzt hatte.

Da war zum einen Ohm Santarins Anfrage vor mehr als zwei Wochen gewesen, die ihm nicht nur die Tilgung alter Schulden, sondern auch ein zusätzliches Entgelt eingebracht hatte. Wenig später hatte der Leiter des Gleiterverleihs Lungk angefragt, den Patriarchen dringend sprechen zu müssen … ebenfalls wegen des Prospektors, hinter dessen Maske sich Atlan da Gonozal verbarg. Sein Ansinnen weiterzuleiten, hatte den Gnom einiges gekostet.

Und nun tauchte der ehemalige Thakan im Khasurn auf.

Der Staatliche Wohlfahrtsdienst würde für diese Information viel Geld bezahlen. Marik wusste, dass der Geheimdienst mit allen Mitteln nach Tasamur suchte.

Die Bezahlung des SWD würde Marik einen ruhigen Lebensabend in Orbana sichern.

Pulsierendes Leben erwartete ihn, Abwechslung, Zerstreuung und Frauen. Die unnahbare Aizela, die für ihn ohnehin jenseits von Gut und Böse stand, würde nicht mehr die Einzige sein, die seine alten Augen erfreute.

Der Leibdiener nahm Verbindung mit dem SWD auf.

Tasamur passierte das Schott und verschwand kurz aus meinem Blickfeld.

Ein wütender Laut des Patriarchen drang aus dem Akustikfeld, dann die Geräusche einer Auseinandersetzung.

Ich eilte ebenfalls in den Wohnraum, Ohm dicht hinter mir.

»Zieh deine Söldner ab!«, forderte Tasamur. Er stand hinter Penzar da Onur, der auf einem zerschlissenen braunen Sessel saß. Tasamur presste die Mündung seines Strahlers gegen die rechte Schläfe des Patriarchen.

Da Onur rührte sich nicht. Tränen der Erregung sammelten sich in den Augenwinkeln. Ein grünes Hausgewand umschlang den Körper. Darüber glitzerten die Korsettstangen des stützenden Exoskeletts, das der Patriarch schon getragen hatte, als ich ihn das letzte Mal sah.

Tasamur drückte den Strahler fester gegen da Onurs schmalen Kopf. »Na los!«

Der Patriarch gehorchte. Sein Blick fing sich an mir. »Wie hatte ich von Atlan da Gonozal etwas anderes erwarten können. Für einen Augenblick dachte ich sogar, Sie hätten mir Hilfe bringen können.«

Hilfe? Was hatte das zu bedeuten? »Ich habe nichts damit zu tun.«

Penzar da Onur lachte gekünstelt. Die Angst war ihm deutlich anzumerken. »Natürlich nicht. Tasamur handelt ganz gewiss aus eigenem Antrieb.«

»Spar dir den Spott.« Tasamurs Stimme klang kalt wie Eis. »Atlan hat Recht. Er hat meinen Plan nicht durchschaut. Er dachte, ich begleite ihn aus ganz anderen Gründen.«

»Warum?« Ich trat näher. »Warum hast du es getan?«

»Ich weiß, wie wichtig dieser alte Arkonide für dich ist. Du brauchst ihn, benötigst das Wissen, das sich nur in seinem Kopf befindet. Das macht ihn für mich zu einer wertvollen Geisel. Zu einer unbezahlbar wertvollen Geisel, die die USO veranlassen wird, meine Rückkehr zur Macht vorbehaltlos zu unterstützen. Mit allen Mitteln! Nicht wahr, Lordadmiral Atlan?«

»Wir hätten ihm nie vertrauen dürfen«, sagte Ohm. »Ich wusste es von vornherein.«

»Sie können nicht entkommen«, behauptete der Patriarch. »Selbst wenn Sie mich umbringen, wird dieser Khasurn zu Ihrem Grab.«

»Ganz bestimmt nicht. Es kostet mich nur eine Teleportation.«

Da Onur entblößte perfekt ebenmäßige Zähne. »Versuchen Sie doch zu teleportieren, Tasamur. Sie werden bemerken, dass …«

»Ich weiß um die Psi-Fallen«, unterbrach der Mutant. »Du wirst veranlassen, dass man die Fallen abstellt.«

»Das werde ich ganz sicher nicht.«

»Dann stirbst du!«

»Nur zu.« Da Onur erhob sich demonstrativ. Das Exoskelett quietschte.

»Bleib sitzen, alter Narr!«, schrie Tasamur.

Das war der Moment der Entscheidung. Mir blieb keine Zeit, das Für und Wider abzuwägen. Nur eines war völlig klar. Tasamur spielte falsch. Er würde so lange verhindern, dass der Patriarch sein Wissen preisgab, bis die USO ihm seine Wünsche erfüllt hatte – das würde einige Zeit in Anspruch nehmen, zu viel Zeit. Zumal wir seine Forderungen wahrscheinlich ohnehin nicht erfüllen konnten.

Durch Penzar da Onurs überraschende Aktion befand sich Tasamurs Strahler nicht mehr am Kopf seiner Geisel.

Eine winzige Chance. Es war gefährlich … ich konnte alles verlieren. Vielleicht starb da Onur. Vielleicht verlor ich die Möglichkeit, an die Informationen zu gelangen, wegen denen ich in den letzten Wochen durch die Hölle gegangen war.

Dennoch handelte ich augenblicklich. Ich riss meinen auf Paralyse justierten Kombistrahler hervor und feuerte auf Tasamur, streifte ihn nur.

Der ehemalige Thakan schrie vor Wut, ein erstickter Schrei. Er torkelte rückwärts – und feuerte ebenfalls. Aber er hatte seinen Strahler nicht auf Betäubung gestellt.

Penzar da Onur riss in hilfloser Geste die Arme hoch. Der sengend heiße Schuss drang knapp neben der Wirbelsäule in seinen Rücken.

Tasamur und da Onur brachen zusammen. Beide blieben reglos liegen.

Ich hatte alles auf eine Karte gesetzt – und verloren.

Zeit und Endlichkeit: Penzar da Onur und die acht Namenlosen

Zuerst bewegte sich Penzar da Onur.

Er krümmte die Finger, stützte sich ab, drückte den Oberkörper zentimeterweise nach oben. Die Augenlider flatterten. Dann sackte er kraftlos zusammen. Er bewegte die Lippen, doch nur ein leises Stöhnen entrang sich seiner Kehle; vermischt mit einem widerwärtigen Gurgeln. Blutbläschen entstanden vor dem Mund.

Ohm stieß einen Fluch aus. Er richtete den Strahler auf das offene Schott, wo in Kürze die Söldner zu erwarten waren. Ihnen würde sich ein eindeutiges Bild bieten: ihr tödlich verletzter Herr in einer Lache seines Blutes. Wenn wir auch nur Anstalten machten, uns zur Wehr zu setzen, würden sie erst schießen und dann Fragen stellen.

Ich ließ den Strahler fallen, um meinen Worten Nachdruck zu verleihen. »Leg die Waffe weg. Es hat keinen Sinn. Mit Gewalt werden wir nicht entkommen.«

»Sehr … richtig«, antwortete eine leise Stimme, in der sich Schmerz und Qual spiegelten.

Penzar da Onur.

Ehe ich seine Verletzungen untersuchen konnte, stürmten zwei Söldner in den Raum und bewegten suchend schwere Schusswaffen. Sie richteten die Mündungen auf uns.

»Wir sind waffenlos.« Ich hob demonstrativ die Hände. Ohm tat es mir gleich.

Die Bewaffneten waren rotbärtige Springer, genau wie ihr unachtsamer Kollege, der vor dem Eingangstor postiert gewesen war. Sie trugen dieselbe Uniform aus grauem, robustem Stoff. Ihr Blick wechselte zwischen dem Schwerverletzten und dem verrenkt auf dem Boden liegenden Terraner hin und her. »Was habt ihr zu sagen?«

»Wir haben nicht auf euren Herrn geschossen.« Ich wies auf den betäubten Tasamur. Seine Augen waren geschlossen, der Mund halb geöffnet. »Er war es. Ich schützte den Patriarchen.«

»Halt's Maul!«, forderte einer der Söldner grob. »Du bist schon so gut wie tot, Arkonide! Spar dir deine Lügen.«

Im Dröhnen seiner Stimme ging Penzar da Onurs leise Erklärung fast unter: »Er hat Recht.«

»Hör auf deinen Herrn.« Ohm wies auf den blutenden Patriarchen, sorgsam darauf achtend, die Hand nicht zu weit zu senken. »Und sorg sofort für medizinische Versorgung. Hast du keine Augen im Kopf? Der Patriarch wird ohne ärztliche Hilfe sterben.«

»Ich … ich …« Der Springer brachte außer diesem Stammeln kein Wort heraus. Schließlich gab er sich einen Ruck und rief mit seinem Kom einen Medorobot.

Diese kurze Ablenkung hätte man für seine Überwältigung nutzen können, doch danach stand mir nicht der Sinn. Momentan zählte nur Penzar da Onurs Überleben. Langsam senkte ich die Hände und beugte mich zu dem Patriarchen. »Ich werde eine Erstversorgung vornehmen.«

Der Springer zielte mit der Waffe unablässig auf mich, hinderte mich jedoch nicht.

»Waffe weg.« Da Onurs Stimme war wie ein Hauch. Die Stahlstreben des Exoskeletts über dem durchschossenen Brustkorb glänzten inzwischen rot. Noch immer blutete die Wunde stark.

Ich drehte den Patriarchen vorsichtig auf die Seite. Was ich sah, gefiel mir gar nicht. Diese Verletzung würde der Patriarch unmöglich lange überstehen können.

Ich musste die Blutung stoppen, sonst führte der Blutverlust zum Tod. »Gibt es einen Arzt oder wenigstens einen Medorobot im Khasurn?«

»Der Medorob wird sofort eintreffen«, antwortete der Söldner.

Ich suchte auf einem der zahlreichen Sessel einen geeigneten Stoffüberwurf oder Ähnliches, um einen ersten Behelfsverband daraus zu fertigen. Dabei fiel mein Blick auf Tasamur. Er würde noch gut zwei Stunden schlafen.

Als ich zu Penzar da Onur zurückkehrte, schwebte ein konisch geformter Roboter durch das noch immer offen stehende Schott. »Entfernen Sie sich von dem Patriarchen. Sie behindern meine Untersuchung.«

Ich hoffte, dass es sich bei dem Roboter um kein allzu veraltetes Modell handelte. Den Patriarchen zu retten, erforderte den neuesten Stand der Medizin.

Aus seinem Leib fuhren vier gelenkige Extremitäten mit diversen Diagnoseinstrumenten. Damit nahm der Medorobot die Vitalwerte des Patriarchen auf und führte gleichzeitig einige Tests durch. Einer der Arme bog sich in Richtung des ehemaligen Thakans. An seiner Spitze leuchtete etwas auf, ein Scanstrahl traf Tasamur.

»Gibt es noch etwas, das Ihr sagen wollt, Herr? Ich werde Euch in ein künstliches Koma versetzen, um Eure Lebensfunktionen zu stabilisieren«, verkündete der Medorobot.

Penzar da Onurs Lippen bewegten sich, doch er brachte keinen Laut zustande.

»Ich injiziere jetzt ein Aufputschmittel, das Euch für einige Augenblicke in die Lage versetzt zu reden. Danach muss ich augenblicklich den komatösen Zustand einleiten.« Ein wie eine Spritze geformtes Instrument berührte da Onurs Oberarm.

Das Mittel zeigte sofort Wirkung. Der Zustand des Patriarchen besserte sich, die Worte kamen klar und deutlich. »Behandelt Atlan da Gonozal und seinen Begleiter als Gäste, aber erlaubt ihnen nicht zu gehen. Und was Tasamur angeht – nehmt ihn gefangen. Setzt ihn fest. In unserer *Luxuszelle.*«

Sein Blick suchte seine Söldner. »Gerik, du übernimmst persönlich seine Bewachung! Wenn er aufwacht, beantworte keine Fragen, ignoriere jeden Versuch einer Einflussnahme, verweigere einfach den Kontakt! Wenn er frech wird, zieh die Samthandschuhe aus. Ja, zieh die Samthandschuhe aus. Er soll leiden!«

Gerik schulterte den Paralysierten und verließ den Raum.
Ich schaute ihm mit gemischten Gefühlen nach.

Das Instrument näherte sich wieder seinem Oberarm. »Es wird Zeit. Euer Kreislaufsystem droht zu versagen. Ich werde einige Operationen vornehmen müssen.«

Sekunden später seufzte der Patriarch und schloss die Augen.

»Behandelt Atlan da Gonozal und seinen Begleiter als Gäste, aber erlaubt ihnen nicht, den Khasurn zu verlassen«, wiederholte Ohm die Worte des Patriarchen. »Warum hat er es nicht beim Namen genannt und gesagt, seine Söldner sollen uns gefangen nehmen?«

Ich setzte mich auf einen der braunen Sessel, die uns zur Verfügung standen. »Dieser Raum ist nur schwerlich als Zelle zu bezeichnen.«

An den blauen Wänden hingen die unvermeidlichen Bilder aus der Historie der da Onur. Im Raum verteilten sich mehrere durchaus bequeme Sitzgelegenheiten. Das weiche Material passte sich dem Rücken perfekt an. Über die gesamte Breite des Zimmers standen verschlossene Vitrinen, wir hatten nicht versucht, sie gewaltsam zu öffnen. Was immer sich darin befinden mochte, war nicht von Belang.

Der Söldner hatte uns zielstrebig hierher geführt. Das Gästezimmer besaß eine Fensterfront nach Westen. Am nächsten Morgen würden wir zumindest eine schöne Aussicht genießen können.

Deswegen bist du also nach Lepso gekommen: Biergeselligkeit, ein Segeltörn, eine schöne Aussicht, meldete sich mein Extrasinn.

Ohm saß ebenfalls, rutschte aber unruhig auf der Polsterfläche hin und her. Seine Finger bohrten sich in das Obermaterial. »Auch ein bequemer Käfig ist ein Käfig.«

»Ich denke nicht, dass wir lange hier sein werden. Der alte Penzar lebt schließlich nicht allein in diesem Khasurn. Einer seiner Nachkommen wird sich schon bald bei uns melden.«

Wie auf ein Stichwort öffnete sich die Tür. Ein dicker Arkonide trat ein; er mochte dreißig, höchstens vierzig Jahre alt sein. Sein Haar war stoppelkurz geschnitten, die Gesichtshaut bleich, beinahe fahl. »Der *alte Penzar* ist für Sie der Patriarch, verstanden?«

Der Neuankömmling versuchte wohl, seine Stimme aggressiv klingen zu lassen, was ihm aber gänzlich misslang. Er machte auf mich den Eindruck, als sei ihm völlig gleichgültig, was sich abspielte.

»Darf ich Ihren Worten entnehmen, dass Sie unsere Unterhaltung belauscht haben?«, fragte ich unverfroren. »Entschuldigen Sie … ich meinte natürlich, verfolgt haben?«

»Das habe ich in der Tat. Ihnen, Lordadmiral Atlan, muss ich wohl zugute halten, dass Sie versuchten, meinen Vater aus den Klauen des Geiselnehmers zu retten.«

Keine Anklage, stellte der Logiksektor fest. *Penzars Sprössling scheint die schwere Verletzung seines Vaters nicht zu bedauern.*

Ich erhob mich und deutete eine Verbeugung an. »Da Sie unsere Namen offenbar kennen, darf ich fragen, mit wem wir die Ehre haben?«

»Zimral da Onur. Ich bin der jüngste Sohn des Patriarchen.«

»Wie geht es Ihrem Vater?«

»Der Medorobot hat vor kurzem sein künstliches Koma unterbrochen. Wir waren alle anwesend, um Vater die schwere Nachricht zu erleichtern. Seine inneren Verletzungen sind zu stark. Er wird sterben. Ihm bleiben noch höchstens zwei Tage, die er großteils schlafend verbringen wird.«

Also hatte Penzar da Onur nur noch wenige wache Stunden zur Verfügung. Würde er mir die benötigten Informationen zukommen lassen, ehe er starb? Wie konnte ich den Sterbenden dazu bewegen?

Zimral da Onur strich sich über das stoppelkurze Haar, kratzte sich in derselben Bewegung über dem Ohr, bohrte dann den kleinen Finger in den Gehörgang. Eine wenig elegante Geste, einem arkonidischen Adeligen unwürdig. »Vater verlangt Sie zu sprechen, Atlan da Gonozal.«

»Sie scheinen darüber nicht sonderlich erfreut zu sein.«

»Ich teile seine Auffassungen nicht, auch nicht, was Sie anbelangt. Doch wer bin ich, dass ich mich ihm in den Weg stellen würde?« Zimral wandte sich ab. »Folgen Sie mir, Atlan. Nur Sie.«

»Was geschieht mit mir?«, ereiferte sich Ohm.

»Sie warten ab. Da Sie unser Gast sind, können Sie einem Robot mitteilen, wenn Sie Hunger oder Durst haben.«

Der jüngste da Onur verließ den Raum. Ich folgte ihm. Zimral bedeutete dem Springer-Wachtposten, die Tür zu schließen.

Zimral schritt eilig voraus. »Übrigens hat Vater Ihnen die Erlaubnis erteilt, sich frei im Khasurn zu bewegen. Er vertraut Ihnen. Ich führe Sie zur Medostation. Danach werden Sie sich alleine zurechtfinden müssen.«

Penzar da Onur lag auf einer Pritsche, den Kopf rechts und links von sanften Erhebungen gestützt. Über dem Körper bafand sich eine dünne weiße Decke, auf der die nackten Arme lagen. Die bleiche Haut war von bräunlichen Altersflecken übersät. Vom rechten Ellenbogen bis zur Schulter zog sich eine schmale, intensiv rote Narbe.

In Höhe der Füße verschwand ein grüner Schlauch unter der Decke. Ein Scanstrahl hielt die Hirnfrequenzen unter Beobachtung.

Das ohnehin schmale Gesicht des Patriarchen wirkte eingefallen; die Haut unter den Augen war dick geschwollen. Das rechte Auge starrte unbeweglich geradeaus, der Mundwinkel hing schlaff nach unten.

»Was glotzen Sie mich an?«, fragte Penzar da Onur wenig vornehm. »Ich bin halbseitig gelähmt. Es hätte schlimmer sein können.« Er nuschelte, da er viele Laute nicht mehr richtig formen konnte. Ein Speichelfaden rann über die Unterlippe bis zum Kinn. »Außerdem versagen meine inneren Organe. Giftstoffe überschwemmen meinen Körper.« Er verzog vor Schmerzen das Gesicht.

Sofort schwebte der Medorobot aus einer Ecke des Raumes und injizierte ein Schmerzmittel. »Mehr werde ich Euch nicht geben können, Herr, sonst ...«

»Schon gut«, unterbrach da Onur.

Ich beugte mich zu ihm hinab. »Wie konnten Sie überleben, Patriarch? Ich habe die Wunde gesehen. Der Strahl muss Ihr Herz getroffen haben.«

Penzar da Onur hob die Linke und legte sie auf die Brust. Die Finger zitterten. »Ich bin ein Spiegelkind.«

»Ein ... Spiegelkind?«

»Meine Organe liegen im Vergleich zu der üblichen Anordnung spiegelverkehrt. Das kommt hin und wieder vor. Das heißt auch, dass sich mein Herz auf der anderen Brustseite befindet. Aber glauben Sie mir, Atlan – ich habe Schaden genug erlitten.«

»Ihr Sohn teilte mir mit, dass Sie nicht mehr lange zu leben haben.«

»Nicht einmal dieser Medorobot, für den ich in weiser Voraussicht einen großen Teil meines verbliebenen Vermögens ausgegeben habe, vermag mir zu helfen. Doch ich habe Sie nicht rufen lassen, um über meinen Zustand zu sprechen.«

Ich merkte auf. »Sondern?«

Der langsam sterbende Patriarch lachte trocken, was in einem krampfhaften Husten endete. Es dauerte Sekunden, bis er wieder in der Lage war zu reden. »Sie sind hier, weil Sie Fragen haben. Berechtigte Fragen. Seit gestern gibt es keinen Grund mehr, Ihnen die Antworten zu verschweigen.«

»Was ist gestern geschehen?«

»Immer der Reihe nach, Atlan da Gonozal ... immer der Reihe nach. Wir müssen zuerst etwas klarstellen. Ich gebe Ihnen die Antworten nicht ohne Gegenleistung.«

»Nennen Sie Ihre Bedingung.«

Der Alte hob seine Linke, kratzte über den Rücken der gelähmten Hand. »Mein Geschlecht herrschte einst über den Lehnsplaneten Sadik.«

»Ich weiß.«

»Natürlich wissen Sie es. Nicht umsonst haben Sie sich einen Partner ausgesucht, der ebenfalls von diesem Kolonialplaneten stammt. Halten Sie mich nicht für dumm, Lordadmiral. Vor über 1100 Jahren fielen die da Onur auf Sadik in Ungnade.«

Lass dir das genaue Datum nennen, forderte der Extrasinn.

»Stellt Ihr Logiksektor bereits Verbindungen her? Sie vermuten ganz richtig. Wir wurden im Jahr 2003 geächtet, als die acht Namenlosen verschwanden.«

»Erzählen Sie mehr darüber.«

»Später. Noch kennen Sie die Bedingung nicht. Die da Onur fielen damals in Ungnade, und meine Vorfahren mussten nach Lepso zurückkehren.«

»Zurückkehren?«

»Hören Sie auf, Fragen zu stellen! Die Bedingung dafür, dass ich Ihnen erzähle, was Sie wissen wollen, ist die folgende: Mein Geschlecht lebt seit über 1100 Jahren ohne Ehre. Wir tragen eine Schande, die wir nicht verdienen. Stellen Sie die Ehre der da Onur wieder her, Lordadmiral Atlan.«

»Wie könnte ich das?«

»Bringen Sie die Wahrheit ans Licht!«

»Das kann ich nur, wenn ich sie kenne.«

»Versprechen Sie es!« Aus dem linken Auge quoll eine Träne der Erregung.

Der Medoroboter meldete, dass die Werte des Patienten auf beunruhigende Weise anstiegen. »Er ereifert sich zu sehr. Die Aufregung schadet ihm.«

Da der Patriarch den Robot ignorierte, kümmerte ich mich ebenfalls nicht um ihn. »Wenn es stimmt, dass die da Onur die Schande nicht zu Recht tragen, werde ich alles tun, Ihr Geschlecht zu rehabilitieren.«

»Mehr wollte ich nicht hören. Damit Sie verstehen, worauf es ankommt, muss ich sehr früh beginnen.«

Vergangenheit

Jahr 1 der Besiedelung

»Lepso.«

Shukkirah da Onur ließ sich den Namen auf der Zunge zergehen, horchte auf den Klang.

»Lepso.«

Er stieg aus dem Beiboot und setzte zum ersten Mal einen Fuß auf diese Welt. Die Durchschnittstemperatur auf diesem Planeten war extrem hoch, doch davon wollte er sich nicht beirren lassen. Er war stolz darauf, der Leiter des Besiedelungsprojektes zu sein, das die da Onur in jahrelanger Arbeit vorbereitet und geplant hatten.

Der junge Arkonide versicherte sich, dass niemand aus seiner Crew ihn hören konnte, ehe er weitersprach. »Gründervater Shukkirah da Onur, Herrscher über Lepso.«

Es klang gut. Sehr gut.

Es störte ihn nicht, dass ihm weniger wegen der brütenden Hitze als der hohen Luftfeuchtigkeit wegen augenblicklich der Schweiß ausbrach. Er hatte das Beiboot auf einer kleinen Lichtung gelandet.

In nur wenigen Schritten Entfernung wucherten üppige Baumgewächse. Blätter schillerten in Grün und sattem Rot; um die mächtigen Stämme wanden sich Schmarotzerpflanzen, die wiederum Nährboden für allerlei Pilze abgaben.

Die Luft schmeckte süß. Die Ursache dafür kannte Shukkirah aus der Lektüre der vorbereitenden Bio-Studien. Der Ra'mo-Strauch – ursprünglich als »Lepso 03-R-11/77« katalogisiert – blühte und verteilte Millionen Sporen in die Luft.

Ungiftige Sporen, wie fast keine Pflanzen in diesem Dschungel für Arkoniden gefährlich waren. Trotzdem folgte

Shukkirah den Standardprotokollen und schloss den Helm des Einsatzanzugs. Solange ein Planet als unbesiedelt galt, wurde es nachdrücklich empfohlen.

Unbesiedelt … wenn man es ganz genau nahm, würde sich das mit dem heutigen Datum ändern. Lepso war eine der vielen Welten, auf denen eine arkonidische Kolonie gegründet wurde – von den da Onur. Für das Imperium mochte es nur ein kleiner Schritt sein, für Shukkirah jedoch war es der Wendepunkt seines Lebens. Der Höhepunkt seiner bisherigen Existenz.

Er hatte lange überlegt, auf welchem Kontinent er landen sollte. Die meisten beherbergten große Wüstenflächen; dort war es noch heißer als auf diesem Zentralkontinent, der mit dichtem Dschungel bewachsen war.

Die Entscheidung war letztlich aus einer Laune heraus gefallen. Er hatte Prispris gefragt, sein Maskottchen, und der Leuchtvogel war genau in dem Moment entflammt, als Shukkirah auf die Holodarstellung des Dschungelkontinents gewiesen hatte.

Ein Lautsprecher übertrug jedes Geräusch der Umgebung originalgetreu ins Innere des Helmes. Das Rascheln der Insekten, das Schmatzen seiner Schritte im morastigen Untergrund, das Keckern der Baumbewohner.

Und jene Laute, die ihn vor das größte Problem seines Lebens stellen sollten: *Fs-rah. Trelig orkul. Fs-rah.* Ein Problem fürwahr, denn Shukkirah ahnte vom ersten Blick an, dass es sich um *sinnvolle* Laute handelte. Um die Äußerung einer intelligenten Art.

Weißes Fell bedeckte die Gestalt, die diese Laute – diese Worte – ausstieß. Aus der Brust wuchs ein einzelner, kräftiger Arm. Und das Wesen sprach weiter: »Tsanar girlag. Fs-rah. Fs-rahka! Gavivi.«

»Gavivi?«, wiederholte Shukkirah.

»Gavivi«, wiederholte der Einarmige.

So kamen die Gavivis zu ihrem Namen.

»Wir können es nicht tun.« Shukkirah da Onurs Gesicht schien vor Zorn zu glühen. Wie er ihn hasste, diesen Emporkömmling, der ihm auf den Hals geschickt worden war.

Gristy da Tromin winkte ab. Sein weißes Haar wellte sich sanft, die Haut der Wangen war zart. Im krassen Gegensatz dazu stand der eiskalte Blick seiner Augen. »Genau diese Einstellung hat dich vor den Augen des Imperators zum Versager gestempelt. Seine Erhabenheit, der Göttliche, legt großen Wert auf die Besiedelung Lepsos. Was kümmern uns da ein paar wilde Kreaturen?«

»Die Gavivis sind keine wilden Kreaturen«, sagte Shukkirah bestimmt. »Sie sind eine intelligente Spezies. Die Beweise dafür liegen auf der Hand.«

Da Tromins schmale Finger glitten durch das lange Haar. »Seit einer halben Ewigkeit versuchst du mit ihnen zu kommunizieren. Ich zitiere aus deinem Bericht: *Die Translatoren können ihre Sprache nicht analysieren.* Das bedeutet nicht mehr und nicht weniger, als dass es keine Sprache ist. Es sind Laute, da Onur! Bloße Laute.«

»Wir dürfen dieses Volk nicht ausrotten!«

»Wer spricht von Ausrotten? Deine Affen dürfen auf diesem Kontinent leben. Damit steht ihnen mehr als ausreichend Platz zur Verfügung. Nur aus allen anderen Gebieten Lepsos haben sie zu verschwinden. Sie beanspruchen Platz und greifen die Siedler an. Ein unhaltbarer Zustand.«

Oh ja, Shukkirah da Onur hasste Gristy da Tromin. Der da Tromin hatte es auf seine Stellung abgesehen. Er wollte der Leiter des Besiedelungsprojektes werden, da war sich Shukkirah absolut sicher. Deshalb brachte der andere ihn in Misskredit. Deshalb stellte Gristy seine Bemühungen um die Gavivis in seinen Berichten in völlig falschem Licht dar.

Shukkirah beendete zornentbrannt die Unterredung, verließ das Gebäude und stieg in seinen Gleiter. Ein Rundflug über den Dschungel würde ihm guttun. Die weite, üppige

Landschaft besänftigte ihn jedes Mal aufs Neue, denn etwas Erhabenes ging von ihr aus.

Der junge Arkonide startete den Gleiter und flog in kurzem Abstand über den Baumwipfeln. Die Seitenscheibe hielt er geöffnet, so dass die Geräusche des Dschungels zu ihm hereindrangen.

Er hatte sich noch nicht weit von seinem Startplatz entfernt, als er neben sich eine Bewegung wahrnahm. Maßlos erschrocken sah er sich um.

Vertraute Laute drangen an sein Ohr. »Fs-rah. Did-a-chick?« Ein Gavivi kletterte gewandt aus dem kleinen Laderaum.

»Was suchst du denn hier?«

Als habe der Einarmige ihn verstanden, deutete er auf den Bereich unter Shukkirahs Füßen. Dort befand sich das Haupttriebwerk des Gleiters.

Da Onur hielt es zunächst für einen Zufall, doch der Gavivi kam näher, drückte Shukkirahs Beine mit Gewalt beiseite und öffnete geschickt die Platte, die Zugang zum Triebwerk gewährleistete.

An dessen Oberseite war eine Bombe befestigt. Eine faustgroße Sprengladung, deren Explosivkraft ausreichte, den Gleiter samt seinem Piloten im wahrsten Sinn des Wortes in der Luft zu zerfetzen.

Shukkirah verstand die Anzeige des Zeitzünders genau. Es handelte sich um ein Modell, dessen Countdown nicht ohne die Eingabe eines komplizierten Kodes gestoppt werden konnte. Ihm blieben nur noch wenige Augenblicke.

Es gab nur eine Chance. Er zog den Gleiter steil nach unten. Die Spitze bohrte sich in das dichte Kronendach, dann brach das ganze Fluggefährt durch die Bäume.

Die Heckkanzel aus Hartplastik barst, Äste peitschten ins Innere, rissen splitternd ab. Etwas fuhr heiß in die Wange des jungen Arkoniden.

Er riss schützend die Arme hoch. Metall verformte sich kreischend. Blätter regneten auf ihn. Ein abgebrochener Ast bohrte sich dicht neben seiner Schulter in die Rückenlehne.

Dann schlug der Gleiter auf. Shukkirah wurde aus dem Sitz gerissen. Der Gavivi klammerte sich erfolgreich an der Konsole fest.

Die Maschine war noch nicht völlig zur Ruhe gekommen, als die beiden unterschiedlichen Wesen gleichzeitig ins Freie sprangen. Sie rannten los.

Hinter ihnen verging der Gleiter in einem Glutball. Die Druckwelle entwurzelte einen Baum, der sich krachend zur Seite neigte. Lange ehe er aufschlagen konnte, fingen ihn Nachbargewächse auf.

Shukkirah sah fassungslos zurück. Er hatte Glück gehabt. Großes Glück.

Sein Glücksbringer stand direkt neben ihm. »Did-a-chick? Fsrahka.«

Jahr 12 der Besiedelung

Die Gavivis hatten sich in den Dschungelkontinent zurückgezogen, als überall brutale Treibjagden auf sie begannen. Hunderttausende der Einarmigen waren abgeschlachtet worden.

Shukkirah hatte das Morden nicht verhindern können, aber auf den Tag genau vor zehn Jahren hatte er es dem Verursacher heimgezahlt. Gristy da Tromin hatte seine feigen Taten mit dem Leben bezahlt.

Die Besiedelung Lepsos war inzwischen fast abgeschlossen. Shukkirah und der ihm zur Seite stehende Rat, gebildet ausschließlich aus Mitgliedern der Familie da Onur, verfassten den Abschlussbericht der ersten Phase.

Noch bevor dieser zu Ende gebracht wurde, ging die Nachricht ein. Shukkirahs jüngste Schwester war tot aufgefunden worden. Mit aufgeschlitzter Kehle. Bei ihr fand sich eine Botschaft. *Vor zehn Jahren nahmen die da Onur uns Gristy.*

Gegenwart

»Damals begann die Fehde zwischen meiner Familie und den da Tromin. Eine Feindschaft, die sich über Generationen zog. Bis heute, um genau zu sein, wenn der Konflikt auch aufgrund der räumlichen Trennung ruht.«

Die Erzählung hatte dem vom nahenden Tod gezeichneten Patriarchen Penzar da Onur die letzten Kräfte geraubt. »Das sollte weitreichende Konsequenzen nach sich ziehen.«

Ich hatte dem Bericht gebannt gelauscht und war begierig auf weitere Informationen.

Die stete Überwachung des Patriarchen machte mir einen Strich durch die Rechnung. Der Medorobot schob sich zwischen mich und seinen Patienten. »Ihr benötigt Ruhe. Ihr müsst schlafen.«

Zorn funkelte in Penzar da Onurs Augen. »Ich werde früh genug schlafen … ewig schlafen.«

Die Maschine ließ diesen Einwand nicht gelten. »Wenn Ihr jetzt nicht schlaft, werden Eure Körperfunktionen in wenigen Minuten völlig aussetzen.«

Die Hand des Alten zitterte. »Nein … nicht ehe ich die Geschichte zu Ende erzählt habe. Atlan da Gonozal muss die Wahrheit erfahren!«

»Schlafen Sie, Patriarch«, forderte ich. »Wenn Sie erwachen, werde ich kommen, um den Rest zu hören.«

»Sie sollen wissen, warum ich heute rede, obwohl ich Sie damals abwies. Sie sollen das Geheimnis der acht Namenlosen erfahren und …« Er stöhnte.

Ein Arm des Roboters schob mich zur Seite. »Verlassen Sie den Raum. Der Patient benötigt Ruhe.« Noch ehe er das letzte Wort gesprochen hatte, injizierte er ihm ein Sedativ.

Da Onur schloss die Augen und schlief ein.

Ich wandte mich an den Roboter. »Du kennst seinen Willen. Wenn er aufwacht, wirst du mich sofort informieren.«

Die Greifarme zogen sich in den goldglänzenden Körper zurück. »Das wird nicht in den nächsten drei Stunden der Fall sein.«

Ich verließ die Medostation.

Draußen empfing mich Penzars jüngster Sohn, Zimral da Onur. »Es wird Sie interessieren zu erfahren, dass es uns gelungen ist, den Wunsch unseres Vaters zu erfüllen.«

»Worauf spielen Sie an?«

Zimral kratzte sich im Schritt. »Auf Ihren Begleiter, den Mörder meines Vaters. Den ehemaligen Thakan Flakio Tasamur.«

»Ihr Vater lebt noch. Es ist nicht angebracht, Tasamur als Mörder zu bezeichnen.«

»Noch mag Tasamur nicht sein Mörder sein – aber bald. Vater wird sterben, sei es heute oder morgen.«

»Das scheint Sie nicht zu berühren.«

»Sollte es das? Vater war ein Herrenmensch. Er hielt völlig unangebrachte aristokratische Regeln aufrecht. Sehen Sie sich doch um! Ist das die Umgebung eines hochadligen Khasurn? Die da Onur haben schon lange nichts mehr zu bieten. *Unsere Schande währt seit mehr als tausend Jahren.* So predigte es uns Vater immer wieder. Ich sehe das anders.« Zimral hatte sich in Rage geredet. Seine Finger spielten nervös miteinander, er blickte stur zu Boden. »Was geht mich die Schande meiner Familie an? Ich werde dieses Erbe nicht auf mich nehmen. Ich bin frei von der Vergangenheit.«

Ich wiegelte ab. »Es spielt keine Rolle, ob ich Ihre Auffassung teile oder nicht. Sie sprachen von Flakio Tasamur.«

Zimrals Zunge fuhr über die Lippen und verharrte sekundenlang im Mundwinkel, was einen debilen Eindruck hinterließ. »Vater wünschte sich, dass Tasamur leiden soll, als Strafe für das Attentat. Nun wird Vater nie wieder genesen. Meine Geschwister und ich werden beratschlagen, wie wir mit ihm verfahren werden. Wer von uns das Urteil vollstrecken wird.«

»Ich will ihn sprechen, kann ich ihn sehen?«

»Im Moment ist er unpässlich. Gerik ist offenbar die Hand ausgerutscht. Aber wir päppeln ihn schon wieder auf.« Der Sohn des Patriarchen wandte sich ab. »Ich werde Sie über unsere Entscheidung informieren.«

Ich sah dem jungen Arkoniden hinterher und fragte mich, ob ich es zulassen konnte, dass Tasamur auf diese Weise bestraft wurde.

Zulassen?, ätzte der Logiksektor. *Wie solltest du es verhindern, alter Narr?*

Ich suchte das Zimmer auf, in dem sich Ohm nach wie vor zwangsweise aufhielt. Warum der Patriarch nur mir gestattete, mich frei zu bewegen, blieb ein Rätsel.

Ich berichtete ihm, was ich inzwischen erfahren hatte.

»Also leiteten die da Onur die arkonidische Urbesiedelung Lepsos. Warum erzählte der Patriarch davon?«

»Er sagte, er müsse bei einem frühen Zeitpunkt beginnen, damit ich die Zusammenhänge verstehe. Offenbar liegen damals die Ursachen für Geschehnisse, die bis heute Folgen nach sich ziehen.«

Ohm lief unruhig auf und ab, wie ein gefangenes Tier. »Ich frage mich, ob Penzars Darstellung in allen Punkten der Wahrheit entspricht.«

»Woran denkst du?«

»Die Gavivis. Gab dieser Shukkirah ihnen tatsächlich den Namen? Geht die Legende, dass sie Glücksbringer seien, wirklich auf ihn zurück? Wenn ja – woher stammt dann die Auffassung, sie könnten zu verborgenen Schätzen führen?«

»Das eine kann leicht aus dem anderen hervorgegangen sein«, erwiderte ich. Auch mich faszinierte dieses geheimnisvolle Volk, das angeblich heute noch in den undurchdringlichen Dschungeln des Zentralkontinents lebte.

Die nächste Frage meines Einsatzpartners überraschte mich. »Wie beurteilst du die Zurechnungsfähigkeit des Patriarchen?«

»Er ist bei klarem Verstand.«

»Wird er das auch noch lange genug sein, um dir den Rest der Geschichte zu erzählen? Oder stirbt er, ehe er zum Punkt kommt? Er hat die acht Namenlosen noch nicht einmal erwähnt, geschweige denn die Tyarez.«

Eine berechtigte Feststellung, beurteilte der Logiksektor. *Penzar da Onur könnte sehr leicht für immer verstummen, ehe er dir das berichtet, was tatsächlich von Interesse ist.*

»Ich habe verstanden«, sagte ich. »Ich werde den Patriarchen drängen, nicht länger bei unwichtigen Details zu verweilen.«

»Unwichtige Details?«, fragte Penzar da Onur Stunden später wütend. »Für mich gibt es in dieser Geschichte keine unwichtigen Details. Ich verlange von Ihnen, dass Sie die Ehre der da Onur wiederherstellen. Nur deswegen weihe ich Sie in die Geheimnisse meines Geschlechts ein. Und um zu verstehen, müssen Sie alles wissen.«

Ich saß auf einem unbequemen Metallstuhl neben dem Krankenlager. Der Patriarch wirkte noch hinfälliger als während meines letzten Besuchs. Die Falten gruben sich noch tiefer in die Haut, die Worte drangen noch leiser zwischen den vertrockneten Lippen hervor.

»Lassen Sie uns keine Zeit verlieren«, bat ich.

»Ich habe Ihnen von der Besiedelung Lepsos berichtet und von der Feindschaft zwischen meiner Familie und den da Tromin, zu der damals der Grundstein gelegt wurde. Die da Onur entwickelten sich zu den uneingeschränkten Herrschern Lepsos, und von hier aus bauten wir eine prächtige Lehnsherrschaft auf. Bis wir eines Tages eine neue Heimat fanden. Einen Planeten mit reichen Rohstoffvorkommen und milderem Klima.«

Ich ahnte, worauf er anspielte. »Sie sprechen von Sadik.«

Der Patriarch nickte. »Dort kam es zur Katastrophe. Vor mehr als 1100 Jahren.«

Vergangenheit

Das Jahr 2003

Milliarden feiner Wassertröpfchen rieselten vor dem Balkon in beinahe schwerelosem Tanz in die Tiefe – ästhetisch, anmutig, langsam.

Barrkin da Onur genoss den Anblick des neu installierten künstlichen Wasserfalls ebenso wie die Massage seiner Neuerwerbung Fissal.

Die Raupenartige mochte äußerlich keinen schönen Anblick bieten, aber sie beherrschte ihr Fach mustergültig. Die zwölf Greifklauen steckten in weichen Pelzsäckchen, die zwar Verletzungen vermieden, aber für die feinen Stromstöße durchlässig waren, die Fissals Körper unablässig produzierte.

Der Patriarch des Adelsgeschlechts der da Onur stöhnte wohlig. All seine Muskeln badeten in Wohlbehagen. Die natürlichen Stromstöße stimulierten jede Nervenzelle von den Zehen bis zur Kopfhaut.

Fissal war das Kleinraumschiff wert, das Barrkin ihrem ehemaligen Besitzer überlassen hatte. Inzwischen gewöhnte er sich sogar an den Anblick des zwei Meter hohen, schrundigen Leibes, der hoch aufgerichtet auf dem letzten Körperdrittel ruhte. Wenn er sich das Irisieren der Haut lange genug ansah, konnte er ihr sogar einen gewissen Reiz abgewinnen. Fissal schimmerte in allen nur denkbaren Rot- und Blauschattierungen.

»Schließt die Augen, Gebieter«, gurrte sie. »Die Massage nähert sich dem Höhepunkt.«

Barrkin drehte sich auf den Rücken. Fissal goss eine Lotion auf seine Haut und verrieb sie so schnell, dass nach wenigen

Sekunden sein ganzer Körper unter der Wirkung der Lotion prickelte. Dann entfaltete die Raupenartige mächtige Flügel und fächelte der feuchten Haut Luft zu.

Der Patriarch erschauerte. Fantastisch. Er überlegte, welchen Untergebenen er mit einer solchen Massage belohnen sollte. Die zwölf Klauen senkten sich erneut auf seinen Leib. Sie berührten Stirn, Schultern, Brustkorb, Bauchraum, Hüfte, Beine, Hände ...

Doch dieses Mal verzichtete Fissal auf die schonenden Säckchen.

Die spitzen Ausläufer der Klauen bohrten sich millimetertief ins Fleisch des Patriarchen. Barrkin schrie, versuchte sich aufzustemmen. Eine Klaue verschloss seinen Mund. Eine andere zerfetzte den Kehlkopf.

Das Letzte, was der Patriarch der Familie da Onur spürte, waren die elektrischen Entladungen, die die Raupenartige in jede einzelne Wunde jagte. Doch diesmal war die Stärke des Stroms nicht auf angenehme Spannung dosiert.

Wenig später

Perwash da Onur war seit wenigen Minuten dank der geregelten Erbfolge der neue Patriarch des Adelsgeschlechts, das den Lehnsplaneten beherrschte. Damit besaß er faktisch die Macht über Sadiks Milliardenbevölkerung.

Aber er hätte gerne noch einige Jahre auf diese Ehre verzichtet, wenn dafür sein geliebter Vater hätte weiterleben dürfen.

Er starrte auf die Wiedergabe des Holofilms, den die Mörderin hinterlassen hatte. Zorn kochte in ihm, drohte ihn die Beherrschung verlieren zu lassen. Die Art, wie Fissal seinen Vater ermordet hatte, war demütigend.

Der Film zeigte die Raupenartige, wie sie mit geübtem Griff zweier Greifklauen die verschmorte Leiche des Patriarchen entmannte. Mit süßlich sirrender Stimme kommentierte sie ihr Tun. »Das Geschlecht der da Onur ist widerrechtlich an der Macht. Patriarch Barrkin hat eine Familie gegründet, die ihren Status nicht verdient. Es ist zwecklos, mich zu suchen. Meine Auftraggeber bringen mich von dem Planeten, und es wird keine Spur geben, die zu mir weist.« Sie entfaltete ihre Flügel und schwirrte davon, am künstlichen Wasserfall vorbei, verließ den Aufnahmebereich.

Perwash da Onur entnahm dem Wiedergabegerät den kleinen Speicherkristall und drehte ihn nachdenklich zwischen den Fingern.

Seine Schwester Witragal untersuchte den Toten. Ihr ebenmäßiges Gesicht, dessen perfekte Symmetrie nur von der leicht schief stehenden Nase unterbrochen wurde, war vor innerem Schmerz verzerrt. Sie breitete eine Decke über den verstümmelten, verkohlten Leib. »Dieser Akt der Barbarei wird gerächt werden.«

Perwash schleuderte den Datenkristall in das Wohnzimmer, das sich dem Balkon anschloss. »Fissal ist ein Niemand. Eine Marionette. Sie ist nicht mehr als das Messer in der Hand der wahren Schuldigen. Du kennst ihre Auftraggeber.«

Witragal zog die Decke über dem geliebten Gesicht des Vaters glatt. »Die da Tromin werden bezahlen. Nur sie können es wagen zu behaupten, wir seien widerrechtlich an der Macht.«

»Wir werden ihren Khasurn dem Erdboden gleichmachen. Die Bluttat kann nur gesühnt werden, indem …«

»Still, Bruder.« Witragal war schon immer die Besonnenere gewesen. Ohne ihren Einfluss hätten sich die hitzköpfigen Brüder schon oft in Schwierigkeiten gebracht. »Bloßer Terror ist nicht die Antwort. Wir müssen im Verborgenen wirken. Wir werden das Geschlecht der da Tromin ins Unglück stürzen … aber auf eine Art, wie es unserem ehrwürdigen Adel würdig ist.«

Sie kniete nieder, küsste das Laken dort, wo sich darunter die Stirn des Vaters befand. »Ruhe in Frieden. Wir werden die Macht festigen, für die du den Grundstein gelegt hast.

Dein Name wird nie vergessen werden, Patriarch Barrkin da Onur!«

Nachts

Witragal blickte auf den bebenden Leib unter sich. Ihre biosynthetische Maske saß perfekt – der jüngste Spross der da Tromin hatte sie nicht erkannt.

Noch während der verhasste Feind in Wollust schrie und seine zitternden Hände die letzten Kleidungsstücke seiner Gespielin entfernen wollten, rammte ihm Witragal das Knie in den Unterleib.

Lust verwandelte sich in Schmerz, Entzücken in Entsetzen.

»Deine Schande wird groß sein.« Witragal zog das winzige Messer aus der Scheide und stieß zu. Die Klinge mochte klein sein, doch sehr effektiv.

Der folgende Tag

Alle Geschwister versammelten sich im Zentralraum des Khasurn. Witragal hatte am Vortag die Koordination des Vergeltungsschlags übernommen. »Mein Opfer wird nackt im anrüchigsten Viertel der Stadt gefunden werden und Schande über seine Familie bringen.«

Perwash war ähnlich vorgegangen. Er hatte sich ebenfalls maskiert und die unansehnliche, älteste Tochter der da Tromin verführt. »Ich ließ sie am Leben, scherte sie kahl und gab ihr eine unmissverständliche Botschaft an ihre Familie mit auf den Weg. Wenn die da Tromin sich nicht von Sadik zurückziehen, werden sie die Konsequenzen zu tragen haben.«

Der jüngste Sohn, beinahe noch ein Kind, das alle nur *Fri* nannten, erhob sich. »Ich hinterließ einen Toten.« Seine Augen glitzerten. Es war das erste Mal, dass er einem Feind das Leben genommen hatte.

Insgesamt waren in der letzten Nacht vier Angehörige des Khasurn der da Tromin gestorben. Ein überaus deutliches Zeichen.

Die alte Fehde eskalierte neu, seit die da Onur die Herrschaft über den Lehnsplaneten Sadik angetreten hatten. Dort siedelten auch die da Tromin und sahen zu Recht ihre bisherige Vormachtstellung gefährdet.

Die letzten Stunden bildeten den blutigen Höhepunkt der bisherigen Entwicklung. Doch damit endete es noch lange nicht.

Im Gegenteil.

Es begann gerade erst.

Gegenwart

Penzar da Onur schloss erschöpft die Augen. Ich befürchtete schon, er sei mitten in der Erzählung eingeschlafen, doch er blieb wach. »Ich verstehe, was Sie mir sagen wollen, Patriarch. Sparen Sie sich weitere Einzelheiten des Kampfes zwischen den Familiensippen.«

Der Patriarch bat um etwas zu trinken. Augenblicklich schwebte der Medorobot herbei, doch ich wies die Maschine zurück und griff selbst nach dem Wasserglas, das auf einem kleinen Tischchen neben dem Krankenbett abgestellt war. Ich hielt es dem alten Mann an die Lippen und flößte ihm vorsichtig etwas ein.

»Mein Körper kann Flüssigkeitszufuhr nicht verarbeiten«, sagte Penzar da Onur matt. »Mir wurde verboten zu trinken. Aber ich werde meine letzten Stunden nicht mit ausgedörrter Kehle verbringen.« Kindlicher Trotz spiegelte sich in den Worten.

»Es ist Eure Entscheidung«, meldete sich der Robot zu Wort. »Ich habe Euch über die Konsequenzen aufgeklärt.«

»Konsequenzen?« Der Todespatient kicherte humorlos. »Warum sollte ich an irgendwelche Konsequenzen auch nur einen Gedanken verschwenden?«

Mein Angebot, ihm erneut beim Trinken zu helfen, lehnte er ab. Ich stellte das Glas zurück. »Fühlen Sie sich kräftig genug, in der Erzählung fortzufahren?«

»Sie forderten, ich solle schneller zu den Punkten kommen, die Sie interessieren.« Er krümmte sich.

Ich beugte mich zu ihm, doch er hob abwehrend die Hand. »Ich will Ihnen den Gefallen tun, allerdings fordere ich in diesem Fall auch von Ihnen eine Gefälligkeit.«

Und das wird nicht das letzte Mal sein, kommentierte der Extrasinn. *Er weiß, dass seine Informationen von entscheidender*

Bedeutung für dich sind. Das nutzt er gnadenlos aus. Erst das Versprechen, die Ehre seiner Familie wiederherzustellen, nun das. So wird es immer weitergehen.

Ich erhob mich und massierte den schmerzenden Rücken. Wahrscheinlich hatte der Patriarch mit voller Absicht für einen unbequemen Stuhl gesorgt. Trotzdem zwang ich mich zur Höflichkeit. »Was kann ich für Sie tun?«

»Für mich nichts. Ich bin so gut wie tot. Doch auch nach meinem Ende wird dieser Khasurn bestehen. Und er ist nicht gerade im besten Zustand, wie Sie wissen.« Der Alte verzog die dürren Lippen zu einem hässlichen Grinsen, das angesichts der halbseitigen Gesichtslähmung zu einer Grimasse geriet. »Ich bin der Patriarch, und als solcher muss ich an meine Familie denken. Die USO verfügt über beträchtliche Geldmittel. Sorgen Sie dafür, dass der Khasurn besser ausgestattet wird. Über die Höhe der benötigten Summe wird Sie einer meiner Söhne in Kenntnis setzen.«

Die Unverfrorenheit verschlug mir den Atem. »Ich werde sehen, was ich …«

»Nein, *Lordadmiral Atlan.*« Er betonte die letzten Worte auffällig. »Sie stehen der USO vor und können über ihre Finanzen verfügen. Sorgen Sie dafür, dass die benötigte Summe nach Lepso transferiert wird. Wir unterhalten ein Konto in Orbana. Sobald der Eingang der Geldmittel bestätigt wird, werde ich weiterreden.«

»Es kann Tage dauern«, begehrte ich auf.

»Machen Sie sich nicht lächerlich. In maximal einer Stunde wird das erledigt sein. Bis dahin gedenke ich zu schlafen. Nun gehen Sie schon. Mein Sohn erwartet Sie. Klären Sie mit ihm alles Weitere.«

Zu meiner Überraschung amüsierte sich Ohm, als ich ihm von der Schikane des Patriarchen berichtete. »Er ist ein raffinierter alter Mann, der die Gelegenheit beim Schopf ergreift. Ich kann ihn verstehen. Sein Khasurn hat finanzielle Unterstützung dringend nötig.«

»Das Geld schmerzt mich nicht so sehr wie die Befürchtung, dass sich die verlorene Zeit fatal auswirkt. Ich beobachte ständig die Wiedergabe der Vitalwerte des Patriarchen, wenn ich mich in der Medostation aufhalte. Sie verschlechtern sich kontinuierlich. Er hat seine eigene Erzählweise. Ich befürchte, er wird sterben, ehe er zum Ende kommt.«

Weil Ohm nach wie vor nicht gestattet wurde, den Raum zu verlassen, hatte ich mich bei Zimral da Onur, dem ungehobelten jüngsten Sohn des Patriarchen, mit Nahrungsmitteln und Getränken ausgestattet. Mit Zimral hatte ich auch über die Höhe der *finanziellen Unterstützung* verhandelt, die die USO dem Khasurn der da Onur zukommen lassen musste.

Ohm griff herzhaft zu. »Es steht eine weitere Frage im Raum, über die wir sprechen sollten, solange du hier bist. Was geschieht mit Flakio Tasamur?«

»Ich fürchte, dass es sehr ungemütlich für ihn wird – oder bereits ist. Zimral deutete mit unverhohlener Freude an, dass Gerik ihn verprügelt hat.«

Ohm legte die Hälfte eines gebratenen Vogelschlegels zurück auf den Teller. »Glaub mir, ich mag Tasamur wirklich nicht.«

Diese Feststellung hätte mich fast zum Lachen gebracht.

»Aber dürfen wir es zulassen, dass er gefangen gehalten wird, nur damit er irgendwann zu Tode gefoltert wird? Genau das war Penzar da Onurs Absicht. Er wollte seinem Mörder keinen schnellen Tod gönnen.«

»Es ist barbarisch«, stimmte ich zu. »Er sollte zumindest vor Gericht gestellt werden.«

Wir schauten uns an und sagten zugleich: »Dann schicken sie ihn zurück in die Schweißöde.«

Darüber mussten wir kurz und heftig lachen, die Anspannung der letzten Zeit entlud sich wirkungsvoll.

»Aber es gibt keine Möglichkeit, zu verhindern, dass sie ihn umbringen.« Nicht solange wir auf das Wohlwollen des Patriarchen angewiesen waren. Jede gewaltsame Befreiungsaktion verbot sich von selbst. Dann fiel mir doch eine Lösung ein, wie wir sein Schicksal etwas erträglicher gestalten konnten: »Ich werde das USO-Geld in die Waagschale werfen ...«

Einen Versuch wäre es wert.

Wieder erschien der junge Zimral passgenau – der endgültige Beweis dafür, dass er jedes unserer Worte belauschte. Er trug rituelle Trauerkleidung, was gar nicht zu seinem bisher zur Schau gestellten aufmüpfigen Wesen passte. Ich sprach ihn darauf an.

»Seit Vater Ihnen Geld abgerungen hat, ist meine Bewunderung für ihn gestiegen«, lautete die lapidare Antwort. »Ich erwäge, ob es nicht positive Seiten hat, einen *runderneuerten* Khasurn zu bewohnen.«

Er wischte mit dem Handrücken über die Oberlippe und zog geräuschvoll die Nase hoch. »Doch deswegen bin ich nicht gekommen.«

Ohm erhob sich und trat vor ihn. »Sie sind hier, weil Sie unser Gespräch über Flakio Tasamur belauscht haben.«

»Sie brauchen sich keine weitergehenden Gedanken über Ihren ehemaligen Begleiter zu machen.« Zimral öffnete die Tür. »Er ist tot.«

Ehe er den Raum verlassen konnte, rief ich: »Tot? Wie ...«

»Jemand hat ihm das Lebenslicht ausgeblasen.«

»Es wird Ihren Vater nicht erfreuen, dass Sie diese Entscheidung ohne ihn getroffen haben.«

Zimral tippte sich verächtlich gegen die Stirn. »Haben Sie nicht zugehört? Ich sagte, jemand. Nicht wir. Es handelte sich sozusagen um ... ein Attentat.«

»Wer hat es getan?«

»Wir verdächtigen einen der Leibdiener, der seitdem verschwunden ist. Marik, ein greiser alter Narr. Warum er es getan haben könnte, ist uns allerdings noch unklar.«

»Marik«, wiederholte Ohm nachdenklich. »Das sieht ihm ähnlich.«

Die beiläufige Bemerkung weckte Zimrals Interesse. »Sie kennen ihn?«

»Ich tätigte verschiedene Geschäfte mit ihm. Wissen Sie wirklich nicht, warum er Tasamur tötete? Der SWD hat ihn für diesen kleinen Gefallen teuer bezahlt.«

Zimral winkte ab. »Mein Vater hätte ihn zur Strafe ausfindig machen und töten lassen. Mir ist es gleich. Soll er seinen Reichtum nur genießen. Was kümmert es mich? Auch ich bin zu Geld gekommen.« Mit diesen Worten wandte er sich endgültig ab.

»Warten Sie! Bitte geben Sie mir die Möglichkeit, Kontakt mit dem Thakan Aerticos Gando aufzunehmen.«

Der jüngste Sohn des Patriarchen zog fragend die Augenbrauen zusammen. »Was wollen Sie von ihm?«

»Nichts, was mit Ihrer Familie zu tun hätte.«

»Es wäre sicher in Vaters Sinn. Warum also nicht? Folgen Sie mir.« Er führte mich zu einer Kommunikationsanlage und ließ mich allein.

Ich fand schnell Zugang in die offiziellen Kanäle der Verwaltung von Orbana. Dank der Tatsache, dass ich vom Khasurn der da Onur aus Kontakt aufnahm, widmete man mir mehr Aufmerksamkeit als einem gewöhnlichen Bittsteller. So viel galt die alte Adelsfamilie immerhin noch. Dass man mich schließlich erkannte, öffnete weitere Türen.

Nur Minuten später blickte mir Aerticos Gandos holografisches Abbild nicht ohne Überraschung entgegen. »Welch Ehre, Atlan da Gonozal, Lordadmiral der USO, persönlich zu sprechen. Wieder einmal.«

»Thakan, ich will direkt zur Sache kommen. Weder Sie noch ich verfügen über sonderlich viel Zeit.«

»So ist es.«

»Ich verbrachte mehr als zwei Wochen in der Schweißöde.«

Sein Gesicht blieb ausdruckslos. »Ich hörte davon. Sie waren kurzfristig als Gladiator angekündigt – die überraschende Hauptattraktion. Momentan überschlagen sich die Gerüchte, dass Ihnen die Flucht gelungen sei. Leider gibt es keine Beweise. Die Mitarbeiter von LepsoLive, die das Spektakel filmten, sind nicht zurückgekehrt.« Er lachte. »Nun, da ich mit Ihnen spreche, ist das für mich natürlich Beweis genug.«

Offenbar legte Irhe'vorma großen Wert darauf, unsere Flucht geheim zu halten. »Die Zustände in der Schweißöde sind unerträglich. Dort leben Kinder. Kinder! Schließen Sie das Lager, Thakan. Nutzen Sie Ihre Autorität, verfrachten Sie Irhe'vorma auf den Schrottplatz und bauen Sie ein neues Gefängnis mit besseren Bedingungen. Die humanitären Gründe liegen auf der Hand.«

Gandos Mimik versteinerte. »Leider muss ich Ihr Gesuch ablehnen.«

»Nennen Sie mir Gründe dafür, Thakan. Es ist …«

»Verzeihen Sie, Lordadmiral, aber meine Zeit ist, wie Sie bereits feststellten, knapp bemessen.«

Die Verbindung erlosch.

»Der Geldtransfer ist erfolgt«, setzte ich Penzar da Onur in Kenntnis.

Der Patriarch hielt es nicht für nötig, sich die Information bestätigen zu lassen, sondern setzte seine Erzählung fort.

Vergangenheit

Das Jahr 2003

Witragal da Onur überlebte die Explosion nur, weil sie sich verspätete. Einer ihrer Brüder verlor sein Leben.

Das Attentat war die Reaktion der da Tromin auf den vorhergehenden Vergeltungsschlag.

Angesichts ihres toten Bruders wollte Witragal nicht zulassen, dass die Fehde in einem offenen Sippenkrieg eskalierte. Doch das war leichter gesagt als getan. Obwohl Witragal in ihrer Familie hohes Ansehen genoss, traf sie nicht die Entscheidungen. Perwash war das neue Sippenoberhaupt, und er besaß ein aufbrausendes Gemüt.

An diesem Tag verschwanden acht ihrer Vettern aus dem Khasurn.

Acht Mitglieder des Khasurn.

Acht da Onur an einem einzigen Tag.

»Dafür werden die da Tromin büßen!«, schrie Perwash im zentralen Versammlungsraum. Er war völlig außer sich vor Wut.

»Wir dürfen nicht überstürzt handeln«, versuchte Witragal ihn zu besänftigen. Auch sie war schockiert, aber sie ahnte, worauf das alles hinauslaufen konnte. Sie befürchtete eine unüberschaubare Anzahl an Todesopfern.

Ihre Worte gingen in der allgemeinen Entrüstung unter. Niemand war bereit, ihr zuzuhören. Der Tumult steigerte sich, Rachepläne wurden geschmiedet.

Von einem Augenblick auf den anderen kehrte Stille ein, als jemand den Raum betrat. Zewayn da Onur, einer der acht Verschwundenen, die alle für tot gehalten wurden. Ein seltsam silbriger Schimmer umspielte seine Haut.

»Zewayn«, rief der neue Patriarch. »Wir glaubten, du wärst den da Tromin zum Opfer gefallen.«

Der Neuankömmling schritt langsam zu dem Sippenoberhaupt. Als er Witragal passierte, nahm sie die hin und wieder aufblitzende silbrige Aura deutlich wahr.

»Ich bin nicht Zewayn«, sagte er. »Oder zumindest nicht nur Zewayn.«

Alle starrten ihn an. Witragal glaubte zu verstehen. Sie hatte Gerüchte gehört, Erzählungen von einem mysteriösen Volk, das angeblich in diesem Teil der Galaxis existierte.

Der Neuankömmling bestätigte ihren Verdacht. »Zewayn hat seinen Körper zur Verfügung gestellt, ebenso wie seine sieben Brüder. Wir suchten sie auf, um sie um Hilfe zu bitten. Allein können wir unsere Aufgabe nicht erfüllen.«

»Wir?«, fragte Perwash. »Wen meinst du mit wir?«

Witragal ergriff das Wort. Sie konnte nicht länger schweigen. »Du bist ein Tyarez.«

Zewayn drehte sich um. »Du hast Recht. Ich bewundere deine Kenntnisse. Nicht viele wissen von unserer Existenz.«

»Ich habe nie zuvor einen Angehörigen deines Volkes getroffen. Ich hörte nur vage Berichte und die Erzählungen kosmischer Vagabunden, die die meisten für pure Phantasterei halten.«

»Wir halten uns im Verborgenen. Das galaktische Geschehen interessiert uns nicht. Wir leben unser Leben, ohne uns um die Machtspiele der anderen Völker zu kümmern.«

Der neue Patriarch der da Onur zeigte sich sichtlich verwirrt. »Was hat das zu bedeuten? Du bist Zewayn da Onur, mein Vetter. Wo …«

»Du würdest meine Spezies vielleicht als *lebende Haut* klassifizieren. Wir umschlingen die Körper von Humanoiden, gehen mit ihrem Körper eine Wechselwirkung ein. Zewayn stellte sich mir freiwillig zur Verfügung. Genau wie seine sieben Brüder sich meinen Artgenossen freiwillig zur Verfügung stellten.«

»Warum sollten sie das tun?«

»Weil wir von einer großen Gefahr wissen, die euer Geschlecht bedroht. Die da Tromin planen, euch restlos auszulöschen.« Die silbrige Aura um Zewayn da Onurs Körper verstärkte sich.

»Was kümmert es dein Volk? Du sagtest, ihr schert euch nicht um die Bestrebungen anderer Völker.«

»Die da Tromin ließen sich mit gefährlichen Mächten ein, um den Vernichtungsschlag gegen euch vorzubereiten. Sie kooperieren mit einem Feind, der die Existenz des arkonidischen Reichs bedroht. Wir *müssen* uns einmischen, weil wir überleben wollen.«

Witragal näherte sich dem Tyarez. »Wovon sprichst du?«

Der Neuankömmling zögerte, antwortete schließlich doch: »Auf Sadik existiert die geheime Basis eines ... uralten Feindes der Arkoniden.«

»Weiter!«, forderte der Patriarch.

»Die da Tromin unterstützen diesen Feind aus selbstsüchtigen Gründen. Ihr Hass auf die da Onur ist größer als jegliches Gefühl der Loyalität dem Großen Imperium gegenüber. Sie wollen, dass die Macht deiner ... unserer ... Familie gebrochen wird. Sie wollen die Herrschaft über Sadik und seine Lehnsgebiete.«

»Und ihr ...?«

Zewayn lächelte. Witragal schien es, als zwänge die Tyarez-Haut die Gesichtsmuskeln ihres Vetters in das schiefe Grinsen.

»Wir sind am Volk der Arkoniden und im Besonderen am Schicksal der da Onur wenig interessiert. Lange genug mussten wir uns mit eurer Familie herumschlagen. Uns verbindet lediglich der gemeinsame Feind. Er will Arkon vernichten, und er missbraucht mein Volk. Wir werden ihm hier auf Sadik eine empfindliche Schlappe beifügen. Jene Basis, die er hier errichten wollte, wird noch heute zerstört werden.«

»Wer sind diese Feinde?«

»Auch wir kennen ihre Namen nicht. Sie sind euch ähnlich, aber keine Arkoniden. Sie besitzen dunkles, meist rötliches

Haar und einen dunkleren Teint als ihr. Die Namen jener Männer, mit denen wir zusammentrafen, sind wohl bedeutungslos. Sie bezeichnen sich stolz als ›Mitglieder des Energiekommandos‹.«

»Ich habe noch niemals von einer derartigen Vereinigung gehört.« Tränen der Erregung rannen aus Witragals Augenwinkeln. »Hast du Beweise für deine schönen Worte?«

»Du wirst mir wohl glauben müssen, Witragal.«

»Ich könnte dich festsetzen und die Wahrheit aus dir herausquetschen.«

»... und dabei deinen Verwandten töten?« Neuerlich zwang die Haut Zewayn zu einem Lächeln. »Blutsbande zählen in einem arkonidischen Khasurn mehr als alles andere, nicht wahr?«

Die Stimmlage änderte sich plötzlich um eine Nuance, die Haut schien als Ganzes ein wenig nach unten zu sacken.

»Tu es nicht, Witragal«, sagte Zewayn – und dieses Mal redete tatsächlich ihr Vetter mit ihr.

»Die Schulden, die unsere Vorväter auf ihre Schultern geladen haben, sind groß. Ich und meine Brüder werden Sühne tun.«

»Ich verstehe nicht ...«

»Es gibt Hunderte Tyarez; Häute, die wir aus den Fängen dieses Energiekommandos befreien *müssen*. Das sind wir ihnen schuldig.«

»Aber ...«

»Keine weiteren Fragen. Die Zeit drängt. Bereitet euch darauf vor, dass die Basis des Energiekommandos in Kürze vernichtet werden wird. Ihr werdet genügend damit zu tun haben, Beweise für die Schuld der da Tromin zu erbringen.«

Neuerlich wechselte die Stimmlage ein wenig. »Der Name meines Volkes darf unter keinen Umständen fallen. Die Tyarez wünschen nicht, ins Licht der galaktischen Öffentlichkeit gezerrt zu werden.«

Mit diesen Worten verließ der Tyarez auf Zewayn da Onurs Körper den Versammlungsraum. Niemand hinderte ihn daran.

Gegenwart

Das Energiekommando! Gebannt hatte ich den Worten des sterbenden Patriarchen gelauscht.

Die Akonen, Stammväter der Arkoniden und zugleich deren erbitterten Feinde, hatten bereits im Jahr 2003 ihre Intrigen gesponnen und ihre Hände nach Teilen des arkonidischen Sternenreiches ausgestreckt. 100 Jahre bevor Perry Rhodan das Blaue System wiederentdeckt hatte!

Und warum waren diese wertvollen Informationen, auch wenn sie nur aus wenigen Worten bestanden hatten, niemals auf Arkon angelangt?

Du weißt, in welchem Zustand sich das Große Imperium damals befunden hat, erinnerte mich der Extrasinn an das Offensichtliche. *Dekadenz und Herrschaftswillkür bestimmten die Geschehnisse in einem zusammenbrechenden Reich. Wohl niemand legte Wert auf das Gefasel eines geltungssüchtigen Kleinadeligen, dessen Khasurn in den Augen des Imperators die Bedeutung eines Staubkorns gehabt haben musste.*

Ich konzentrierte mich auf meine aktuelle Aufgabe, auf das Naheliegende. Denn auch in anderer Hinsicht besaßen die Worte des Patriarchen beträchtliche Brisanz. Ich wusste nun nicht nur, auf welche Weise damals die Tyarez ins Spiel gekommen waren, sondern kannte auch die Herkunft der acht Namenlosen. Denn zweifellos handelte es sich bei diesen um Zewayn da Onur und seine sieben Brüder.

Mit diesem Zewayn hatte vor wenigen Wochen in Orbana ein Tyarez mein Aussehen angenommen. Er war vor laufender Kamera zu Tode gehetzt worden. Durch ihn waren die aktuellen Ereignisse überhaupt erst ins Rollen gekommen.

Mehr als 1100 Jahre nach seinem Verschwinden war er unvermittelt wieder aufgetaucht und hatte im Augenblick seines Todes indirekt einen Hilferuf an mich gesandt. Der ihn umhüllende Tyarez wollte mich nach Lepso locken und auf sein Volk aufmerksam machen.

Die Frage blieb – warum? Was steckte hinter dem plötzlichen Wiederauftauchen eines der acht Namenlosen?

Obwohl nun Licht in einige Geschehnisse gebracht worden waren, blieb dennoch vieles rätselhaft.

»Sprechen Sie weiter«, forderte ich den Alten auf. »Es gibt so vieles, was ich noch wissen muss. Woher kennen Sie die damaligen Ereignisse so genau? Wurde es in Ihrer Familie überliefert?«

»Ich lernte Zewayn vor seinem Tod kennen. Er berichtete mir alles detailgenau. Leider folgte ihm ...« Der Patriarch saugte plötzlich röchelnd Luft ein. Sein Kinn bebte, der Kopf fiel kraftlos zur Seite.

Ein Alarmsignal gellte durch die Medostation.

Der konische Roboter eilte herbei und schob mich zur Seite. Sofort fuhren einige Extremitäten aus dem Leib. Geräte piepten, Scanner traten in Aktion. Am Brustteil des glänzenden Metallleibs öffnete sich eine Klappe, und ein mit Blut gefüllter Beutel kam zum Vorschein.

Dieses Blut transferierte der Roboter in den Körper des Patriarchen. Gleichzeitig riss er die Decke zur Seite.

Der Anblick von Penzar da Onurs nacktem, ausgemergeltem Leib war Mitleid erregend. Nun erst ahnte ich, wie sehr der Patriarch körperlich litt. Er war nicht nur teilweise gelähmt. Ein Teil der inneren Organe lag frei und war mit Kabeln versehen. Eine winzige Maschine führte eine andauernde Herzmassage durch.

»Verlassen Sie die Station«, schnarrte der Roboter. »Wenn der Patriarch das Bewusstsein noch einmal erlangt, werde ich Sie rufen lassen.«

Ich gehorchte und verfluchte den Umstand, dass es gerade in diesem Augenblick zu Ende gehen sollte. Penzar da Onur war beinahe am Ende seiner Geschichte angelangt ... und niemand wusste, welche Informationen er mit ins Grab nehmen würde, wenn er starb.

Die Zeit dehnte sich scheinbar ins Unendliche. Die Minuten vergingen zäh. Ich suchte erneut Ohm auf und teilte ihm die neuen Erkenntnisse mit.

Als ich mich der Medostation wieder näherte, sah ich noch, wie sich einige Besucher entfernten. Ich erkannte den jungen Zimral. Bei den anderen handelte es sich wohl um seine Brüder.

Seine Brüder und seine Schwester, ergänzte der Logiksektor unnötigerweise. Mir war die Arkonidin längst aufgefallen; jemanden wie sie übersah man nicht, selbst wenn man nur einen Blick auf ihren Rücken erhaschte, erstklassiger Hintern, lange, wohlgeformte Beine …

Zimral bemerkte mich und kehrte um. »Vater erwartet Sie. Es geht zu Ende. Wir haben bereits Abschied genommen. Er will Ihnen die letzten Minuten seines Lebens widmen.« Der junge Mann war durch die letzten Stunden merklich gereift. Er stand aufrecht, den Kopf stolz erhoben. »Bilden Sie sich nichts darauf ein, Atlan da Gonozal. Vater sagte, Sie müssten alles wissen, damit Sie in der Lage sind, unsere Familie zu rehabilitieren.«

»Wie kam es dazu, dass die da Onur in Ungnade fielen?«

Zimral schüttelte den Kopf. »Das soll Vater Ihnen selbst berichten. Es hängt mit den acht Namenlosen zusammen. Deren Schande beschmutzt unsere Ehre seit Ewigkeiten. Und noch etwas, Atlan.« Er lächelte zum ersten Mal in meiner Gegenwart; eine schmerzliche, von Trauer durchzogene Geste. »Erschrecken Sie nicht, wenn Sie meinen Vater sehen.«

Diese Warnung erwies sich als gerechtfertigt.

Der Patriarch lag weiß wie das Laken auf der Liege. Ein Schleier überzog das Rot der Augen; das Weiße war intensiv gelblich verfärbt. Die Liege knickte in der Körpermitte in die Höhe, so dass der Patriarch in eine sitzende Position gezwungen wurde.

»Es muss sein.« Die Stimme drang nicht aus seinem Mund. Die Lippen bewegten sich nicht. Ein Kehlkopfsensor zeichnete die Bewegungen der Stimmbänder und des Zungenhintergrunds auf. Ich kannte diese Technik. »Würde ich liegen, käme zu viel Wasser und Blut in die Lungen und die Luftröhre.«

Es war ein makabrer Anblick, Penzar da Onur mit völlig starrem Gesicht reden zu hören. »Wie lange noch?«, fragte ich.

»Minuten. Vielleicht eine Stunde. Wer weiß. Ich bin zäh.« Das Akustikfeld gab die Worte korrekt wieder, aber es fehlte jede Emotion.

Ich trat an den Sterbenden heran. »Wie fühlen Sie sich?«

Es dauerte etwas, ehe der Patriarch eine Antwort formulierte. »Wie soll ich mich fühlen? Es schmerzt, aus dem Leben zu treten. Aber es ist gut, das Wissen weiterzugeben.« Auch die Hände lagen nun völlig steif.

»Ich werde mein Möglichstes tun, das Geschlecht der da Onur zu rehabilitieren«, versicherte ich. »Mit einer Einschränkung – wenn es berechtigt ist.«

»Es ist berechtigt. Und es wird sich die Gelegenheit ergeben. Die Geheimnisse der Vergangenheit greifen nach der Gegenwart. Die Tyarez ebenso wie die acht Namenlosen.«

Ich setzte mich auf den inzwischen vertrauten schlichten Metallstuhl. »Wie ging es damals weiter? Sie berichteten von Zewayn da Onurs Auftauchen und von seinem Verschwinden.«

»Tatsächlich wurde die Geheimbasis des Energiekommandos noch am selben Tag, nach dem Verschwinden Zewayns, zerstört. Heutzutage wissen wir Bescheid über die Akonen und deren intrigante Machenschaften – aber meine Vorfahren waren ahnungslos.«

Für einen Augenblick herrschte Stille, während der Alte völlig reglos dalag. Er starrte an die Decke; nicht einmal die Lider schlossen sich selbstständig. In regelmäßigen Abständen tropfte aus einem kleinen Behälter über der Stirn etwas Flüssigkeit in die Augen, um sie vor dem Austrocknen zu schützen.

Dann drangen weitere Worte aus dem Akustikfeld. »Das Problem gründete im Verschwinden der acht Mitglieder unseres Khasurn.« Ein Geräusch, das ein Seufzer sein mochte, drang aus dem Überlebensgerät »Perwash war ein dummer Mann. Einer, der seine Emotionen nicht im Zaum halten konnte und wenig taktisches Geschick bewies. Er kam gegen die Durchtriebenheit und Schläue der da Tromin nicht an. Sie verdrehten die Tatsachen und brandmarkten die acht da Onur als Verräter, die im Alleingang gegen das Große Imperium angehen wollten. Große Bestechungssummen mussten damals geflossen sein. Die da Tromin öffneten ihre Taschen offenbar weiter als meine Vorfahren.«

Da hast du deine Antwort, meinte der Extrasinn. *Niemand ist bereit, einem Verräter am arkonidischen Reich zu glauben. Die Erzählungen von Tyarez und einem Energiekommando, dessen Existenz damals niemand kannte, wurden sicherlich als Ausflüchte oder Fantastereien abgetan ...*

»So wurden die eigentlichen Helden geächtet, während die wirklichen Verräter straffrei ausgingen«, fuhr der Patriarch fort. »Es gelang meinen Vorfahren nicht, die Wahrheit ans Licht zu bringen.«

»Acht Verräter«, sagte ich. »Man strich ihre Namen aus der Geschichtsschreibung?«

»Sie wurden zu den acht Namenlosen. Die Geschichte vergaß sie. Selbst in meiner Familie ging im Laufe der Generationen die Wahrheit unter. Die da Onur litten über ein Jahrtausend lang unter der Schande. Schon bald nach den damaligen Geschehnissen änderten sich die Machtverhältnisse. Die da Onur wurden von Sadik vertrieben, und unsere Feinde, die da Tromin, traten die Herrschaft auf Sadik an.«

»Die da Onur waren gezwungen, den Planeten zu verlassen und kehrten nach Lepso zurück, wo ihre Expansion begann?«

»Genau so war es. Der Niedergang meines Geschlechts war unaufhaltsam.« Wieder tropfte etwas Wasser in Penzar da Onurs Augen. Die Flüssigkeit quoll über und rann die Schläfen und Wangen hinab.

»Soll ich Ihre Augen schließen, Patriarch da Onur?«

Wieder folgte eine kurze Redepause. »Ich will sehend sterben.«

»Kann ich sonst etwas tun?«

»Hören Sie zu, Atlan da Gonozal. Hören Sie einfach nur zu, was vor wenigen Wochen geschah.«

Vergangenheit

»Zewayn da Onur.« Der Patriarch Penzar da Onur war voller Staunen. Immer noch. »Mein Urahn.«

Er musterte seine Gestalt. Groß. Hochgewachsen. Langes weißes Haar. Und er war von einem silbrigen Schimmer umgeben.

Seine Tochter Aizela hatte den unangekündigten Gast sofort erkannt. Sie erinnerte sich an jene verbotenen Bilder, die die acht Namenlosen zeigten und auf denen ihre Geburtsnamen vermerkt waren, die offiziell nie existiert hatten. Die Bilder waren alles, was die Familie über die acht Namenlosen tradiert hatte. Der Rest war im Dunkel der Geschichte untergegangen.

Als der Fremde behauptete, jener Zewayn zu sein, hatte der Patriarch alle Angehörigen aus dem Raum geschickt.

Penzars Exoskelett quietschte leise bei jedem Schritt. Der Patriarch umrundete seinen Urahn zum wiederholten Mal. Es war unfassbar, dass dieser Mann nach über 1100 Jahren immer noch lebte. »Warum bist du gekommen? Woher kommst du, und wieso ...«

»Stell nicht zu viele Fragen, Patriarch. Ich bin hier, um dir von der Vergangenheit zu berichten. Ich hörte, die Überlieferung wurde verfälscht. Es ist an der Zeit, dass du die Wahrheit erfährst.«

Zewayn berichtete, was im Jahr 2003 geschah. Penzar erfuhr alles über den Einsatz gegen die Akonen, über die Lügen der da Tromin und den Grund, warum sein Geschlecht einst zu Unrecht geächtet worden war. Er hörte, dass die acht Namenlosen damals mit den Tyarez den Planeten verließen, um sie bei der Befreiung gefangener Artgenossen zu unterstützen.

»Was geschah danach? Warum seid ihr niemals zurückgekehrt?«

»Ich sagte es schon einmal – stell nicht so viele Fragen. Du hast die Wahrheit über den Niedergang deiner Familie erfahren. Bring sie nach all der Zeit ans Licht. Es ist nun deine Aufgabe, die Integrität der da Onur wiederherzustellen. Ich muss gehen. Es gibt Schwierigkeiten. Ich erfülle eine wichtige Mission. Ich werde Atlan da Gonozal aufsuchen und ihn um Beistand ersuchen.«

»Beistand wofür?«

Zewayn antwortete nicht, sondern wandte sich ab und verließ den Raum.

Penzar dachte nach, beratschlagte sich mit seiner Tochter Aizela. Seinen Sohn Zimral setzte er über die Geschehnisse nicht einmal in Kenntnis. Zimral war ein missratener Nichtsnutz, noch dekadenter als seine anderen Sprösslinge.

Nur Aizela konnte er vertrauen. Sie redeten lange, die halbe Nacht hindurch, durchforsteten die alten Archive des Khasurn. Nun, da ihnen neue Informationen zur Verfügung standen, erschien ihnen so manches in ganz anderem Licht. Von Stunde zu Stunde brachten sie der Überlieferung größeres Misstrauen entgegen und interpretierten scheinbare Fakten völlig anders.

Der neue Tag war noch nicht angebrochen, als sich ein zweiter Besucher ankündigte. Er trug einen schwarzen Mantel und verbarg sein Gesicht im Schatten einer Kapuze.

Erst als er vor dem Patriarchen stand, schlug er diese Kapuze zurück. »Ich bin Opryn da Onur.«

Opryn da Onur ... ein weiterer seiner Vorfahren. Ebenfalls einer der acht Namenlosen. Penzar da Onur fragte sich, warum sich ausgerechnet an seinem Lebensabend ein Wandel der Zeiten ankündigte. Hätte es nach mehr als 1100 Jahren nicht einige Jahrzehnte früher geschehen können? Damals war er jung gewesen, voller Tatendrang und Elan. Nun benötigte er selbst für die alltäglichen körperlichen Aufgaben ein stützendes Exoskelett.

Opryns Frage überraschte ihn. »Ich verfolge meinen Bruder Zewayn. Ich weiß, dass er in diesem Khasurn war. Wann ist er gegangen?«

Penzar da Onur verstand sofort, dass etwas nicht stimmte. Er wurde Zeuge eines im Verborgenen schwelenden Konflikts. »Es ist einige Zeit her«, antwortete er ausweichend.

»Wann genau?« In der Stimme lag die Schärfe eines beidseitig geschliffenen Stiletts.

»Gestern am Nachmittag.«

»Was hat er dir erzählt?«

Der Patriarch wand sich unbehaglich. »Reden wir nicht über ihn. Mich interessiert, wieso du noch lebst und ...«

»Vergiss es«, forderte Opryn. »Vergiss, was Zewayn dir sagte. Er ist ein Lügner. Gib nichts auf sein Gerede, und vor allem verbreite es nicht.«

»Wieso sollte ich dir gehorchen?«

Statt einer Antwort zückte der Namenlose ein schmales Metallplättchen aus seiner Tasche. Er legte es auf seine linke Handfläche.

Ein kleines, aber gestochen scharfes Holobild baute sich auf.

Der alte Patriarch stöhnte vor Entsetzen. Die Wiedergabe zeigte zwei seiner Enkelkinder. Die Söhne Trilams. Trilam selbst taugte ebenso wenig wie seine Brüder, aber die Enkel besaßen gute Anlagen. Die beiden waren neben Aizela die einzigen Hoffnungsträger, die Licht in die Schatten des da Onur-Khasurn brachten. Penzar liebte sie. Die beiden jungen Männer blickten voller Angst in die Mündungen zweier Strahler. Schwarz gekleidete Bewaffnete bedrohten sie.

»Schwarzgardisten«, erklärte Opryn kühl. »Sie arbeiten für Artemio Hoffins.«

Das Holobild erlosch. Opryn ließ die Metallscheibe wieder in einer Tasche seiner Kleidung verschwinden.

»Gib meine Enkel frei!«

»Warum hätte ich sie in meine Gewalt bringen sollen, wenn ich plante, sie freizulassen? Die Schwarzgardisten begleiten mich nicht zum Spaß. Wir werden die beiden mitnehmen. Erinnere dich stets an sie. Denk daran, was mit ihren Köpfen geschehen könnte.«

Penzar unterdrückte das Verlangen, den Namenlosen mit bloßen Händen anzugreifen. »Was verlangst du von mir?«

»Vergiss das, was Zewayn dir erzählt hat. Rede niemals darüber. Und überreiche mir die ältesten Unterlagen aus der Zeit, in der die da Onur Lepso erstmals besiedelten.«

»Die Unterlagen befinden sich im Archiv. Was könnten sie dir nutzen?«

»Lass das meine Sorge sein. Kümmere du dich darum, meinen kleinen Wunsch zu erfüllen.«

»Es existieren sehr viele Unterlagen aus dieser Zeit. Der Gründervater Shukkirah da Onur protokollierte die Vorgänge. Ich benötige genauere Angaben.«

Opryn ballte die Hände, schlug in einem Akt sinnloser Aggression gegen die Wand. »Nun gut. Ich benötige Unterlagen über ein Raumschiff, das schon seit undenklichen Zeiten auf Lepso geparkt sein muss. Ein *ewiges Schiff*.«

Gegenwart

»Ich half Opryn da Onur. Mir blieb keine andere Wahl. Es ging um das Leben meiner Lieblingsenkel.«

Ich betrachtete nachdenklich den starren Körper des Patriarchen. Seine schroffe Abweisung meiner Nachfragen und die Sabotage meines Gleiters erschienen im Licht dieser Informationen ganz neu. »Du hast mir gegenüber also nur geschwiegen, um das Leben deiner Enkel zu schützen?«

Fast war mir, als kehre noch einmal Leben in die Augen des Alten ein.

»Ich musste es tun«, drang es aus dem Akustikfeld. »Meine Enkel befanden sich in der Gewalt der Schwarzen Garde. Es tut mir leid, dass ich Sie in Schwierigkeiten gebracht habe.«

»Warum haben Sie Ihr Schweigen jetzt gebrochen?«

Eine kurze Zeit der Stille folgte. In Penzar da Onurs Augen schimmerte eine neue Dimension des Schmerzes. »Mein Schweigen war umsonst. Inzwischen sind meine Enkel … zurückgebracht worden.«

»Zurückgebracht?«

»Tot.«

Das Wort hing wie eine düstere Prophezeiung im Raum.

Tot …

Genau dieses Schicksal stand Penzar da Onur ebenfalls bevor. »Es ist fast alles gesagt.«

»Das Raumschiff, das Opryn suchte, wurde inzwischen gefunden«, sagte ich. Ohne Zweifel handelte es sich um jenen getarnten Tyarez-Raumer, den Opryn da Onur im Beisein von Artemio Hoffins für seine Flucht von Lepso verwendet hatte.

»Ich weiß.«

»Seit dem Start sind mehr als drei Wochen vergangen. Die letzte Spur, der ich hätte folgen können, ist damit verloren.

Was auch immer Opryn da Onur und Artemio Hoffins beabsichtigen – die Zeit spielt ihnen in die Hände. Ihr Vorsprung ist so groß, dass ich sie unmöglich ausfindig machen kann. Ich kann Zewayns Hilferuf nicht folgen, weil ich nicht weiß, wo ich ihn suchen soll. Weder zu ihm selbst noch zu dem Tyarez gibt es eine Spur.«

Penzar würgte.

Erstaunt sprang ich auf. Er hatte dieses Geräusch aus eigener Kraft von sich gegeben. Seine Augen schlossen sich. Aus schierer Willenskraft überwand er die absolute Lähmung seines Leibes. Willenskraft, wie sie nur in den letzten Sekunden vor dem Tod möglich war.

Seine Lippen formten Worte. »Es gibt noch Informationen über die Geschehnisse von 2003. Auf Sadik …«

Die Worte waren wie ein Hauch. Ich beugte mich über den Sterbenden. »Wo genau auf Sadik?«

»Von dort … Weg zu den Tyarez … Zewayn erwähnte noch das große Schiff der Tyarez. Darum geht es.«

»Welches Schiff? Reden Sie, Patriarch!«

»Die Camouflage«, sagte Penzar da Onur und starb.

Epilog

»Nun ist er also tot.«

Das Timbre der Stimme ließ mir angesichts der Trostlosigkeit der letzten Minuten einen Schauer über den Rücken laufen.

Penzar da Onurs Tochter Aizela trat an das Totenbett und strich ihrem Vater über die Wange. Ich hatte bislang nur einen kurzen Blick auf sie geworfen, doch nun bestätigte sich mein Eindruck. Sie war atemberaubend schön.

»Ich liebte ihn. Ich war das einzige Kind, dem er vertraute. Er wusste, dass ich über mehr Verstand verfüge als meine Brüder.«

»Zweifellos.«

»Wollen Sie mir schmeicheln, Lordadmiral?« Aizela zog die Decke über das Gesicht des Toten. »Das ist nicht nötig. Vater und ich beratschlagten ohnehin und entschieden, dass ich Sie begleiten werde. Er hat Ihnen noch von Sadik berichtet und davon, dass dort Informationen lagern, die zu den Tyarez führen könnten?«

»Er starb, ehe er den genauen Standort preisgeben konnte.«

Aizela verzog die Lippen zu einem sarkastischen Lächeln. »Glauben Sie das wirklich? Vater hat genau geplant, was er Ihnen noch mitteilt und was nicht. Er bezwang seinen Leib auch noch im Angesicht des Todes.«

Ich erinnerte mich an den Moment, als der Patriarch wieder aus eigener Kraft zu sprechen begonnen hatte. *Er hat also alles nur inszeniert.*

Aizela trat dicht vor mich; ihr Haar verströmte einen betörenden Duft. »Ich weiß, wo sich die Informationen auf Sadik befinden.«

»Dann teilen Sie Ihr Wissen mit mir.«

Sie legte die Hand auf meinen Arm. »Nicht so schnell. Ich werde Sie begleiten und Ihre Bemühungen verfolgen. Stoßen Sie die da Tromin vom Thron, Lordadmiral! Stellen Sie die Ehre und die Herrschaft der da Onur wieder her. Dann – und keinen Augenblick eher – werde ich Ihnen den Standort der Informationen verraten.«

Glossar

Akon-System: Das Heimatsystem der menschenähnlichen Akonen liegt am östlichen Rand des Zentrumsgebiets der Milchstraße, 15.550 Lichtjahre vom eigentlich galaktischen Zentrum mit dem riesigen Schwarzen Loch (Dengejaa Uveso) entfernt. Die Distanz zum terranischen Solsystem beträgt rund 45.000 Lichtjahre, zu Arkon sind es 47.208 Lichtjahre.
Die blaue Riesensonne Akon entspricht mit ihrem Durchmesser von rund 250 Millionen Kilometern (180-mal größer als Sol) äußerlich einem A0I-Überriesen, erreicht jedoch eine für diese Sterne untypisch kleine Masse. Dies ist das Ergebnis einer Manipulation der Sonneningenieure. Ähnliches gilt für die Anwesenheit der 18 Planeten – normalerweise verfügen Blaue Überriesen nicht über Welten – und ihre Umlaufbahnen.
Hauptwelt des Systems ist Akon V, von den Akonen als Drorah bezeichnet. Dort leben rund eine Milliarde Akonen. Drorah wird von zwei Monden – Xölyar und Zikyet – umkreist.

Akonen; Aussehen: Die Akonen sind direkte Abkömmlinge der Lemurer. Sie haben samtbraune Haut und tiefschwarze bis kupferrote Haare. Wie die Arkoniden besitzen sie anstelle eines Brustkorbs aus Rippen massive Knochenplatten.

Akonen; Charakter: Der akonische Charakter wird oft als dünkelhaft, übersteigert stolz, herablassend und überheblich beschrieben. Wohlmeinende Geister hingegen bezeichnen die Akonen eher als zurückhaltend, reserviert, vorsichtig, distanziert und ironisch bis sarkastisch. Arroganz und Unnahbarkeit sind tatsächlich die hervorstechenden Charaktermerkmale der Akonen, hervorgerufen durch einen tief verwurzelten, wenngleich faktisch ungerechtfertigten Minderwertigkeitskomplex.
Schließlich können die Akonen auf eine mehr als 50.000 Jahre währende Geschichte zurückblicken, obwohl diese weitgehend auf dem gleichen Technologie- und Zivilisationsniveau verlief. So hatten sie zwar einerseits nie nennens-

werte kulturelle oder technologische Abschwungphasen zu verzeichnen, entwickelten sich aber andererseits nie merklich weiter.
Daher konnten sie die nach ihrer Ansicht ihrem Volk zustehende Führungsrolle nie galaxisweit ausüben. Jedes Mal unterlagen sie im entscheidenden Moment einer überlegeneren Macht.
Diese wiederholten Niederlagen und Kränkungen haben sich auf die akonische Psyche nachhaltig ausgewirkt. Sie blähten den historisch, kulturell und technologisch bedingten Nationalstolz kompensierend zu einer Art Standesüberheblichkeit auf, so dass die Akonen alle anderen Völker für im Grunde minderwertige Emporkömmlinge halten, unabhängig von deren tatsächlichen Leistungen.
Dies führt zu einem ausgesprochen elitären Denken, das die höchste Vollendung des akonischen Volkes in der Unantastbarkeit seines Hoheitsgebietes und in der isolationistischen Bewahrung vor den Niederungen des galaktischen Sumpfes der Tagespolitik sieht. Hand in Hand damit geht eine übersteigerte Geheimniskrämerei bezüglich aller internen Belange. Die meisten Kulturforscher sind sich darin einig, dass in ihrer Abschottung gegen die Außenwelt auch der Grund für die seit Jahrhunderten in etwa gleichbleibend niedrige Bevölkerungszahl der Akonen zu suchen ist.

Akonen; Energiekommando: Schon in der Frühzeit des Akonischen Reichs entstanden, war das Energiekommando ursprünglich ›nur‹ für die Einrichtung und den Betrieb der Transmitterstationen im akonischen Herrschaftsgebiet verantwortlich. Dies änderte sich bereits während des Zentrumskrieges (vor 20.000 Jahren): Je weiter sich die akonische Flotte zurückzog, desto mehr wuchsen die Aufgaben des Energiekommandos als Nachrichtendienst und Geheimpolizei – von reiner Gewährleistung der Funktionsfähigkeit der Transmitter über deren weitergehende Kontrolle der betroffenen Kolonien bis hin zur aktiven Abschirmung gegen andere Völker.

Zu diesem Zweck bediente sich das E-Kom zudem als einzige Gruppierung des Akonischen Reiches einer kleinen Raumflotte. Nach der Entdeckung des Blauen Systems durch die Terraner rückte die Geheimdienst-Tätigkeit des Energiekommandos zunehmend ins Zentrum seiner Aufgaben. Sofern es dem Energiekommando nützlich erschien, wurde mit konkurrierenden oder gar feindlichen Geheimdiensten und Militärs zusammengearbeitet, sogar mit Verbrechern und deren Organisationen.

Aktivatorträger: Ein so genannter Zellaktivator – wie beispielsweise Atlan –, der im bekannten Universum ausschließlich von der Superintelligenz ES verliehen wird, verleiht seinem Träger die relative Unsterblichkeit. Grundlage dafür ist eine fünfdimensionale Schwingung, die ständig den individuellen genetischen Kode aktiviert. Aktivatorträger können also nur durch direkte Gewalteinwirkung sterben, aber auch dann, wenn man ihnen das Gerät einfach wegnimmt. In einem solchen Fall beginnt für den Aktivatorträger nach 62 Stunden eine rapide Alterung, die sehr schnell zum Tod führt.

Aras: Die Aras sind durchschnittlich zwei Meter groß, dabei extrem hager und feingliedrig. Da sie Arkonidenabkömmlinge sind, weisen sie anstelle von Rippen im Brustbereich massive Knochenplatten auf. Die Köpfe sind nach oben hin eiförmig verlängert und zugespitzt; die Kopfbehaarung ist äußerst spärlich und fehlt in den meisten Fällen völlig. Haut und Haare sind fast farblos, die Augen vom hindurchschimmernden Blut rot gefärbt.

Unmittelbare Vorfahren der Aras sind die Springer, die ihrerseits von arkonidischen Raumnomaden abstammen. Damit gehören die Aras zur lemurischen Völkerfamilie. Sie gingen letztlich aus einer Springer-Sippe hervor, die sich auf den Handel mit Arzneimitteln und anderen Substanzen spezialisiert hatte.

Seit Jahrtausenden sind die Aras in der gesamten Milchstraße als geniale Biomediziner, Bakterio- und Virologen sowie Genetiker bekannt; daher die Bezeichnung als »Galaktische Mediziner«. Natürlich beschäftigen sich nicht alle Aras mit medizinischer Forschung, aber die Mediker und Forscher prägen das Außenbild des Volkes. Heilung von Krankheiten ist für die Aras in erster Linie ein Geschäft. Im Regelfall sprechen die Aras daher auch nicht von »Patienten«, sondern von »Klienten«. Ein solcher Klient ist für die Aras stets ein Versuchskaninchen.

Arkoniden: Im 19. Jahrtausend vor Beginn der christlich-terranischen Zeitrechnung entwickelte sich auf dem dritten Planeten der Sonne Arkon (im Kugelsternhaufen M 13) das Volk der Arkoniden. Es stammte von akonischen Auswanderern ab; diese wiederum sind direkte Nachfolger der Lemurer, der so genannten Ersten Menschheit. Nimmt man es streng, sind die Arkoniden also Nachfahren der ursprünglichen terranischen Menschheit. Sie sind von der äußeren Gestalt her auch absolut menschenähnlich; meist sind Arkoniden hoch gewachsen und weisen einen vergleichsweise langen Schädel auf. »Reine« Arkoniden zeichnen sich durch weiße Haare, eine sehr helle Haut und rötliche Augäpfel aus. Der Hauptunterschied zu den Terranern liegt in der Anatomie: Arkoniden verfügen über eine Knochenbrustplatte anstelle von Rippen.
Über Jahrtausende hinweg war das Große Imperium der Arkoniden die stärkste Macht der Milchstraße. Im Jahr 1971 strandete ein Arkon-Raumschiff auf dem irdischen Mond; durch den Kontakt zu den Arkoniden kam Perry Rhodan in Besitz ihrer Technik und konnte in der Folge die Menschheit einigen.

Arkon; Gesellschaft: Die Gesellschaft auf Arkon ist streng aristokratisch geprägt, wobei Männer und Frauen gleichberechtigt sind. Die Mitglieder der großen Familien (Ragnaari, Zoltral, Gonozal, Quertamagin, Orcast, Monotos, Orbanaschol, Tutmor, Tereomir, Anlaan, Metzat, Thetaran, Arthamin, Ariga und viele mehr) kontrollieren die politischen, wirtschaftlichen und militärischen Schlüsselfunktionen. Zum Teil handelt es sich hierbei um Familienverbände von mehreren hunderttausend Einzelmitgliedern.

Atlan: Atlans arkonidisches Geburtsdatum entspricht dem 9. Oktober 8045 vor Beginn der christlichen Zeitrechnung. Der Kristallprinz erblickte auf der Kristallwelt Arkon I im Kugelsternhaufen Thantur-Lok – also M 13 – das Licht der Welt. Als Kristallprinz Mascaren Gonozal war er designierter Nachfolger des über das Große Imperium der Arkoniden herrschenden Imperators Gonozal VII. – doch sein Vater wurde, als Mascaren vier Arkonjahre alt war, auf dem Jagdplaneten Erskomier ermordet. Der Kristallprinz wurde vor den Schergen gerettet und wuchs auf Gortavor, einer Randwelt des Großen Imperiums, auf, geleitet von Fartuloon, dem Bauchaufschneider, seinem väterlichen Freund und Lehrmeister. In Erinnerung an den ursprünglichen Namenswunsch seiner Mutter wurde der junge Prinz Atlan genannt.

Atlan erlangte im Alter von 18 Arkonjahren nach intensiver Erziehung und Schulung auf der Prüfungswelt Largamenia den dritten Grad der ARK SUMMIA – dies war gleichbedeutend mit der Aktivierung des so genannten Extrasinns. Ab diesem Zeitpunkt besaß Atlan einen selbstständigen Dialogpartner im Gehirn, mit dem er kommunzieren konnte. Nach vielen Kämpfen und Auseinandersetzungen konnte der Tyrann Orbanaschol gestürzt werden.

Atlan trat danach zunächst in die Raumflotte ein; es folgten unter anderem Einsätze gegen die Maahks. Wenig später kam es zu Atlans Aufenthalt im Larsaf-System (Larsaf ist die Sonne; Larsaf III war der arkonidische Begriff für Terra). Atlan ließ auf Larsaf III eine Kolonie auf dem Kleinkontinent Atlantis errichten. Hier kam es auch zu Kämpfen gegen die Druuf, Wesen aus einem anderen Universum, dessen Zeitablauf gegenüber dem des Standarduniversums deutlich langsamer war. Im Alter von 36 Arkon- oder etwa 43 Terra-Jahren erhielt Atlan an Bord eines Robotschiffes im Auftrag der rätselhaften Wesenheit ES seinen Zellaktivator, der ihm fortan ein potenziell unsterbliches Leben ohne weitere Alterung ermöglichte.

Nach dem Untergang von Atlantis und dem Tod seines letzten arkonidischen Begleiters, der von steinzeitlichen Menschen mit einem Faustkeil erschlagen wurde, begann Atlan nach irdischer Zeitrechnung war dies der 29. Dezember 8000 vor Christus seinen ersten Tiefschlaf. Als ›Paladin der Menschheit‹ lebte er fast 10.000 Jahre auf der Erde (nachzulesen in den ATLAN-Büchern 1 bis 13).

Dagor-Lehre: Eine Harmonie im Sinne von Gleichgewicht ist der Kern der Dagor-Lehre. Nur wo das Einpendeln auf optimalem Niveau gemäß selbstregulierenden Mechanismen erreicht wird, lässt sich die waffenlose Dagor-Kampftechnik in Perfektion umsetzen.

Lepso: Der dritte von fünf Planeten der gelben Sonne Firing ist rund 8467 Lichtjahre von Sol entfernt. Sein Äquatordurchmesser beträgt 11.981 Kilometer, seine Schwerkraft 0,96 Gravos. Ein Tag auf der Sauerstoffwelt beträgt 21,3 Stunden. Die mittleren Temperaturen Lepsos entsprechen den subtropischen Zonen der Erde.

Lepso zählt seit vielen Jahrhunderten zu den berüchtigtsten Freihandelswelten: Auch im 14. Jahrhundert NGZ ist sie ein galaktisches Dorado für Schwarzhandels- und Schiebergeschäfte aller Art. Es bestehen keine Zollbeschränkungen, jedermann kann auf dem Planeten landen und tun und lassen, was er will. Gesetze sind äußerst weitmaschig, die ständig wechselnden Regierungen korrupt und von keiner galaktischen Großmacht abhängig. Der Titel des jeweiligen Herrschers lautet Thakan, der Geheimdienst nennt sich Staatlicher Wohlfahrtsdienst (SWD). Diese Welt des Chaos hat mit einiger Mühe eine ›Hauptstadt‹ hervorgebracht: Orbana.

Riordan, Tipa: Geboren im Jahr 2784, erhält einen Zellaktivator am 9. März 2909 (Second Genesis-Krise), also im Alter von 125 Jahren. Sie erkauft sich diesen ZA, indem sie Perry Rhodan und Atlan hilft, die acht von der Krise be-

troffenen Mutanten auf dem Planeten Minytso im Imperium Dabrifa zu lokalisieren. Zum Handlungszeitpunkt ist sie 318 Jahre alt. Tipa Riordans Leichnam wird im Jahr 3581 von Icho Tolot auf dem Planeten Wardall in der DREADFUL gefunden. Sie ist 3480 gestorben im Alter von 696 Jahren.
Ihr angelernter Beruf ist Kosmotoxikologin. Zur Handlungszeit beschäftigt sie sich als Piratin und verfügt über eine Flotte von 3.000 Raumern! Sie ist nach dem Verschwinden des Sol-Systems eine Befürworterin einer vereinten Menschheit und bekämpft erbittert die großen abgespaltenen Sternenreiche Dabrifa, Carsualscher Bund und Zentralgalaktische Union. Tipa begeht Raubzüge und greift bevorzugt Planeten dieser Reiche an. Sie ist mentalstabilisiert.

Riordan, Tipa; Aussehen: Die alte Frau ist etwas über eineinhalb Meter groß. Sie hält sich nach vorn gebeugt und stützt sich auf einen Stock. Sie ist vollkommen in Leder gekleidet. Ihr zahnloser Mund wird von keiner Prothese ausgefüllt, so dass ihre Lippen wie eine schmale Kerbe wirken. Das vorspringende Kinn und die scharfrückige gekrümmte Nase verleihen ihr eine gewisse Ähnlichkeit mit einem Raubvogel. Ihre grauweißen Haare sind zu einem großen Knoten geformt, der genau in der Mitte des Kopfes sitzt. Tipa hat grüne Augen.

Riordan, Tipa; Ausrüstung: In ihrem Spezialstock hat sie im Griff Ortungsgeräte, Mikrohypersender und Normalsender untergebracht, im Stockteil selbst mehrere Waffen (u.a. Elektroschocker, Impulsstrahler, Desintegrator, Paralysator). Mit der ebenfalls darin eingebauten Hydraulik kann sie sechs Meter hoch und weit springen und damit Hindernisse überwinden. Ihr Haarknoten dient als Versteck für weitere Mikrowaffen und ein Ortungsgerät (einen Giftnadler, der wie eine Haarspange aussieht und ein Ortungsgerät, das durch eine Schwingungsflachsonde alle Messergebnisse direkt an das Gehirn weiterleitet). In der Gürtelschnalle befinden sich siganesische Mikroprojektoren zur Erzeugung eines Hochenergie-Überladungs-Schutzschirms. Nur ihr jeweilig Erster Wesir weiß, welches Arsenal an Waffen und Geräten die Alte mit sich schleppt.

Riordan, Tipa; Verhalten, im Speziellen Atlan gegenüber: Sie nennt Atlan ›Beuteterraner‹ oder ›Arkon-Scheich‹. Der Arkonide hingegen ruft sie ›Tante Tipa‹ oder ›Giftnatter‹. Sie ist ein keifendes altes Weib. Sie kokettiert gerne damit, dass sie jeden Mann haben könnte, weil sie durch die Piratenraubzüge steinreich geworden ist. Sie duzt jedermann, Atlan duzt sie ebenfalls. Der Arkonide misstraut ihr stets, hält ihre Absichten nicht für sonderlich redlich, behindert sie als Chef der USO allerdings nicht, weil sie sich stets gegen Einheiten und Planeten der abgesplitteten terranischen Sternenreiche wendet. Er versteht auch das Vertrauen nicht, das Perry Rhodan der Frau entgegenbringt. Diesen nennt sie übrigens ›mein Junge‹. Sie ist temperamentvoll und lässt sich von Atlan keineswegs ungestraft maßregeln.

Ihr Raumschiff heißt DREADFUL, einem 800 Meter-Raumer der STARDUST-Klasse. Besatzungsstärke: 1.200 Mann. Die ihr untergebenen Piraten grüßen sie, indem sie sich selbst mit der rechten Faust dreimal fest gegen das Kinn schlagen. Ihr Erster Offizier trägt den Titel ›Erster Wesir‹, der zweite wird ›Zweiter Wesir‹ gerufen. Die Schiffsbesatzung trägt Fantasie-Uniformen, es gibt keinen einheitlichen Dresscode.

Erst im Jahr 3432 ringt sie Atlan das Versprechen ab, dass seine USO-Schiffe die Piratenflotte unbehelligt lässt. Das bedeutet, dass Tipas Schiffe bzw. deren Besatzungen zur Handlungszeit als vogelfrei gelten.

Tekener, Ronald: Geboren wurde der Terraner im Jahr 2373 alter Zeitrechnung. Im Alter von 33 Jahren trat er als USO-Spezialist in Erscheinung, wurde schon zu Beginn seiner Karriere als Spieler und wildverwegener Draufgänger bekannt. Sein Fachgebiet war die Kosmopsychologie, zugleich zeichnete er sich durch umfangreiches kriminalistisches

Gespür aus. Lange Jahre arbeitete er mit Sinclair Marout Kennon, dem besten Freund, den er je hatte, als Kosmokriminalist zusammen. Die beiden erzielten als Team im 25. Jahrhundert alter Zeitrechnung überragende Erfolge.
Im Jahr 2409 fand Tekener auf dem Planeten Khaza einen bislang unentdeckten Zellaktivator und nahm diesen an sich. Somit wurde er im Alter von 36 Jahren relativ unsterblich.
Schon früh waren ein Markenzeichen des Galaktischen Spielers seine Pockennarben, die sein Gesicht entstellt haben; sie sind Folgen des Lashat-Fiebers. Lashat-Pocken waren eine fast unheilbare Krankheit, die von einem Erreger auf dem Planeten Lashat verursacht wurde. Daher wurde diese Welt gefürchtet und gemieden. Tekener suchte sie trotz dieser Gefahr in wichtiger Mission auf. Die Narben sind ein Beweis für seinen ungewöhnlichen Mut. Seinen Spitznamen ›Smiler‹ bekam er wegen seines berüchtigten Lächelns in den brenzligsten Situationen. Tekeners besonderes Hobby sind alle möglichen exotischen Waffen.

Atlan: Lepso-Trilogie

Befreieung in Camouflage

Lepso-Trilogie 3

ISBN-10: 3-89064-488-0
ISBN-13: 978-3-89064-488-2

Fantasy Productions GmbH
Postfach 1517, 40675 Erkrath

FANPRO

Bei Fanpro erschienen bzw. erscheinen folgende Titel:

ISBN 3-89064-

Atlan

Totentaucher	Wim Vandemaan	1. Roman	486-4
Die acht Namenlosen	Christian Montillon	2. Roman	487-2
Befreiung in Camouflage	Michael M. Thurner	3. Roman	i. V.

Shadowrun

Chromscherben	M. A. Stackpole	Anth.	550-x
Shadowrun - die 6. Welt	Hrsg. T. Hamelmann	Reader	540-2
Wiener Blei	Leo Lukas	41. Roman	555-0
Nachtstreife	Björn Lippold	46. Roman	558-5
Auf dem Sprung	Harri Aßmann	49. Roman	567-7
Töne der Unendlichkeit	Harri Aßmann	50. Roman	569-0
Elementares Wissen	Harri Aßmann	52. Roman	570-4
Die Anfänger	Ivan Nedic	54. Roman	572-0
ASH	Lara Möller	57. Roman	574-7
Pesadillas	Maike Hallmann	58. Roman	575-5
Vertigo	Maike Hallmann	59. Roman	581-x
Hand am Hort	Sebastian Schaefer	60. Roman	583-6
Flynns Weg	Lara Möller	61. Roman	585-2
Shelley	André Wiesler	62. Roman	580-1
Matrixfeuer	Hrsg. Beck / Hallmann	63. Anth.	587-9
Born to Run	Stephen Kenson	64. Roman	564-x
Im Namen des Herrn	André Wiesler	65. Roman	594-1
Quickshot	Lara Möller	66. Roman	595-x
Giftmischer	Stephen Kenson	67. Roman	565-8
Wiedergänger	Maike Hallmann	68. Roman	593-3
Feuerzauber	André Wiesler	69. Roman	519-4
Im Fadenkreuz	Petra Prinz	70. Roman	543-7
Kettenhund	Alexander Wichert	71. Roman	548-8
Fallen Angels	Stephen Kenson	72. Roman	549-6
GmbH	Christian Riesslegger	73. Roman	463-5
Machtgelüste	Jason M. Hardy	74. Roman	484-8
Cash Flow	Christian Riesslegger	75. Roman	483-x
Böses Erwachen	André Wiesler	76. Roman	473-2
Der Schattenlehrling	Boris Koch	77. Roman	482-1
Aftershocks	J. Raabe / J. Helfers	77. Roman	485-6

Classic BattleTech

Schrapnell	Hrsg. M. Immig	Anth.	551-8
Wahnsinn & Methode	Michael Diel	1. Roman	592-5
Clangründer: Abkehr	Randall N. Bills	2. Roman	596-8

Das Schwert und der Dolch	Ardath Mayhar	3. Roman	425-2
Über dem Gesetz	Michael Diel	4. Roman	517-8
Clangründer: Traum	Randall N. Bills	5. Roman	597-6
Die Albatros-Akte	Reinhold H. Mai	6. Roman	526-7
Warrior: En Garde	Michael A. Stackpole	7. Roman	545-3
Warrior: Riposte	Michael A. Stackpole	8. Roman	546-1
Warrior: Coupé	Michael A. Stackpole	9. Roman	547-x
Früchte voll Bitterkeit	Ritter &Schreiber	10. Roman	458-9
Katze unter Bären	Arous Brocken	11. Roman	490-2

Das Schwarze Auge

Magische Zeiten	Hrsg. Momo Evers	Anth.	516-x
Das Greifenopfer	Thomas Finn	62. Roman	544-5
Das Dämonenschiff	Harald Evers	74. Roman	568-2
Kompanie der Verdammten	Manuel Krainer	75. Roman	562-3
Der Tag des Zorns	Daniela Knor	76. Roman	573-9
Der Schandfleck	Andre Helfers	77. Roman	582-8
Den Göttern versprochen	Charlotte Engmann	78. Roman	579-8
Unsterblicher Traum	Patricia Renau	79. Roman	588-7
Blaues Licht	Daniela Knor	80. Roman	589-5
Spielsteine der Götter	Heike Wolf	81. Roman	591-7
Rabengeflüster	Wichert/Jäcke/Wolf	82. Roman	515-1
Thronräuber	Alexander Lohmann	83. Roman	512-7
Todeswanderer	Yvonne Gees	84. Roman	518-6
Roter Fluss	Daniela Knor	85. Roman	514-3
Todgeweiht	Markus Tillmanns	86. Roman	523-3
Dunkle Tiefen	Daniela Knor	87. Roman	538-0
Maraskengift	Markus Tillmanns	88. Roman	457-0
Unter Aves' Schwingen	Hrsg. Momo Evers	89. Band	460-0
Goldener Wolf	Linda Budinger	90. Roman	542-9
Sieben Winde	Matthias A.W. Ott	91. Roman	461-5
Der Zugvogel	André Fomferek	92. Roman	468-6
Haldinger-Saga I: Glut	Daniela Knor	93. Roman	472-4
Der Hofmagier	Ludwig / Wachholz	94. Roman	476-7
Der Feuertänzer	Ludwig / Wachholz	95. Roman	489-9

Dies ist eine Bibliographie und kein Verzeichnis lieferbarer Titel. Es ist leider nicht möglich, alle Titel vorrätig zu halten.
Sollten Sie Fragen haben, kontaktieren Sie uns bitte unter

Fantasy Productions GmbH
Postfach 1517
40675 Erkrath
www.fanpro.com